活下去

岳陵◎著

韧

海天出版社
·深圳·

图书在版编目（CIP）数据

韧1活下去 / 岳陵著. — 深圳 ：海天出版社，
2021.1

ISBN 978-7-5507-2999-5

Ⅰ．①韧… Ⅱ．①岳… Ⅲ．①长篇小说－中国－当代
Ⅳ．①I247.5

中国版本图书馆CIP数据核字(2020)第168908号

韧1 活下去
REN1 HUOXIAQU

出 品 人　聂雄前
策划编辑　韩海彬
责任编辑　南　芳　杨跃进
责任校对　万妮霞
责任技编　郑　欢
装帧设计　后声设计

出版发行　海天出版社
地　　址　深圳市彩田南路海天综合大厦（518033）
网　　址　www.htph.com.cn
订购电话　0755-83460239（邮购、团购）
设计制作　无极文化
印　　刷　中华商务联合印刷（广东）有限公司
开　　本　787mm×1092mm　1/16
印　　张　21.75
字　　数　300千
版　　次　2021年1月第1版
印　　次　2021年1月第1次
定　　价　48.00元

目录

第一章 兵败西双版纳

1. 危险的泥潭正渐渐逼近 / 002

2. 两难的境地 / 008

3. 这么大的工作量，人是大问题 / 010

4. 分布式电源方案 / 015

5. EPD 的培训和考试 / 018

6. 六梅沙阴影 / 022

第二章 活下去

1. 大浪淘沙，减人还是减薪 / 028

2. 需求与困境 / 032

3. 希望之光——多载波 / 036

4. 锁相环失锁 / 042

5. 光纤拉远 / 047

6. 最差单板奖 / 050

7. 理论和实际相结合 / 054

8. 较量与协作 / 058

9. TCP4A 与 TCP5 合并 / 061

10. 百色鏖战 / 066

11. 初上晕良山 / 071

12. "财政大臣"不好当 / 075

13. 胜局已定，不急 / 079

14. 老干部遇到了新问题 / 083

15. 吃一堑长一智 / 087

16. 艰巨的任务 / 090

17. 扼流电感表贴 / 095

18. 劈裂天线计划 / 099

19. 挑战十月底 / 103

20. 重返百色 / 107

21. 启动 5000 套生产 / 112

22. 冲锋号吹响了 / 115

23. 结构干涉导致短路 / 118

24. 保姆式扶持 / 122

25. 村村通升级失败 / 127

26. 四个俄罗斯人的工作安排 / 130

27. 最关键的一步 / 134

28. 供货危机 / 139

29. 模拟渔民出海 / 144

30. 精益求精汕头局 / 148

31. 计划有变 / 152

第三章　启航

1. 关站风波 / 160

2. 加模块扩载频 / 165

3. 沧州塔下黑 / 169

4. 干扰抓到啦 / 173

5. 林子大了什么鸟都有 / 178

6. 有没有兴趣来森尼韦尔 / 182

7. 借东风，全力拓展海外市场 / 185

8. 出征尼日利亚 / 190

9. 量越大，成本就越关键 / 194

10. 先要从结构成本降起 / 197

第四章 进攻非洲上甘岭

1. 尼日利亚拓荒者 / 202

2. 主推宏基站还是微基站 / 205

3. 怎么跟卡鲁迈出第一步呢 / 209

4. 卡鲁也该可了吧 / 214

5. 调整心态，主动出击 / 219

6. 直接面对面 / 222

7. 提供更多的解决方案 / 225

第五章 为客户，真刀真枪实验局

1. 快速有效的计划 / 230

2. 要降成本，就都得改 / 236

3. 麻将风波 / 240

4. 把失去的时间夺回来 / 244

5. 一切尽在掌握中 / 248

6. 不一样的元旦 / 251

7. 美男计 / 257

8. 足球之约 / 260

9. 坚持就是胜利 / 265

10. 摔得有点狠 / 268

11. 周末奋战，还是没戏 / 273

12. 对决业界老大 / 280

13. 大年三十 / 286

第六章　果决断，为客户定制

1. 忽冷忽热，是福是祸 / 296

2. 宏基站改室外微基站 / 301

3. 他乡遇故知 / 306

4. 有实力就有前途 / 309

5. 有机会就好，就怕没机会 / 314

6. 医生的调侃 / 317

7. 军方想借助基站多做些事 / 322

8. 界面显示很重要，要一目了然 / 326

9. 凭什么说自己能力差 / 330

10. 关键看实效 / 333

11. 辛苦没有白费 / 336

第一章

兵败西双版纳

1. 危险的泥潭正渐渐逼近

　　美丽的西双版纳，迷人的泼水节，傣家姑娘和小伙与远道而来的旅游者们尽情享受泼水的乐趣。更令傣家人欢欣的是今天开通了移动电话网络，在西双版纳也可以与全球通话了，傣家人的旅游生意会越来越红火。肖云飞，一个土生土长的知青后代，正和抚养自己的傣家养父养母共同欢庆着泼水节，同时，也在庆祝着自己几个月来的辛苦成果——移动电话网络在今天的开通。1998年从华中昌汉大学硕士毕业的肖云飞，留在了毕业实习一年的深圳燎原网络有限公司。三个月前，坚信星星之火可以燎原的肖云飞，带着公司的嘱托和希望，满怀着为傣家人旅游事业的发展和誓与世界移动通信巨头叫板的豪情斗志，来到自己的家乡西双版纳，进行移动电话网络基站建设和实验局的工作。

　　此时，乡亲们都来感谢肖云飞让他们也能用上手机了。肖云飞冲着坤叔道："坤叔啊，你们家阿牛不是在昆明念书吗？我来给他打个电话。"说着拿起手机给自己孩提时的小伙伴阿牛打电话。电话顺利地拨通了——"喂，哪位啊？""阿牛啊！猜猜我是谁？""嗯，我刚买了手机没几天，只有阿爸知道，您是谁啊？声音倒是有点熟。"此时，坤叔夺过手机说道："是云飞啊，云飞的燎原公司免费为我们西双版纳开通网络，云飞花了三个月让我们也能用上手机了，云飞有出息啊！你这整天就想出国，我看云飞在国内也挺好的。"肖云飞要过电话："我是没办法，阿爸、阿妈年龄大了，还有哥哥、姐姐、弟弟、妹妹，虽然我是养子，但也要承担家庭的经济负担。所以，我选择了工作，为家庭分担经济压力。你和我不一样啊，家里条件好，想出国深造也挺好啊。""还是云飞理解我……"阿牛正要接着往下说，电话突然断了，手机发出了"嘟、嘟、嘟"的响声。"怎么断了，赶紧再拨啊云飞。"大家伙一车喧哗。但是再拨却怎么都拨不通。乡亲们满脸疑惑地望着肖云飞。此时电话那头的阿牛嘲讽地自语道："国产的东西就是不行啊！"肖云飞飞快地将手机设置到测试模式，定神一看之后，便像疯了一样奔向基站附近进行路测。幸好在一个铁塔下还有微弱的信号，肖云飞便赶紧与移动电话总站联系。

在微弱的信号下拨通电话是很艰难的，经过多次变换位置，肖云飞终于拨通了总站的固定电话。"喂，是吴主任吗？""啊！是云飞吧。""对对对，我是云飞啊！""赶紧回来吧！你们的这个网出现大面积打不了电话的情况，投诉的人把我们的大厅都挤满啦！这可咋办啊？"

听到这话，肖云飞拔腿就往主机房赶。一路上到处都是抱怨声。终于到了总站，远远望去，总站一楼大厅门口挤满了投诉的用户。肖云飞不敢面对投诉的用户，悄悄地从后门溜进主机房。吴主任早就在这儿等着啦。"云飞，限你晚八点之前把瘫了的基站恢复了，现在是三点半，还有四个半小时。拜托燎原的兄弟们啦！"吴主任说完转身就走。

"从整网的故障现象看，近40%的基站不能打电话，还有60%多的基站能打电话，说明主要是模块硬件故障。"邹晨刚分析道，"由于不能像国外公司做到在机房进行远程故障诊断，只能用最笨的方法换模块。"他无奈地摊开双手。"看来这是一个艰巨的任务，"肖云飞说，"没办法，只能先把旅游景点，尤其重点景区基站先恢复，大家赶紧去库房把模块带上，有多少带多少。马庆生咱们去库房，邹晨刚你在机房后台配合，咱们走。""晨刚，赶紧给深圳总部打电话，让他们连夜派专车送模块，数量你统计，越多越好。由于问题原因没定位，最好再派人来现场维修模块。"马庆生说。三点四十五分，肖云飞开着带顶篷的三轮摩托车，后边马庆生紧紧抱着模块，生怕路途颠簸损坏模块。"先去哪儿呀？"马庆生问道。"1号站。"肖云飞答。

从小在这长大的肖云飞，熟练地驾着三轮摩托车，近三个月来他经常这样往返于各站点。今天运气实在太差了，天空开始下起雨来，雨越下越大，泥泞的土路越来越难走。"真可谓屋漏偏逢连夜雨啊！"马庆生长叹了一声。他们用了近两个小时，才到1号站。开门进了铁塔下的小屋，三个扇区中有两个扇区的模块有问题，两人赶紧换上两个新模块，进行路测，花了一个多小时，1号站顺利恢复了。"我们去11号站吧，看来只能再换一个站了。"

11号站是最近的一个站，1公里左右的直线距离，实际路程约5公里。天黑漆漆的，又下雨，还没有路灯，肖云飞驾着三轮摩托车小心翼翼地行驶在泥泞曲折的路上，七点半了才到11号站。这个站一个扇区的模块灯都不亮，说明模块中的电源坏了，另两个扇区的模块推测是发射功放和接收放大器损坏。但手里只有两个模块了，只能把电源坏的和接收放大器坏的先换上。发射功放损坏，通常仅是功率下降，但近距离还可以打电话。用了不到一个小时，八点十五分，11号站两个扇区恢复，另一个扇区四五百米近距范围可以打电话。

此时肖云飞站在近距可打电话的扇区下拨通了吴主任的电话。"云飞啊！八点过了十五分钟了，恢复了几个站啊？"吴主任问道。"真的对不起，1号站三个扇区中的两个扇区恢复了，11号站两个扇区恢复，还有一个扇区没模块换了。不过这个扇区是发射功放损坏，近距离还是可以打电话，我现在就是在这个扇区下约800米的地方给您打的电话。""只有500米左右，哪有800米呀？"马庆生悄悄地在肖云飞耳旁说道。"阿全叔啊，真对不起，只有四个好模块，我让晨刚打电话向深圳求援，公司会连夜送模块过来，争取明天把站都给恢复了。"

吴阿全主任沉默着，过了好一会儿，才失望地说道："一个移动电话网络，有近40%的基站在我们西双版纳三月三泼水节开通之际，却打不了电话，四个半小时仅恢复了四个半扇区。到明天下午三点半，24小时能全恢复吗？我看难说啊，云飞。""一定行的阿全叔，相信我。阿全叔您一定要相信燎原，我们一定会全力以赴，决不辜负西双版纳人对燎原公司的期望。""好啦！你们也够辛苦的，赶紧回来休息吧！但愿明天下午三点半都能恢复啊！"吴主任说道。其实，吴主任和肖云飞心里都明白，明天下午三点半或到晚上八点，能把主要景区和城区的十几个站搞好就很不容易了；全部搞好根本不可能，那些偏僻山区的基站修复，没有一周是难以完成的。

经过一夜空中陆地大接力，深圳驰援的模块和人员终于在早晨七点来到西双版纳。八点钟，四路人马9个人各自负责三到四个基站，带足模块向计划目标出发。肖云飞、马庆生、邹晨刚各带一路，另一路的从深圳刚来的两人不识路，只能再请一个局方^①向导。"模块一定要保护好！"马庆生喊道，"车子颠簸，要抱着啊！"邹晨刚补充了一句："咱的模块可不比欧罗巴和美利坚的，怕颠啊！""王厚林你在后台支撑，车子玉你负责搭建维修环境模块。"肖云飞吩咐着。"修模块至关重要，因为肯定还会有坏的，必须及时修复。"肖云飞冲着车子玉边走边大喊着，突然又猛回头说："如果缺元器件让家里赶紧给快递过来，听到了吗？动作一定要快啊，车子玉。"

肖云飞如此重视模块维修是有道理的。模块设计水平低、人员经验不足是燎原的弱点。燎原的电源、收发信机、接收低噪声放大器、发射功率放大器都分别设计独立模块，最后通过线缆相互联结，结构上通过螺钉拼凑在一

---

① 局方：指当地的电信局。

起形成一个又重又大又怕颠簸的大模块。难怪美国的奈奎斯特公司分析了燎原的模块后，认为燎原需要10年时间才有可能与其比肩。欧洲的麦克斯韦和香农公司更是对燎原不屑一顾。尤其是麦克斯韦对燎原免费给西双版纳建网耿耿于怀，想方设法要把燎原赶走。作为老牌通信公司，麦克斯韦深知"星星之火可以燎原"这个可怕的道理，联手欧洲的香农、美国的奈奎斯特和森尼韦尔，以及加拿大的枫叶公司对燎原进行全方位打压。此时此刻，当燎原人忙于恢复基站的时候，麦克斯韦的季晓宇正坐在吴阿全主任的办公室里。

"吴主任您好，今天就是来看看您，好久不见了，挺想您的。西双版纳是个美丽的地方，上次来没好好玩，这次心情好，想好好玩一玩。"吴主任知道上次是燎原拿下了西双版纳的项目，季晓宇自然心情不好，这次是专门来看笑话的。"您的心情好，就尽情地玩吧。谢谢您还能想到我，还专门来看我，只是我现在有点忙，抽不出空陪您了。"吴主任淡淡地答道。"唉，您现在的忙恐怕要成为常态了，投诉多了让下面的人去应付，模块失效燎原免费帮您换，看开了，适应了，也就习惯了，毕竟咱们还有手机的生意不是吗！上次让您扫兴了，这次一定补上。"季晓宇接着说道，"今晚在傣家人酒楼恭候，七点不见不散啊。""今天真的有事，要不明天吧，好吗？"吴主任客气地回道。"好，一言为定，明晚七点'傣家人'。"季晓宇满意地说。

送走了麦克斯韦的季晓宇，吴主任顿时处于矛盾之中。当时接受燎原是被燎原的诚意感动了，再加上云飞是咱傣家人的孩子，所以把世界老大麦克斯韦给拒了。吴主任知道燎原的技术不如国外公司，但国外公司的价格太贵，而且听说服务也不及时，尤其西双版纳这样的小地方，有问题找他们会很难。

回到宾馆的季晓宇用固话拨通了自己上司的电话："喂，徐总吗？我是晓宇啊！""嗯，晓宇，你现在哪啊？""我在西双版纳，刚从吴主任那里回到宾馆就给您打电话。""说说什么情况？"麦克斯韦中国区的销售总监徐航问道。"昨天泼水节，西双版纳移动电话正式开通运营，中午十二点多，不到一点，近40%的基站瘫了打不了电话，听说投诉的用户挤满了总站，燎原连夜从深圳调运模块，现在在各站换模块呢。据说还搭建了个维修摊，专门修模块。看来燎原的模块质量很差呀，一有个打雷、下雨的就挂了。"季晓宇幸灾乐祸地说着。"一帮土鳖还想跟麦克斯韦叫板，星星之火可以燎原，但也会被雨水浇灭啊。嗯，你怎么回宾馆啦，为啥不与吴主任好好叙叙旧啊？""我们约了明晚七点'傣家人'，今天他没空，关键是现在他没心思啊！这么多基站瘫了正在抢修，恐怕他是没胃口啊。"季晓宇答道。'季晓宇你记住，我们一定要把这个星星之火扑灭，必须扑灭。"徐航狠狠也说。

与徐航通完电话，季晓宇接着又打电话："喂，小谢啊，我是季晓宇啊，肖云飞他们的基站恢复得咋样啊，都快四点啦。""唉，宇哥，燎原的进展还算顺利，不过也仅是主要景区和城区的这十几个基站，剩下的没有一周难搞定啊。"和他通话的不是别人，正是吴主任手下的员工小谢。"晚上咱们聚聚。"季晓宇邀请道。小谢特意压低声音说："香农的陈大勇在我这呢……""哦……嗅觉挺灵啊，好，你们聊，打扰啦。"季晓宇挂断了电话。

苍蝇不叮无缝的蛋，燎原瘫站的事，可谓好事不出门，坏事传千里，引来各路苍蝇、蚊子。此时的燎原人并不知道发生的这些事，危险的泥潭正渐渐逼近。

2. 两难的境地

一周后，傣家人酒楼，西双版纳局方为答谢燎原的辛苦工作，特意设晚宴款待肖云飞一行。毕竟西双版纳局方一分钱不花，燎原就帮他们建起了移动电话网络，虽然问题很多，但燎原的无私奉献和吃苦耐劳的精神，深深地打动了傣家人的心。"云飞啊，都来了吗？"吴主任问道。"车子玉还在修模块呢，没来。其他人都到了。"肖云飞答道。坏件太多，时不时还有坏的，所以肖云飞就没敢让车子玉来吃饭，生怕维修不及时，影响基站的及时恢复。"没关系，明天我们走了，车子玉留下继续为您服务。"肖云飞补充了一句。"那太感谢啦，来来来，为燎原的无私奉献先干一杯。"吴主任开心地一口干了。"你们快把整个实验室都搬过来了，又把子玉留下，这我就放心了。模块坏了能及时换，模块不够有人修，这样网络能保持基本正常的运行，好，挺好！"吴主任高兴地说道。此时吴主任手下的小谢说道："前几天麦克斯韦和香农的人都来过。""来干啥？"肖云飞警惕地问道。"还能干啥！来看你们的笑话呗！"吴主任回道，"所以，我们的压力很大呀，云飞。当然只要网络不影响用户的发展，我们就有支持燎原的理由。"

肖云飞知道这话是给燎原的底线。换言之，如果燎原这张网络影响了西双版纳局方发展用户，那后果就难以预料了。"听说麦克斯韦的徐航发毒誓一定要扑灭你们这星星之火。看来麦克斯韦的总裁很怕你们站住脚，所以燎原要争气啊！"吴主任又补充说道。"底气不足啊。"邹晨刚感叹道，"麦克斯韦多牛啊，人家是百年老店，燎原搞无线才两年，怎么比啊？我们都是刚毕业的学生，要经验没经验，要水平没水平。""你可是中国最高学府的硕士生啊，平时那么瞧不起我们这些西北信息、西南电子的，怎么这时又说自己没水平啦？"王厚林不服气道，"虽然我就是西北信息大学的本科生，也一样刚毕业，我就敢跟麦克斯韦、奈奎斯特、枫叶、香农、森尼韦尔这些国外公司拼，不蒸馒头争口气。""俺就不想那么多，干一份工作，拿一份钱，尽力做好眼前的事，找个媳妇，生个娃，养家糊口过日子。一个中国二流的西南电子大学的本科生，能在像燎原这样有冲劲的公司与世界大公司较量就很荣幸了。更何况燎原收入不错哦。"马庆生倒是想得开，乐观地说。

"哼哼。"邹晨刚鄙视道，"别说收入啦，我看就是燎原的一个庞氏骗局。饼画得很大，什么股票啊、分红啊、奖金啊，结果呢？满心欢喜的奖金，硬是被逼着全买了也不知是否值钱的所谓股票。听老员工说，奖金和股票分红都只能买股票，这是公司算好的。我来燎原就是为了赚点钱出国，像我们这样的人怎么可能在燎原这样没前途的公司长期待下去。""那你为啥来燎原啊？"肖云飞问。"燎原的工资还是比其他公司高一些的。"邹晨刚故意压低嗓音但却非常清晰地答道。他的话音落下，一时无人接话，场面顿时有些尴尬。"来来来喝酒，别光顾着说话。"吴主任赶忙打着圆场，"小马，傣家的姑娘都很靓啊！找个傣家的姑娘怎么样啊？"'我们可都没对象啊，为何偏爱马庆生啊？"王厚林笑嘻嘻地附和着。"我们傣家人是小地方的，你们是大都市的大学生，就怕瞧不上咱傣家的姑娘。"小谢装作翻了个白眼，开玩笑道。邹晨刚提高嗓门喊着说："你是怕肥水流到外人的田里吧，傣家的姑娘确实好，要不是出国，真想找个傣家姑娘。"

　　西双版纳的团队就是肖云飞、邹晨刚、马庆生建起来的。肖云飞和马庆生都是做硬件的。守局通常要做软件的，按理邹晨刚最合适。但邹晨刚今晚的话，让肖云飞陷入两难的境地。王厚林的整体能力与邹晨刚相比有差距，把他留下来还是需要邹晨刚的远程支持。再说燎原的软件版本还很不稳定，邹晨刚经常要现场编码打补丁。所以，现阶段只能让邹晨刚留下。其实邹晨刚和王厚林两人心里都明白，用邹晨刚顶住西双版纳的局面，作为重点培养对象的王厚林则回深主持开发新版本，这是目前切实可行的方案。由于要出国，邹晨刚也乐意待在西双版纳，毕竟每天100块的补助足够吸引人了；而且还有车子玉，可以让车子玉来提醒和督促邹晨刚的工作，有问题及时反馈总部，以便及时应对可能的变化。想到这里，肖云飞的心情坦然了许多，平心而论，自己与邹晨刚这样的天之骄子差距有点大，自己就是土鳖，又不聪明，能力也差，只能像马庆生说的，傻傻地埋头苦干，没太多的想法，只是为了生存。聪明人有聪明人的阳光大道，土鳖也有土鳖的羊肠小道。更何况咱们不是在西双版纳也开局了吗，虽然有很多很多的问题，但只要真心努力，有问题及时解决，也许会有希望。想着想着，肖云飞心里就平衡了，还真有点阿Q的精神。

此时的燎原，此时的肖云飞们毕竟年轻，入行时间太短，完全没有意识到无线通信行业的艰辛和惨烈。

3. 这么大的工作量，人是大问题

正要睡觉，肖云飞的手机突然响了。"喂，哪位啊？""是肖云飞吗？"对方问道。"我是啊！""飞哥啊，我是尹贤良啊！"对方激动地说道。"你咋知道我的手机号啊？""唉，刚打给你阿爸啦，你阿爸说的。听说飞哥在燎原很牛啊，我这刚毕业，想到您那混口饭吃，行不？"尹贤良是肖云飞昌汉大学的师弟，今年刚硕士毕业。"哪的话呀，你不嫌弃的话，我们热烈欢迎，现在就缺像你这样的人才啊！"肖云飞真是喜出望外，正在邹晨刚要出国、缺人心烦之际，师弟尹贤良要来燎原，简直就是及时雨呀。"贤良老弟，明天我回深圳，明天你就到深圳，现在公司各产品线招人自己说了算，你来我就可以定，怎么样？""一言为定，明天我就去深圳找你，我可不怕你骗我，你要是骗了我，我就吃你的、住你的，赖上你。""好，见面再说。"说完肖云飞把手机一扔，倒头便睡。

其实，邹晨刚考虑到自己要出国无人接手燎原的工作，出于责任心，他还是自己回母校招毕业生，最后一个叫阎锡源的山西人愿意来燎原。毕竟是自己从头做起的项目，邹晨刚还是依依不舍的，也不希望自己的离开对项目影响过大。所以，邹晨刚默默告诉自己，一定要守好西双版纳的局面，落实阎锡源来深圳燎原的事情。这样自己也可以问心无愧地出国了。

当邹晨刚告知肖云飞阎锡源来燎原的事，肖云飞被感动了。"唉，毕竟是一起奋斗的战友啊，我们不关心自己的项目，谁来关心啊？"肖云飞动情地在电话里说道，"邹晨刚，能不能别走？你是清楚的，咱们这个产品太需要你啦！"电话那头的邹晨刚沉默了，没有回答。

尹贤良和阎锡源顺利入职燎原，只是两人来深匆匆都没来得及办通行证，公司方面要三天后才能帮他们办好暂住证。4月的深圳阳光明媚，这两个刚来深的年轻人就利用周末先去逛了蛇口的海上世界，女娲补天雕像、明华轮、大海尽收眼底，看到赤湾炮台的林则徐像仿佛看到他当年抗击洋人的影子。开开心心的蛇口一日游使两位对深圳印象极为美好。

晚上回到白石洲的出租屋内已是十一点了，正准备洗澡睡觉，两人突然听到敲门声。"开门开门，查暂住证。"尹贤良和阎锡源都是初来深圳，不知道既没通行证又没暂住证的可怕，随手就打开了门。"有暂住证吗？拿出来看看。"保安说着。"公司昨天给办了，要到下周二才能拿到。"阎锡源答道。"哪个公司的？""燎原公司。"尹贤良答。"那把工卡拿出来看看也行。"保安说。"我们昨天刚入职，工卡要周一才能拿到。"阎锡源说道。"你们什么都没有，如何证明你们是燎原的员工呢？"保安说。这时二人都傻了。"如果你们两个不能证明是燎原的员工，那只能先跟我们走，等搞清楚再说。"保安又说着。"我有毕业证书可以吗？"尹贤良问。"拿出来看看。"保安说。看完尹贤良的华中昌汉大学硕士证书，本是湖北人的保安说："好啊，可以。""你呢？"保安冲着阎锡源问道。阎锡源顿时脑子一片空白，他来得匆忙，证书忘带了。"我是北京未名大学的硕士毕业生，但是忘了带毕业证，他可以做证啊。"阎锡源指着尹贤良说道。"对不起，你没有任何可证明的材料，只能先跟我们走一趟了。"阎锡源做梦也没想到，这一走直接被送往樟木头。

周一刚上班，尹贤良就去找肖云飞说阎锡源的事。肖云飞赶紧去找公司的干部部。干部部很重视，派专人与派出所联系，经过沟通和确认，周三阎锡源回到了燎原公司。这次的经历让自认是天之骄子的阎锡源感觉自尊心受到了极大的伤害，他对深圳一阵发泄后，愤然离去，从此再无音信。肖云飞多次想通过邹晨刚联系阎锡源，却始终无果。

周五上午的产品线例会，产品经理张立彪开门见山："西双版纳局方是我们燎原在移动通信领域的敲门砖。从现在的情况来看成功算不上，但我们要力保不失败。以现在掌握的信息可以看出，以麦克斯韦为首的西方公司，是下决心要把我们的基站搬走的。所以，我们要以结果为导向，满足西双版纳局方的需求；以生存为底线，捍卫我们的基站，不让它被麦克搬走。"张总停顿了片刻，下面有人议论起来。张总想了想接着说："我用以生存为底线绝不是危言耸听。我们这个产品线要想在公司立足，必须要对公司有贡献，公司不会也不可能白养我们的。而一旦我们产品不成功，失败了，不能为公司带来价值，哪个老板愿意白养我们呢？再说得明白一点，什么民族品牌抗击'七国八制'啊，什么为了公司的发展啊，这些都是虚的。我们就是为了自己，只有主观为自己，才能谈得上客观为别人。我们的产品，只有靠我们自己的努力和付出，才有可能成功。毕竟太难了，真的，和这些欧美老牌公司拼，真的太难了。但我们已经踏上了这条不归路，只能硬着头皮往前冲。华老板说了，人多力量大。如果西方人比我们聪明，一个能顶我们两个、三个，那我们就用六个、十个人顶他一个，中国也是有优势的，人多啊！所以，华老板指示多招人。"

干部部的东方牡丹插话道："是的，华老板指示我们干部部全力配合你们产品线招人。请基站、控制器和核心网三个子产品的相关人员尽快把招人计划、软硬件人员数量报上来，最好明天下班前完成。尤其是基站的肖云飞，你们缺口大，射频人才难招，要快啊。""牡丹啊，尹贤良能不能不参加公司的培训了，要三周啊，我们的人手，尤其软件人员缺口大，邹晨刚在西双版纳守着，家里只能靠王厚林，来了尹贤良和阎锡源，结果阎锡源被樟木头一下搞没了，尹贤良又要培训三周，真有点揭不开锅的感觉。"肖云飞诉苦道。"新员工，尤其是刚毕业的新员工，必须参加公司的三周培训，这是公司的硬杠杠，目的是'洗脑'，消除学生时代的坏毛病，尽快适应公司的节奏，即端正态度，服从公司。"东方牡丹应道，接着又冲着肖云飞说："关于邹晨刚，您再和他沟通一下，希望他留下不出国了。即使要走，最好明年下半年，也就是再支持一年。""这个建议好。肖云飞，针对目前西双版纳出现的问题，需要尽快拿出改进计划，把我们的基站软、硬件尽快稳定下来。要好好学习麦克斯韦、香农、枫叶的模块，认真解剖，该大改的坚决大改，不可患得患失。"张总拍板道。"好的，张总，我马上落实，下周例会就汇报。"肖云飞答道。

"好，一万年太久，只争朝夕，我们就是要云飞这种不讲条件的态度和执行力，下周见。"张总环顾了大家，说完起身离开会议室。

"电源、上行放大器损坏，下行功放失效，还有晶振失效，是我们收发信机模块主要的设计缺陷问题带来的。我们模块的故障远程诊断能力与老外比差距尤其大，对于这一点在西双版纳大家的感触都是刻骨铭心的。所以，软件和硬件一定要通力合作，把远程模块故障检测这个短板补齐。核心是要准确告警，消除误告警，为故障处理提供真实可靠的依据，减少不必要的人力、物力消耗。"在西双版纳项目问题总结的电话会议上，肖云飞首先说道。"我们这种各功能模块设计独立结构，最后用线缆和螺钉拼凑在一起的结构形式必须改变，否则无法保证各种运输条件下的可靠性。这次大家吃足了苦头，螺钉松动接头被震得连接不良，把个好模块也整废了，而且很难定位。我看我们有很多模块用不上，很多都是这些原因，一定要像麦克一样一体化设计。"马庆生深有感触地说。"这就要大改了。"车子玉在电话中说。"是啊，这一动，整个软件架构也要跟着动，模块一体化再加上远程故障诊断，软件的工作量不是增加一点啦，工作量会很大的。"邹晨刚在电话会议中也感慨着说。"从实际情况来看，不大改是没法适应市场需求的，而且维持的人力也没法保证。张总说了，该大改就大改，不可患得患失。"肖云飞冲着电话那头的邹晨刚说。"这么大的工作量，人是大问题啊！"邹晨刚答道。

其实肖云飞是有意挑起这个话题，目的是想让邹晨刚意识到当下自己的重要性。邹晨刚也明白，王厚林负责开发新版本，但网上的老版本依然需要人来维护，新版本与老版本还要兼容，而能担起这个担子的目前只有自己。此时，王厚林说道："刚哥，我进公司您就是我的思想导师，现在我负责新版本的开发，还需要您的帮助啊，我的水平您清楚的。刚哥，您能不能不出国？"邹晨刚没有回答，肖云飞赶紧解围道："马庆生、王厚林赶紧把开发计划制定一下，记住TCP5就定在10月30日。""只有6个月啊，几乎全新的东西，也太短了吧！"两个人同时喊起来。"大家都清楚，其实现在就要按10月30日反推制定计划，此时不搏更待何时。这个时间点是张总定的，怕是华老板的意思。"肖云飞说。

其实，TCP5仅是开发完成，还需要经过量产试制，软件还需要在实验局进行验证，最快也要两个月。公司就是希望在新世纪推出新版本。说实话，西双版纳局的版本实在难以全面铺开推向市场。毕竟是一帮新兵蛋子的第一个版本，问题多是肯定的。但是在老版本基础上加以改进，肯定会上一个新台阶，公司看得很清楚。所以，新版本的开发至关重要。

让肖云飞略感欣慰的是，听车子玉说，邹晨刚出国的事情联系得不是很顺利，这是个机会。于是会后肖云飞拨通了邹晨刚的手机。"喂，是晨刚吗？""啊，云飞，有事吗？"邹晨刚问道。"能有啥事，有你在西双版纳守局，我是不用操心啦。你看这2.0版本开发，时间这么紧，王厚林的提议考虑考虑，再帮帮我们吧。""肖云飞啊肖云飞，你可真会钻空子，子玉跟你说了是吧，我这联系得也不顺，好吧，年底走人。"邹晨刚啥都明白。"还是舍不得离开我们哪！厚林，你师傅答应留下啦。"肖云飞在电话这头冲着王厚林兴奋地大喊着。"美得你！"邹晨刚轻哼道。了了心病，肖云飞又开始操心模块硬件开发。

4. 分布式电源方案

从这几天的分析来看，考虑到一体化设计和散热，由于不利于散热，电源砖是肯定不能再用了，必须化整为零，由集成的电源独立模块变成融入收发信电路一体化设计；而且老外就是这么做的，可靠性明显优于燎原目前的模块。这个思路是学老外的。虽然没做过，但开发团队也不敢提不行，大不了照抄老外的。但是采购部门却急了，直接发邮件给张立彪，威胁产品线难以保证供货。张总单独把邮件转给肖云飞，让他对采购部门的意见要认真听取，对提出的问题一定要认真分析，拿出令人信服的对策。

基站2.0版本不用电源砖一事，在燎原激起了千层浪。电源事业部的老大聂胜斌在负责公司电源业务的副总金海明的办公桌前大声问道："基站单板不用电源砖，也就意味着公司所有的单板都有可能采用分布式电源，而放弃电源砖。请问金总，我们的电源砖谁用？""别激动，先坐先坐。"金总缓缓地说。聂胜斌无意坐下，又想开口。"先坐，坐下来消消气，再仔仔细细地慢慢道来。"金总用手势示意聂胜斌坐下。聂胜斌此时也只好先坐下。等聂胜斌心情平稳了一些，金总问道："基站为何突然不用你的砖啦？""我哪知道啊？一帮毛都没长齐的孩子瞎冲动呗。"聂胜斌气呼呼地说，随即又补充道，"他们懂个屁啊，做过分布式电源吗？没做过，见了个风就是个雨，不知天高地厚。您得找他张立彪说说去啊！不能让他们瞎搞啊！""如果他们真的在瞎搞，我肯定会找他们，但你刚才说那么多，却没有什么真正有价值的信息啊，我只看到张立彪抢了你聂胜斌的饭碗。"金总一针见血地指出。

"这还不够吗？而且他们没做过分布式电源这也是事实，更谈不上经验了。"聂胜斌硬着头皮回道。"姓聂的，你是知道的，深圳以电子产品为主，而由于电子产品中电源相对简单，所以，深圳做电源的企业很多。张立彪来燎原前就在深圳工作过，虽然他是搞通信的，但他工作过的企业也有做电源的。所以，基站2.0为考虑散热，尤其要为以后ODU[①]自然散热打基础，采用分布式电源是合乎逻辑的。"金总用手点着桌子分析道。"啥合逻辑啊？一帮新人没干过，搞不定的。"聂胜斌不服气地说。"为什么搞不定？你回答我砖和分布式哪个好做？"金总用力拍了拍桌子。聂胜斌不吭声。"你为啥不吭声，不吭声说明分布式比砖好做。所以，张立彪是个聪明人，你那个破砖在西双版纳把人坑苦啦，全要靠风扇散热，否则就坏。张立彪看得很准，所以决心也很大。更何况，他只要把你砖模块电路拿过去和他的收

---

① ODU：射频室外单元。

发信机电路一合，电路设计就完成了，你闹个啥呀！别让他笑话啦。"金总安抚着说道。"金总，我可没说分布式比砖好做。他们要面临的可是电源电路、数字电路和射频电路的混合一体化，如何消除相互干扰，PCB①布局，尤其是接地最为关键。"聂胜斌不甘心地答道。"记住，聂胜斌，在燎原干要有大局观，不要小家子气。在这之前，你都是小家子气的，但是我希望你从现在起要有大局观。"金总强调说。"怎么个大局观法？饭碗被抢了，难道去要饭？"聂胜斌苦着脸说。"你说得对，刚才你说的确实是问题，而且很关键。肖云飞他们没经验，你们有经验啊！所以是没有问题的。"金总言之凿凿地说道。

"您不是说确实有问题，而且很关键吗？怎么又说没问题呢？啥意思？"聂胜斌不明所以，反问道。"别跟我揣着明白装糊涂，你刚才自己都说了要饭了，说明你早有考虑。好，你派最有经验的人支持肖云飞的2.0设计开发，如果由于电源问题，开发搞不定，拿你是问。"金总放下了狠话。"金总，您这一碗水没端平啊。"聂胜斌还想挣扎一番。"少废话。"金总说着拿起电话就拨，"喂，张立彪吗，我是金海明。""金总，我是张立彪。""得知你们2.0用分布式电源方案，聂胜斌激动得跟我这请战来了，决心派最有经验的人帮助肖云飞他们开发，而且还承诺由于电源EPD流程的问题拖后腿，甘愿受罚。看来燎原人就是有水平啊，你去找他吧。"金总说完挂断了电话。那头的张立彪真是感激不尽，自语道："枯木逢春啊！""请战？可能吗？还是金总水平高，摆平了聂胜斌吧。"张立彪喜悦过后，摸了摸脑袋回味道。

---

① PCB：印制电路板。

5. EPD的培训和考试

"喂，你是基站的肖云飞吗？""啊，我是，您是……？""哦，是这样，你招的新员工尹贤良不是在我们石岩湖培训吗。""是啊，怎么啦？"肖云飞问。"你有空，最好现在就过来，好好开导开导他，我们的培训关键是态度，大家写总结都很认真，通常在1000—2000字。结果你们这个尹贤良写了不到300字。明确跟你说，我们培训的教官已经讨论了，总结必须重写，如果效果不好，我们认为态度有问题，只能辞退。"公司负责石岩湖培训的秘书在来电中语气极其严厉。"真添乱，好，我马上过来。"肖云飞急忙回答。"这都快六点了，怎么过去啊？"没办法，肖云飞只能硬着头皮打的。石岩湖是封闭培训，没法和尹贤良电话沟通，而且去石岩湖的交通不便，司机对路也不熟。于是肖云飞赶紧给负责石岩湖培训的秘书打电话，让她把过去的路线搞清楚发个短信过来。到了石岩湖，肖云飞和尹贤良哥俩熬了一夜，写了3000字的总结。这下尹贤良真的体会到在燎原态度的重要性了。一大早，尹贤良出操了，肖云飞跟着公司的班车回到了科技园。肖云飞心想："真是又当爹来又当娘，锅碗瓢勺都得管，难啊。"肖云飞头晕脑涨，索性跑到实验室后面的折叠床躺着休息了。休息不好，干活效率低，所以，公司允许员工困了就搞个折叠床休息一会儿。

处理好尹贤良的"总结事件"，肖云飞回归大部队，继续和大家一起探讨方案。"基站改板计划很有挑战，TCP5 10月30日完成产品线有重奖，集体出游大梅沙，产品线出钱，在座的都有份。"大家掌声一片，可是肖云飞没鼓掌，因为按点完成P5几乎不可能，张立彪张总只不过开了个空头支票罢了。"肖云飞，你好像信心不足啊？"张立彪见肖云飞脸色暗沉调侃着。"我们大家可都指望你们基站了。"干部部的东方牡丹接着揶揄道。不过下面谈的事恐怕让肖云飞就更加高兴不起来了。张总敲了敲桌子："好，下个议题有请PQA①柴文娜。""上周公司决定在全公司推EPD流程，下周一至周四产品线所有开发员工脱产学习EPD。肖云飞，你的2.0版要按EPD操作。周五考试，考试通过才能具备操作EPD的资格。考试不通过，继续学习再考。总之研发人员必须个个过，否则，流程操作不了没法从事开发工作。我们移动产品线总裁张立彪也必须考试，否则，流程无法审批，所有过点都无法完成，而且别人无法替代。"柴文娜在周例会上扔下个重磅炸弹。"肖云飞，尹贤良培训得差不多了，应该能赶上周一的培训，你要盯住他。"东方牡丹补充说。肖云飞正要开口，就听张总说道："这是华老板的强行要求，其实我去争取了，没用。所以，大家废话少说。只有四个字——坚决执行。散会。"张立彪说完起身便走。"我劝大家调整心态，下周从思想上把手头的工作全放下，集中精力完成EPD考试。大家把高考的劲头拿出来，没问题的。不过考试不轻松啊，大家别以为能轻松过哦。我们是安排白天学习，晚上辅导，只要大家努力，相信都能过。"柴文娜边离开会场，边给大家打气。

"EPD是公司花大价钱与世界最著名咨询机构合作的成果，它是一个集开发、测试、可靠性、可生产性、可采购性、可服务性为一体的端到端的产品开发质量保证体系。"培训老师简单介绍着EPD。"先来谈谈燎原公司研发的一些特点。"培训老师接着细细道来，"首先，需求经常是不完整的，不清楚的，或者容易发生变化的。其次，项目进度经常紧，赶工现象普遍。再者，电信级产品技术复杂，质量要求高。另外，对项目成员的经验和能力要求很高，项目人力成本比较高。再有就是项目规模大，项目成员数量多，沟通和协调难度大。"培训老师说完这几个研发特点后，

① PQA：产品质量管理者和流程质量管理者。

特意环顾了大家。从大家的表情可以看出，这五点总结得恰到好处，太符合燎原公司的现状了。

"看来大家很认可这五个特点总结，而且课前我也听到有人议论说简直就是现在的基站2.0版本（BTS2.0）。大家其实都很不情愿来参加这个EPD培训，而且还要全脱产一周。"培训老师停顿了一下，接着又说，"如果换一种培训方式，就以你BTS2.0为着入点，通过EPD的视角来运作BTS2.0的整个开发，也就是用EPD把BTS2.0的整个开发过程走一遍，最关键的是人员整齐，把学习培训变成用EPD的方法论解决BTS2.0的实际开发过程的研讨，把项目关键节点的计划讨论清楚，把关键动作梳理明白，我想大家应该可以接受吧。""怎么样，我们不是麻烦制造者，而是真心帮大家的，掌声感谢一下杜老师。"柴文娜带头鼓起掌来。此时，台下人的眼里都冒出来绿光，热烈地鼓起掌来。

"其实，EPD就是一个方法论，同时也是一个质量保证体系。它不仅规范了从概要设计、总体设计、详细设计、原理图、PCB设计以及开发、测试、可靠性验证、可生产性验证，直到量产发布，这一整套产品开发的计划、评审、归档、模块编码、模块清单BOM①以及元器件的编码申请和可采购性认证，同时，参与的角色也不仅仅是研发人员，而且涵盖制造代表、可靠性工程师、采购代表、服务代表等。与以往不同，每个节点，这些代表和角色都被EPD定义在流程中，换句话说，他们在EPD流程中的某个节点，比如TCP5，如果投了反对票，那TCP5就不能通过。"杜老师说到这，台下的人脸上显出极大惊讶。因为原来都是研发人员自己说了算，最多就是开发和测试人员间有争执。这时马庆生举手站了起来，冲着老师提问："这些代表的权力也太大了吧，我们研发

---

① BOM：物料清单。

开发和测试、软件和硬件人员之间已经有很多需要沟通协调和处理的问题，可靠性工程师、制造代表可以理解，服务代表也可理解，采购代表为啥要在EPD流程中啊？"

"马庆生你真有水平，问得实在太好了。"柴文娜肯定地说，"马庆生我问你，在西双版纳你的模块有个晶振出问题，当时采购劝你们不要用这个厂家的这个型号，你们硬是不听，只是因为这个厂家是最早向你们推荐的这个型号。人家采购知道这是厂家独家供货，而且采购知道该型号在别的地方出现过问题，独家的供货质量有问题的话，出现问题无法替代。其实你们出现的这些问题在其他产品也有类似情况出现。公司从方法论的角度把采购代表加入了EPD，说白了公司开发产品的目的是要可量产的，相应的元器件易采购，元器件难买到，量产就无法实现，公司拿什么产品去卖呢？懂了吧大家。"柴文娜得意地看着大家，马庆生无言以对。此时，移动产品线总裁张立彪开口了："大家也不用觉得太为难，公司还是留了一个口，如果重要节点，事关重大，我是有权决断的，这是公司赋予我的权力，毕竟公司是以结果为导向的。当然了，结果不好，我负全责。""公司英明。"肖云飞带头喊道。"别高兴得太早，我的决断来自你们，如果BTS2.0在TCP5出现难以调和的矛盾过不了点，我的决断来自你肖云飞。所以，如果我的决断是错的，也就是你肖云飞的错，都脱不了干系。"张总补充说。"这就是公司要达到的各负其责的目的。"杜老师解释说。"同时，又要敢于担当。"柴文娜又补充道。"尤其是领导要敢于担当，这是公司赖以生存的根基。所以，公司以产品线为核心，把研发、制造、供应链、服务，还有市场全部端到端要拉通，目标就是以结果为导向，让产品线对结果负责。所以，张总的决断权是必需的。"杜老师最后总结说。"权力大，责任也就大，关键还得靠在座的各位努力啊。"张立彪自语道。

在统一认识的过程中，EPD的培训和考试结束了，由于实战性很强，大家都顺利地通过了考试。

由于EPD统一了语言，统一了方法，从而消除了以往不必要的误解和解释、协调工作，大家的工作更加默契了。直接的成果就是BTS2.0的研发工作进展顺利，其标志成果就是按计划打通了电话。作为基站系统的开发人员，打通电话意味着软硬件系统联调的成功。下一步就是开发人员完善软件硬件参数并固化，向测试部提供稳定的版本，供测试人员验证软硬件的各种测试用例。整个开发过程经过了TCP1–3的概要、总体和详细设计，再经过TCP4/4A①的原理图/PCB投板，开发验证和测试验证。终于按计划来到了TCP5这个最重要的节点，2.0版本在生产试制中的表现远好于老版本，制造体系非常开心，由于是在采购代表的指导下进行，元器件的可靠性和供应问题不大。

6.大梅沙阴影

在TCP5的评审会上，肖云飞似乎信心满满。因为最担心的分布式电源，前期虽然出现了一些问题，但通过及时准确的定位，快速改板，也化险为夷了。此时，PQA柴文娜环顾了下四周说："请各位代表，对BTS2.0过TCP5还有什么意见尽快提，这个版本公司寄予厚望，也请大家多提意见。"最重要的角色测试经理表示没意见，另一个重要角色制造代表更是举双手赞成。可

---

① TCP1–3、TCP4、TCP4A均为质量管理系统中的不同节点。

靠性工程师、采购代表也都表示同意。大家纷纷表态后，柴文娜突然发问：

"咦，怎么服务代表一直都没发表任何观点，江嘉陵请表个态吧！"硕士毕业于桂林电子科技大学的重庆人江嘉陵缓缓地说："研发人员很给力，2.0确实是个飞跃。老版本在故障告警上做得太差，基本无法远程监控，故障判断大多要靠上站来解决，费人费力。"

此时的肖云飞听出了江嘉陵的话中话，心想自己很重视远程诊断和告警，专门安排尹贤良做这个事，难道……江嘉陵用眼扫了一下尹贤良，接着说："我们基站模块告警，首先是准确，只有影响业务的故障告警才是真实的。它驱动我们维护人员，尤其是运营商的维护人员，通过准确的告警信息，及时更换模块、单板，迅速恢复正常业务。但是2.0的告警信息多达两百多项，请问，运营商的维护人员是不是看到这两百多个告警信息，都要换单板？又请问，这两百多个信息哪些是影响业务的？"尹贤良显然没考虑这些问题，他只是认为要把能做的告警尽量都做上，没考虑是否影响业务。江嘉陵知道尹贤良答不上来，接着说："麦克只有20个告警，其中，只有不到10个是影响业务必须换模块或单板的告警，剩下的是提示性告警，不需要换模块和单板。"柴文娜吃惊地看着肖云飞，肖云飞低着头说："我们光考虑做告警补足1.0的短板，没有认真分析，尤其没有从实际应用中考虑。""这些告警太多了，都是开发自己验证的，由于时间紧，我们测试只是验证了告警功能，没考虑实际应用是否要换单板和模块。"测试经理赵长城也担忧地说。

"看来今天的TCP5过不了啦，我需要跟张总商量一下，今天的会就到这吧。"柴文娜说完，随后叫住肖云飞、赵长城："怎么回事，难道事先服务代表没提这些吗？""提了，只是没重视，光顾着搞全告警了。"肖云飞耸耸肩回道。"本来10月30日TCP5可以达成，现在怎么办？我去找张总。"柴文娜转身快步走了。

"没办法，研发人员没做到位，这种告警机制确实无法得到运营商认可，没办法只能赶紧改，TCP5延期一个月。"张立彪无奈地对柴文娜说，随后拨通肖云飞的电话。"肖云飞。""张总。""我都知道了，首先还是要肯定2.0做得不错，但我们的产品是给客户用的，这一点我们没把握好。想想要是这个版本真的到了客户那里，简直就是灾难。吃一堑，长一智。坚决迅速改，11月底过TCP5。"张总下了最后通牒。

"基站的兄弟们都缩在这儿吃饭哪。"干部部的东方牡丹端着午餐盘朝肖云飞、尹贤良他们走来。"牡丹姑娘和咱们一起吃午饭，太给面子啦。"王厚林大大咧咧地说。"尹贤良，你看看你，把个好端端大梅沙聚会给搅黄了。"东方牡丹开着尹贤良的玩笑。尹贤良不好意思，低声说："唉，太想做好，没经验，让大家受累了。"东方牡丹倒是满不在乎地接着调侃他："新员工可以理解，想想石岩湖总结只写不到三百字，差点被辞退，进步很大啦。怎么样，现在应该成为真正的燎原人了吧！听说今天过了P5，提前了三天，祝贺祝贺啊！""有啥好祝贺的，要是10月底按时交付，就可以去大梅沙爽一把，唉，命啊！"肖云飞撇了撇嘴，装作诉苦说。"别呀，咱可以自己组织去啊。"马庆生赶忙劝着说。"钱呢？"肖云飞反问他。此时的东方牡丹压低嗓音神秘地说："钱，我来出！"大家的眼睛顿时都放着光，不管不顾地高喊着："牡丹万岁，牡丹万岁。"

"哐！"远处传来一声巨响，震惊食堂里的所有人。一个小伙子餐盘里四个碗全翻砸在地面，饭菜散落一大片，同时也溅到了很多人身上。然而，这个小伙子居然毫无歉意，就像什么都没发生，旁若无人地昂着头，大摇大摆地扬长而去了。"牡丹你过来一下。"远处传来一个声音。东方牡丹猛回头，"啊，老板。"东方牡丹赶紧丢下碗筷奔向远处的华今朝老板。"查查刚才翻盘子的小伙是谁，立即辞退。"华老板义正词严地下了指示。"啊！"这个指示下得如此突然，让东方牡丹忍不住惊呼。"燎原不需要这样的员工，明天就不要他再上班了，坚决辞退。明天一早我就要看到公司正式的通告。燎原靠德，燎原的员工必须有德。"华老板再次强调道。"好，马上就办。"东方牡丹这才反应过来，快速答道。

回到座位，东方牡丹边吃边说："赶紧吃完了去处理那小子的事。顺便说一下，老板还是很认可基站2.0的，今天中午就是老板让我来告诉你们，大梅沙聚会的钱公司出。该罚的不手软，该鼓励的及时鼓励，老板就是要树立这样的企业文化。"

12月初的大梅沙依然如夏，产品线及各领域共计两百号人来到大梅沙度假。海浪、沙滩、游艇、大餐、卡拉OK，大家尽情释放。最开心的还是东方牡丹的干部部和柴文娜的质量部门，她们希望天天都是这样。看这帮丫头又是唱又是跳的，再看看这帮刚打完恶仗的研发人员，多半疲惫地、傻乎乎地看着，还有的躲在房间里补觉。

晚宴上，张立虎边吃边和大家聊道："其实我心里的TCP5就是11月底，提前一个月就是压你们。大梅沙你们就该来。""早就心里有数了。"肖云飞喝了一口啤酒应道。"为什么华老板这么积极地让我们来大梅沙玩呢？"张总自问道。"通常老板这么做有两种可能，真有好事，否则就是遇上大事了。"东方牡丹神秘兮兮地说。"我看新闻里整天报中国要入世的消息，有的说有利，有的说不利，真说不清楚。唉，咱小老百姓不操这个心啊。"柴文娜摆出一副佛系的面孔。尹贤良则认真地说："入世对中国肯定有利啦，欧美都是加入了WTO的。""尹贤良这小子心倒挺宽的啊。老板是可怜咱们才让我们来大梅沙玩的啊。"张总笑着说，"中国人多，移动通信是块大肥肉，欧美人早盯上了。国家也没办法，一来我们技术落后，二来国家也想快速推广移动通信，虽然说要想富先修路，但毕竟无线通信要比修路快，也便宜些。""听明白了，加入WTO，通信行业要做出牺牲的。"肖云飞自语道。"前两天我与西双版纳局方就2.0实验局的事沟通了一下，原来我是准备先电话沟通一下，紧接着过去细谈。但是对方找各种理由推辞说没时间。"张总停顿了一下接着说，"后来经多渠道打听，西双版纳局方在欧美公司眼里是价值区域，所谓牺牲通信行业，主要是价值区域。所以，西双版纳局方要被麦克搬了。"张总轻叹了一口气，落寞地喝了一口酒。

众人听闻此事，都停下手上动作，陷入了沉默中，久久不语。出师未捷身先死，还没努力到最后却被行业巨头莫名搅局，大家心里都不好受，愤怒、屈辱、悲凉各种情绪同时涌上心头，却无处言说，只能在心里默默地憋了一股劲。

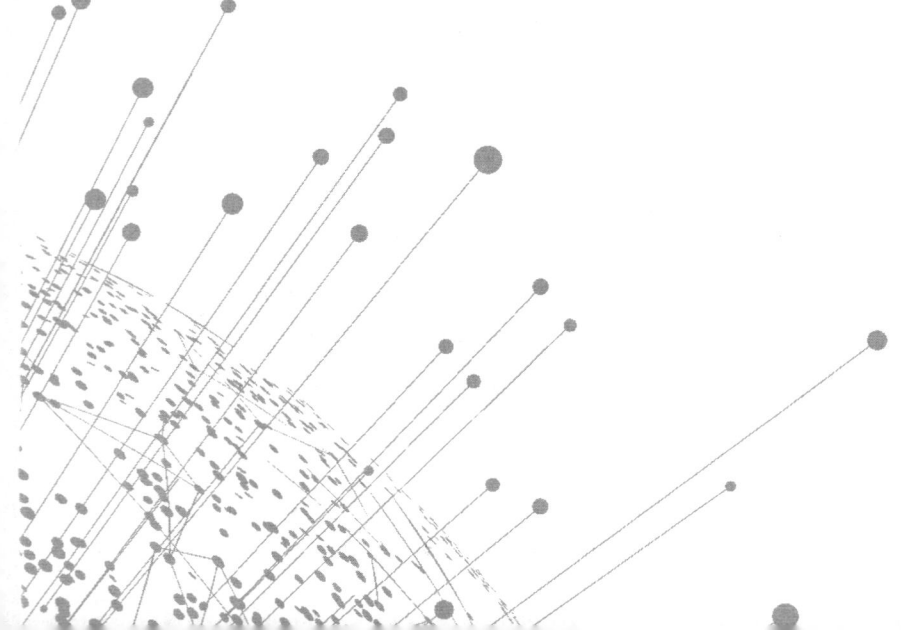

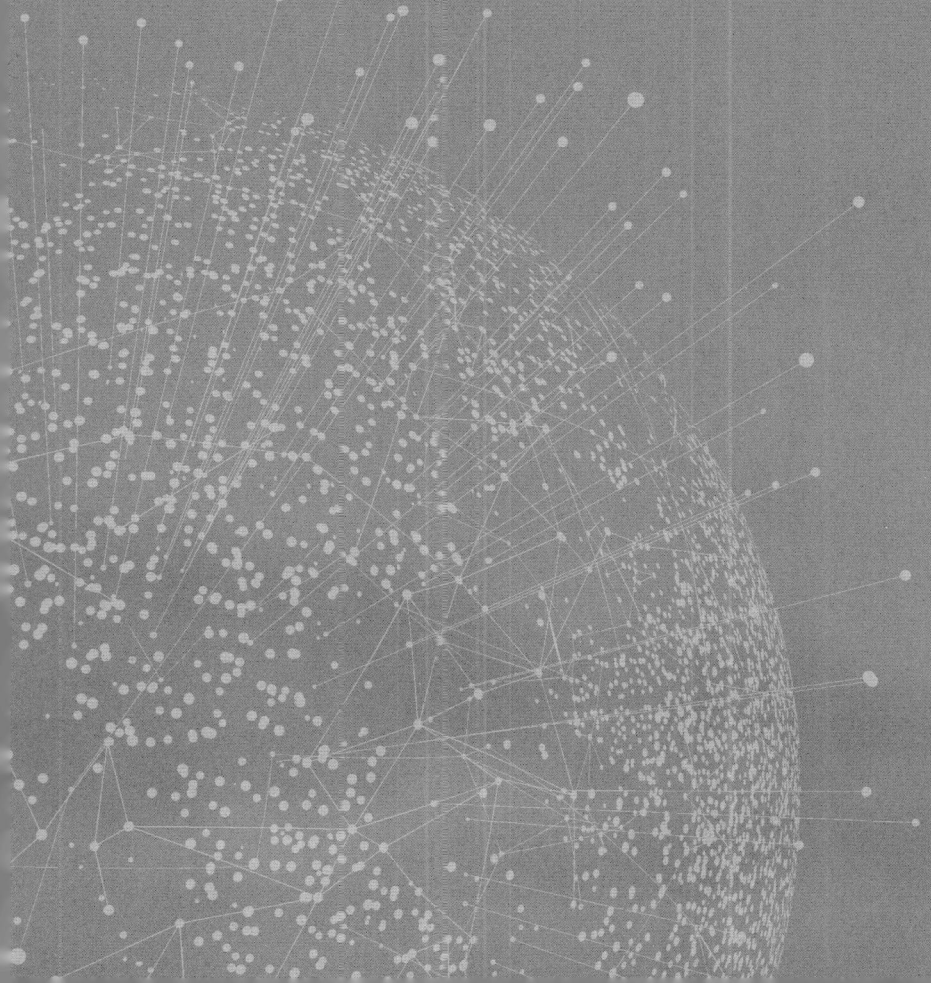

第二章

活下去

1.大浪淘沙，减人还是减薪

大梅沙聚会的阴影笼罩着大家，直接的影响是邹晨刚走了，车子玉就地离职直接成为西双版纳局方的一员，负责维持麦克的基站，还找了个傣家姑娘，准备在当地过老婆孩子热炕头的小日子了。此时，猎头公司瞅准这个时机也来挖人，产品线项目负责人几乎都收到了电话，真可谓是大浪淘沙呀！

"靠什么活下去，如何生存"是产品线面临的残酷现实。此时的食堂是各种信息的集散地，肖云飞的团队依然习惯地坐在食堂的老地方，东方牡丹过来凑热闹。"哎，尹贤良，邹晨刚走了对你是个利好啊。""为啥？"尹贤良满脸问号。"当然啦，公司并没有受影响，而且还加大了对基站的投入，马上三四月份就要来一批硕士生，还有为基站社招的有经验的人，你们队伍在扩大。这些新员工来了你就是老员工啦，不管你愿不愿意，你也得领导他们呀。机会就这么来到了你的身边。当然了还要看你的能力啦，如果把个团队带得没有战斗力，那估计你在燎原也难待了。"东方牡丹眨了眨眼睛，一副我看好你的表情。"辛辛苦苦刚开发出的2.0卖不出去，还加大投入，不知公司怎么想的。"尹贤良疑惑不已地自语道。"要想干大事，就得肯投入。你小子来了不到一年，就想做一个产品击垮欧美大公司。目前的情况公司早就预料到了。我想，如果公司因为目前困难就不投入了，那么当初就不可能决策去做基站。"肖云飞言之凿凿。"前两天听人说公司要减薪？"王厚林满脸八卦地问东方牡丹。"没错，公司让各产品线组织大讨论，议题是如果公司遇到了困境，是减人还是减薪。干部部正在组织这件事，预计周六晚上全员讨论。而且每个人都要发言，要做记录，公司要看。"东方牡丹点点头如实告知。"公司说的是如果遇到困难是减人还是减薪，但并不意味着要减大家的薪，公司强调这点。"东方牡丹补充道。

公司在这个时候讨论如比敏感的话题，是想达到什么目的呢？说实话燎原的薪水比较高，很多人就是冲着薪水来的。社招的几个射频工程师还嚷嚷着嫌现在的收入低呢，要是再减薪，咋办啊？还有更大的压力来自家庭、亲戚、朋友和同学。能说服自己，未必能说服女朋友、老婆，更何况在亲戚、朋友和同学面前面子能过得去吗？……一时间肖云飞想了很多，也难解开这个心结。担心接下来的工作会受影响，肖云飞只是心中决定在讨论会上不能先表态，因为自己的表态肯定是愿意降薪的，他怕自己的表态会适得其反，导致大家的反感。

周六的晚上，关于降薪的讨论会如期举行。由于是同时开始，所以大家只能分组自找地方，肖云飞他们就选在了自己的基站联调用的大实验室。满满一屋子人七嘴八舌，好不热闹。肖云飞心情很复杂，一声不吭地坐着，紧张地看着讨论会每个人的一举一动。干部部的东方牡丹在简单的开场白过后，请大家自由发言，自己则做记录。肖云飞心想，会有人站出来主动发言吗？因为他知道，如果局面僵持，只能自己先发言了，正想着，突然听到对面有人发声了。"显然公司干展这样的讨论，说明了两点，首先，公司目前确实面临了困难；其次，公司也需要了解员工此时的心态。"

这个发言人正是肖云飞担心的社招射频工程师曹瑞祥。停顿了一会儿，曹瑞祥接着说："我是公司从内地研究所挖来的，说实话当时的许诺与现在实际有差距，心里确实有点不爽。"肖云飞低下了头，心想坏了，曹瑞祥开始抱怨了，再看看，如果气氛不对自己就要出来及时制止。此时肖云飞向东方牡丹递了个眼神。"今天去了趟燎原的新基地，在五和那边，我们的2.0

单板在那加工。新的生产中心已经投产了，旁边研发中心正在紧锣密鼓地建着，据说两年左右就能用了。说实话没去新基地又说要降薪，心里真的很迷茫。从五和回来这一路，我想了很多，公司真心投入，我们所做的移动通信前途无量，自己毕竟年轻，能亲身经历这个火红的年代，让民族通信星火燎原，我愿为此努力。如果公司真要给我降薪，我可以承受。"

曹瑞祥出人意料地说出自己的心里话。肖云飞给搞晕了，半天缓过劲来，冲着曹瑞祥追问道："降薪你愿意承受？"曹瑞祥站了起来，很坚定地重复着说："如果公司降我的薪，我可以承受。"曹瑞祥的这个态度是所有人始料未及的，作为活动组织方的干部部最乐见这样的状态。"好，曹瑞祥真可谓高风亮节啊。有这样的员工，何愁燎原不兴，看来民族通信大有希望。"东方牡丹应和着。紧接着是尹贤良发言："我是从学校毕业就来公司的，燎原就是我的家，我觉得我是赶上好时机了，在公司处于困境时，能帮助公司从逆境走出来，祝燎原这个家更美好是我的心愿。刚毕业能去哪呀，好好与欧美公司斗一番，这是我的梦想。至于薪水，不饿肚子就行。"尹贤良说的倒是实话，刚毕业的学生积累经验、锻炼能力最重要。"我的一些同学有在国外的，有在国内的，通过与他们的沟通，感觉还是燎原的工作更有意义。我是从其他公司跳过来的，相比较，虽然燎原工作确实辛苦，但比其他公司的企业文化有优势，感觉能更长远。哎呀，刚跳过来，也没地方去啊，只要降的幅度可以忍受，太太不大闹，只能接受啦。"硬件逻辑的邓学佳两手一摊，故作无奈地说。

邓学佳是哈尔滨大学的博士，擅长算法，没想过他关键时刻还能如此幽默。此时，马庆生缓缓地说："我还真没想这些，只想如何突破目前困境，找到一条能与欧美抗衡的希望之路。现在欧美人在宏基站上牢牢把握了主动权，我们2.0也是宏基站，硬碰硬，自然我们处于劣势。我很想知道除了宏基站，客户还需要啥？""刚开始我很担心这次讨论会给大家带来负面的影响，现在看来我是小人之心了。其实我的担心也是有道理的，毕竟我和邹晨刚一起进的公司，一起做的1.0，但邹晨刚走了，一个中国顶尖大学的硕士生，由于经受不住打击，选择了离开燎原出国深造。说实话，如果西双版纳不被麦克搬，也许邹晨刚不会走；也不会有车子玉就地改换门庭维护麦克的基站。我可真佩服当年的红军，啥都没有，就靠着信仰，靠着所谓的星星之火可以燎原，靠着枪杆子里面出政权，靠着党指挥枪，靠着支部建在连上，还有什么打土豪，分田地……我们就是当年的红军，怅寥廓，问苍茫大地，谁主沉浮？风流人物还看我们。"肖云飞满怀激情，感慨万千。"好一个弄潮儿。"东方牡丹应着肖云飞的话说，"看来燎原吸引大家的不仅仅是高工资啊，来燎原的都是弄潮儿。关于降薪的事公司确有考虑，具体如何操作还没定。感谢大家的参与，我会整理好记录，向老板汇报的。"东方牡丹一席话结束了本次讨论会。

随着公司领导层集体降薪10%，降薪风波告一段落。移动产品线张立彪在公布的降薪名单中，显然这是公司的一种姿态。"喂，肖云飞吗？马上到我办公室来一下。'"啊，张总，好。"肖云飞急忙奔向张立彪的办公室。张立彪看见肖云飞立刻笑逐颜开："公司把领导降薪的钱用来给你们基站骨干涨工资了，公司也真绝，这边轰轰烈烈给领导降薪，那边悄悄给骨干员工加薪。看清楚啦，只有员工潜能被激发，公司才能得到真正的发展。具体名单和数据我都发给你了，今天完成沟通。""真是及时雨啊，谢张总。"肖云飞笑得嘴都要到眉梢了，扭头飞奔着出去了。其实公司明白，不管是领导降薪还是其他形式的降薪，都肯定反映出公司的一定问题，为此带来的人员波动在所难免。激励骨干、核心员工，是稳定军心的关键。

2. 需求与困境

燎原公司"靠什么活下去，如何生存"的研讨会在西丽湖度假村举行。除了产品线和研发人员，来自市场一线的人员以及公司相关领导也参与了。"目前面临的困境我就不说了，今天着重研讨如何差异化竞争。"张立彪代表产品线部门做了开场白。"我们主要对手在宏基站上占据了绝对优势，经济发达的和有价值的城市、地区我们难有机会，我们只能走红军的老路，农村包围城市。请咱们一线的邵利伟邵总给我们指条明路呗。"张总开会还不忘调侃老朋友。"目前燎原能卖的只有2.0宏基站，刚才你张总说了难卖。前两天与张总沟通过，希望产品线的弟兄再辛苦一下，搞个与欧美公司有差异化的，适合郊区、农村和经济不发达地区的物美价廉的产品。关键是让我们市场人员能把产品卖出去呀。"停顿了一下，邵总接着说关键点，"具体地说，一个基站要想开通，其实只需两个条件：电源和光纤传输。燎原光网络很强大，我们国家光纤资源很丰富。设想一下，如果我们产品线能开发一个光纤拉远的ODU，不需要机房，往铁塔上一挂，插上光纤通上电就能把基站给开通喽，那真能让农村把城市给包围了。只是你们张总至今没敢答应啊，说什么目前业界光纤拉得最远就是枫叶的100米左右，几公里、几十公里甚至上百公里业界还没有，燎原搞不了。"

今天公司的金海明副总也来了，听了前面的发言，他缓缓地说："邵利伟他们市场人员从实际客户需求出发，提出光纤拉远ODU的概念，说实话当初我硬压着聂胜斌支持基站搞分布式电源，其实就是为ODU打基础。刚才说目前只能拉100米远的光纤，我来理解一下，100米左右就是机房之间的联结，欧美的光纤资源并不丰富，几十公里、上百公里ODU拉远的需求不强劲。我看还是需求问题，没有需求。我觉得能拉100米，就能拉1公里，能拉1公里就能拉10公里，100公里也没问题，关键看需求。"金总停了停接着说："与强敌竞争，光靠口号是不行的。我看中国足球关键是技术不行，一对一时技术处于下风。所以，我们要想掌握主动，必须也只有在技术上有所突破，否则是不可能的。我们目前在无线通信上没优势，但燎原光通信技术是有优势的。张立彪，好好戈光网络的兄弟支持，我看你们主要是思想上的问题。思想对了头，干活有劲头。好啦，就这么定了，希望你们年底能开发出光纤拉远的ODU，要100公里哦，否则太短了不实用啊，像西藏，没个百八十公里不行吧？就这么定了，张立彪。你们继续研讨光纤拉远ODU。"金总把大的方向定下来后，因为有事就先离开了研讨会现场。

"金总都把方向定了，时间点也定了，剩下的就是统一思想了。"张立彪环顾了下大家，平静地说。"其实宏基站2.0在大家的努力下，算是公司比较满意的，但市场是现实的。一个产品卖不动，说得再好也没用啊。其实金总代表公司定了调，大家不要觉得公司武断。从市场的角度看这个决策一点都不难做，其实摆在我们面前的只有一条路，没有选择。在公司看来，不做等死，做还有希望。闲着也是闲着，不如搏一把，核心是拉远技术。""不仅是光纤拉远，还要解决光纤级联。我们想想，一个基站通常是三个扇区，不可能给你三个光纤，只能级联。所以，光纤拉远ODU必须解决光纤的拉远和级联。"邵利伟补充道。

这一席话让在座的研发人员完全傻了。拉远还没着落呢，又来了个级联，哀嚎声一片。"肖云飞，我问你，如果要三扇区，你非要三根独立的光纤，你认为可能吗？一根光纤拉上百公里，再三扇区级联，这是最基本的配置，是必须搞定的，否则没有价值。"张总冲着肖云飞率先开炮。

"不说了张总，领导定的事坚决完成。虽然我们之前的分析是负面的，但经几位领导的点拨，虽没仔细分析，但从宏观上看拉远，上百公里的拉远和级联，我的直觉告诉我能搞定，年底P5只能说我们去挑战吧！"肖云飞回应道，"不过这次拼的不是体力，而是智慧。首先要把理论吃透，磨刀不误砍柴工。只有搞清原理，理论和实践紧密结合，对不确定进行快速验证，不断地发现问题，不断地解决问题，才能透过现象抓本质。此时专家的作用显得尤为重要，专家就是用来节约时间的，我们充分利用光网络的专家资源，去挑战年底P5。"肖云飞又补充道。"有这么给力的研发团队，何愁不成功啊！"邵利伟兴奋地说。"好，就按肖云飞的思路聪明地干活。"张立彪满意地看着肖云飞。

西丽湖研讨会确定了光纤拉远ODU是差异化竞争的突破口。就欧美公司而言，他们前期也有类似ODU的产品尝试，通常采用风扇散热，微波接力传输。可能是由于宏基站生意好，再加上ODU的可靠性，尤其是风扇，以及微波接力设备等故障率较高，维持成本高，欧美公司主推宏基站，不太愿意搞ODU。对于燎原，一张白纸来画ODU，而且还是光纤拉远的ODU，欧美公司遇到的可靠性问题就是一道技术坎，燎原同时更重要的是要面对客户对可靠性的质疑，维护成本对客户至关重要。如何打消客户对ODU可靠性的疑虑，有针对性地回击欧美公司的攻击，是光纤拉远ODU成败的关键。技术和信任一个都不能少，跨过这两道坎，也许真的能改变移动通信的格局，真正的较量至此开始。这年头，胆大的气死胆小的，光脚的不怕穿鞋的。光着脚的土鳖肖云飞们，昂首挺胸，无畏地闯荡着移动通信这块江湖。

方俊凯，技术预研的负责人，硕士，毕业于南京文昌大学无线电系，此时正坐在张立彪的办公室。"西丽湖研讨会上定了光纤拉远ODU要上产品，把你们预研给跳过了，没办法，不产品化不行啊。要是按部就班地预研后再产品化，估计等不到那天就散伙了。其实会上没提，市场传递了客户还希望多载波的ODU。想想客户提的很有道理，费了半天劲搞的ODU模块，只能支持一个载波，随着业务的发展肯定要上两载波、三载波的，上一个载波就要加一个ODU，确实不爽。"张总边说边皱起了眉头。"哎呀呀呀呀，张总您算是找对人啦，目前从资料上看，两载波杂散可改善30dB[1]。"方俊凯仿佛遇到了知音般，顿时兴奋起来。"啊，那四载波呢？"张总问道。"四载波目前没看到有报道。"方俊凯摇了摇头，老实回答。"两载波30dB也可以啦，有成熟的芯片产品吗？"张总接着问。"目前还只是实验室阶段，主要是DPD[2]算法，可以用FPGA[3]实现。"方俊凯想了想答道。"这样吧，你安排一次多载波技术的研讨，准备一下。"张总说道。"好的。"方俊凯应道。

从张立彪那儿出来，方俊凯来到肖云飞的座位上。"唉，就是前两天跟你说的，在这个光纤拉远版本把多载波电路也兼容着一起加进去呗。"方俊凯冲着肖云飞说。"怎么啦，昨天晚上又做了什么美梦啊，今天整这么个幺蛾子。"肖云飞完全不当回事地调侃着。"老大，你以为我在忽悠你啊。刚从张总那来，张总的意思。"方俊凯回道。"是吗？那好啊，你正式地发封邮件抄送张总。"肖云飞仰起头，还是不信。"你牛行了吧，我是来跟你商量嘛，刚才张总找我谈了多载波的事，让我准备搞个研讨会。这不来跟你商量了嘛。""这不就是啰，来诈我。"肖云飞推开对方伸过来的手，"我没工夫跟你瞎扯，你先去找邓学佳、曹瑞祥，在逻辑啊射频方面你们好好讨论一下，先听听他们的意见，我现在要去光网络和他们谈拉远的事。"肖云飞说完，推开椅子扭头便走。

吃了闭门羹的方俊凯只好回到自己的座位。"老大，张总想上多载波啦？"方俊凯预研的同事关景鹏滑动着椅子过来，轻声打探。"只是了解了解，让咱们准备个研讨会。"方俊凯回道。"那就是说赶不上光纤拉远

---

① dB：分贝。
② DPD：数字预失真线性化技术。
③ FPGA：现场可编程逻辑门阵列。

这波啰。唉，在燎原搞预研没地位，不上产品干得没劲啊。"关景鹏嘟嘟囔囔地抱怨着，"你瞧尹贤良那帮人，整天牛哄哄的，我们一起来的，凭啥呀。听说这次领导们是降了薪的，可尹贤良他们居然还加了薪，人比人气死人哪。""别扯这些没用的，你去找邓学佳、曹瑞祥，看看能不能说动他们。"方俊凯说。前几天方俊凯找过他们，都是爱理不理的，换个人去也许会好点。方俊凯打发了关景鹏，思索片刻，拿起电话给公司金海明副总的秘书打电话，预约金总的时间，想在研讨会前对金总进行公关，寻求公司对多载波的支持。秘书没有直接回复，说需要与金总沟通确定后再邮件知会。最后秘书的回复是研讨会后再约汇报。

3. 希望之光——多载波

多载波是个新技术，世界上目前没有商用的产品。好处自不必说，做移动通信的人谁都梦想着多载波，但杂散抵消算法尚处实验室阶段，离实用究竟有多远，目前还看不清。但就是这个看不清，让方俊凯看到了超越欧美的希望。方俊凯认为目前欧美在移动通信领域积累深厚，尤其硬件优势明显；但是在算法上，尤其是新兴的多载波数字预失真算法上，仍是处于探索阶段，硬件上，尤其是老化率、功率管等难以超越，但算法是靠智慧的，如果能用产品开发来强力拉动，不断改进、不断优化，相信是完全有可能超越欧美这些大公司的。方俊凯越想越激动，他不断地给公司各方打电话、发邮件，不厌其烦地阐述自己的观点，以求在研讨会上得到大家的支持。由于方俊凯在食堂、在路上见人就说、逢人必谈多载波，结果大家给他起了个外号叫"方林嫂"。

"哎哎哎，'方林嫂'又来了。"在食堂吃午餐的肖云飞一伙看了凑过来的方俊凯嚷道，"'方林嫂'，又来宣传多载波啦。"马庆生冲着方俊凯揶揄道。"你才是祥林嫂呢，肖云飞，我告诉你啊，明天，周六上午九点，去我们预研会议室，研讨拉远版本上多载波，你们几个一定要参加，一个都不能少。怎么啦，这是张总要求的，这次研讨的内容还要向金总汇报。唉，我希望你们能支持我。"方俊凯半是威胁半是哀求地说。"好好好，大家听到啦，都去、都去啊，难得的学习机会啊。当今世界最牛的技术，说实话我是非常感兴趣的，真的。只是拉远版本任务太急。"肖云飞号召大家一起参与。

预研的会议室不大，屋里坐满了人。张总先开场："嗯，该来的人都来了，说明方俊凯的号召力还是很强的。""敢不来吗，不来还不得被'方林嫂'叨叨死。"一旁有人小声地说着。"但大家带着情绪来研讨不好。今天的多载波研讨是公司要求的，多载波技术对移动通信影响重大，公司看到这一点，也很重视。所以，安排专门团队进行前沿跟踪和技术预研。方俊凯，今天你是主角，你来吧。"张总冲方俊凯扬了扬下巴。"公司确实很重视多载波，公司欧研所的重点就是多载波和高功放，他们这部分也归我管。我在欧研所待了一个月刚回来。欧研所的专家们主要侧重专利，他们的工作成果是以申请专利为目标。我对专利这事认识不深，但我认为目前就燎原而言，多载波的产品化更重要。"方俊凯开门见山地说。

"产品化谁都想，能不能谈点具体的。"曹瑞祥略有些不耐烦地说。邓学佳也站了起来："你渴望产品化的心情我理解，你就谈谈你是怎么具体、详细地考虑产品化的。""既然你们两个关键人物这么直接，那我也就打开窗户说亮话。"方俊凯稳了稳自己的情绪，慢慢地说："说白了，我认为多载波技术如果没产品化的强力拉动，光在那预研价值不大。道理很简单，它是一个系统工程，发射机、功放、反馈、DPD算法。预研要想把这个系统完整地建立起来，请问各位觉得很容易吗？"曹瑞祥、邓学佳没吭声。"但是，如果跟着拉远版本走，就很容易啊，要人力有人力，要物力有物力。要知道欧研的那些人之所以侧重专利，玩虚的，就是这个系统太复杂。我只是想让拉远版本能把多载波相关的硬件电路兼容了，你们做你们的单载波拉远版本，我们做多载波光纤拉远的所谓产品化预研。唉，我就不明白这有什么不对的？"方俊凯提高了嗓门，有些激动地说。

其实方俊凯的话确实有道理，所以大家默默地认同着。此时肖云飞说话了："你的话听起来确实有道理，但细想起来，还是有许多具体问题，邓学佳，对吧。"肖云飞点名了邓学佳。"我们的拉远版本是在2.0基础上扩大了光纤拉远功能，其他照搬2.0。就这样，我们预估硬件需要三版搞定，大概需要9个月，也就是比公司年底P5的要求再多2个月，毕竟光纤拉远没有搞过，这已是理想的评估了。更何况ODU的散热也是巨大的挑战，公司定了不许用风扇，自然散热的难度极大，关键是需要大量的可靠性验证。没有这些实际的可靠性验证的数据，我们是没法打消客户的顾虑的，这都要时间啊。哪来的精力给你搞多载波呢。"邓学佳提出来一大堆现实的顾虑。"你看兼容多载波，FPGA要换吧，反馈又要加上，有限的PCB面积增加了这么多东西，散热又难了吧。"曹瑞祥也补充道。"就说你的算法不成熟，占的资源也不确定，光选芯片就需要一两个月，你问张总他答应吗？"肖云飞冲着方俊凯问道。"不是我们不支持，我们更要面对现实。"尹贤良补充了几句。"那说来说去多载波还是不重要，所以大家积极性也不高，我们还不是想搭上你们的顺风车，也提高提高自身的地位吗？"关景鹏看尹贤良说了也跟着凑过来说。"你说硬件兼容设计，可以你做你的，我做我的，方老大，这可能吗？没有我们软件的配合，你咋搞啊，跑都跑不起来，你搞啥？"王厚林冲着方俊凯嚷嚷。"王厚林的话算是说到要害啦，方俊凯，你说对吗？"张立彪问道。"嗯嗯，咱们燎原人有干劲，你们软件小伙子们一个顶俩，不就挺过来了嘛。"方俊凯开始扯大旗了。

会开到这里其实已经比较清晰了，张立彪缓缓地站了起来，沉默了一会儿平静地说："首先，真的感谢方俊凯的苦口婆心，通过最近一段时间的沟通交流，大家对多载波的认识更加清晰和全面了。我们的1.0是学习，2.0是在1.0的基础上结合西双版纳局的问题进行了一个整合，这些都是宏基站。宏基站卖不动，我们只能走差异化的路子，所以，确定把宏基站2.0电路移植到微基站ODU上，再扩充客户强烈需求的光纤拉远功能。"张立彪顿了顿，面向方俊凯说："关键在光纤拉远上，方俊凯不提但我知道，多载波的人认为光纤拉远是新东西能上产品，那多载波也能上。但是多载波的兄弟们，你们有没有发现，光纤拉远ODU版本是公司决策的，并不是肖云飞他们定的。为什么？金总就是搞光网络的，要知道燎原的领导都是技术牛人，靠实干打出来的，他替我们决策是认为我们在光领域认识不够，做出来没问题的，只是时间问题。更何况欧美公司也能做的，只是没有驱动力，或者说是驱动力不足，不像我们是被逼无奈。"张立彪接着又说："多载波就不一样了，目前看欧美这些公司都还没有产品，说明技术还不成熟，公司搞欧研所主要针对多载波和高效功放。这不也才搞了一年左右嘛。公司的领导去过欧研所，在交流中欧研所的专家对多载波产品化的观点偏悲观。请问让公司如何决心做多载波产品化？""张总，您也不用说这么多啦，说白了就是一个跟随者的心态。整天喊要世界第一，但心态却只停留在跟随者小二子的心态。肖云飞，你呢，也别叫肖云飞啦，改叫肖小二算了，邓小二、曹小二，一帮店小二。我可不愿与一帮店小二为伍。"方俊凯愤怒地说完之后扬长而去。

"店小二们又缩在这共进午餐啦。"东方牡丹用嘲弄的口气笑嘻嘻地说。"哎，怎么又整出个店小二来了呢，不过我看马庆生还真像个店小二的样子。马庆生，你们家是不是开店的？"东方牡丹接着调侃着。"俺家还真是开面馆的，正宗兰州拉面，你咋没看出我像店小二呢？牡丹姑娘。"王厚林嬉皮笑脸地说。"唉，看走眼了，看走眼了，有眼不识王小二。"东方牡丹笑着附和着。"哎，肖小二，新员工可都给你们啦，尹贤良带得怎么样啊。"东方牡丹逗弄着问肖云飞。"刚来没多久，都在学习呢，尹贤良应该都有计划吧，你先看看他做计划如何，别光问哪，多亲临一线指导指导，不就知道带得怎么样了吗。对吧，尹贤良。"肖云飞答得倒是痛快。"就是，多来指导指导，有空请我们吃吃饭，让他们给你汇报怎么样？"尹贤良冲着东方牡丹说。"想得美，谁请谁啊。"东方牡丹白了他一眼。"想想憋屈，他方林嫂什么东西，还不愿为伍，他以为他是谁啊。"马庆生愤愤地说。"这事以后别再提了，好好做咱的拉远ODU。"肖云飞警告道。就这样，多载波的事算是告一段落了。

"张总看了你们拉远ODU的计划延迟到2001年3月底，也没说啥，要求我们把整个过程细节讨论清楚，既然是自己定的计划，自己就要搞定，再延就不好说了。"PQA柴文娜在版本例会上说。"赵长城你们测试部要把好关，张总说了有问题就要提单，不怕提多，就怕漏提，而且张总再次强调，测试部不能被开发和谐了，测试部一定要有独立性，觉得有问题就要提单。"柴文娜冲赵长城说。"有张总的指示，没问题。"赵长城应道。"哎，啥叫觉得有问题就要提单啊，就是说测试部可以不负责任地胡乱提，开发疲于奔命，测试部死不让步硬拦着过不了点怎么办？"马庆生说。"首先呢，你们开发也别太惧怕这事，要相信测试部，不会乱提单的。对吧，赵长城？"肖云飞说。"当然，我们内部已经讨论过了，测试部提的单都要经过测试部内部审核的，我们会把关的。"赵长城冲着肖云飞说。"好啦，你们可都听到测试部的表态了，都放心了吧！"肖云飞说。"什么叫都放心了，不可能都放心的，咱们可是遇见多了，多少次双方剑拔弩张啊。"王厚林说。

"那最后呢？"肖云飞反问道。"最后闹到张总那儿决策呗。"王厚林回道。"那不就是啰，最终产品线来决策嘛，你怕啥？"柴文娜插了一句。"我是怕耽误时间啊。"王厚林说。"如果什么都到张总那儿决策，真的太耗时间、太耗精力了。我看这么着吧，请测试部兄弟姐妹，如果在测试中发现了提问题单上没有的问题，一定要第一时间通知相应开发人员及时定位，这样避免以前经常遇到的问题重复出现，不仅浪费时间，还占用了宝贵的环境资源。另外呢，有些实验开发测试可以共同做，总之发现问题及时知会，可能的情况下共同做测试，这样可以提高效率。"马庆生说。"哎，测试部可以考虑这个建议。"柴文娜说。赵长城回道："可以考虑，但需要具体情况具体对待，我们有我们的测试计划，发现问题及时知会没问题，但开发要用测试的环境定位。时间短问题不大，时间长了肯定不行的。肖云飞你说对吧，我这可不是不配合啊。""老大说得对啊，有的时候开发来了一帮人，甚至现场改代码，把测试资源当开发资源，搞得我们任务完不成，被领导骂。"测试的戴宝国说。"我觉得你们的考核有问题，把提单数当作考核标准，这合适吗？"曹瑞祥说。"柴文娜，你们也要搞个约束的办法，限制一下测试。对，搞个规则，就叫有效提单率，怎么样？"邓学佳说。

"这是个好主意。"柴文娜也同意。"好啥呀，谁来评判啊？"戴宝国说。"很简单，赵长城、肖云飞和我来评判，他们两个都是领导，有组织觉悟的，我旁观者清，你看拳击台上都是三个裁判，这样最公平。"柴文娜建议道。"领导让测试多提单就是要给开发树对立面，让你们打得越热闹越好，反正领导最后可以收口，不怕。所谓真理越辩越明就是这个道理。你们开发、测试和谐了，最后倒霉的一定是产品，到了市场出问题。家里问题单越多，市场风险越小。"柴文娜说。"谈哲学啦，够深奥的，不过还请赵老大高抬贵手啊。"一直没吭声的尹贤良说。"一句话，好好干自己的活，把细节做好，别把垃圾都往测试里扔，问题单的质量自然就会提升，肖云飞，对吧。"柴文娜冲着肖云飞说。"娜姐说得有理，按娜姐的意思办。"肖云飞不假思索地答道。"娜姐所言极是，放心，测试会基于事实提单的，乱提现象应该不会发生的，更何况还有咱们仨做评判呢，开发的兄弟啊，尤其尹贤良，别瞎操心，好好干你的活。"赵长城拍拍尹贤良说。

4. 锁相环失锁

"喂，肖云飞吗？我是用服①的江嘉陵啊。""你好，你江嘉陵来电话可没好事啊。"肖云飞电话里戏谑着。"别啊老大，不过还真出大事啦。咱这2.0不是在东北还是卖了点儿吗，最近这四五月份东北气温变化较大，忽冷忽热的，就发现咱的模块经常出故障，时好时坏，导致打不了电话。从后台告警看，好像锁相环有时会失锁。"江嘉陵诉苦说。"啊，锁相环失锁，真出大事啦，你赶紧把模块带回深圳，明天，行吗？"肖云飞着急起来。"好，今晚我就回深圳，明早见。"江嘉陵痛快地答应下来。与江嘉陵通完电话，肖云飞迅速来到曹瑞祥的面前。"东北2.0锁相环时常会失锁，这与温度有关，直接后果是失锁时打不了电话，明早故障模块江嘉陵会拿回来。"肖云飞直截了当地说明来意，"曹瑞祥，你赶紧拿几个2.0模块去做高低温，现在就去，希望明早江嘉陵来之前我们有个初步判断，今晚你辛苦一下。"曹瑞祥二话没说去拿模块做温度试验去了。

晚上十点，肖云飞来到曹瑞祥做温度试验的地方问："怎么样？""两个模块目前没发现问题。""温度范围是多少？""0℃—45℃。"曹瑞祥又补充道，"2.0是室内站，不是室外ODU。""加大到-20℃—55℃再看看。"肖云飞沉思了片刻说。"好吧，-20℃—55℃。"曹瑞祥到温箱重新

---

① 用服：用户服务部门。

设置温度。"另外，把温度变化的速度加快。"肖云飞边说边踱步。曹瑞祥按要求重新设置温度变化率。半小时过去了，情况正常，肖云飞准备起身离去。"你们多做几个循环，如果还正常，就把温度变化再加快试试。"肖云飞边交代边离开。肖云飞坐上了公司班车，等着十一点发车。当时钟走到差一分钟十一点的时候，肖云飞的手机突然响了。"肖云飞，我是曹瑞祥，东北锁相环失锁的问题重现了。"电话那头传来略显激动的声音。"好，班车还没开，我马上过去。"肖云飞急速下车飞奔向曹瑞祥的实验室，又突然停住拿出手机打电话。"喂，老婆，今晚有重要问题定位，不回去了。"肖云飞来到实验室问曹瑞祥："凭你的经验，问题出在哪？""这个锁相环电路我们是借鉴了香农的，它不是集成的锁相环，应该是影响稳定性的电容的参数设计余量不足所致的。"曹瑞祥说。"好，很好证实，现在问题出现了，就是电容小了或者是大了，简单点，先叠一个电容上去试试。"肖云飞兴奋地说。凌晨两点，近三个循环，曹瑞祥在原电容上叠加焊上的0.5p电容起到了效果，告警没了。肖云飞不放心地说："再把温度变化率加快做三个循环，到天亮时就有个初步的结果了。"

五点半，三个循环完成，没有出现问题。"看来是电容小了，这样，江嘉陵一会把故障模块拿来，还是要先问题重现，如果问题重现了，就直接叠加焊上0.5p的电容再做。"肖云飞说完躺在实验室的行军床上睡了。九点半，江嘉陵、赵长城、柴文娜都来了，肖云飞和曹瑞祥被从行军床上叫醒。都还没说啥呢，柴文娜先发难了："赵长城，这东北的事你有责任啊，为啥测试部没发现呢？"赵长城没吭声。柴文娜追着又说："你得好好反省，为什么家里没发现，你们开发也是，现在不敢再说提问题单的事了吧。我现在还没查，说不定这个问题就是被你们和谐了。""娜姐英明。"赵长城低声说。"真的啊，上帝啊，怪不得张总让你们多提问题单呢，张总是过来人，他啥都明白啊。也好啊，发现的问题赶紧去拉远ODU上解决落实啊。"柴文娜气呼呼地说。"还是娜姐有水平，又给我们指明了前进的方向。"肖云飞拍马屁道。"好，你们再等故障重现啊，我还有事，下午再过来，我要盯紧你们。"柴文娜说完走了。

东北的故障模块很快就重现了问题，曹瑞祥立刻把两个模块都叠焊了0.5p的电容，再接着做。下午两点半，三个循环结果，一切正常了，0.5p解决问题。正要商量东北的事如何处理，柴文娜又来了。"怎么样啊。""定位了，锁相环影响稳定性的电容值偏小，导致锁相源温度性能波动失锁。"曹瑞祥回道。"现场怎么解决啊，肖云飞？"柴文娜又问。"带上电容、烙铁去现场搞呗，对吧，江嘉陵。"肖云飞冲着江嘉陵说。"好，你们准备好该带的东西，我明天再去东北。"江嘉陵回道。"肖云飞你说啥，开玩笑呢，燎原的员工带着烙铁、元器件，跑到机房，拆开模块，叠焊上电容。你把燎原当铁匠铺了？这么修修补补的，哪像个要当世界第一的公司啊，不行，坚决不行。"柴文娜不赞同地说。

"我这就给张总打电话，坚决制止你们这种土包子行为。"柴文娜说着给张立彪打电话。"喂，张总，我是柴文娜。""嗯，柴文娜，有啥事？"张总问。"张总啊，这个肖云飞土包子气息太重，他让江嘉陵带着烙铁、元器件到客户机房，现场焊电容来解决东北的问题，这边几个还都同意，真是一帮土鳖。""肖云飞跟我商量过，这个方法能解决问题，总比批量换板强，你知道，我是不可能同意批量换板的，因陋就简地解决问题挺好啊。"张总答道。"张总，你居然同意啊，咱可是要当世界第一的啊，这事要在我以前的森尼韦尔是不可想象的啊。"一听领导居然同意了，柴文娜急了。"咱是燎原，不是什么森尼韦尔，再说了在机房现场修单板就不能做世界第一啦？好了，就这样吧。"说完张总挂了电话。柴文娜非常生气地扭头便走。公司确实给员工赋予了很大的权力，让他们监督产品线的质量工作，柴文娜作为一个从世界著名的美国公司森尼韦尔质量部门跳过来的人，习惯了老外的一套质量管理方法，自然难以接受张立彪、肖云飞他们的做法。

公司金海明副总的办公室，柴文娜正向金总汇报张立彪、肖云飞处理东北问题的方法。"金总，我觉得我有责任和义务向公司领导汇报张立彪、肖云飞他们移动产品线部门在处理网上问题的不妥做法。""好的，欢迎你来反映产品线的质量工作问题，不过你现在就打电话把张立彪和肖云飞都叫过来，一起说比较好。"金总说。柴文娜听完立即就给张立彪打电话。"喂，哪位啊？"张立彪问。"我是柴文娜。""啥事啊？"张立彪问。"金总要你现在就到他办公室来，还让你把肖云飞也叫上。"柴文娜说。"你是在我这碰壁，到公司告我状去啦，你把电话给金总。"张立彪说。金总凑到柴文娜手机旁喊道："张立彪，叫你过来就过来，哪那么多废话，把肖云飞也叫上。"

张立彪、肖云飞来到金总办公室，一进门金总就说："肖云飞，长进不小啊，毕业这短短两年多，做事越来越像燎原人了。""别别别，金总我还真不知您是夸我还是损我。"肖云飞连连摆手说。"柴文娜，你说我是夸他还是损他。"柴文娜一时没敢答金总的话。"张立彪你说。"张立彪爽快地说："当然是夸肖云飞啦，如果公司的员工被领导说像燎原人了，就说明这个员工做得不错。""柴文娜，我很欣赏你的敬业精神，你是一名合格的质量管理者。哎，给你们讲个真实的故事吧。"金总很有兴致地说，"有个从学校毕业来燎原仅半年的小伙儿，也是华中昌汉的硕士，就被派往局方处理网上问题。为啥派他去呢，因为前前后后已经派了好几拨人，这些人刚回来又出事了。为了应付局方，就把这小伙儿派去了，老大难问题时不时出现，没人搞得定。这小伙儿带着烙铁、一些元器件在机房折腾了一周，问题还是时不时出现，这小伙儿一气之下抬脚猛踢了两脚机柜。神奇的一幕出现了，故障消失了，然后他接连观察了一周，故障没再重现。这小伙儿没觉得咋样，结果局方的领导兴奋得当即给公司领导打电话，感谢公司帮助解决了困扰他们多时的大问题。你们猜公司的这位领导是谁？""是金总您啊。"柴文娜猜测着说。"错，当时接电话的公司领导就是华老板，而那个小伙儿才是我。"金总得意扬扬地说。"哇，金总牛啊。"肖云飞笑着夸赞道。此时的柴文娜低下了头。"哎，柴文娜，你没回答我，刚才我是损肖云飞还是夸啊？"金总坚持问道。柴文娜没回答。"柴文娜你今天来反映问题做得对，但燎原以结果为导向，因陋就简，铁匠铺，只要能搞定，客户能接受，就可以啊，方法不限。"金总最后给大家解释说。

午餐时间，"基站角"东方牡丹调侃着说："怎么着肖云飞，这店小二没干几天呀，怎么又改铁匠铺了呢？你们这角色也太能转了吧！""娜姐让我们转，我们能不转吗，不转还不得让华老板召见啊。"肖云飞吃着饭，头也不抬地回答。今儿也怪，柴文娜平时没见在这吃午饭，此时柴文娜也坐在"基站角"。"娜姐真猛啊，不愧是网坛高手啊。"尹贤良凑过来说道。"行啦，这吃饭堵不上你们小嘴啊。哎，那啥，曹瑞祥，这东北的问题不能在拉远ODU上再演了，戴宝国，给我看好喽，再有问题算你的。戴宝国，现在你提问题单没人敢叫板啦，就怕你小子没那个能耐，发现不了问题，看你拿什么提。"柴文娜瞬间变被动为主动将了测试人员一军。"牡丹，你还别说，通过这次东北铁匠铺，猛猛地杀了开发测试人员的威风，我这PQA，哼哼，是吧。"柴文娜冲着东方牡丹说。"行啦，你厉害好吧。唉，方俊凯离职了。"东方牡丹抛出了重磅消息。"什么？什么？再说一遍。"大家一时间接受不了，连三追问道。"好话就说一遍。"说完东方牡丹扬长而去。此时，大家都沉默了，埋着头只顾吃饭了。很显然大家都觉得有些对不起这个充满激情的方俊凯。听说他后来去了北京一家IC①设计公司。

---

① IC：电子元器件。

5. 光纤拉远

光纤拉远ODU版本进展还挺顺，居然6月底就把电话打通了。当然打通电话只是个象征意义，并不能说明单板尤其光纤拉远功能就OK。"哎，这拉远功能的验证总不能仅仅依靠软件模拟，必须玩真的。"肖云飞郑重其事地和大伙说。此时，基站实验室人气爆棚，一屋子人。"现在要找足够长的光纤啊，哎，邓学佳，上哪搞个100公里长的光纤去？"马庆生发问。"肯定去光网络找啊。"王厚林抢着说。"找过啦，只有10公里长的。"邓学佳回应。"那咋办哪？"尹贤良没主意了。"这就是大问题啊，怎么办啊，肖云飞。"测试的赵长城说。"先10公里的搞呗，我得赶紧找个有100公里拉远光纤的实验局了。"肖云飞故作轻松地答道。此时，柴文娜神采飞扬地跑过来。"哇，你们太牛啦，这么快就打通电话啦。"在以前，如果没有光纤拉远，打通电话确实是重要一步，但现如今，打通电话只能算入门了。看一群人没反应，柴文娜故作生气地说："还生我的气啊，至于吗！""行了娜姐，打电话如今已不算个事啦，瞎兴奋个啥呀，整个100公里的光纤来，大家就陪你笑啦。"尹贤良解释说。"我上哪儿整100公里的光纤去啊。哎，评审的时候不是说软件模拟验证就可以嘛。"柴文娜突然想起来。"模拟就是模拟，毕竟不是真实的应用。所以，只有用真实的100公里的光纤进行ODU拉远，还要再加上三扇区级联打通电话，跑通业务，才算真的行啊，娜姐。"赵长城解释说。"对了，这是你测试的事啊，赶紧找光纤去啊，在这瞎耽误工夫。"柴文娜调侃道。"现在有10公里长的光纤，先搞着，肖云飞去联系找个有100公里长光纤的实验局。"邓学佳说了一下肖云飞的决定。

柴文娜现在终于明白张总为啥默认开发计划延期了，开实验局的时间就很难把控了。"先按真实10公里搞，100公里模拟验证，同步找实验局，就这么定了。"肖云飞说着扭头便走，边走边说，"我去找江嘉陵落实实验局的事，你们讨论下一步的工作。""王厚林啥时出版本，马庆生模块啥时候提供，版本、模块齐了测试才能开测呀。"赵长城长叹一声。"唉，有计划啊，按计划呗。"柴文娜不以为意。"100公里没真实验证，只能先提交目前的版本喽，10公里这两天验证完，应该能按计划给测试，硬件应该也可以。"王厚林想了想说，马庆生点头表示认可。此时，一直没吭声的曹瑞祥冲着柴文娜说："到运营商那开实验局就不像在家里喽，我们去主要是验证光纤拉远的功能，也就是主要验证软件版本，显然就要求硬件不能像咱们在实验室那样老出问题。""是啊，出去开实验局首先的压力在硬件，硬件要是不稳定，那就是又一个西双版纳局，一个字'惨'，两个字'悲惨'，悲惨啊！"马庆生带着哭腔说。

"戴宝国，你们可得好好测测，尽量把问题在家里发现解决喽。"柴文娜说。"其实也没啥可怕的，大不了把实验室搬到开局现场，就像娜姐说的，铁匠铺开张。"邓学佳满不在乎地说。"别老提那铁匠铺了好不，你说得没错，大不了摊开了搞，这是燎原的特点，千军万马扎一线。"柴文娜回道。"娜姐升华啦。"尹贤良奉承道。"到时候我跟你们一起去一线督阵。"柴文娜又兴奋了。"哎哎哎，儿子不管啦，有你这么当妈的吗。"王厚林调侃着说。"有他爷爷奶奶呢，我们PQA可是难得有机会出差啊。"柴文娜兴奋地搓搓手说。"娜姐，燎原的开局不是你想象的那样，说实话我是怕开局，西双版纳局搞怕了，在家里真幸福。"马庆生有点羡慕地说。"不过我听说都是住当地最好的宾馆，出门打车，爽歪啦。"柴文娜说着听来的传言。"您说得没错，再好的酒店，就是没时间住。打车倒是真的，坐公交，有的地方还没公交，太慢了，打车就是节省时间。"王厚林回道。"不过一般不喜欢女士去，麻烦，你只能一个人住一个房间，好酒店你这个级别一个人可能报不了。所以一般都是两个人。你要想去还真得看张总的心情，钱就是他产品线出的。"王厚林补充道。"你们这帮小子就是不想让我去呗，没人监督你们，可以瞎搞。"柴文娜气呼呼地说着离开了。

的确，拉远功能要通过在运营商的商用网络上进行实战验证，测试部也感到巨大的压力。"趁着测试版本、模块都还没来，我们再整理一下思路。"赵长城在测试版本例会上说。"戴宝国你先说说硬件测试怎么考虑。"赵长城率先点名。"还是我们软件测试先说吧，这主要变化是光纤拉远，现在有10公里光纤，我想我们把10公里的尽量测得全面，为100公里打基础。"负责软件测试的麦哲渊抢着说。"哎，对了戴宝国，光件的稳定性与温度有关，所以我们会在高低温下进行软件测试，到时候资源可要保证啊，这是光网络兄弟特别提醒的。"麦哲渊冲着戴宝国说。"说到这还真有点都凑一块的感觉。您别管是不是光纤拉远，这ODU就是-40℃—55℃的室外要求，硬件测试的重点就是温度试验。"戴宝国如实说。"我知道你要说什么，软硬件联合着一起做，测试方案和计划共同讨论确定，人员统一安排。"赵长城急忙插话说。"太好了，赵老大英明。"麦哲渊应道。"您是高兴了，那我硬件呢，还有开发，这环境资源可是大问题啊。要想办法再借两个温箱来，否则质量难以保证啊。"戴宝国的话是实在的。赵长城若有所思，犯愁地自语道："哎呀，上哪搞温箱去啊。""找别的产品线协调吧，光网络、电源都可以啊。"麦哲渊提了个建议。"边借边申购，借仅是权宜之计，赶紧去买两台才是现实，我去找张总，请他特批，这样可以加快，广州五所就有，很快的。"赵长城说完真的急着去找张总了。

此时在张总的办公室，赵长城正在与张总沟通。"广州五所有现成的，赶紧下单，估计一个月就能搞定，8月份我们就可多两个温箱了。"赵长城冲着张总说。"一下要两台是不是太猛了些？"张立彪有点晕菜了。"张总，之前都是室内站，其实东北锁相环失锁的事根本在我们对高低温重视不够。现在ODU高低温是重点，您是知道的，光网络在高低温上吃过亏，这次他们特别提醒我们。传的速率越高，对温度稳定性的要求越高。"赵长城耐心地劝说着。"其实你想指望开发不出问题是不可能的，但是我们可以做到及时发现，及时有效地解决问题。毕竟光纤拉远ODU是第一次做，只能靠这种笨办法来保证质量啦。"赵长城又补充道。"唉，怎么能说是笨办法呢，我想通了，咱不跟别人比，再说了咱也不知麦克、枫叶啊究竟是怎么做的，他们质量部说得很悬乎。唉，咱承认咱们水平低，就按你说的做，你们是根据具体情况提出的方法，未必就比他们的差，只要效果好就行。好啦，不想那么多了，你们就按自己的思路搞，有问题及时调整，关键是结果。"张立彪自己鼓着劲说，"赶紧提单给我批，要快。"张立彪又催了进度。

6. 最差单板奖

"最近公司对质量抓得很紧啊，赵长城你们测试可要把好关，温箱赶紧买啊，8月份能回来，正好赶上大规模测试验证。"柴文娜边吃晚饭边说。"下午就提了申购单，张总立马批了，我去亲自盯着流程。"赵长城回道。"哎，牡丹，听说公司要搞个大型活动，想干啥呀？"尹贤良好奇地问。"刚才娜姐不都说了吗，你们这帮衰人整天在外面惹是生非，客户一大堆的投诉都放在老板桌上呢，你觉着老板能放过你们吗？"东方牡丹应着。"公司正在策划，主题是质量，听说要给那些单板做得差的发奖，奖品就是市场返回的故障单板，尹贤良你小子运气好，不是做硬件的，肖云飞、马庆生恐怕会很荣幸地上台领奖了。毕竟西双版纳局做得那么惊天动地的，动静大呀，是不，肖云飞？"东方牡丹又说。"咱2.0不是还可以吗，别总拿西双版纳局说事啊。"马庆生反驳兑。"觉得委屈啦，那涨工资咋就偷着乐呢，什么人啊，这是拿着做典型，右燎原脸皮就得厚。再说您的2.0又卖不动啊，那老板想表扬又没法表扬啊，对吧。"东方牡丹又调侃他们说。"典型，做典型，对对对，没事，我脸皮厚不怕，谁像马庆生似的，像个娘们儿。"肖云飞说。"您这可是不尊重女生啊，什么娘们儿、娘们儿的，对吧，牡丹、娜姐。"王厚林讨好着说。"就是，你们就是一帮粗人，满嘴跑火车，说话没把门，得罪我们姐俩，可是要掂量掂量后果哦。"柴文娜插话威胁道。"娜姐别啊，我错了还不行吗，刍了错了，大人不计小人过啊，娜姐。"肖云飞说。"看你嘴甜，我和牡丹就饶过你这回。"柴文娜说。

下午一上班，在肖云飞、马庆生的座位旁。"说正题，肖云飞、马庆生，明天上午我来找你们俩，商量公司大会的事。"东方牡丹正色说。"这次你们俩算是中头彩了，张总让你们在公司大会上上台领最差单板奖。"东方牡丹冲着肖云飞、马庆生"恭喜"。"行啦，别幸灾乐祸啦，快说，还有别的吗？"肖云飞坐在电脑前说。"不急，其实也没啥，就是你们上台领的奖，要你们自己准备，一人一个，不重样啊，下周给我就行。我还得找人给搞个镜框弄得像模像样的，到时候要挂在你们基站办公区最显眼的地方，好让大家都能欣赏你俩的杰作啊。"东方牡丹说。她停了一会儿又问道："你们俩有什么问题吗？""您说有问题就有问题，您说没问题就没问题。"马庆生说。"还是有点情绪，那又能咋样，没问题就好，下周啊。"东方牡丹说完走了。这东方牡丹刚走，柴文娜笑嘻嘻地过来了。"怎么着，来心理辅导来啦。"马庆生冲着柴文娜挑了挑眉毛说。"公司有老专家专门进行心理辅导，怎么着我帮你联系？不用啊，自己可以走电子流程预约啊。"柴文娜调侃着回道。"我来呢是这样啊，东方牡丹把你们送上台了，还整俩框。这颁奖肯定要颁奖辞啊，下周把颁奖辞发给我，一人一个，不重样啊。"柴文娜说完也走了。

这两人正愣在那儿呢，张总走了过来。"你俩挺有魅力啊，俩美女扎堆往这跑。"张总开玩笑地说。"您这把我们卖了，又想忽悠着帮您数钱呢。"肖云飞冲着张总开起了玩笑。"自己的东西做得烂，还不让别人提啊。"张总停了停又说，"这次大会的主题是'知耻后勇，让星火燎原全世界'，曹瑞祥、邓学佳你们说说，如果质量做不好怎么到海外卖嘛。老板这么搞，大家是可以看出老板对质量的担心的，老板说经常接到客户的投诉电话。国内'八国联军'占着，只能出海找食啊。这次为啥重点针对硬件，原因也很简单，在西双版纳咱有问题连夜就能把单板送过去，海外怎么办呢？所以，出海捞食，硬件质量是根本，软件毕竟好办，有问题可以远程升级啊。"

"知耻后勇搏世界，百折不挠毅更坚，燎原儿女多壮志，定教日月换新天。"老板华今朝在深圳体育馆举行的公司大会上的开场白不长却掷地有声。"这四句话解读起来就是原来产品没做好，咱不懈地努力把它做好，只有把产品做好喽，才能拿到世界上去卖。我们经历屡战屡败、屡败屡战，最终燎原人一定能打下一片天地。正扣着今天的主题：知耻后勇，让星火燎原全世界。"华老板接着说。一番激励的话语，让听的人热血沸腾。"世界之大容得下一个燎原，国人偏好洋品牌，对燎原也需要有个认识的过程。中国之外还有广阔的非洲大地，他们的通信非常落后，我想非洲的兄弟也是需要移动通信的，还有中东的阿拉伯世界、东南亚、南美洲，欧洲先进但独联体应该有机会。我在想，只要我们的产品做得好，不愁卖不出去。关键是如何把我们的产品做得物美价廉有竞争力？质量是我们生存的基础，辛辛苦苦得来的市场，基站瘫了打不了电话，被人搬了，大家心血白流了，产品线撑不下去散伙，还要再另谋出路，这种实例比比皆是。产品卖不出去，老板发不出工资，水电费交不上被拉闸断水，在深圳随处可见。我们怎么办？唯有努力奋斗，靠我们勤劳智慧的双手做出可靠性高、物美价廉的、客户认可的好产品去赢得市场，去开辟属于燎原的一片天地。想想当年研制'两弹一星'

的功臣们，那是什么条件，在如此艰难困苦的条件下，硬是创造了惊天动地的奇迹，让世界折服。为了更好地学习'两弹一星'的精神，我们特地邀请了一些当年参与研制'两弹一星'的功臣来燎原，你们参加大队培训的都应该接受过他们的教导。我们现在的条件，比起当年那好得何止十万八千里啊，我们没有理由不成功。'此时，全场掌声雷动。

掌声渐息，华老板接着说："有了好产品，就得有人卖。市场部的人跟我说，能不能动员一些研发人员去一线，我说那是必需的。研发人员懂技术，做事严谨，燎原的研发人员能吃苦是有名的，去一线应该个个是好手。我们就是要千军万马，雄赳赳气昂昂地跨过太平洋，到非洲去，到中东去，到东南亚，到南美、独联体去。不仅如此，我们还要'杀'到欧洲去，'杀'到北美去，不入虎穴，焉得虎子。真可谓'到中流击水，浪遏飞舟'。"满怀激情的华今朝用力挥舞着拳头结束了演讲。观众席中满是两眼放光、热血沸腾的小伙子们，群情激奋，掌声、呐喊声交织在一起。在肖云飞、马庆生等人上台领完最差单板奖之后，激动人心的时刻到了。声势浩大奔赴一线的队伍站满了整个舞台，华今朝将冲锋的旗帜亲自授予一线的"将士"。此时，由东方牡丹领唱，全场齐唱《解放军进行曲》："向前向前向前……我们的队伍向太阳，脚踏着祖国的大地……"震耳欲聋的歌声久久回荡在体育馆里。

"哎呀，我们马庆生啊，昨天上台啥感受啊，不过说实话您往台上一站，还挺帅的。真的。"柴文娜边吃午饭边称赞说。"是吗？牡丹，我真的帅吗？"马庆生确认道。"我在台上主持，视角不好，那啥，尹贤良你看得清，你说。"东方牡丹冲着尹贤良说。"挺帅的，真的挺帅的，哎，我当时为啥就选了做软件呢，真后悔啊。"尹贤良酸溜溜地说。"行啦行啦，不过我在台上感觉还真挺好，和老板握手啦，不过老板他知道肖云飞，却不知道我是谁，您说这是好还是不好？"马庆生有些懊恼地说。"就看是好印象还是坏印象喽，说不好，你让牡丹说说。"柴文娜答道。"好不好自个儿琢磨呀。哎，你们好像也有人去一线了。"东方牡丹突然想起来。"关景鹏。"尹贤良说。"对，是搞多载波预研的吧，还是受方俊凯的影响，觉得做多载波不仅没人重视，还被嘲笑，不干了，去一线了。"东方牡丹感慨着说。"当时金总在向老板汇报这些的时候，老板很重视，还责怪金总不该放方俊凯走。老板还强调多载波要加强预研，明确说，拉远搞定就坚决上多载波。"东方牡丹接着说。"昨天的大会上，老板确实挺能忽悠的啊，搞得我热血沸腾的。不过肖云飞，你说咱能进欧洲吗，还有咱真的能进美国吗？"尹贤良问道。"想那么多干吗，好好做咱的拉远ODU，咱现在能做的就是把产品做好，一线的弟兄们有东西卖，还要满足他们时间点的要求。时间很紧的，这些我都没跟你们说，脚踏实地吧，不该咱操心的，就别瞎操心了行吗。"肖云飞坦率地说。"这肖云飞可真实在，怪不得领导都这么喜欢呢。老板都能记得。"东方牡丹看着肖云飞自言自语道。

7. 理论和实际相结合

月底的产品线例会上，作为PQA的柴文娜正在详述着拉远ODU版本的开发情况。"赵长城，TCP4是开发的重点，但产品线更重视你们测试的TCP4A，目前还没过，但测试人员已前期介入，这很好。但关键的是高低温试验，新申购的温箱8月底一定要落实能用。"柴文娜停顿了一下，又说："公司这大会也开了，海外是重点。所以，销往海外的产品需要的论证必须要在TCP4A搞定。以前不太重视这方面，所以也不太清楚。该做哪些论证必须尽快弄明白，计划要非常细致、周密，因为很多资源是要外协的，难度很大呀，赵长城。""再难也得搞啊，不完成海外需要的论证，答标都没法答，更谈不上卖了。"张立彪补充道，"哎，赵长城，听说印度市场对盐雾有特殊要求，你要赶紧问清楚尽快落实。"

张立彪又对着其他几个人说："江嘉陵，拉远100公里实验局的事落实得如何？哎，大家听好喽，要求2001年元旦前100公里拉远打通电话。你们的工作以此为准，不瞒大家，这是我对老板的承诺。""按这个时间点，最迟11月下旬就必须去现场开实验局啦，把站架起来，系统打通，仅现场测试和同步开发30—40天总是要的。江嘉陵，11月20日我们大队人马去实验局行吗？"肖云飞推算了时间后询问道。"好吧，我按这个时间点去联系。"江嘉陵点点头说。"到时候我也去啊，先跟你张总打招呼。"柴文娜冲着张立彪说。"你一个女同胞，看房点定在哪儿再说吧。"张立彪说。"江嘉陵，找个偏僻的便宜的地方，唉不怕，咱大城市也找不着啊，没事，娜姐估计能去住单间。"王厚林笑着说。"干大事别小气，如果需要，再贵也得去，不差这一点啊，单间就单间，不过最好还是双人间。"张立彪调侃道。

第二天上午，基站版本例会上，肖云飞正在说着："11月20号去开实验局，在这之前TCP4A肯定要过，尤其热这块，热设计团队必须给出明确结论。我看了热仿真报告，从仿真的数据看风险很大。"曹瑞祥补充道："热这个东西仿真也是需要的，但根本还是要结合实际进行热测试。"顿了顿，曹瑞祥又说："凭我的经验，热问题不大。""你的意思是算得不准啰。"赵长城反问。"说实话吧，从现在热设计团队给出的仿真数据来看，并非肖云飞说的风险有点大，而是不行。所以，我们开发、测试人员一定要把工作做细了，保证热测试数据真实可信是至关重要的。所以，我们需要两套环境来消除误判，从经验来看，热测试结果真实可信并不容易。"曹瑞祥仔细给众人分析说。

"不过这一版结构正在下图，要按热设计的要求做啊，该改的就要改。"肖云飞听后说道。"我看这样，8月下旬新结构新单板都回了，8月份是深圳最热的时候，马庆生去楼顶上搭一个真实的环境，正式地跑业务，把功率加满了做真实业务下的热测试，这个开发人员来搞好吧。曹瑞祥，具体你负责，马庆生配合。"肖云飞想了想，冲着曹瑞祥、马庆生两人说。"实验室测试两个环境，测试的总负责，开发热设计的配合。大家看如何？赵长城？"肖云飞又掉头冲着赵长城说。"三个环境进行对比测试，有实验室的，也有真实业务的，这样就不会被某一方左右，产品线到时候也好决断，肖云飞的这招妙，妙得不得了，看来对仿真结果大家都不太愿意相信啊。"肖云飞的安排让柴文娜佩服不已。"相信了，那就别做了。"王厚林和尹贤良异口同声地说。"我们所做的工作都属于应用物理，不是理论物理，所以，理论和实际要相结合。"邓学佳补充说。"关键看楼顶的，实验室的做参考。"马庆生抱着胸补充说。"综合看，都要看。"赵长城敲了敲桌子，最后总结说。

基站版本例会后的下午，公司平台研究院工程开发部芮南翔部长的办公室里坐满了来汇报的热设计团队的人。"芮总，这个基站ODU的热设计真的没法干了。"负责ODU热设计的阚雪峰很不满地说。"怎么了？"芮总问道。"基站这帮人完全不把我们放在眼里，要自己搭建环境进行热测试，更可气的是不让热设计的参与，全是开发人员自己搞。"阚雪峰被基站的人气得抓狂，连连抱怨。"哎，怎么回事，这热设计是我们负责，结论是我们给，基站这帮人居然猖狂到如此境地。"芮南翔生气地说。"结论我们是可以给啊，但他们会不认的。"阚雪峰无奈地说。"我们对这块业务负责可是公司赋予的权力，他产品线认也得认，不认也得认，产品线可靠性工程师的角色是我们工程开发部承担的，也就是你在EPD流程中不同意，他们的点就过不了，流程中的按钮在你阚雪峰手上，你不点同意，他就没办法。"芮南翔诱导性地说。"好，有您芮总这句话，那我心里有底了。"阚雪峰心领神会地说。"阚雪峰，你们要记住，如果网上出现了热设计的问题，公司会追责的。你们是知道的，你们原来的领导不就是因为一个螺钉问题被'砍'了吗，这不现在是我了吗，我可不想再为ODU热问题被'砍'。"芮南翔紧接着补充道。"不过你们仿真二作模型的建立一定要尽量与实际贴近，测试用例要充分评审。千万不要出低级错误让基站的人抓住我们'把柄'。"芮南翔略有顾虑地在原地踱着步。

此时，肖云飞他们也在讨论落实楼顶架站热测试的事。"热设计他们的热测试是通过点温计布很多热测试点，需在结构上打一些孔，把点温的线布进要热测试点，热测试的点是用一种专用胶粘住的，所以，整个过程复杂，一旦某些点没粘好，数据就不可信。"曹瑞祥很有经验地向众人分析其中的利弊。"我事先找曹瑞祥沟通过，曹瑞祥的意思是，我们的单板在设计时，就已经按热设计的要求在重要的热源点布上了温度传感器。这样我们在楼顶架上真实业务的ODU，通过后台看温度传感器的数据就行了。环境温度可以准确地获得，只关注传感器的数据与环境温度的相对差即温升就行。"肖云飞停了停又说，"当然了，邓学佳你们在单板测试时要盯住测试部，要对温度传感器的准确度进行测试。不过呢，温度的准确度并不重要，因为我们关心的是相对变化，就是与环境温度的差，传感器温度准确度差一点应该问题不大。当然差得多了就是选型有问题啦，不过也没关系，我们只要准确地测出温度传感器的准确度，把这个偏差通过软件进行校准，我们就可以得出准确的温升。总之，楼顶真实业务测温升是最客观的，也是最准确的。所以，这件事一定不能让热设计和测试的人掺和，我们开发部独立进行。他们并不认同我们这种热测试的方法，他们认为点温计才是最专业的。"

这时肖云飞的电话响起。"喂，肖云飞吗？我是张立彪。""张总您好。""关于热测试的事是ODU的关键点，牵涉到能不能卖，你一定要明白这一点，最终我是看你的意见，请记住。"张总说完就挂了电话。显然，张立彪受到来自平台研究院的压力。肖云飞接完张总的电话，握着手机看着曹瑞祥说："张总看来是有压力了，ODU的热测试，张总说听我的，我呢，就听你曹瑞祥的啦。""没那么紧张，告诉你，凭我的经验，没问题。"曹瑞祥拍拍胸膛，很有把握地说。"关键时刻敢这么说，佩服。"马庆生拍拍曹瑞祥，连连拱手。"我对曹瑞祥有信心。"邓学佳也附和着。一场学院派与实用派的较量悄悄拉开了帷幕。

8. 较量与协作

8月20日，ODU的结构件和单板都到齐了。"每个环境要两个ODU这是必需的，所以，23号之前要搞出六个ODU，要快啊。"肖云飞催促着。"那就说好啰，我们23号拿四个ODU。强调一下，版本一定要配套哦。"赵长城和阚雪峰齐声要求道。说完两人就离开了。"邓学佳，你负责他们四个ODU的提供，王厚林的版本一定要跟上。"肖云飞有条不紊地布置着，扭过头冲着曹瑞祥、马庆生、尹贤良三人说："你们仨今晚熬通宵，把楼顶的环境给我搭起来。尹贤良你单独出测试版本，王厚林的是正式的给测试部的归档版本。两个版本不一样啊，你尹贤良的是开发部自己用，尽量简单实用，关键是要快，边搭环境边修改，我们要力争明天两个ODU同时能跑起来。这两天我会和邓学佳、王厚林一起应付赵长城、阚雪峰，这也就看你们仨的啦，要快。"

8月21号23点45分，曹瑞祥、马庆生、尹贤良共同奋战了近36个小时，终于跑通了两个ODU。"好，电话打通了，业务正常运行。尹贤良搞到满功率满业务的配置，让两个ODU跑起来，咱回家睡觉。"曹瑞祥略带兴奋地说。"这样吧，你们俩回吧，我再盯一宿，看看软件是否稳定，有问题再改改。"尹贤良说。"好，咱们走。"曹瑞祥、马庆生两人边打着哈欠，边应着离开了。搞硬件的有头有尾，软件人自己挖坑自己跳，自己埋雷自己拉，真可谓有头无尾，苦海无涯呀。

8月27号，进行了3天的温度试验，赵长城和阚雪峰有了初步的热测试的数据，楼顶上的测试也进行了6天。肖云飞要求28号上午进行初步的数据评估。

"阚雪峰你先说一下这三天ODU热测试的数据，以及根据这些数据得出的初步结论。"肖云飞在评估会上说。"好的，我先说一下，我们这边的情况，首先感谢开发、测试兄弟的全力配合，热测试的过程比较顺利。四个ODU模块热测试数据一致性较好，说明数据是可信的。从目前的数据看ODU的热性能是OK的。不过这只是初步结论，不是最终结论。"阚雪峰率先说。"赵长城，测试部认同阚雪峰他们热设计团队的意见吗？"肖云飞问。"实验是我们一起做的，认可。"赵长城回道。"哎，曹瑞祥，你们的情况呢？"肖云飞又问。"和他们的一样OK。"曹瑞祥说。"哎，阚雪峰，下一步怎么搞，何时你们平台研究院给正式结论呢？"肖云飞接着问。"今天下午我们平台就会进行评审，一来评估当前的数据，二来给出下一步验证的具体方案，给结论的时间点没定，原计划是9月底到10月初。"阚雪峰如实回道。"还是希望你们能尽快吧，9月20号怎么样？"肖云飞催促道。"我们尽力。"阚雪峰答道。"哎，楼顶上的环境一直跑着啊，没我的命令不许停，全天24小时都不能断啊。"肖云飞冲着曹瑞祥下了死命令。

开完会，肖云飞按捺不住激动的心情拨通了张立彪的电话。"张总，我是肖云飞。""嗯，肖云飞，热测试的初步结论有了吗？"张总问。"刚开完初步评估的会，阚雪峰亲口说OK。"肖云飞激动地答道。"正式结论啥时出？"张总又问。"阚雪峰说9月底，我要求他们9月20号前给正式的ODU热性能的结论。"肖云飞答道。"盯紧了，要快，别出什么意外啊。"张总又叮嘱了一句，说完挂断了电话。

"当时你们ODU热仿真报告说散热有很大的风险，甚至说不行，为何现在实际温度试验结果又是OK的呢？"下午平台的评审专家向阚雪峰提出质疑。"对呀，你们不是自己打自己的脸吗，你们这么搞我们在产品线面前有何地位啊！"芮南翔冲着阚雪峰嚷。"你们仔细分析过没有，认为仿真和实际差异在哪儿？"评审专家又问。"分析过，主要在风速上。仿真可以设置风速，而温箱里，要保证温度均匀，必须要通过循环的风来送到。仿真结果风险大或不可行，是在无风速下得出的。"阚雪峰如实说。"你的仿真结果是在无风速下不可行，但实际测试是在有风速的情况下完成的，你向产品线说OK是在有风速下的结论，你是不是有点太草率啦。"评审专家追问道。"阚雪峰，你脑子是不是进水啦，事先我还专门提醒过你们。张立彪给我打电话高兴地谢谢我，当时我都觉得莫名其妙，为啥不先知会我一声呢，哎，你们为啥不把无风速测完再说呢？"芮南翔生气地说。"没法测，温箱要保持一定的温度必须要有风，没有无风速的环境。"阚雪峰赶忙解释。"没有，没有也要自己想办法去构建无风速的环境，万一实际有无风速的情况呢？"芮南翔接着开炮。"怎么构建啊，没搞过呀。"阚雪峰也是满腹委屈地回道。

此时的芮南翔怒吼着冲大家说："你们给我想办法，总之无风速必须要有实测结果。"芮南翔说完气冲冲地摔门而去。阚雪峰望着大家恳求说："各位专家，我是不知道怎么搞啊，谁来负责无风速环境的搭建，我们配合。""你少来，应该是你负责，我们配合，你是ODU热设计的责任人啊。"有的专家看不惯他推脱，直接说道。有些专家说有事起身走了，陆陆续续地走了几个人，室内就剩下阚雪峰和一位姓冼的专家。"唉，冼工，你看这事咋搞啊。"阚雪峰说。其实冼工在平台就是负责环境搭建的，他明白自己跑不了。"我们考虑一下先拿个方案，到时再讨论好吗？毕竟我们也没搞过，国际上也没有现有的设备。"冼工边回答边往外走。阚雪峰无奈地看着冼工离去的背影说："一周时间够不够？""先定一周吧。"冼工头也不回地答道。

经过多轮的讨论和评审，9月20号的平台总算就无风速环境的搭建方案达成了一致。"好啦，既然你们方案已定，就赶紧搞吧，你承诺的可是9月底给正式结论。"肖云飞冲着阚雪峰确认时间。"赵长城，你们全力配合吧，好吗？"肖云飞又对测试部的人说。

毕竟之前没有搞过，无风速环境的搭建并不顺利。先前达成一致的方案也在搭建过程中反复被修正。谢天谢地，9月29号总算把无风速环境搭建起来，30号一早，肖云飞来到现场对阚雪峰、赵长城提出明确要求。"今天把环境跑稳定了，第一、二、三天国庆法定假日大家休息。第四、五、六、七天这4天做测试。最迟10月9号平台给正式的ODU热测试结论。"肖云飞非常严肃地说。阚雪峰没说话，只是默默地点头认可，他知道这时说啥都没用，只能服从。

平台在10月9号给出ODU热测试报告，结论和预料的一样，最低风速下OK，无风速下无法正常工作，即无风速条件下ODU热测试不通过。

9. TCP4A与TCP5合并

基站版本例会上，柴文娜正介绍着ODU开发情况。"首先，肖云飞你要重点盯一下实验局地点的落实，10月底必须要定下来好吗？11月20号要去开实验局，P4A必须过，赵长城应该清楚的。100公里拉远模拟测试要有报告。也就是说，为了提高效率，模拟测试一定要做得细致，以至于实验局能效率高一些。TCP4A的EPD流程计划在11月10号启动，希望在18号完成会签。""搞不定啊，论证搞不定。论证完成的时间目前看最早也要12月底。"赵长城哀嚎着说。"没关系，论证在P5前完成就可以了，P4A可以裁减。另外特别强调，启动EPD所必需的文件必须在11月10号前提供，会后我会把文件清单发给相关责任人。"柴文娜淡定地安排着。"大家一定要重视文件啊，以前每次启动EPD都被文件不齐套拖累，这次再次强调啊，千万千万、千万千万别耽误了，拜托各位了。柴文娜你搞个邮件提醒，天天发，再搞个短信提醒好吧。"肖云飞补充着。"可以，这个我来搞。"柴文娜点头回道。

这次柴文娜盯得紧，各项文件齐备，拉远ODU的TCP4A流程按计划的11月10号正式启动了。经过各角色自检、评审、澄清和相差问题回归，各角色给出意见后，就可以进行EPD流程TCP4A的最后一步产品线会签。17号晚八点三十分，肖云飞接到柴文娜的电话。"肖云飞，我是柴文娜，刚看了各角色给的意见，阚雪峰作为可靠性工程师的角色，居然给出了'No Go'（不通过）的意见。""什么啊？'No Go'，为啥，写的是什么原因？"肖云飞着急地问。"原因是ODU热测试不通过。"柴文娜答道。"什么呀，只是无风速情况下不行嘛，最低风速下是OK的呀，最多也就是Go With Risk（风险过）嘛！"肖云飞狐疑地说。"大家都是这么认为的，结果平台居然给了这个意见，怎么办呀，告诉你了啊，赶紧想办法。现在的情况没法提会签的。"柴文娜解释说。"我知道，肯定是芮南翔的意思，我再想想怎么办吧。"肖云飞说完挂了电话。思考片刻后，肖云飞拨通了阚雪峰的电话。"雪峰，我是肖云飞啊，不好意思这么晚打搅你。"肖云飞客气地说。"柴文娜跟我说了你给'No Go'的事，我们都以为你们会给'Go With Risk'，为啥？"肖云飞问。"我觉得很正常啊，热测试包括有风速和无风速两种情况，无风速测试不通过，自然热测试就不能算通过，只能是'No Go'。"阚雪峰说。"是你的意思，是吧？"肖云飞又问。"是平台的意思。"阚雪峰回答。"我想问您个人的意见。"肖云飞接着又问。"这个无可奉告。"阚雪峰没有说一句多余的话，两人的通话就这么结束了。

第二天一早，肖云飞就站在芮南翔的办公室里，赵长城也在。"芮总，拉远ODU在EPD流程中阚雪峰给'No Go'是您的意思，对吧。"肖云飞单刀直入地问。"嗯，阚雪峰是这么给的吗？怎么啦，有问题吗？"芮南翔反问道。"请问你们有什么改进的方案吗？"肖云飞问。"加风扇。"芮南翔直截了当地说。"加风扇？那要你们有何用啊，芮总。"肖云飞不客气地说。"我们基站测试认为无风速下的问题仅仅是个风险。"赵长城补充说。"那是你们基站的测试部门的观点。"芮南翔回应道。"为什么要这么激进，加风扇吧，咱还没达到那个水平，我们为啥要冒这个险？"刚进来的阚雪峰补充道。"加风扇，怕担风险是吧，明白啦，一帮没出息的货，赵长城，咱们走。"肖云飞生气地说完扭头就走。"这是什么话？"芮南翔生气地说道。"就这个话。"肖云飞头也不回地边走边说。

在回来的路上，肖云飞问赵长城："你看这事怎么办？""我们呢，有三种试验方式可以验证。"赵长城回道。"怎么讲？"肖云飞接着问。"楼顶室外的试验，温箱试验和平台自己搭建的无风速试验验证。"赵长城数着手指答道。"你的意思是二比一？"肖云飞确认着。"对。"赵长城回道。"好吧，我们去找柴文娜。"肖云飞和赵长城二人直接杀到柴文娜那儿。"二比一？"柴文娜听了情况后，问道，"在EPD流程如何体现呢？""别问我们啊，来找你就是让你给出主意啊！"肖云飞摊开双手，求助道。"我出主意？嗯，让我想想啊。在EPD里，阚雪峰是可靠性工程师的角色。虽然按理说呢，只要产品会签人员都签OK，TCP4A就算OK。但是，我们QA①体系认为，如果可靠性工程师给'No Go'，我们是不会提交产品线会签的。

① QA：质量保证。

其实这个道理很简单，对吧。"柴文娜冲着肖云飞、赵长城两人说。"好吧，照你这么说就没办法啰？"肖云飞皱起了眉头。"你们先回吧，我找张总商量一下。"柴文娜想了想，打发着说。

基站版本例会上，柴文娜传达着张立彪的指示："张总综合考虑目前的实际情况，决定暂不过TCP4A，TCP4A与TCP5合并。""那实验局怎么办呢？"马庆生问。"别急，我们这个说是实验局，实际是开发验证百公里光纤拉远功能，是家里实验室条件不具备，把家里的实验室延伸到外场进行开发试验验证。模块设备都是研发人员自带，不牵涉到生产发货。所以，也不需要非过TCP4A。""明白了。"肖云飞应道。"但是，张总对热设计提出了要求。阚雪峰，目前光纤拉远ODU的热测试有三种方案，你们平台仅仅是其中之一，请记住，你们平台的无风速的环境是自己搭建的，并没有业务标准。而且你们自己构建相当困难，作为一种技术方案的探索无可厚非。但要想令各方，尤其是产品线信服，你们还需要再多做工作。这次产品线退一步，但在TCP5时，你们平台要综合考虑三个验证方案的结果，向张总给出客观、实用的结论。"柴文娜冲着阚雪峰说。"我们要求加风扇，这一点很明确。"阚雪峰也不甘示弱。"产品线的态度也很明确，自然散热，不许加风扇。"柴文娜强调说。"好啦，肖云飞，实验局地点定了是吧！"柴文娜问。"是的，广西百色，具体是靖西，那里正在开发旅游资源，有个通灵大峡谷，正在开发。所以，当地非常欢迎我们去帮他们开通移动通信，有点类似西双版纳局的情况，免费的。"肖云飞答道。"基站在哪？"尹贤良问。"在百色，就是利用百色基站的光口，用光纤拉远100公里到通灵大峡谷。光纤有100公里，但实际距离，直线距离没有100公里。两地工作，难度有点大啊。"肖云飞老实说。"娜姐，有点艰苦哦。"尹贤良调侃说。"艰苦不怕，关键看张总同意不。"柴文娜不以为意地说。

"哎，我了解了一下，广西百色的靖西一带风景不比桂林丽江阳朔差，我一定要去好好玩玩。"柴文娜边吃午饭边说。"说你动机不纯吧，就是不纯。我们去辛苦地搞开发，你光想着去玩。"王厚林说。"边工作边玩嘛。"柴文娜说。'告诉你，我们在西双版纳出差，忙得真没空玩。"马庆生夹了一口菜。"侬相信吗？但是事实，真没空玩。整天出事也真没闲心去玩。"肖云飞冲着柴文娜说。"这次去百色，张总要求元旦前一定要打通电话，想玩可以，打通电话就可以。否则也没心思玩啊，也不敢玩啊。没打通电话就去玩，传到总部麻烦就大啦。牡丹，你说对吧。"肖云飞又说。"玩可以，回来降薪、打C、走人。"东方牡丹一副恶狠狠的模样。"别那么厉害嘛，不玩还不行啊，这么凶干吗呀，牡丹。"柴文娜装作哭喊着。"娜姐还去不？"尹贤良火上浇油地说。"我是去监督你们的开发过程和质量，不是去玩的，明白不，得去，必须得去。"柴文娜反击道。"去去去，靖西那地方便宜，单间没问题。欢迎娜姐监督。"马庆生笑嘻嘻地说。"娜姐啊，您一定要去啊。在西双版纳忙得饭顾不上吃，衣服都臭了也没得换。娜姐啊，拜托啦。"王厚林说着。"喂喂喂，拿我当老妈子啦，想得美。"柴文娜说。"别啊娜姐，拜托啦，一定要去哦。"尹贤良又说。"自己的事自己搞定，不像话，不过有娜姐帮买个吃的啦，泡个方便面啦还是可以的哦？娜姐。"曹瑞祥也跟着起哄。"放心，能帮的会帮的，闲着也是闲着嘛，放心，放心啊，就是过去当QA兼家政嘛，有什么大不了的。在家带儿子，出门带你们这帮孙子，挺好。"柴文娜损话连连。"娜姑奶奶好，辛苦娜姑奶奶啦。"邓学佳也来凑热闹。"这次你们是去百色靖西搞开发试验，公司很重视，派我支持你们做好后勤保障，娜姐也不用单间啦。"东方牡丹补充了一句。"谢牡丹，谢娜姐。"肖云飞回应着东方牡丹的话。"太好啦，有伴啦，不过张总没跟我说要我去啊，我得去问问张总。"柴文娜高兴地说。

10. 百色鏖战

作为先头部队，肖云飞、马庆生、尹贤良于11月25日到达百色。百色地区用的是燎原的基站2.0设备。在通信公司的主机房，江嘉陵正与肖云飞他们讨论建站计划："局方原来计划在靖西通灵大峡谷一带建站，光纤和电源都铺设好了，但光纤还未打通。所以，我们的首要任务是打通光纤，尤其是打通山顶的光纤。我们的ODU就建在山顶。""这山有多高啊？"尹贤良问。"将近1000米，中途有绝壁，不好爬。"局方蒙工答道。"我也没去过，据说有点险，必须要请当地人领路，尤其要帮助把设备搬上山顶。"江嘉陵说。"天线呢？"肖云飞问。"天线也架好了，一个山顶架两个定向天线，另一个山顶架一个全向天线，需要光纤级联。也就是一个山顶两个ODU，另一个山顶一个ODU。"蒙工说。"对了，山上没有通信。当时蒙工他们架天线、光纤和电源仅仅是施工，可以不需要与主机房沟通。但我们是开发调试，山上需要和主机房沟通，你们是怎么考虑的？"江嘉陵接着问。

"下面小镇应该有通信吧？"马庆生问。"有固话。"蒙工点点头。"用对讲机吧。小镇与山顶间用对讲机，再通过固话与主机房沟通。"马庆生想到了办法。"好，就这么办。赛格的对讲机，大功率的最远可以25公里，小镇和山顶通信应该没问题，山顶又有电源。"肖云飞也赞同。"25公里的应该没问题。"蒙工说。"马庆生，你现在就给曹瑞祥打电话，马上去赛格买，明天就亲自带到百色来，要快啊。"肖云飞催促着说。"蒙工，光纤打通我们怎么搞？"江嘉陵接着问。"从百色到山顶有六个节点，带上光功率计，一个节点一个节点地检测。"蒙工说。"先轻装上阵打通两个山顶的光纤，设备再说。肖云飞，设备不急。把基础先打好，磨刀不误砍柴工嘛，这样效率会更高些。"江嘉陵冲着肖云飞说。"是的，这样只需带个便携式光功率计，很小的，而且又不能在山上过夜，先不上设备啊。"蒙工补充道。"好吧，一口吃不了个胖子，心急吃不了热豆腐。"肖云飞回应着。

打通光纤是拉近ODU成功的关键，肖云飞不敢怠慢，留下马庆生、尹贤良，跟着蒙工和江嘉陵去打通光纤。临出发，尹贤良看着越野车还多个座位，就硬挤了上去。"你们在百色主机房有很多事要做呢，我们已经有三个人啦。"肖云飞冲着尹贤良说。"环境的搭建和测试ODU，马庆生一个人就能搞定了，我这跟着你们出来也可以学习学习。"尹贤良笑嘻嘻地说。"多个机动的人也好，这一路不轻松啊。"蒙工也同意这样的安排。"还是蒙工好，哎蒙工，咱这要搞多久啊？"尹贤良问。"正常情况下，山下两天，一天三个节点，主要是山路不好走，其实并不远。"蒙工回道。

"哇，少数民族耶，这一路怎么这么多少数民族的人啊，穿的还都不一样，难道他们不是同一个民族的吗？"看到路上人们穿着华丽的服饰，尹贤良兴奋地问。"穿的不一样，就不是一个民族的。"蒙工说。"你在广西上的大学对吧？"肖云飞问江嘉陵。"桂林电子科大。"江嘉陵回道。"啊，你是桂电的呀？"蒙工这才被提起兴趣，主动问道。"是啊。"江嘉陵回道。"我也是桂电的，去年刚毕业。"蒙工说。"我是前年毕业的，早你一年。"江嘉陵又说，"看什么书呢？""英语。"蒙工老老实实地回答。"这么认真啊。"尹贤良说。"今年准备考研究生，这不在家复习呢，被领导叫来帮你们打通光纤了。"蒙工不情愿地说着。"哎哟，真不好意思啊，让您受累啦。"肖云飞笑着说。"您是本科还是硕士啊？"蒙工问江嘉陵。"我是本科、硕士都在桂电上的。"江嘉陵回道。"你们俩呢？"蒙工好奇地又问其他两人。"我们也是硕士。"肖云飞、尹贤良异口同声地回道。"是啊，你们都是硕士，所以……"蒙工没把话说完，但意思却表达得很清楚。

不到两小时，几个人顺利到达第一个中继站，找来人开门进机房，先用酒精擦洗光口，再用光功率计进行检测。"光口需要清洗保养，每年都要进行两次，上半年一次，这次就算是下半年的第二次。"蒙工边做边解释着。"看，这是我们2.0的基站。"尹贤良惊喜地说。"是啊，百色比较贫困，那些国外公司嫌条件艰苦不愿来，燎原免费提供的。"江嘉陵应着。"就当实验局嘛，给我们提供实际网上运行的宝贵经验，很值得的。"肖云飞赞同地说。"百色还是挺有名的呀，当年邓小平就在这领导了百色起义。"蒙工说。"革命老区啊，燎原应该送的，为老区通信贡献力量嘛，咱们老板很有政治头脑啊！"尹贤良在心里给老板点赞。"也是没办法，那些有价值的地方你送都没人要，好歹有人要，就算不错啦。作为样板点，打国外市场也得有宣传，这笔账划得来的。"肖云飞补充着。

搞完第三个节点，已经五点半左右。"好了，今天基本顺利，回百色。"蒙工冲着大家说。"不好意思啊，又耽误蒙工一天的复习。"在回来的路上肖云飞抱歉地说着。"没事啦，跟你们几个硕士，我也想沾沾运气，说不定对我考硕士有帮助呢。"蒙工客气地说。一路上蒙工讨教了很多考研的经验，不知不觉时间过去了近两个小时。"哎，你们看，那就是百色起义纪念馆。现在太晚了，否则可以去看看，免费的。"蒙工说。"百色到了。"江嘉陵伸了个懒腰。

"马庆生，今天怎么没看见曹瑞祥啊，不会是没来吧？"肖云飞一进酒店的房间就问。"答应今天来的，没消息。"马庆生说。"赶紧给他打个电话，现在就打。"肖云飞急着说。马庆生拿起房间的固话拨打着，拨了许多次也没拨通。正在这时，马庆生的手机响了。"曹瑞祥的电话。"马庆生举着手机冲着肖云飞说。"喂，曹瑞祥啊，在哪儿呢？"马庆生问。"还在深圳啊。"曹瑞祥回答。"怎么啦？"马庆生问。"从赛格买的对讲机试了一下有问题，又跑去换了。这不，刚试完OK，才敢给你们打电话呀。明天过来，你跟肖云飞说一下。"曹瑞祥解释说。"好好好，我和肖云飞一个房间，他就在旁边。他说明天可以，明天一定要过来啊，靠那个通信呢，没它转不了。"马庆生叮嘱着说。"明天一定到。"曹瑞祥打着包票。

"怎么样，今天三个节点都搞完了吧。"挂了电话，马庆生问肖云飞。"今天三个搞完了，明天搞剩下的三个。后天带个对讲机把山顶的光口打通。两个山顶不知一天能否搞定啊！"肖云飞有点担心地说。"柴文娜问大部队何时能来？"马庆生说，"这帮人听我叫曹瑞祥过来，就以为他们都要来呢，按捺不住啊。""啥按捺不住，又不是来旅游，瞎激动个啥。"肖云飞打趣道。"今天跑了一下，条件还是很艰苦的，你跟他们说，要做好吃苦的打算，有可能会很艰难。"肖云飞嘱咐着，马庆生听了默默地点点头。

"师傅昨天辛苦了。"肖云飞客气地与司机寒暄着。"我们不辛苦，习惯了，只要你们在这种颠簸的路不晕车，不吐就好啦。"师傅乐呵呵地回道。"看来你们是觉得有点辛苦了是吧。昨天是比较好的，今天路况比昨天差。不过看来你们不晕车，就问题不大。"蒙工说。"我倒没觉得啥，看着窗外穿着漂亮民族服装的靓妹子，可是饱了眼福了。"尹贤良嬉皮笑脸地说着。"哎哎哎，口水流下来了哈。"肖云飞冲着尹贤良调侃。'真养眼啊。"尹贤良又说。"怎么样，找一个呗。"蒙工冲着尹贤良说。"哎，听说在西双版纳，你们有个兄弟就被留下啦。"江嘉陵说。"车子玉。哎尹贤良，你不会步车子玉后尘吧。"肖云飞说。"也难说。"尹贤良也自我调侃着说。

"今天还算顺利，现在是五点半，正好六点之前赶到第三站。"蒙工轻松地说。来到站点，蒙工问："阿旺在吗？""阿旺啊，怎么啦，蒙工，你有啥事啊？"办公室的张工问。"光纤巡检啊。"蒙工答道。"我们那站还没开呢，巡啥检啊。"办公室的张工又问。"这不就是来巡检嘛，OK啦，就可以开站啦，尤其要开山顶上的站啊。"蒙工接着说。"啊，对不起，阿旺请婚假，结婚去了，下周才能来上班。"张工说出实情。"下周？"肖云飞不禁大声喊了出来，期盼地望着蒙工。"没事，有钥匙就行。"蒙工对肖云飞安抚着说。"没想到你们要来，那个机房现在又没业务，就没想到交接钥匙的事。"张工不好意思地说。"那阿旺现在在家吗？"蒙工只好又问。"你说蒙基寨啊，人家阿旺带着新媳妇正在南宁度蜜月呢。"张工回道。"今天是周三，到下周这么久，咋办啊？"尹贤良借着说话的空隙问肖云飞，实际是暗暗给蒙工传递压力。此时一旁的司机师傅说话了："蒙工，这天不早啦，赶紧回百色吧，钥匙的事再联系吧。"肖云飞不干了，问蒙工："那钥匙咋办？""这师傅不说了吗，再联系喽，否则怎么办。"蒙工也满是无奈。"先按蒙工的意思办吧，蒙工再想办法联系钥匙的事，好吧蒙工。"看着局面有点僵持，江嘉陵解围道。"好啊，好啊。"蒙工借坡下驴，连连答应。"好吧，先回吧，在车上再商量怎么办吧。"肖云飞无奈地说。

"刚才说什么蒙基寨，在哪儿呀？"尹贤良问。司机边开车边回道："是个瑶寨，阿旺就是那个寨子的，蒙工也是。""啊，蒙工，你和阿旺一个寨子的？"尹贤良看向蒙工。"是啊，我们是中学同学，我去桂林读大学，阿旺上的技校。"蒙工如实答道。"那拜托蒙工找找阿旺，看明天能不能拿到钥匙。"肖云飞急忙跟着说。"我想办法联系他吧，问问他把钥匙放哪儿了。"蒙工叹了口气。"总算到啦，哟，都八点了。"司机说。"真不好意思，辛苦二位了。"肖云飞挠了挠头说道。"别不好意思啦，都还没吃饭呢，师傅。找个好馆子，肖云飞请客。"江嘉陵拍着肖云飞的肩膀，替他做主。"好好好，师傅。去最好的，我请客。"肖云飞爽快地答应了。"算了吧，我想回去复习呢。再说吧。"蒙工拒绝道。"给个面子，给个面子，咱边吃边传授考研经验。"尹贤良机灵地说。"给个面子嘛，蒙工。"江嘉陵也劝着。司机师傅也应着江嘉陵。"好吧，那就讨教讨教。"蒙工顺势说。

司机把众人带到了百色最好的平果大酒楼，五个人边吃边聊。席间司机师傅和江嘉陵都接了电话说有事，猛吃了两口菜先后离开了，一桌就剩下蒙工、肖云飞和尹贤良三人。"蒙工，准备考哪儿的研究生啊？"尹贤良和蒙工碰了碰杯问道。"哎，二位都是哪个大学研究生毕业的呀？"蒙工反问。"我们俩是师兄弟，都是华中昌汉大学电子通信专业的。"肖云飞喝了一口酒回道。"真的吗？"蒙工又问。"当然是真的，我俩本科、硕士都是一个专业，他高我一级，我们一个导师。"尹贤良指了指自己和肖云飞。"你们导师是谁啊？"蒙工又问。"文楚天。"肖云飞说。"有这么巧的事？"蒙工自语道。"莫非蒙工就是报的文教授的研究生？"尹贤良看着蒙工反问道。"二位准师兄，小弟有礼了。"蒙工连忙起身，向两人拱起双手。考研的话题聊下来，三个人的距离一下就缩短了。三个人边吃边聊不知过了多久，直到饭店打烊服务员来催他们。"啊，十一点啦，好好好，我们这就完。"肖云飞冲着服务员说。

11. 初上晕良山

回到了宾馆，肖云飞倒在床上就睡了。"有电话啦，有电话啦……"第二天一早，肖云飞的手机响了。肖云飞睡得迷迷糊糊的，摸起手机。"喂……""我是蒙工啊。""啊，蒙工，有事吗？"肖云飞一下从床上跳起来。"这样，我联系上阿旺啦，钥匙他带在身上呢。"蒙工说。"那怎么办呀？"肖云飞急了。"别急，是这样，原来周末我是打算去南宁买最新的考研复习资料的。我呢今天就去，一来买复习资料，二来找到阿旺把钥匙拿到。"蒙工安抚着肖云飞，把自己的打算如实道来。"啊，太感谢啦，哎呀，真的太感谢啦。"肖云飞激动地跪在床上连忙道谢。"不用谢啦，我现在已经坐上了去南宁的大巴啦，好啦，就这样吧。"蒙工说完挂了电话。"天无绝人之路啊。"马庆生在一旁感慨地说道。"曹瑞祥来了吗？"肖云飞问。"今天到。"马庆生回道。"不是原来说昨天到吗，为啥昨天没来？"肖云飞又问。"今天到正好啊，没误事啊。他家里临时有点事，好像是孩子生病了。"马庆生解释着说。"啊，他一家都到深圳啦。"肖云飞自语道。

"哥啊，让嫂子帮忙给俺也找个媳妇呗。"马庆生缠着肖云飞。"这事自己搞定啊，你这一身的能耐哪儿去啦。"肖云飞不接他的话茬。"不肯帮忙？不跟你说，我直接找嫂子。"马庆生笑嘻嘻地说。"燎原那么多秘书妹妹，想办法搞一个呀。"肖云飞开着玩笑说。"谁有你那么有本事啊。"马庆生撇了撇嘴，羡慕地说。"我们是同学，一起分到燎原的。"肖云飞回道。"所以啊，找嫂子帮忙嘛。"马庆生在肖云飞身边打转。"不过公司有规定的，不能在一个部门，这点你要记住哦。"肖云飞提醒他。"咚咚咚"，有人敲门。"请进！"马庆生大声应道。尹贤良开门进来就问："今天怎么安排啊？""咱们先去吃早饭，完了去百色起义纪念馆转转。"肖云飞想起来之前路过的建筑。"叫上江嘉陵。"马庆生说。"江嘉陵一早说有事就走了。"尹贤良一副被抛弃的可怜样。"那好，咱们仨走。"肖云飞理了理衣服，无所谓地说。"看来昨晚的酒喝得很到位啊。"肖云飞冲着尹贤良开心地说。"怎么啦！"尹贤良还不知道怎么回事。"你知道蒙工今天干啥去了吗？"肖云飞故作神秘。"干啥去啦？"尹贤良满脸茫然。"去南宁找阿旺拿钥匙了。"肖云飞这才不再卖关子，说出实情。"啊，真的？"尹贤良一脸的不可思议。"你别说啊，还真巧了，这是天意啊。天时、地利、人和，拉远ODU不成都不行啊！"尹贤良开心地边走边说。

解决了钥匙这个难题，几个人放下心来了，开开心心地去百色起义纪念馆玩了。第二天等接到蒙工回来的消息，几个人飞奔过去和蒙工会合。

"蒙工，辛苦啦，感谢，感谢啊！"肖云飞对蒙工说。"不客气，本来就要去，只是提前了。"蒙工说。"介绍一下，曹瑞祥，今天刚从深圳过来送对讲机的。"肖云飞为两人做着介绍说。"蒙工好。"曹瑞祥边握着蒙工的手边说。"好好好，哎，江嘉陵呢？"蒙工问。"他有事，再说他来了我就去不了啦。"尹贤良说。"哎，蒙工，今天咱们怎么安排？"肖云飞单刀直入主题。"先去蒙基的站点吧。然后留个人去站点，我们先上第一个山顶。用对讲机进行联系。"蒙工说。"不需要请人带我们上山吗？"尹贤良问。"我不就是吗，我就是在山脚下的蒙基寨长大的，小时候经常爬这个山，熟得很啊。"蒙工说。"蒙工好厉害呀！"尹贤良说。"我们这里雨水比较多，虽然是秋天了，但还是会有雨。由于山高，要是下雨，就会比较危险。只能改天再上山了。"蒙工说。"啊，这样啊。"曹瑞祥有点担心的样子。"没办法，安全第一。要知道有几个绝壁，还是比较难爬的，虽然有抓的地方，但下雨还是有危险。另外，山上蛇多，要多注意，我会提醒大家的。"蒙工安抚着众人。

今天挺顺利的，十一点半就完成蒙基站点的检测。"今天晴空万里，好，咱们赶紧吃午饭，午饭后带点水上山。哎，谁留下？"蒙工发问。"曹瑞祥留下，我们三个上。对讲主机曹瑞祥拿着，我们只要带对讲机就行了。"肖云飞简单做了分工。"好好好，这样咱们上山轻便，曹瑞祥你会使这个，让我留下我还得现学，麻烦。"尹贤良故作一脸嫌弃地说。

吃完午饭，每人带了两瓶水开始爬山。"你们一定要跟着我走，千万别自己走，我从小在这长大，对路熟，如果不跟着我的脚步走，可能会出意外。"蒙工边走边叮嘱大家。"会碰到蛇吗？"尹贤良有点担心。"大中午的不会，但天黑了就难说了。"蒙工如实说。"大概多久能到顶上？"肖云飞问了关键问题。"我们三个人，大概两小时吧。"蒙工算了算时间。"要两小时？"听到时间，肖云飞吃了一惊。"是啊，现在是十二点半，我们争取两点半到山顶，在山顶最多待一小时，三点半往回走，五点半，天没黑到山下，这样最安全。"蒙工回道。"以后你们到山顶上调试，只能住在山脚下，一大早上山，五点前回到山下。"蒙工又建议说。"嗯，只能这样喽。"肖云飞若有所思地说。"但愿咱今天顺啊！"尹贤良说。"顺不顺三点半必须下山。"蒙工说。

走了近一个小时，正午的太阳顶着头照着，确实很热。可能是昨天晚上没睡好，尹贤良开始喊着受不了啦。正好在一个绝壁下，蒙工看看尹贤良，此时尹贤良脸色有点泛白，看着这个绝壁，直喊着："你们上吧，我在这等你们。""那不行啊，你怎么能这样呢？"肖云飞急了。"我看他是真不行了，再往上还有两个绝壁，依他现在的状况，真不能上了。"蒙工担忧地说。"那怎么办？"肖云飞问。"没办法，我们一人再给他留下一瓶水，你就在这个山崖下的阴处歇着，多喝点水，拿一瓶水把头浇一下，我们俩上，你在这等我们。听见没？"蒙工冲着尹贤良说。"千万别乱跑，就在这待着。"蒙工补充道。"会有蛇吗？"尹贤良有点害怕。"这个时候不会有蛇的，放心，别乱跑啊，等我们啊，给他留个对讲机吧。"蒙工对肖云飞说。"就带了一个，忘了多带一个了。唉，下次知道啦。"肖云飞说。"没事的，进山的人都会在这个地方歇脚的，所以不用怕。"蒙工安抚着说。

安顿好尹贤良，蒙工和肖云飞继续向山顶爬去。攀爬过三个绝壁，走过弯曲山路，在两点半左右两人终于到达了山顶。站在海拔几千米高的高山上，真是会当凌绝顶，一览众山小。二人找到光口进行清洗和检测，一切都很顺利。"OK，山顶的光纤打通啦，跟曹瑞祥通个话告知一下。"蒙工说。肖云飞拿出对讲机喊着："曹瑞祥吗？""听到听到，你们现在在哪儿啊！"曹瑞祥问。"我们已经在山顶上啦，光口也清洗了，检测OK，这样从山顶到百色机房约100公里长的光纤全线打通。现在是三点十分，我们开始下山了，预计五点多咱们就能见面啦，对讲机开着啊，随时联系。好，就这样。"肖云飞回道。"好，等你们。"曹瑞祥回着。

少了尹贤良这个拖累，两人往回走不到一小时就回到了尹贤良歇脚的地方。"这么快！"尹贤良惊喜地大叫。"都是因为少了你个拖累呀。"

肖云飞收工后心情不错，开着玩笑。"怎么样，感觉好点没？"蒙工关心地问。"蒙工，您的这招用水浇头真管用。你们刚走，我用水一浇头，顿时头脑清醒了许多啊，这招真管用，多亏您有经验呀！"尹贤良感激地说。"蛇没来骚扰你吧？"肖云飞调侃着说。"没有，倒是有两个上山采药的在这歇息过。"尹贤良说。"好，我们下山吧，没问题吧。"蒙工冲着尹贤良说。"有问题也得走啊，总不能在这过夜吧。只是不会像咱俩那么顺了。"肖云飞说。"为啥呀？"蒙工问。肖云飞冲蒙工挤了挤眼睛说："你说多了这么个拖累，能顺吗？""别价呀，我只是昨天晚上睡得太晚，早饭没胃口导致有点低血糖罢啦。"尹贤良赶忙替自己解释。"中午不是吃饭了吗？"肖云飞问。"有点不太对胃口，吃得有点少。"尹贤良回道。"你们搞软件的就喜欢熬夜，我看你这主要是睡得太晚。"肖云飞边走边数落着。"哎，蒙工，这山叫啥名？"肖云飞冷不丁地问了一句。"这山没名，这一带是通灵大峡谷，这只是一个山头罢了。"蒙工说。"没名好啊，我给起个名，就叫'晕良山'，意思是把尹贤良搞晕的山。"肖云飞笑着说。"别拿我开涮行不，这回仅是特例。"尹贤良替自己辩解。"特例？那还是得叫晕良山，好，就这么定了，蒙工。"肖云飞边说笑着边飞步向山下走去。

12. "财政大臣"不好当

"哎，王厚林呀，你们那个晕良山是咋回事啊，你们这唱的又是哪一出啊？"柴文娜边吃午饭边连冲着王厚林打听。"这好事不出门，坏事传千里呀，昨天刚发生的事，你这耳朵也太尖了吧。哎，牡丹你说是吧。"王厚林回着话。"哎哎哎，你说究竟是咋回事嘛。"柴文娜又问。"我感觉是尹贤良看到绝壁吓得尿裤子了，没胆量上了。"王厚林说。"有那么险吗？"东方牡丹说。"肖云飞呢是在西双版纳傣家长大的，皮实。尹贤良是武汉城里人，还真有可能被吓着了。"邓学佳说。"反正啊，环境比较恶劣是肯定的。在西双版纳，肖云飞因为在那成长的，似乎一切都很自然。但我就觉得很难。尹贤良这事，要不是确实危险，恐怕不至于自个儿待在半山腰。怎么着，柴文娜，您不会还没去，听到就被吓趴啦。"王厚林接着打趣道。

柴文娜没有吭声，脸色晦暗不明。"看来娜姐真被吓趴啦，还想去不？娜姐。"东方牡丹冲着柴文娜说。"看来百色那地方不好玩呀，我去不去看张总啊。"柴文娜回道。"光纤打通了，我们马上都得去，现在已经在打包装箱了，先把东西拉去百色，我们大队人马坐飞机到南宁，再坐大巴到百色。"邓学佳说。"赵长城今天就走，我们明天或后天走。"测试部的麦哲渊说。"公司要求分开来走，不要坐一架飞机、一辆大巴。"东方牡丹补充道。"咱们啥时去？"柴文娜问。"他们主力先去，等工作开展一段时间，12月10号左右吧，咱俩再去，这是张总的意思。主要是因为咱俩是女生，别弄得他们还要照顾我们，等他们安稳了，一切走上正轨了，咱俩再去。"东方牡丹说了自己的时间计划。"你们是跟张总一起去？"王厚林问道。"是的。"东方牡丹点点头。"这么重要的事，张总待在家干吗？"戴宝国插话说。燎原一行人带着"家当"，浩浩荡荡地分批抵达百色。平果大酒楼，肖云飞设晚宴给大家接风。"哎，这两个位置还空着呢。"戴宝国说。"别急，一会儿曹瑞祥接了王厚林，两人就会到，正好十个人一桌。"尹贤良解释说。"江嘉陵，先把这里的情况介绍一下呗。"赵长城说。"我想，情况大家可能已经有了大致了解，用服这块网络侧和接入侧各只有一个人，我负责接入侧，另一个负责网络侧。所以呢，我尽力而为地支撑大家，但还需要靠大家自己搞定自己的事。"

江嘉陵停了停又说．"具体来说，车就需要自己租了，我呢重点负责与局方的沟通和协调。记住，研发人员不要自己随意与局方沟通，有事我来沟通，好吧。"江嘉陵说完环顾了大家一下。"哎，前几天搞光纤不是局方派的车吗，怎么要我们自己租车呢？"尹贤良问。"你应该知道，前几天搞光纤算是每年两次巡检保养的第二次。再往下的工作是燎原的事，只能自己租车了。"江嘉陵回道。"理解，理解。"赵长城说。

大家正说着，曹瑞祥推门进来了，后面紧随的不仅有王厚林，东方牡丹和柴文娜居然也来了。"哇哦，哇哦，哎，你们不是说跟张总一起来的吗？"众人纷纷问道。"张总出国啦，一时来不了啦，赵长城跟张总说，希望她们二位能早点来，所以……"王厚林话还没说完就被打断。"挤挤挤挤，赶紧加俩座呀，快叫服务员加俩座。"肖云飞忙说。"赵长城，你请我们来，居然连座都没有，啥意思啊？"柴文娜冲着赵长城挑眉说。"我只是跟张总提了一下．张总当时并没有答应我啊，我还真不知道你们会一起来。"赵长城赶紧解释道。"行啦，行啦，别解释啦。"说着柴文娜就把赵长城的位置给坐了，尹贤良已让东方牡丹坐下。

"都到齐了啊，今天给大家接风，我请客。"看着众人，肖云飞开心极了。"好，今儿好好宰你。"柴文娜说。"哎，赵长城，你把娜姐请来是别有用心吧。"肖云飞冲着赵长城说。"哎呀，就是让QA来压我们嘛，老套路了。"马庆生戏谑说。"是啊，在这个鬼地方，仅靠我们测试这小胳膊，拧不动开发这条大腿啊。所以，要借助娜姐的力量。"赵长城半开玩笑地说。"太坏，太坏了。"王厚林指着赵长城连连摇头。赵长城话锋一转说："牡丹，刚才呢肖云飞说这顿他买单，OK，但大家一帮人是需要一个'财政大臣'的。"赵长城看了大家一下又接着说："牡丹，先每人收一百块，每天记账，你负责大家的一日三餐。""哎，你个赵长城，叫我来给你们做老妈子来啦。"东方牡丹急着说。"哎，牡丹，牡丹，牡丹，别这么说呀，真的需要。你看尹贤良这种人，生活没规律，晚上熬夜，白天不吃，整出个'晕良山'来。大家出门在外，整出什么病来就不好了。您大人不计小人过，帮帮大家吧。"肖云飞说。"就是呀，牡丹。"大家齐声哀求着。"哎哎哎，牡丹，我帮你啊，咱俩一起为大家服务。"柴文娜见状赶紧解围道。"那好吧。"东方牡丹不情愿地答应了。

"其实呢，我先过来了，听了肖云飞讲的情况，才跟张总打电话请牡丹和娜姐过来的。知道你肖云飞想不到这些，我们测试部经常外场测试，这方面有经验。"赵长城补充道。"别价，牡丹，虽然大家都整天红牛红牛的，但多整点方便面更实在，开水一泡，热汤热面的对胃好。再买几个电热水杯啊。瓜子可以有，但多整些花生。"赵长城跟老妈子似的接着唠唠叨叨。"为啥多整点花生啊？"邓学佳不明所以。"花生养胃，出门在外，胃最重要，对了少喝王老吉啊，再弄点红茶，就那个立顿红茶就可以。"赵长城回应道。"看来在家是模范丈夫啊。"柴文娜调侃着说。邓学佳冲着曹瑞祥嚷着："学着点！"……在一片嘈杂嬉笑中，大家热热闹闹地吃完了饭。

第二天，一行人早早租了两辆车赶往"晕良山"。这回度完蜜月的新郎官阿旺回来了，他协助大家的同时，又雇了三个帮手把仪表设备运上山。王厚林留守山下的站点，用对讲机联系山上和百色主机房，尹贤良和测试的兄弟待在百色主机房，进行代码测试验证。今天的天气有点阴，所以大家都比较顺利地爬到了山顶。"好，十二点，有电；用电热杯煮方便面，大家吃完、喝完，一点准时开工，三点半必须下山。"肖云飞说。"好，我来煮方便面，你们边等边把环境搭起，别耽误时间。"赵长城说。"一天就只有两个半小时干活啊，这工作的效率也太低了吧。"邓学佳说。"是啊，通常，今天肯定熬通宵啊。"马庆生补充说。"今天第一天，联系阿旺，找帮手耽误了些时间。明天至少可以多两小时。"曹瑞祥和大家解释着。

"怎么样，三点啦，今天天黑得可能有点早，为了防止下雨，把怕淋雨的都带走，这两个ODU就是室外的嘛，不怕雨淋。"阿旺跟肖云飞说。"邓学佳，怎么样啊？马庆生？"肖云飞焦急地问。两位没吭声，埋头调试着。又过了一会儿，曹端祥低下头轻声说："先回吧，下来再想想问题出在哪儿。""怎么可能那么顺呢，收拾收拾先回，回去睡一觉，灵感说不定就来了。"肖云飞冲着邓学佳、马庆生说。"好好好，收摊。"马庆生站起来伸了个懒腰。与上山一路欢歌笑语不同，一帮人默默地往山下走。

回到百色，一帮人就在宾馆附近找了个小饭馆解决晚饭。"哎，牡丹，我们没调通，就把待遇给降啦，你这太那啥了吧。"马庆生看着小饭馆的门脸，不满地说。"就你们那点钱，有的吃就不错啦，还叽叽歪歪啥呀。"东方牡丹毫不客气地回道。"行啦，出门在外别穷讲究啦。"赵长城推着马庆生走进了小饭馆。别看饭馆门脸不大，但是味道还不错，一帮人累了一天，中午就对付了一顿泡面，都埋着头大快朵颐。"明早七点出发啊，今晚都给我早点睡，早饭在车上吃，一人一碗方便面。"吃完饭，肖云飞边走边说着明天的出行计划。"哎，牡丹，再给整俩火腿肠呗。"赵长城提了点小要求。"可以，可以。"东方牡丹白了他一眼。"这还差不多。"马庆生还算满意。"看来这个'财政大臣'也不好当啊。"尹贤良拍着马屁。"好啦，你们这么辛苦，这点事没啥啦。"东方牡丹说。"谢牡丹，谢牡丹。"邓学佳说。

13. 胜局已定，不急

第二天早七点，大伙都准时在大厅集合。"肖云飞呢？还有马庆生呢？他俩怎么回事？"赵长城问道。过了一会儿只见肖云飞慢悠悠地从楼上下来。"什么意思啊。"邓学佳问。"刚才阿旺打电话，说那个晕良山下雨啦。"肖云飞说。"没看见下雨啊。"曹瑞祥说。"那不山高吗，山上下雨，这儿就不一定会下啦。"后面跟来的马庆生说。"那怎么办呢？"赵长城问。"大家回去再歇会呗，我再想想办法，大家各自都想想。"肖云飞说。"哎，肖云飞，昨天我待在山下的站点，仔细看了下。既然山上那么不确定，我看我们先在山下的站点进行调试，山下和山上最多也就差个三公里。"王厚林跟着肖云飞进了房间。"哎，马庆生，你觉得王厚林说的在理吗？"肖云飞问。"好啊，那房里能打地铺吗？"马庆生问道。"我看了下，应该能打俩地铺。"王厚林说。"还是你心细，就这么干，肖云飞，咱们马上出发。"马庆生说。看着肖云飞有点犹豫，马庆生又追着说："你咋想不明白呢，就差个三公里左右，那就仅仅是个时延的问题啦。""先在山下搞定，再上山就有基础，大家的信心也足啦。"王厚林跟着说。"好吧，饭一口一口吃吧，心急吃不了热豆腐。就这么着，走！"肖云飞下了决心坚定地说。

一帮人来到山下蒙基的站点，安营扎寨，拉开架势准备大干一场。"哎，我说两句啊。"肖云飞招呼着大家。"首先，我们要相信在深圳的成果，这是基础。如果我们什么都怀疑，那真的不知道要干多久了。"肖云飞停了停接着说，"但是，昨天没连通说明确实有问题，赵长城，对吧？""对对对，可能我们测试的真实环境模拟有缺陷，也就是模拟环境与真实环境有差异。"赵长城听到点名，老实回答。"所以，马庆生、邓学佳、王厚林，还有测试的麦哲渊呢，哎，怎么麦哲渊没来？"肖云飞发现少了人。"要他来吗？"赵长城问。"当然啦，版本验证是他搞的，现在遇到了问题肯定是开发、测试人员共同来梳理，一个都不能少啊！赶紧叫他过来，我们先分析着。"肖云飞说。"这一点很重要，但开发的往往忽视这一点，有问题自己闷着头搞，搞也搞不定。结果测试的过来看，配置啊、环境都不一样，好几次了，很浪费时间。"曹瑞祥说。

吃过午饭，麦哲渊到了。开发、测试人员联合；耐心细致、不急不躁、一步一个脚印地稳步推进策略。磨刀不误砍柴工，功夫不负有心人。经过三天日夜奋战，拉远CDU光口终于调通了，在第四天的凌晨两点终于打通了电话，这一夜大伙都没回百色，挤在一起熬了一宿。

"事实证明深圳的成果是可信的，主要还是配置和BUG这些常见的老毛病。"休息的日子，大伙正聚在肖云飞的房间听他分析。"明天就上山吧，趁热打铁啊。"马庆生迫不及待地说。"邓学佳，你的意见呢？"肖云飞问。"还是再巩固巩固，跑两天再说吧。"麦哲渊插话道。"哎，邓学佳、王厚林？"肖云飞接着问。"还是再跑两天完善一下版本吧。"曹瑞祥说。"应该说胜局已定，不急。"赵长城说。"那就按麦哲渊的意思吧。"听了几人的意见，邓学佳、王厚林应着。"不过我要提醒大家几点。"江嘉陵说。"我们现在打电话的频点不是商用频点，现在也不能用商用频点。大家要知道我们是在偷着用的。所以，曹瑞祥啊，你要把对外的功率尽可能降到仅机房内，你们在里面折腾，泄漏出来的电平越低越好，明白吗？"江嘉陵冲着曹瑞祥说。"明白，哎，那啥时局方给我们正式频点用啊？"曹瑞祥反问道。"本来计划是元旦预商用，那时就可用啦。"江嘉陵回道。"现在一定不要用啊，蒙基的室内宏已经预商用了，正在放号，你们可千万别影响局方的放号啊，不能干扰到室内宏啊，听见没有，肖云飞、赵长城。"江嘉陵又提醒了一遍。"知道啦，保证不影响。"赵长城说。"哎呀，没事的，现在用这个频点调试出预商用的版本，到时仅仅是重设个频点，不会有问题的。"肖云飞轻松地说。"但愿啊。"江嘉陵应道。

接下来的两天进展顺利，晚上大家聚在肖云飞的房间商讨着下一步的计划。"尹贤良，心理阴影应该消除了吧？"肖云飞开始调侃着。"啥意思？"尹贤良装着糊涂反问。"明天上山，你再爬一次。哎，娜姐、牡丹要是有兴趣也可以去。"肖云飞建议着。"好啊，难得来一次，应该爬一下，体会一下。"两位女同胞跃跃欲试。

　　经过了一天的山顶作业，调试终于成功了。"牡丹、娜姐，今天的感受如何？"肖云飞边吃着小饭馆的晚餐边问。"险是险了些，但注意保护问题也不大。"柴文娜回忆了一下今天的爬山路径。"这通灵大峡谷的风景真的很美啊，我拍了很多照片，到时候共享给大家啊。"东方牡丹对当地的风景赞不绝口。"山顶呢也调通了，现在是12月中旬，元旦预商用应该问题不大。"肖云飞说。"预商用版本的测试验证，测试部统一安排，开发、测试人员共同完成，赵长城、肖云飞你们看如何？"柴文娜说。"现在是这样啦，别开发、测试分得那么开啦。"肖云飞答道。"那敢情好啊，麦哲渊你把工作合理地分解一下，最终是我们测试部给报告，所以要把好关啊。"赵长城冲着麦哲渊说。"好，今晚就搞。"麦哲渊回道。"那好，肖云飞，就把时间定在27号吧，预商用版本用正式商用的频点开通山顶的ODU。怎么样赵长城？"江嘉陵问。"27、28、29、30、31，还有5天，有问题还可以解决，好，就27号开通晕良山。"肖云飞说。"和局方都沟通好了吗？"赵长城有点担心地问。"27号就是局方定的。"江嘉陵说。"到时候路测大家可要齐上阵啦。"曹瑞祥说。"我们也要参加吗？我们可不会什么路测啊！"柴文娜笑着说。"没问题，就是拿着手机打电话，你可以跟你儿子多聊两句啊。"王厚林说。"这么简单，就打打电话？"东方牡丹有点怀疑地说。"你们呢，就打打电话，我们还要连上电脑进行测试，所以叫路测。"曹瑞祥说。"路测就是看ODU想要覆盖的区域具体电平如何，想要覆盖的地方电平太小，打不了电话，那就需要调整天线啦。"戴宝国补充说。"很通俗啊，明白啦。"东方牡丹说。"哎，这么说，不仅是账房先生啦，还是测试工程师啊。哎呀呀呀，家政测试工程师，这趟值了。"东方牡丹自我陶醉地说着。"真能整，家政测试工程师都来了。"马庆生说。

14. 老干部遇到了新问题

27号上午十一点钟，一行人到达山顶。"尹贤良，告诉王厚林设频点。"肖云飞用对讲机说。"好。"尹贤良简单回答。10分钟后他才说："好，频点设上了，这里看一切正常。""问问王厚林在主机房看的是否正常。"邓学佳也说。"好，尹贤良告诉王厚林山顶一切正常，百色主机房看山顶正常不？"肖云飞接着发问。"王厚林说了，正常。"尹贤良回道。"打电话，曹瑞祥。"肖云飞指挥着。"拨了，好像打不通啊！"曹瑞祥说。"哎，我这打通了。"戴宝国惊叫一声。"你到我这来呢？"曹瑞祥招呼戴宝国。戴宝国走到曹瑞祥的位置拨打着。"咦，怎么也拨不通啊？你到我刚才的位置试试。"戴宝国说。"通了。"曹瑞祥惊奇地说。"怎么回事啊，感觉远近不同啊，你看近了就能通，远了通不了。"曹瑞祥说。"而且近的通话效果也差，好像有干扰噪声，不知怎么回事。"曹瑞祥接着说。"唉，换回原来的频点再试试。"戴宝国建议道。"咱们刚来不就是用原来频点试了，OK才让王厚林改频点的吗？"马庆生说道。"再试试呗，跟王厚林说把频点改回去。"邓学佳想了想说。

"好吧，尹贤良，商用的频点打电话有问题，你让王厚林把频改回先前OK的频点再试试。"肖云飞说。频点改回去，通话都正常了，再试了几次确认原频点OK，商用频点通话有问题。"邓学佳，先把频点闭塞了，免得干扰宏基站。"肖云飞连忙说。"看来好事多磨啊，这时咱别急，冷静些，我感觉有干扰把上行接收通道给阻塞了。"曹瑞祥凭经验说。"这种感觉确实像阻塞。"戴宝国说。"哪来的干扰呢？"赵长城说。"商用的频点怎么会有干扰呢，山下的商用宏站不是用得好好的吗，难道这山上有干扰？"马庆生说。"那让曹瑞祥用频谱仪扫扫，看山上有没有干扰。"邓学佳说。"明天吧，这快三点半啦，先下山，回去想想。"肖云飞心有疑虑地说。"阿旺，下山吧。"赵长城喊着阿旺，示意下山。

今晚的小饭馆里大家没了前两天的欢歌笑语，都各自埋头吃完就回宾馆了。这弄得柴文娜和东方牡丹有点摸不着头脑，追着尹贤良问："不是说挺顺的不会有问题的吗，都说那么肯定，现在又咋的啦？""老干部遇到了新问题，别急，会搞定的。"尹贤良安抚二人。一帮人习惯地聚到了肖云飞、马庆生的房间。"哎呀，有点出乎意料啊！"肖云飞自语道。"哎，王厚林、尹贤良、麦哲渊，你们仨把后台的数据尽量全地调出来，做对比分析。看看这两个频点有什么差异。"肖云飞说。"对的，你们现在就去主机房调数据分析，啊，麦哲渊，现在就去。"赵长城说。"我们一起去。"肖云飞跟着出去了，曹瑞祥也跑着跟去了。

几个人搞到凌晨，对比分析的数据出来了。"从两个频点对比分析上看，差异主要是上行接收通道。商用频点低噪明显高，而非商用频点的低噪与宏基站的在同一正常水平。"麦哲渊指着屏幕上的对比数据说。"低噪太高了，基本把上行接收通道阻塞了。"曹瑞祥说。"唉，但还是有时能通上电话呀。"马庆生说。"能通上电话这说明我们百公里光纤拉远成功啦。这是我们运气好，靠得近信号强，虽然阻塞了，但通话信号也很强，所以还是压过了干扰。"曹瑞祥解释着说。"那明天怎么搞？"肖云飞问众人意见。"查干扰啊。"赵长城说。

28号上午十一点，一行人又到达晕良山山顶。今天更绝，电话都打不通。从后台看低噪确实很高。曹瑞祥用八木天线在周围测试了一下，没有发现干扰信号。"这又没测到干扰信号，那上行显示的低噪的数据怎么这么高？这低噪被谁抬起来啦？"肖云飞有点气急败坏。看到肖云飞真的有点上火了，大家都没敢吭声。"曹瑞祥，再想想，如何找到干扰源啊？"赵长城急着问。"别急，你们看啊，我呢用八木天线四周转了一下，没发现干扰源，但ODU又似乎收到了干扰信号，ODU收到的干扰信号是来自这个定向天线。"曹瑞祥分析道。"这个定向天线对应的远处可能是干扰源的源头。而你的八木天线由于增益低，测不到那么远的干扰源。断开天线，把频谱仪直接和天线接，一定能找到干扰源。"赵长城抢着说。

曹瑞祥迅速拧下ODU，接上频谱仪，大伙一起兴奋地盯着频谱仪。"没有，还是没看见干扰。"见没有反应，曹瑞祥失望地说。"怎么可能，戴宝国你再看看。"赵长城急着说。几个人来回看了几遍，没有发现干扰信号。此时的肖云飞有点崩溃了，大喊着："天哪，怎么办，怎么办啊！"在一旁一直没吭声的邓学佳此时开口了："可能是我们的时钟正好落在了商用接收频段。""你胡说，不可能。"赵长城猛烈地回击道。"别胡说啊，硬件没问题。测试部做了那么多次测试，怎么可能呢？"肖云飞很不高兴地说。"唉，戴宝国，你这硬件测试经理，你说说有没有可能啊？"赵长城问。"精力都集中在百公里光纤拉远上了，通话一直都只用咱在这里用的非商用频点。就没想过换频点，因为不敢用商用频点。曾经因此公司被电信部门投诉过。"戴宝国理亏地说着。"快三点半啦，下山吧。"阿旺提醒着大家。

回到百色，肖云飞没有和大家一起去小饭馆吃饭，而是独自一人回宾馆。等马庆生回到房间，肖云飞已经睡了。本来按惯例，大家都会在肖云飞房间聚一聚，商讨明天的工作。今天大伙也只能早早洗洗睡了。29号早上七点过五分，马庆生的手机响了。"唉，马庆生，肖云飞怎么关机啦？"赵长城电话里问。"啊，他关机啦？我也不知为啥。"马庆生回道。"你问他今天怎么安排呀？"赵长城又问。此时肖云飞翻个身子冲着马庆生说："先睡觉，下午再说。""啊，肖云飞说下午再说，那就下午再说呗，大家都再歇歇吧。"马庆生回着赵长城的电话。接完电话赵长城冲着大家说："这肖云飞有点被击垮啦。""嗯，这预商用搞不成还真没法交代。"曹瑞祥说。

"别在大厅傻待着啦，回去再歇歇呗，这几天也够辛苦的。"王厚林劝着大家回去休息。

傍晚，大家又都聚在小饭馆。"歇了一天精神是不是好点。"肖云飞看了看大家说。"唉，还是说点正事吧。"赵长城回道。"如果邓学佳说的是真的，那么，元旦ODU预商用肯定泡汤了。"肖云飞说。等了一会儿，没人吭声，肖云飞又说："我多么希望此时有人反对我说的，可惜！""想说啥能不能直说呀，绕个啥呀。"马庆生不耐烦了。"不过呢，我还有点不甘心。我让江嘉陵找局方给我们在明天两点到四点的两个小时里，做一个ODU与宏基站的对比，就在山下的蒙基站点。"肖云飞说。"垂死挣扎呗，是不是ODU的问题，用商用频点一对比就出来了。肖云飞，您这招叫痛快死。"王厚林说。"既然大家都明白了，九点出发。"肖云飞下了结论。"怎么会是这样呢？"柴文娜失望地说。"不过想想也是，百公里光纤拉远ODU虽然有曲折，但总的还是比较顺的。没想到坎在这儿啊。"肖云飞说。"吃一堑，长一智，解决了不就行了吗。"此时东方牡丹发声了。"还是牡丹旁观者清啊，前几天大家是过于乐观了。"曹瑞祥说。"都是我的错，拖累了大家啦。"邓学佳低下了脑袋。此时，肖云飞似乎突然振奋了起来说："别这么说，我们燎原人就是要坚毅刚强，百折不挠。一切都是我的错，但知错就改，而且要迅速地改。""我们测试人员，也是有责任的。系统全面的测试用例很重要啊。"赵长城也承认测试人员的过失。

30号凌晨四点，蒙基机房的对比试验结束了，显示ODU有问题。"我事先已跟张总沟通过了，当时张总就认为是这个结果，所以，今天是30号，明天31号撤。"肖云飞说。

15.吃一堑长一智

"百色实验局成果是很显然的，百公里光纤拉远技术搞定了，只是好事多磨，出现了时钟自干扰的问题。这个问题好解决，只是硬件逻辑都要改，至少也得两个月。不瞒大伙，以前我也遇到过这种问题。"在元旦过后的产品线例会上张立彪说。"我之所以没去百色看大家，这不是出国了嘛。出去转了近一个月，觉得光ODU还不行，基带也要做成室外自然散热的。"张立彪接着说。"那这基带，好几块板怎么搞啊？"肖云飞问道。"什么好几块，都给我集成在一块板上，室外自然散热。就叫室外微基站1.0版本。"张立彪恨铁不成钢地说。"那可扩展性要考虑吗？"马庆生问。"当然要考虑啊，唉，这些都是你们的事，问我干啥？我什么都替你们想，那要你们干啥？"张立彪有点不满意地说。"这不问问吗，定了吗？"肖云飞接着问。"定了，室外微基站1.0再加上光纤拉远ODU今年6月底过TCP5，2002年元旦前量产发布。"张立彪回道。

听到下面有议论，张立彪跟着又说："光纤拉远技术搞定了，剩下的没难度，只是耗时间、工作量啦。另外，我让车间搞了个100公里的光纤，这样也不用到外面搞了。""张总想得真周到啊。"马庆生说。"记住，不经历风雨，怎能见彩虹呢？我听牡丹说，肖云飞说了句名言，叫'坚毅刚强，百折不挠'。好啊，这就是你们的基站精神，韧劲足。"张立彪称赞说。"原来3月的，现在是6月底，肖云飞，其实张总把时间放宽了。"柴文娜补充着说。"娜姐，那三板合一的室外微基站，还要自然散热，业界都没有。"马庆生说。"你这自然散热的ODU都搞定啦，基带自然散热没理由搞不定啊！"张立彪说。"你们想想，光纤拉远ODU仅仅是替代了光纤直放站。很多地方甚至欧洲，光纤资源不像中国那么丰富，还要靠微波和卫星。所以，机动灵活的室外微基站是必需的。"张立彪耐心地说服着大家。"替代直放站，你这么说我就彻底明白了。"肖云飞说。"还是领导看得深啊。"赵长城附和着。"既然思想都通了，接下来的基站版本例会上，肖云飞要把计划拿出来，没问题吧。"柴文娜冲着肖云飞说。"没问题，没问题。"肖云飞忙回道。"就喜欢你这样的。"柴文娜调侃地说。

"这百色预商用没搞成，原以为张总会很恼火，但我给他汇报的时候怎么感觉他还有点满意呢？"东方牡丹边吃午饭边说。"这领导的目标早盯着室外微基站了，这ODU就是探个路，光纤拉远和散热，这两个都差不多了，目的达到了呗。"马庆生说。"也就是说肖云飞、赵长城躲过一劫啊。"东方牡丹回味着说。"没那么悬乎啊。"赵长城说。"唉，他们躲过了，我这躲不过啊，改板、改逻辑、新版本，这多出这么多事，大伙嘴上不说，心里啊……"邓学佳欲言又止。"邓学佳这种勇于自我批判的精神确实值得大家学习，真的。"肖云飞称赞说。"别讽刺我啦！"邓学佳求饶。"真的，真不是讽刺。"肖云飞真诚地说。"倒也是，如果有问题大家相互扯皮，那就耽误工夫喽。"柴文娜应和着。"我发现这是你们基站开发的特点。"东方牡丹说。"相比啊，赵长城，其实这事你们测试的遍历测试没做到位，但你们的自我批判显然不够啊！"柴文娜说得赵长城低下了头。"吃一堑长一智，吃一堑长一智啊，这下我可以好好总结一下百色之行的DNA了。"东方牡丹颇有所获地说。

"曹瑞祥，楼顶的环境还在跑吧。"肖云飞关切地问。"一直在跑，都有数据记录，挺正常的。"曹瑞祥回道。"一直跑，别断啊，作为长期测试，没我的指令不许停。这是非常重要的数据来源啊！"肖云飞说。"哎，热设计有什么改进建议没有，我可以趁这次改板落实进去啊。"邓学佳说。"哎，曹瑞祥，我们这的办公位给阚雪峰腾个位置，让他天天在这坐，这样改板的效率也高些。"肖云飞说。"好，我这就有位置啊，就让他坐这呗。"曹瑞祥拍了拍旁边的位置说。"哎，那你的弟兄呢？"邓学佳问道。"没事，平时他们都待在实验室，我跟他们说一声就行了。"曹瑞祥说。"我们还是尽量让热设计的人认可，免得过关时被找麻烦。"肖云飞说。"哎，马庆生，这基带的散热你可抓紧了。曹瑞祥、邓学佳你们也多帮帮马庆生，毕竟你们俩在ODU上有经验了，要先给他洗洗脑。室外、自然散热和室内风冷有本质区别啊！"肖云飞叮嘱二人。"都是IC，应该和ODU差不太多。"邓学佳说。

基站版本例会上柴文娜正在发言："之所以P5和量产有半年之久，主要考虑是基带三合一版本必须经过实验局的充分验证，而且最好能在国外有一个实验局。所以大家不要以为时间很宽裕。"柴文娜看了一眼赵长城又说："商用实验局的责任人是赵长城，你要负责联系和落地。人员要早做准备，护照和签证提前办理好。人员要有备份啊。"肖云飞站起来接着说："热设计这块，阚雪峰，你们还是要多支持产品线，要多替产品线着想，别光想着自己那一亩三分地。""你这是什么话，我可不爱听啊，支持是肯定的，但该坚持的原则还是坚持。"阚雪峰强硬地回着。"大家还是要好好合作，相互理解和支持。"柴文娜劝解着。"好好好，大家再看一下肖云飞的计划，有意见直接提啊，会后也可以提。不过阚雪峰，看来室外微基站的关键还是散热。还请多费心哟。"柴文娜又打了个圆场。阚雪峰被柴文娜客气的语言搞得有点不好意思了，忙说："一定一定的。""好啊，我们位置都给您准备好了，明天就过来上班呗。就坐曹瑞祥旁边，怎么样？"马庆生冲着阚雪峰说。"好啊，明天就过来。"阚雪峰爽快地答应了。

"哎，这米卢来中国帽子上写个'态度决定一切'，有意思啊。一个外国人，不远万里来到中国，高举着态度决定一切的大旗。"马庆生边吃着午饭边聊着。"这不球员牛哄哄的，但态度不行，米卢愣是敢不要，这世界杯预选赛真不知该咋打呀？"曹瑞祥附和着。"我看啊，阚雪峰他们的态度就是有问题，肖云飞，真是个麻烦呀。"柴文娜说。"我看张总还是很明白的，重点关注真实场景的实际应用。"邓学佳说。"还是要力争双方能良好合作，他们提的方案尽量满足。当然，加风扇免谈。我们要仁至义尽。"肖云飞冲着大家说。

"哎，马庆生、邓学佳，过年还是要加班啊，初一、初二、初三休三天，赶前不赶后啊。我过年也不回了，陪你们。"肖云飞在实验室跟大家打着招呼。"我父母都从东北过来了，早就知道过不好这个年了。"邓学佳说。"本来打算回家相亲的……"马庆生话没说完，就被肖云飞打断："那么点出息，还相亲，想得出来你。""爹妈急呀。"马庆生说。"你说你急不就完了吗，还爹妈急呢。"尹贤良愤愤地说。"好了，目标明确啊，争取2月底做好基带、ODU，把板投下去。"肖云飞拉回主题。"基带3月中吧，难度有点大啊，主要是可扩展性难取舍。"马庆生说。"先定3月初啊。"肖云飞无奈地回道。

16. 艰巨的任务

早晨刚上班，曹瑞祥就被叫到张立彪的办公室。一进门他发现肖云飞也在里边，还有核心网的人。"曹瑞祥啊，叫你来呢，是有件事想听听你的意见。"张总拍了拍椅子扶手，示意他坐下。"啥事啊？"曹瑞祥一头雾水。"是这样，麦加朝觐人员之密世上绝无仅有。话务量太大，麦克斯韦、香农都因为扛不住瘫机，相继被撤下了。现在森尼韦尔，也不行。这不，沙特的运营商找到了燎原。现在可是业界都搞不定，所以我们把老本搭上也要搞定。"张总分析着业界形势，下了死命令。"是啊，我们核心网承担了这个艰巨的任务。但公司还希望借此把基站也搞进来，形成一个端到端的全面的解决方案。"核心网的游佐元补充说。"我是想用现在搞的室外微基站加ODU去搞。"张总说。"那这可以啊。"曹瑞祥说。"您呢，是电磁场方面的专家，我们呢，想请您和我们一起分析一下，像麦加朝觐这样人流如此密集的场景，森尼韦尔曾经想用小区劈裂来解决话务密集问题，但最终结果不理想。"游佐元还想继续说，但张总插话道："你看我们能不能搞个劈裂天线，一分二，一分三，一分六。有没有可能？"停了停，张总又说："这事呢就安排给你了，游佐元你找曹瑞祥就行了。"

年后第一天上班，午饭时间餐厅人还不是很多，柴文娜一人坐在那吃着。过了一会儿，曹瑞祥也来了。"曹瑞祥，回来啦，外地冷吧。"柴文娜闲聊着。"还好还好。春晚看了吗，这赵本山也太能忽悠啦，愣把拐给卖了。"曹瑞祥说。"没看，在外面吃年夜饭呢，后来看的重播。三十晚上深圳的酒楼用火爆来形容一点不为过。"柴文娜说。"我看春晚里申奥的氛围很浓啊。哎，你们说申奥能成功吗？"邓学佳问。"我看悬。"马庆生说。"一定能成。"尹贤良说。"你们俩赌一把吧，怎么样？"东方牡丹火上浇油地说。"看不出来牡丹还是个赌徒啊。"柴文娜凑上来说。

"哎，曹瑞祥，年前听说张总找你搞什么劈裂天线，这'劈裂'两字咋写啊？"柴文娜问。"东北人劈柴知道不？"邓学佳插话道。"一刀劈下去，柴就裂成两半。"肖云飞说。"就这么直白呀，曹瑞祥？"东方牡丹问。"就这么直白。"曹瑞祥说。"哎，你说沙特麦加这么高端的市场，咋会想到燎原呢？那么多牛的公司都搞不定，燎原凭啥呢？"王厚林疑惑地自问。"从麦克斯韦、香农，再到现在的森尼韦尔，一到Hajj节期间，尤其是最高潮时400万人同时打电话，这核心网就应付不过来瘫了。唉，森尼韦尔已经是最牛的了吧。美国人的骄傲啊，世界上谁能比？"曹瑞祥说完吃了两口饭接着说，"这店大也欺客不是吗，沙特呢希望森尼韦尔为麦加Hajj节专门定制一套核心网系统，但人不干呢。""燎原听说后，跟沙特方面说，燎原愿意为麦加Hajj节专门组建团队定制开发核心网。"肖云飞接着说。"啊啊啊，明白啦，死马当活马医呗，反正这样啦，燎原搞得定最好，搞不定也死心了。"东方牡丹恍然大悟。"太通俗啦，悟得真透啊，还是旁观者清啊。"曹瑞祥说。"还是你那个劈柴更通俗，咋劈呀，说说。"东方牡丹一副刨根问底的架势。

"你们在电视上看麦加Hajj节的壮观场景了吗，400万人挤去那么小块地方，那一个扇区肯定不行啊，如果能把麦加这块区域用一个天线分成若干个蜂窝小块，两个小块，四个小块，六个小块，那每个小块的人就少了很多，这样，对应的基站模块压力也小了，是不是啊。"曹瑞祥一一给大家分析着。"就是多画点格子嘛，道理很简单，这劈，还劈六个，你能搞定吗？"柴文娜插话说道。"这不在搞吗，不搞咋知道呢。"曹瑞祥有点不服气地说。"唉，不想那么多，满足客户需要嘛，有需求咱就搞，拼命地去搞，失败，再失败，不在失败中消亡，那就必然在失败中重生。"肖云飞倒是很有信心。"还挺有哲理的啊！"东方牡丹自言自语道。"你不说了死马当活马医了吗？"尹贤良冲着东方牡丹说。"这年头胆大的气死胆小的，咱光脚的可不怕穿鞋的，搏一把，看能不能抓住这个机会。"王厚林也说。"哎，马庆生，你这基带的资源就按Hajj节的标准配，就这么定了。这随便聊着还真解决大问题了。"肖云飞一拍脑袋，有点开心地说。"对呀，就按Hajj节的标准。茅塞顿开啊！"马庆生兴奋地说。

"每年的麦加朝觐是在九十月份，今年我们就要去采集数据，切实掌握真实的话务模型。在此基础上进行有针对性的开发，目标是明年麦加朝觐时就要替代森尼韦尔的设备。你们的微基站，室外的，就匹配这个时间呗。"在核心网会议室里游佐元说道。"明年9月份，那肯定没问题啊。"肖云飞轻松地说。"7月份就要并网啦，之前要进行多次的模拟测试。其实模拟测试就是实际话务量冲击，只不过是用模拟器罢了。我们这次就把设备搞过去啦，在那儿现场开发。"游佐元接着说。肖云飞看着一帮核心网的弟兄，用吃惊的口气说："那不是现在就要啊。""是啊，要不请你过来谈呢？"游佐元说。"不是啦，他们只是告知核心网的计划，他们知道我们6月底才过P5。"曹瑞祥说。"知道啦，曹瑞祥，就参照他们的计划，我们尽量匹配就是啰。还是看我们自己，对吧。"肖云飞冲着游佐元说。

"虽然我们是配角，但还是要努力争做主角啊。"在回来的路上肖云飞对曹瑞祥说。"主角？有点难，沙特找燎原主要问题是核心网。"曹瑞祥一脸郁闷。"只要核心网成了，搬森尼韦尔的基站也就顺理成章了。说实话森尼韦尔的基站我看了，一个字——烂。只要我们做得好，绝对有机会。毕竟基站是大市场啊，公司就是这么想的，关键看我们怎么做了。"肖云飞信心倒是很足。

"吃凉皮啊。"柴文娜冲着马庆生说。"这不天热吗。"马庆生回道。"是啊，这大中午的，燎原还好，食堂有空调。深圳很多企业食堂只有风扇的。"柴文娜说。"唉，你说这美国人是霸道啊，森尼韦尔产能过剩，库存积压了大批基站没地方消耗，居然拿同意中国加入WTO做筹码，逼中国要。"马庆生气呼呼地说。"说实话，你说这东西好也就算了，森尼韦尔基站，你看了就知道了。没想到这么牛的森尼韦尔能做出这样的产品。"邓学佳说。"不会吧？"柴文娜说。"你是没看见，你看见了就不会这么说了。"肖云飞说。"这个周末有保龄球比赛，你们谁报名啦？"东方牡丹说。"我报了。"曹瑞祥说。"我报了台球。"尹贤良说。"没听说台球啊。"东方牡丹问。"我们部门自己组织的。"肖云飞说。"有钱啊你们，好嘛，基站的小金库挺肥啊，知道啦。看我以后怎么宰你们！"东方牡丹狠狠地说。"别呀，周末在华侨城的四海一家，自助餐任吃，同时进行台球比赛和卡拉OK活动，真诚地欢迎牡丹姑娘。"肖云飞说。"娜姐呢？"东方牡丹问。"肯定的啦！"柴文娜说。

基站版本例会上，柴文娜说着工作安排："从目前研发的情况看，室外微基站和ODU应该能按计划在6月底过P5。我准备明天启动流程，请大家及时认真地完成自检，28号开评审会，29号会签。""哎，那曹瑞祥的劈裂天线在不在版本里啊？"赵长城追问着。"不在，劈裂天线是单独的。"肖云飞说。"热设计这块还是希望从产品线角度出发，基于实际来评价。"马庆生说着自己的要求。此时，阚雪峰没吭声。"问题单的情况怎么样？"肖云飞又问。"我们一起看一下吧，还有些严重问题需要产品线把关一下的。"赵长城回道。"好，下来咱们仔细过一下问题单。"肖云飞应着。

28号的评审会倒也平静，有争议的还是热设计的老问题。29号一上班肖云飞就来到柴文娜的办公位。"怎么样？大家流程里都写的什么呀？能启动会签吗？"肖云飞迫切地问。"跟上次一样，阚雪峰给的还是'No Go'，理由就是无风热测试不通过。其他，就是一些风险。"柴文娜回道。"那咋办？"肖云飞急了。"EPD上角色的定义是我根据EPD的原则定的。也就是说我是有权力改的，只要张总同意，我走个流程张总一批，EPD管理员就可以更改。产品的最终决策权在于产品线，资源线仅是配角。"柴文娜出着主意说。"那好，把阚雪峰改成我就行啦！"肖云飞明白了。"你可真聪明，张总就是这个意思。"柴文娜笑了。肖云飞听后，放下心来，一身轻松地离开了。

"哎，尹贤良，咱再去四海一家一把。"肖云飞边吃着晚饭边聊着。"怎么，P5过啦。"尹贤良问。"差不多吧。"肖云飞轻松地回道。"去可以，但再像上次吃、玩、唱一条龙恐怕不行了。"邓学佳说。"为啥？"马庆生问。"你问牡丹吧。"王厚林接着话说。"哎，牡丹，为啥？"马庆生问。"上次跟你们high了一把，回来在我们那一说，我们那边的人又冲过去啦。"东方牡丹说着停了停。"那不挺好吗，怎么又不行了呢？"马庆生急着问。"好啥呀，人家四海一家说了，上次燎原的人差点没把他们吃破产喽。再来，没有一条龙了，分开点。"柴文娜说。"这么夸张，那肖云飞，咱还去吗？"马庆生问。"再说啦，再说啦。"肖云飞失望地说。

17. 扼流电感表贴

"肖云飞，麻烦大了。"柴文娜一上班，就来找肖云飞。"又怎么啦？"肖云飞不明所以。"制造代表给了'No Go'。"柴文娜摊开双手，无奈地说。"为啥？"肖云飞不明白哪里出了问题。"电源的扼流电感要求表贴。"柴文娜说。"我知道公司推表贴器件啊，怎么，我们没改吗？"肖云飞问。"射频的连接器最难了，都改了表贴的，请厂家定制的。但电感，你要问马庆生。"柴文娜答道。"马庆生，怎么回事？"肖云飞气冲冲地问。"那个扼流电感一直都是这么用的，就没表贴的，我怎么改啊？"马庆生也是满腹委屈。"别的产品倒是都响应制造的号召，全改了表贴的。目前，只有我们基站没改。"柴文娜说。"那好啊，之前傻了吧，把他们的拿来用不就行了吗？"肖云飞说。"用不了，规格不一样，要求不一样。"曹瑞祥说。"客观地说，我们没觉得是问题，所以，就没有下功夫定制。"邓学佳说。"张总知道吗？"肖云飞问柴文娜。"张总认为是我们自己没做好，要我找你解决。"柴文娜说着张总的决定。"哎哎哎，娜姐，约一下制造代表，下午见面沟通一下。"肖云飞无奈地扶着额头。"好吧。"柴文娜答应着。

　　下午，五和基地，几个人来到师建宏的办公位。"怎么着，肖总亲临生产一线啦，有何贵干啊？"制造代表师建宏一副受宠若惊的模样。"师总，别价啊，我们可是赔罪来啦。"肖云飞诚恳地说。"何罪之有啊？"师建宏继续打着官腔。"师建宏，咱就别客套啦，还是扼流电感表贴的事，您看能不能通融一下，先把点过了。过完点立马改，行不？"柴文娜快言快语。

　　"肖云飞，你以为我卡你呀，这是公司的强制要求，我们老大发了狠话。我要是让你过了，我们老大立马让我'下课'，你知道吗？"师建宏严肃地说。"这么严重？"肖云飞有点吃惊地问。"华老板认为产能是公司发展的命脉，所以不惜花重金买世界最先进的SMT[1]设备。据说，麦克、香农的生产线全自动无人，你说让我给你搞个人专焊扼流电感？连曹瑞祥的射频连接器都全表贴啦。跟马庆生沟通不止一两次了，每次都答应考虑，就是没有实际行动，娜姐您说呢？"师建宏不满地说。"你看，你们张立彪张总知道这事的重要性，他可没敢吭声，为啥？"师建宏又问肖云飞。"怕捅上去被公司领导骂呗。"柴文娜冲着肖云飞说。"不说啦，不说啦，打搅打搅。"肖云飞边说边转身离开了。

　　"大意了，没想到在这翻了船。"回来的路上肖云飞有点懊恼地说。"是啊，我知道这事显然不能全怪马庆生啊，都赶着点，真的没重视，缺脑子啊。"柴文娜感慨道。

　　第二天一早，一个靓女叫着肖云飞的名字过来了。"哪位是肖云飞啊？""我就是啊，您是……？"肖云飞问道。"啊，你就是肖云飞啊，我们领导派我来配合你们搞扼流电感表贴的事。"靓女答道。"噢，查（chá）曼丽。"肖云飞回忆着对方的名字。"那字读zhā，豆腐渣的渣。"查曼丽纠正着肖云飞。"叫豆腐渣，嘿嘿，豆腐渣。"马庆生在一旁嬉笑着说。"你才豆

---

① SMT：表面贴装技术。

腐渣呢，怎么说话呢你。"采购代表查曼丽一脸不高兴地说。"好啦，马庆生，这是采购代表查曼丽，专门配合你落实扼流电感表贴的事。"肖云飞打着圆场说。这马庆生两眼放光，兴奋地说："欢迎欢迎，太欢迎啦！""别贫了，她就坐你这儿，好好把表贴的事尽快搞定，等着过点啊，二位。"肖云飞说。"声明一下，我不是采购代表，但我代表我们领导参加相关的会，一般情况下采购方面的事就找我，我办不了的我再找我们领导。"查曼丽解释道。"这不就是采购代表了吗，都一样，都一样，明白，明白。"肖云飞应着。

中午的办公区，黑压压躺倒一片，都在午休。此时，查曼丽嘟嘟囔囔地说："怎么那么臭，谁的臭脚啊。"说着查曼丽起身寻找着，又说："哎哎哎，马庆生，你为啥把脚对着我的头睡，你个臭脚，臭死了，叫我怎么睡呀，换个头睡。""你看我们都这么睡，你换个方向就行啦。"马庆生不以为意地说。"你说得容易，我们女生能像你们似的脚冲外睡吗？别废话，赶紧换方向，别耽误午睡。"查曼丽不耐烦地说。

"赵长城，虽然点还没过，但有些工作还是要早做准备。"下午一上班，在测试的实验室，肖云飞与赵长城沟通。"有些海外的厂验需要准备，比如我知道的独联体一些国家，还有印度，你应该也得到信息了吧。"肖云飞说。"白俄罗斯、吉尔吉斯斯坦、俄罗斯，好像印尼也有。先准备相关资料，然后等他们来深圳厂验。"赵长城说。"劈裂天线需要建个外场，搞五个站，就在五和周围。具体计划你安排个人与曹瑞祥一起搞一下；而且这个测试方案你们与网规部那边好好讨论，你们最终的测试结果一定要真实可信啊。因为这个结果是能否去麦加的基础，千万要重视，来不得半点虚的啊。"肖云飞说着事情的重要性。"明白。"赵长城回道。"另外，进入麦加的人必须是穆斯林，所以，你要赶紧物色一个回族人来做这件事。"曹瑞祥说。"唉，他们核心网那些人都是穆斯林吗？"赵长城问。"不是的，他们核心网在主机房，不是在麦加朝觐的那块区域。咱这基站天线必须要在朝觌的地方的，不一样啊。"曹瑞祥说。"回族人，上哪儿去找啊？"赵长城自语道。"记住，没法糊弄的，沙特审查很严的。"肖云飞再次重申说。

"马庆生，哼哼，输了吧，这申奥成功了，你是不是该请客啦！"东方牡丹边吃着午饭边调侃着说。"当时我可没答应啊！"马庆生回道。"就知道你会赖，就请个客那么难啊。"柴文娜说。"我赢了，我请。"尹贤良爽快地说。"能耐大啦，请就请。"马庆生不服气地说。"要的就是这个效果，定个日子呗。"东方牡丹说。"周末，周末啊。"马庆生这回爽气地说。"哎，地方不能太差啊，别用大排档打发我们啊。"柴文娜说。

下午，基站版本例会上，肖云飞正在发言："查曼丽，这申奥都成功了，你这扼流电感表贴啥时候落地啊？等着过点来。""老大，我这才来了两周，没有现成的，需要定制的知道吧，至少也得到世界杯预选赛开打吧。"查曼丽回道。"那不8月下旬啦。"邓学佳算着日子说。"两个月总要的，邓老大，厂家确定规格，出样品、性能测试，最关键的是要工艺验证，必须要在产线SMT上走一遍。你说呢。"查曼丽解释道。"是啊，不上线，生产的工艺就不可能被认可。那表贴就是为生产的，生产工艺不同意是没办法的。我们PCD现在都是兼容设计的，改板很快。"马庆生跟着说。"也就是说，如果要开实验局什么的，先可以用插件的，不误事，厂验也可以。"邓学佳这么理解着。"总之不碍事。"王厚林也说。"哎，肖总，公司对你们基站很重视，所以才派我蹲点在你们这儿。大家应该知道，研发的目的是生产。所以，物料这块的准备是至关重要的。有的产品就是因为缺料无法正常产出，从而失去机会的。我来就是帮助大家及时规避风险，根据市场预测及时备料，请大家在这方面一定要有很强的意识，我也会提醒大家。"查曼丽说着自己的意见。"确实，查曼丽提醒得及时。其实，我们在这方面重视显然不够，具体就是扼流电感表贴。好了，大家好好配合查曼丽的工作吧。"柴文娜点点头说。"马庆生、邓学佳，你们的物料清单要正确及时地传递给采购代表。"肖云飞又说。"最好是及时在EPD里归档，要做好评审，别出低级错误。"查曼丽补充道。

18.劈裂天线计划

测试实验室，曹瑞祥正与测试部的兄弟讨论五和外场的建设计划。"还是先说说劈裂天线的计划吧。"戴宝国率先开口。"初定目标是一劈四，也就是水平劈裂加垂直劈裂，一劈六是第二步。"曹瑞祥说。"时间点呢？"赵长城问。"今年先完成水平、垂直劈裂的各自样机，争取明年，也就是2002年3月，完成一劈四天线的样机。"曹瑞祥补充说。"明年3月？那五和外场咋搞？"戴宝国又问。"8月份先把普通天线的五个站建起来，这样就可以形成一个蜂窝群。我们首先要获得普通双极化天线的容量数据。"网规部的陆鼎轩说。"然后是水平劈裂的容量数据，垂直劈裂的容量数据，这就到年底了。"曹瑞祥接着说。"最后是四劈裂容量数据。明白啦。"赵长城附和着。"为了保证数据的真实性，需要进行多次测试，验证数据的重复性如何。"陆鼎轩强调着。"这种高端市场的应用，还是要脚踏实地。"肖云飞最后下了结论。

"树欲静而风不止啊，肖云飞。"张立彪在自己的办公室对肖云飞感叹道。"怎么啦，张总？"肖云飞一头雾水。"我们冷总最近没找你吧？"张总又问道。"没有啊，他不是前一阵在公司内部发了个公开信要内部创业吗，怎么啦？"肖云飞还是莫不着头脑。"你这个大师兄，我们燎原的大英雄，众人崇拜的冷钟书要和燎原对着干啦！"张总说。"怎么讲？"肖云飞急切地问。"这次麦加核心网的事可能刺痛了世界老大森尼韦尔，他们很清楚，燎原专门组织团队为麦加定制开发核心网肯定能成功。所以，他们暗中资助冷钟书在上海成立了一个叫'旭日东升'的公司，其目的就是要搞垮燎原。"张立彪严肃地说。"有这么严重吗？"肖云飞问道。"商场如战场，公司安排我找你，目的也很明确，别跟冷钟书走。"张立彪说出了自己的目的。"他是我师兄不错，也是他介绍我来燎原实习的。因为他高高在上，我们平时没有来往。燎原的基站我是跟着张总您从头搞起来的，我不可能离开燎原的基站。"肖云飞坚定地说。"好，我没看错你肖云飞。我们决不能输给'旭日东升'。"张立彪拍了拍肖云飞的肩膀。

中午在食堂，大家都在议论"旭日东升"的事。"哎，娜姐，冷总这是为啥呢？"尹贤良问道。"这好事不出门，坏事传千里啊，我也才知道。"柴文娜回道。"你跟他是师兄弟，你都不知道啊？"马庆生说。"他师兄弟多了，我算个啥呢？"尹贤良说。"老婆的力量大呀！"东方牡丹在一旁说。"牡丹，什么意思啊？"柴文娜很有兴趣地问。"反正听说冷总的太太经常在家里骂冷总没出息，被老板用脚踹了都还能忍气吞声。据说太太经常闹，说咽不下这口气。"东方牡丹说。"啊，冷总怕老婆。"王厚林插话道。"老板的脾气有时确实有点大，我听说过这事。"柴文娜说。"怕老婆又不仅仅是他一个人，还是觉得自己功劳大，又是什么劳模、十佳青年什么的。听说他现在就在美国，去了有大半年了。"赵长城也说着听来的传闻。"怎么感觉有点可悲呢，靠洋人，哼哼。"曹瑞祥说。"哎，曹瑞祥手下前一阵来的那个搞电磁场的博士，对，叫支宾赛，据说是冷钟书的本科、硕士的同班同学，又跟他一起分到燎原。这不当时看到冷钟书牛了，心里不舒服就又回母校读博士了。"王厚林说。"结果博士毕业一看，燎原更火了，冷钟书更牛了，这不又求冷钟书让他再回燎原。冷钟书就给张立彪打了个招呼，安排在曹瑞祥这搞天线仿真设计啦。"肖云飞接着王厚林的话茬。"哼哼，这支宾赛的父亲是我们学校著名的教授，他妈是我的老师，教政治的，当过我们班的辅导员。"尹贤良也来了一句。"这故事越说越有趣了。"邓学佳说。"曹瑞祥，支宾赛还好吧？"尹贤良打听着。曹瑞祥冷冷地苦笑着没说话。

产品线例会。"TCP5总算过了。下面要过量产发布这一关。柴文娜你来说。"张立彪点名柴文娜。"肖云飞、赵长城，量产发布前主要有两项任务要完成，实验局和量产试制。实验局还是在百色，把欠的债给还上，要求2002年元旦必须商月发布。"柴文娜简单地说着进度和规划。"我来说说量产试制。"制造代表师建宏接过话题说，"300—500套，看情况，如果300套试制情况好，也可以。不过研发的兄弟一定要跟线啊，你们要安排人，排到我们具体班次旦跟线，有研发的人在，出现问题及时解决。否则，产线有问题没人解决，就直接换其他产品做。你们要再做就需要重新排产。肖云飞，听清楚啦？""明白，明白！"肖云飞答得痛快。"物料这块一定要及时齐套啊，扼流电感表贴能及时供上吗，查曼丽？"马庆生也发问。"在努力。"查曼丽保守地回道。

五和生产线，基站开发部一帮人早早来到模块生产的流水线上。"计划先跑50套看看，针对过程中的问题加以改进。然后再跑50套，如果之后50套顺了，那就200套、200套地做。"师建宏说。"哎，不是说300套也可以吗？"曹瑞祥问。"张总专门给我打电话，说要把这500套尽快全做了。"师建宏回道。"难道是市场有需求？"马庆生问肖云飞。"我也不清楚，就按刚才说的做呗。"肖云飞说。"不知道扼流电感表贴能不能供上啊。"马庆生边说边给查曼丽打电话："哎，查曼丽，师建宏说10月中旬500套都要做完，你那电感搞得定不？""哎呀，刚才计划部给我打电话，要马上把编码转正，说要下5000套物料的单。咋回事啊？"查曼丽急切地问。"说是计划那边要下5000套的物料，肖云飞，咋回事啊，有人要啦？"马庆生惊喜地问。"这只是备货，张总和市场都在外面跑，可能有些需求吧。我们把试制工作做好，及时量产别拖市场后腿就行了！"肖云飞倒是淡定。"看，还是肖云飞觉悟高，大家好好配合吧。"师建宏说。"都是这样的，真正面对市场，这制造、采购就是供应链上的关键点了。你看这张总就直接找他们了，我们研发人员只是支撑的份儿。"邓学佳说。

　　"哇，五和的食堂真爽啊，不知咱们什么时候搬过来啊。"马庆生兴奋地说。"我们蛇口到这儿，一个西南，一个东北，够远的呀，上班不方便喽。"曹瑞祥边吃边说。"有班车，蛇口出发，不过大概要一个小时。"邓学佳和他闲聊班车的事情，这时肖云飞的电话响了。"喂，赵长城啊，啥事？"肖云飞接通电话。"哎，肖云飞，刚才张总给我打电话，说实验局的事要加快，再次强调元旦前商用版本一定要全球正式发布。"赵长城传递着刚收到的消息。"好啊，我知道了！"肖云飞回道。"你派谁去啊？"赵长城接着问。"我想想，明天答复好吧。"肖云飞心里一时没拿定主意。"好，等你消息。"赵长城说完挂了电话。肖云飞吃了口饭，用商量的口吻问大家："张总催赵长城百色实验局的事，看来市场要起来了，按理实验局主要是软件版本验证，但硬件我们总要去个人吧，尤其是射频这块。""好像我和邓学佳肯定去不了喽，说了射频和硬件，就只能你们俩啦。"马庆生想想，看了看曹瑞祥和肖云飞。"也只能这样啦。"曹瑞祥说。"哎，曹瑞祥，这里早中晚都应该有饭的哦，晚上有班车吧。"邓学佳倒是心大，问着伙食和交通问题。"早中晚饭我都吃过，晚上班车去蛇口的九点半有。其他的你们查一下。"曹瑞祥说。"劈裂天线的事你要安排好。"肖云飞对曹瑞祥嘱咐道。"会的。"曹瑞祥回道。

19. 挑战十月底

基站版本例会上，柴文娜在发言："元旦商用版本全球发布，给百色实验局验证的怎么着10月中旬也得出来了吧，王厚林？这么重要的版本实验局两个月总要的。现在海内外市场眼看就要起来啦，赵长城，一个月验证你觉得保险吗？""两个月肯定要的，先头部队已经去了，把硬件先建好，我和肖云飞在家盯着版本，OK了再去百色升级。"赵长城信心十足地说。"10月底吧，最近测试发现了一些问题。尤其是生产，前50套出来发现了许多问题。"王厚林说着目前遇到的一些状况。"生产怎么啦？"肖云飞紧张地问。"别提啦，研发的人对生产不重视，人家提的意见和建议当耳旁风，先是表贴，现在又是装备测试时间过长，模块测试赶不上装配，严重制约生产。另外，没有定位软件，有问题无法定位，全凭经验，工人无法完成这么复杂的单板维护，只能靠马庆生、邓学佳自己修。"柴文娜噼里啪啦地开始倒苦水，"尤其无法容忍的是测试效率低，严重影响产能。""制造的说了，测试效率提升的问题是必须要解决的。问题定位软件，固网、光网都有，工人根据定位软件可以维修。如果我们基站不提供模块定位软件，那么单板只能靠研发部派人修，影响交付研发部负责。"王厚林一口气说了一大堆。

"这么多10月底能搞定？"肖云飞心里有点没底。"确切地说，11月中旬差不多。"王厚林回道。"现在知道生产这道坎难跨了吧，早知如此何必当初呢。"肖云飞生气地说。"哎呀，客观地说当时开发人员压力大，很难把注意力聚焦在生产可制造性上，成不成还难说呢，现在知道了，弟兄们多辛苦辛苦了，别纠结过去的事啦。"赵长城解围道。"吃一堑，长一智，王厚林辛苦辛苦，挑战10月底。"柴文娜给大家鼓劲说。"好好好，再说一件事，针对目前基站市场情况，张总要求搞个基站作战室，几个核心人员肖云飞、赵长城、王厚林，今后在作战室上班，以利于信息的及时沟通和传递。"柴文娜说了最新的领导决定。"哎，赵长城，跟您说一声，尹贤良我没让他去百色，只去了曹瑞祥，这版本需要人啊，你们先顶着。有事电话支持。"王厚林说着人手安排。"那我的人不要测你的版本啊，真是的。"赵长城满脸不高兴。"曹瑞祥也行的，理解万岁，理解万岁，远程支持，远程支持。"王厚林赔笑着说。"不过从现在的情况看，开发测试不能分得太清楚了，出去都需要全能，有问题远程支持要成为主要手段。"肖云飞也同意王厚林的安排。"出去之前有针对性地培训一下，问题不大。"王厚林点点头说。"但是空口问题、覆盖和干扰等问题，还是需要射频人员哪。所以，即使有麦加劈裂天线的事，曹瑞祥也还得去百色保证Beta①实验局的顺利进行啊！"肖云飞说着自己的想法。"嗯，当时百色问题，多亏了曹瑞祥排除了干扰问题，否则就是一锅粥。"赵长城补充说。"难怪公司一直对射频招聘很关注呢，这不，牡丹最近正忙这事呢。"柴文娜也跟着说。"是啊，虽然多载波没上产品，但人才还是要准备好的。"肖云飞也说。"肖总，眼看要上量啦，我们器件不能是独家，现在公司要求每个编码必须要有两家供应商。当然，有些重要芯片不可能做到完全替代，为了保证供应，公司要求板级替代。"查曼丽说着自己遇到的问题。

"能不能再说得具体些？"肖云飞问。"具体就是同编码下完全替代的器件需要做替代测试，板级替代的就不用说了吧，安排人投板。"查曼丽说。"这不跟重新开发一样啦，哪来那么多人哪？"肖云飞不满地说。"没办法，公司呢，刚意识到器件替代问题的重要性，吃过苦头了，知道吧？对我们这个版本的要求是不影响年底量产发布。但器件替代、板级替代必须在

———
① Beta：公测。

2002年6月底前完成。"柴文娜说。"要有详细的计划，否则量产会签时候我就是'No Go'啊。"查曼丽说。"就是还有半年。可以。"肖云飞同意了她的安排。"记住，从现在开始新立项的，可就没有半年一说喽。"柴文娜提醒说。"怪不得牡丹又去招人了呢，这么搞，至少再增加三成的人才能扛得住啊。"赵长城说。

"这生产的生产，去百色的去百色，吃饭的人也变少了啊。"柴文娜边吃着午饭边闲聊着。"唉，牡丹是国庆前回的还是国庆期间回的呀？"柴文娜看见东方牡丹过来了凑着说。"30号夜里到的。"东方牡丹回道。"哎，你们说这米卢真有两把刷子啊，真进世界杯了哈，跟做梦似的。"王厚林提起足球满脸兴奋。"是啊，人家米卢'态度决定一切'，进了世界杯，你的版本呢？"柴文娜冲着王厚林催促说。"从目前进展看10月底有可能。"王厚林说得挺有把握。"根据是什么呀？"肖云飞问。"二十八九号出版本，30号生产小批量验证一把没问题了，31号就向Beta局发布。"王厚林说。"告诉你吧，吃饭前查曼丽刚跟我说，扼流电感表贴已经用完了，新的要到11月10号左右才能到，所以啊……"肖云飞话没有说完就被打断。"哎，查曼丽，怎么回事啊？"王厚林有点急了。"一开始就是500套，你版本早出来就能跟上这500套啊。再追加，肯定要有个周期的嘛。"查曼丽说。"哎，我先发，生产验证没问题了再正式走流程归档。"王厚林故作轻松地说。"王厚林，这次Beta局，百色局方可是正式商用试验，升版本需要江嘉陵向局方正式提申请，要他们局长批的。"柴文娜提醒着说。"这个版本升上去就放号啦。"赵长城有点期待地说。"好啦，不说啦，11月中旬就11月中旬吧，大家要保证质量啊。别搞得时间拖了，质量又差，可就不好交代喽。"肖云飞提醒着大家。"赵长城，你盯紧点。"柴文娜跟着说。

肖云飞、马庆生、查曼丽几人聚集在师建宏的办公室，七嘴八舌地讨论着目前的进度。"师建宏，你知道时间确实太紧了，查曼丽你的任务就是确保扼流电感表贴10号入燎原库，要生产线的流程看得见才算数的哦。"
肖云飞接着说，"能不能先启动加工流程，欠料加工，等电感一到马上
SMT？""我协调一下再给您答复。"师建宏拿起办公室的固话拨打着。
经过几方沟通，师建宏冲着肖云飞说："10号晚八点一定要生产线流程能
看见这个扼流电感表贴的编码，11号凌晨两点上SMT，12号完成整机模块验
证。""太感谢啦，还是你面子大，欠料加工我们肯定搞不定的。"马庆生
说。"一般情况下，欠料加工我也搞不定。很显然，欠料加工太没定数，对
生产排产影响大，所以生产部门很抵触。"师建宏停了停接着说，"金总给
我们制造部老大打招呼啦，要保证基站模块试制。""现在的关键就是看查
曼丽的了，马庆生你陪查曼丽一起去厂家催货，货不到就别回来。"肖云飞
冲着俩人下了死命令。

　　经过几天几夜的最后突击，12号晚十点作战室里终于传来了胜利的欢
呼声。"谢天谢地，Beta版本总算正式归档发布了。"柴文娜松了一口气。
"真是难产啊，还是借了入世的东风啊。"王厚林说。"好吧，赵长城，明
天去百色，王厚林你还是坐镇家里，尹贤良去。"肖云飞丝毫不松懈，说
着后面百色的安排。"柴文娜，这回您去不？"赵长城问。"娜姐和牡丹恐
怕都要去，张总说了，要在百色建成样板点，元旦商用后要开一个商用发布
会，会邀请很多客户。"肖云飞稍后又说，"赵长城，准备好野外宿营的帐
篷，在晕良山山顶要用。哎哟，都十一点二十啦，娜姐打个电话要辆车，送
咱们几个回家。""娜姐，别用手机打，用固话打。"王厚林提醒道。车到
了以后，一行人走出作战室回家休息，也为明天的百色之行做准备。

20. 重返百色

百色主机房会议室，肖云飞正在组织部署升级工作。"这次Beta验证时间紧，大家要多辛苦一些。"肖云飞接着说，"首先，要保证重点区域，如镇上居民区、未来通灵大峡谷旅游景点等地的通信顺畅。这些信息局方已详细地提供了，大家路测、拨测工作一定要覆盖全，减少盲点、死角。同时，我们对盲点和死角也要做到心中有数，特别需要，也可以进行适当调整。"

"咱们的室外微基站和ODU版本在12月28号凌晨正式并入现有的商用网。"江嘉陵补充道，"这次升级由我们技术服务部来具体操作，研发部支持。"

"所以啊，实际上就是大考。"赵长城深有感触地说。"丑媳妇总要见公婆的，但愿没有大问题。"尹贤良感觉自己的手心都在冒汗。

深圳，张立彪的办公室里一帮人也在热火朝天地讨论着。"明天你们俩就去百色。"张立彪对柴文娜、东方牡丹说。"明天？具体做啥？"柴文娜问。"百色在元旦就要完成室外微基站和光纤拉远ODU的商用发布。市场部要在百色搞个发布会，到时会请国内运营商的代表来参观。"张立彪稍停后又说："牡丹，是这样的，通灵大峡谷一带是百色正在开发的旅游景点，据说不比阳朔差。你要把这帮客人当游客，好好筹划一下，如何在一天时间里游玩通灵大峡谷。""就是让牡丹当导游呗。"柴文娜插嘴说。"不仅仅是当导游这么简单，首先要确定旅游线路，然后，你俩要亲自沿着旅游路线进行拨测，就是打电话，核心是要在客人游玩过程中感受到我们移动通信的魅力。""肖云飞、赵长城他们不是在路测吗？我们去拨测打电话呀，有必要吗？"东方牡丹不解地问。

"二位靓女，咱搞基站究竟为什么呀？""为什么？"东方牡丹和柴文娜一下子被问住了，不知如何回答。"就是为了让你们这些美女在游山玩水时，还能和亲朋好友打电话、发短信啊。"张总提醒着说。"为我们呀，太好啦，太好啦。"柴文娜兴奋地叫道。"他们不是在测吗？我们再测不就重复了吗？"东方牡丹狐疑地问道。"要这么看，你从真实游客的角度去沿旅游线路打电话，显然是更真实的。你想想，到时你真的带着客人游玩，如果客人打不通电话或通话效果差，那市场部精心准备的这场活动就是失败的。"张立彪语重心长地说。"你这么一说，我感到压力大了。"东方牡丹拍了拍自己的肩膀说。"市场部担心研发人员说的好，实际未必真的好，所以才让我这么安排。显然，如果研发的结果和我们结果相吻合，那市场部也就放心了。拜托二位啦。"张总恳切地说。"好好好，一定不辜负张总的一片苦心。"柴文娜、东方牡丹说着离开了办公室。

百色，肖云飞、赵长城住的房间里挤满一屋子人。"哎哎哎，欢迎娜导、丹导来挑刺啊。"肖云飞看见老熟人分外开心。"这都快九点了，晚饭吃了没？"尹贤良问。"没吃更好，跟着二导吃夜宵去。"麦哲渊说。"瞧瞧你们这些研发骗子，市场部的都不敢相信你们了，还拖累了咱俩，肖云飞，请我俩吃夜宵。"柴文娜指着这帮厚脸皮的人笑着说。"牡丹好像累了，要休息了是吧？"肖云飞耍赖。"我在想吃什么夜宵呢？"东方牡丹才不会放过宰他的大好机会呢。"哎呀，爽快点，都去平果大酒楼。"赵长城大手一挥说。一帮人没等肖云飞答应就一哄而去了。

第二天一早，一帮人照旧在小饭馆吃早饭。此时，尹贤良的手机响了。"喂，哪位？"尹贤良问。"贤良啊，我是你徐老师啊，你帮我看看支宾赛在办公室吗？我打他的手机关机了，打他办公室的固话同事说不在，你们燎原员工不上班都不管的啊？"支宾赛的母亲徐老师在电话那头问。"徐老师您好，我现在在外地出差不在公司，我让人找找再给您回话，就这个电话是吗？"尹贤良听到导师的声音马上坐直，一改之前的懒散。"那好吧，你赶紧找人找找，支宾赛整天在干啥，回头给我个电话，就这个号码。谢谢啊，贤良。"徐老师说完挂断电话。"哎，曹瑞祥，你们那个支宾赛怎么回事啊，都九点半了还不上班，他整天在干啥呀？"尹贤良问道。"我让人去了解一下。"曹瑞祥低头给深圳的同事发短信询问。"支宾赛跟你啥关系啊？"东方牡丹奇怪地问。"一言难尽啊……"尹贤良说。"一个博士怎么这么不让人省心呢？"柴文娜说。"哎，你别说，支宾赛可是跟你们质量部的那个博士关系挺密的，经常看到他俩一起喝酒。"麦哲渊说。"哎哎哎，肖云飞，看。"曹瑞祥拿着手机的短信给肖云飞看。"这也太过分了吧。"肖云飞看了后大喊。东方牡丹一把夺过手机看着，然后愤怒地说："居然昨晚和你们那个博士喝酒，你们知道在哪儿喝的吗？"东方牡丹冲着柴文娜说。"在哪儿啊？"柴文娜问。"在射频暗室里，怕人看见门反锁着，俩人喝醉了睡到刚刚才被人敲醒。"东方牡丹满腔怒火都要把自己烧着了。"真的假的？"尹贤良一把夺过手机。此时肖云飞平复了激动的情绪说："其实支宾赛这么做我一点都不吃惊，因为，我对他还是有所耳闻，在学校时他就经常喝醉躺在宿舍过道上。他比我高两届，他住在二楼，我住四楼。他妈经常在二楼骂他。"肖云飞停了停，又说："牡丹，你们干部部好好把事情调查清楚，我们回去再处理。""他以前和冷总、金总一起进公司的，他就仗着这点乱来，要处理他，我还要跟金总商量商量，我们干部部还不敢自己做主。"东方牡丹满面愁容地说。"想不到燎原还有这种事啊。"赵长城也是受惊不小。

　　"今天是12月27号，明天凌晨正式并入现商用网运行。大家要全力以赴，按事先的安排，分点进行拨测，到凌晨五点，如果一切正常，就算割接成功。娜姐、牡丹也要辛苦下，最后一搏。"肖云飞做着测试前最后的动员工作。"还有，我、赵长城、曹瑞祥，我们三个上晕良山，下午两点上山，在山上待一宿，确保百公里光纤拉远ODU没问题。"肖云飞又补充说。"赵长城，野营的东西都准备了是吧，今晚就用上啦。"曹瑞祥和赵长城核对着需要带上山的各种必需品。"都准备好了。"赵长城说。"对讲机没问题吧，如果有异常，还得靠对讲机呀。"肖云飞说。"没问题。"戴宝国回道。

28号凌晨，在晕良山山顶，肖云飞用手机拨通了远在深圳的张立彪的电话。"张总，不好意思这么晚还打搅您，现在是2001年12月28日凌晨一点二十三分，我是在晕良山山顶用世界上第一个商用百公里光纤拉远ODU跟您进行首次通话，我的声音清楚吗？""真的啊，清楚，清楚啊！肖云飞啊，听得很清楚啊！"张立彪听着手机中清晰无比的声音，激动得有些结巴了。"清楚就好，接着睡吧张总。"肖云飞随即挂断了电话。赵长城也在和各拨测点进行通话，了解情况。"现在是凌晨两点，目前还都正常。"赵长城说。"继续拨测，五点结束。"肖云飞说。

晚上，大家伙聚在一起一边共进着晚餐，一边热火朝天地讨论着今天的测试。"我这一天那手机都被打爆了。"江嘉陵说。"怎么啦？"肖云飞问。"你们的一举一动都有人盯着呢。"江嘉陵说。"啥意思啊？"柴文娜问。"市场部这帮人是不见兔子不撒鹰啊。这不一见割接成功了，都来劲了。一会儿大队人马就杀过来啦。"江嘉陵说。"剩下的，我们只有配合的份儿啦。"说着江嘉陵的手机响了。"啊，邵利伟啊，都到啦，哪个房间？618，这号好，十点，好的好的，一会儿见。"江嘉陵放下手机说，"十点，肖云飞、牡丹、娜姐跟我去见市场部那帮人，看他们如何安排。""张总说要来的，啥时候来呀？"肖云飞问道。"张总说发布会时要来，现在是准备阶段，他不会来的，我们只能听市场部的安排啦。"江嘉陵无奈地说。"公司市场部是老大，研发部必须保证发布会设备不出问题，如果出了问题，市场部就会把丢单的责任全推到研发部身上。"东方牡丹说着以往的经验。"所以啊，燎原的研发部是头牛，吃的是草，挤出来的是奶。"曹瑞祥比喻得倒是很形象。"我听他们说你们搞基站的，是四个眼睛的农民工。"

柴文娜也想起个关于研发的段子。"好像是这么回事哦。"曹瑞祥说。"就是说谁都可以出问题，唯独研发人员不能出问题呗。"尹贤良说。"大家知道就行啦，好好配合，保障设备不出故障，废话少说。"肖云飞最后打断了大家的闲聊。

　　第二天早上，小饭馆，大家又聚在一起吃早饭。"肖云飞，哪天开发布会啊？我想回去过元旦了。"尹贤良说。"5号发布会，为确保发布会圆满成功，市场部的老大要求研发部趁着元旦这几天好好进行测试，确保万无一失。咱们还没在百色过过元旦呢，有这个机会多好啊，对吧！"肖云飞冲着大家鼓劲说。"本来打算让我先回的，这不市场部说得这么严重，肖云飞也不敢让我先回了。我这劈裂天线的事也只能远程遥控了。"曹瑞祥说。"大家别想不开，这个时候就得讲态度啦，安心留下就是正确的态度。这样，丹导、娜导把大家组织一下，在通灵大峡谷爬山、漂流，多日游，游山玩水打电话，美差啊！"赵长城倒是想得开。"哇，想着真开心啊，好好好，就这么办。"东方牡丹笑着说。"昨晚，张总给我打电话啦。国家为了解决普遍服务的问题，搞了个村村通工程，就是解决偏远贫困地区通信问题。"肖云飞停了停又说，"这些事国外的那些大公司肯定不愿干的，但这也是个机会啊，不是吗？所以，公司对这次百色发布会非常重视，咱们的室外微基站和光纤拉远ODU正适合村村通这个工程，这个节骨眼儿上，咱们的设备千万别掉链子啊。"肖云飞又说。"也就是说，大家辛苦了近两年，机会来到面前，咱不能让机会从手中溜走，否则会后悔的。"柴文娜说。"昨天，邓学佳在电话里说，家里已经启动5000套的生产了，这下是玩真的啦。"曹瑞祥说。

21. 启动5000套生产

百色的成功给了燎原众人很大的鼓舞，深圳这边也是干得热火朝天的。"马上要启动5000套生产了，产品质量如何保障？生产有什么考虑啊？"马庆生看着生产线问师建宏。"老化和温循是通常的手段。"师建宏说。"唉，前500套怎么做的啊？"邓学佳有点发愁。"100%老化48小时，前100个做了温循。"师建宏说着目前的进度。"生产质量肯定有规定的吧，就按生产质量的规定来呗！"马庆生大大咧咧地说。"现在量大，温循可以按规则抽着做。但老化这块，模块要加负载，这样就限制了每次老化的数量，对产能是个制约。"师建宏倒是有点不放心。"负载？你的意思是要满功率加载啊？"马庆生问。"ODU有射频功放啊，不满功率，那就需要老化房了，哪来那么多老化房啊，还要保持50℃高温，成本和代价太高啦。不像你们纯数字板，加个电就行啦。"邓学佳细细说着目前的难处。"不过老化时间要看发货的紧迫情况，到时候你们研发部要确认老化时间。"师建宏提着建议。"这量大了，不良品这块生产要加人维修啊。"马庆生也说。"说到这，我们领导要求研发部也要组建一个生产支持团队，及时解决生产中的问题。同时，要有专人指导生产维修。"师建宏传达着领导的安排说。"有必要组建一个团队吗？"邓学佳问。"我来给你算笔账，就算你的模块直通率在97%，100个模块有3个不良品，1000个模块就有30个不良品，按一年10万个模块算，就是3000个不良品，我们的ODU也好，宏基站收发信机模块也好，都是最复杂的单板，电源、数字电路、射频电路和功放，维修难度大。软件定位对数字电路效果显著，但对射频、功放的模拟电路，维修更多的是靠经验。"师建宏停了停接着又说，"就算生产部自己能独立完成80%，那还有20%生产部自己搞不定的，就是600个模块，就算生产部自己搞定90%，那还有300个模块需要研发部支持。我这么说很客观，没夸张吧？"马庆生、邓学佳听完默默对视没吭声。"固网、光网都是这么做的，量小怎么搞都行，量大了，你们移动产品线要做到一年400万个模块，你们算算，没有专门的团队能行吗？"师建宏又补充说。"400万谁说的呀？"马庆生问。"华老板向制造部提的要求，要求制造部要具备年产400万的能力。"师建宏回道。"放卫星啊，老板真敢说呀。"邓学佳张大了嘴巴。"别管是真是假，制造部可是真金白银地投下去了。"师建宏说。"好吧，我回去跟肖云飞商量商量，你也跟肖云飞发个邮件提一下，省得我们说不清。"马庆生只能硬着头皮答应下来。

"喂，曹瑞祥吗？"游佐元在电话那头问。"我是曹瑞祥啊，游佐元是吧，我现在外面出差，有啥事啊？"曹瑞祥说道。"我们从沙特回来了，把Hajj节的数据也都采集了，对Hajj节也有了全面的了解。回来就是有针对地提出具体的解决方案。然后先出第一个版本，争取明年3月再去测试，发现问题后7月出正式版本，割接上网迎接九十月的Hajj节考验。"游佐元说。"那好啊，你看我们什么时候去沙特合适？"曹瑞祥问。"从我这边的计划看，最迟6月必须在麦加把站开起来，你啥时回，咱们一起看看详细计划。"游佐元催促着。"预计1月6号回，到时我找你吧。"曹瑞祥估算下时间。"好吧，等你啊。"游佐元说完挂了电话。

百色平果大酒楼。"哎，娜姐今晚在这迎接元旦啊？"尹贤良问。"我呢仅是负责召集大家，今晚是牡丹请客。"柴文娜说。"牡丹请客？有啥喜事吗？"戴宝国问。"我也不知道，牡丹只是打电话让我把大家召集在这儿。"柴文娜回道。"牡丹人呢？"曹瑞祥问。"应该一会儿就到了吧。"柴文娜说。"12月31号不会是牡丹的生日吧？"赵长城猜。"可能是生日吧，否则请什么客啊。"肖云飞说。大家正说着，东方牡丹靓丽地出现了，旁边还有一位男士。"方俊凯。"大家齐声喊起来。"怎么回事，牡丹？"麦哲渊就近冲着东方牡丹问。"牡丹，你可真行，连我都瞒。"柴文娜冲着麦哲渊说："瞧你这眼力见儿，这还用说吗，咱这是婚宴哪。""好好好，我来介绍下，东方牡丹，我的太太。"方俊凯说。"哎呀，哎呀，哎呀，这不请大家了嘛，坐坐坐坐坐。"东方牡丹招呼大家。"怎么回事啊，牡丹？"江嘉陵问。"别急，让我八卦一下。"柴文娜兴奋地说，"老板呢曾经说过要把方俊凯找回来，金总就把这事安排给了咱牡丹姑娘。就这样，牡丹，老实说国庆前的招聘是不是……"柴文娜冲着东方牡丹没把话说完。

"牡丹带着公司的诚意找到我，说按原工号复职，待遇不变。按公司原工号复职可是开了先河啦，这么瞧得起我，真没理由拒绝。"方俊凯接过话说。"这不趁着元旦假期，过来一起向大家汇报嘛。"东方牡丹说。"哎哎哎哎哎，别说那么多啦，把酒端起来，恭喜俊凯、牡丹喜结连理，干了啊！"肖云飞说完一饮而尽。"其实当时离开公司也是一时冲动，现在想想有些幼稚。"方俊凯说。"现在回来了，具体做啥，还是搞多载波？"曹瑞祥问。"多载波算法，公司让我筹建俄罗斯研究所，主要搞算法，多载波算法是重点。"方俊凯回道。"啥时去俄罗斯啊？"赵长城问。"年后就去。"方俊凯回道。"这新媳妇是去婆家过年呀。"柴文娜打趣着问。"去江苏的江阴办酒席。"东方牡丹说。"东北姑娘下嫁江南小生，真可谓郎才女貌，天仙配啊！"麦哲渊起哄道。"想想当初一个方林嫂，一个肖小二，唉，多执着啊！"曹瑞祥自语道。"当时，我听了真是笑死了，太好笑了。"柴文娜说。"现在想想当时的时机确实不成熟，公司还是想得深啊。"方俊凯说。"是啊，宏基站、微基站、室内、室外都有了，百公里光纤拉远的ODU也搞成了，再往下，要再做就只能是多载波啦，回得正是时候，算法先准备好，剩下就看公司的决心了。"肖云飞说。

转眼3号晚上，大家又聚在小饭馆。"市场部不放心，要求5号发布会那天每个基站都要有人带着备分模块保障着，一旦有问题，不定位直接换模块。"江嘉陵说。"为啥不定位啊？"戴宝国问。"我们技服总结经验，觉得直接换模块是最有效、最快速的定位，简单、直接。"江嘉陵应道。"好了，山下的按原来的安排，两个山头，我和江嘉陵去晕良山山顶，曹瑞祥、赵长城去另一个山顶，带上野营的帐篷，明天4号中午出发，去山顶熬一夜，5号发布会是十点开始。"肖云飞打断众人的争执，做了最妥善的人员安排。"其他人5号早晨六点出发，八点到位，确保十点发布会顺利召开，有事统一听我指挥。"江嘉陵说。"听邵利伟说，有客户不想跟着我们游山玩水，想爬到晕良山山顶看个究竟，你们俩看看如何搞啊？"东方牡丹有点为难地说道。"请个向导，柴文娜你带他们上山，也只能这样啦。"肖云飞说。"一个萝卜一个坑，辛苦娜姐啦！"尹贤良说。"那好吧。"柴文娜无奈答应下来。"关键时刻还得靠娜姐啊。"赵长城说。"燎原的差不好出啊。"柴文娜苦笑着。

22. 冲锋号吹响了

"网规部这边先把目前外场测试的情况说一下吧。"在核心网实验室游佐元冲着陆鼎轩说。"这不曹瑞祥他们刚回来，还没来得及一起看看，我在这就先把情况介绍一下。"陆鼎轩接着介绍，"五和的5个站建起了，水平和垂直劈裂效果基本达到预期，相比业界的数据有质的改善。说明森尼韦尔他们采用两个独立天线构成的六扇区，效果就是比劈裂天线效果差，这也证实了为啥森尼韦尔想搞多扇区，也努力了，但终因效果不佳放弃了。""关键是没走劈裂天线这条路。"曹瑞祥把话接过来说，"不是不想做，而是天线厂家认为劈裂天线没市场，不愿意配合。""不过，水平还是略优于垂直劈裂，这一点也是符合理论设计的。"陆鼎轩补充道。"那曹瑞祥，有了基础，一劈四啥时可在五和外场测试？"游佐元问。"唉，一言难尽。"曹瑞祥有苦难言。"怎么讲？"陆鼎轩问。"出了点状况，一来呢曹瑞祥一直和我在外面出差，二是那个支宾赛出了点问题。"肖云飞插着话说。"没事，4月。我们调整一下，现在是1月初。争取3月底4月初五和外场测试。4月出测试结果，5月发往麦加，6月在麦加把站建起来，你看怎么样？"曹瑞祥看着游佐元征询意见。"挑战3月底，最迟4月10号外场测试，就这么定了，肖云飞？"游佐元又看向肖云飞。肖云飞呢，则看了看曹瑞祥说："就这么定，挑战3月底。"

"娜姐，这次辛苦了哦！"王厚林边吃着午饭边聊着。"不辛苦，不辛苦，爬山锻炼身体，减肥啊。"柴文娜应着。"这次是不是对燎原的出差有了更加深刻的体会？"马庆生问。"这下可真的体会到了，真的体会到喽。"柴文娜自言自语道。"娜姐升华了。"邓学佳竖起了大拇指。"不过上山的客人居然也有个女的，好像是云南的，她说她经常爬山，像没事人似的。据说就是她提出来要上山看看的。"柴文娜回忆着。"唉，肖云飞，那位云南的女局长提出你这个ODU要是三扇区的就更好了。"柴文娜又说。"你别说，这个女局长说的确实在理，只是目前单扇区的刚出来，一步步来吧。"肖云飞认可女局长的话。"单扇区都费了那么大劲，三扇区就是大问题，看来还有得搞。"曹瑞祥也说。

基站版本例会上，大家分析着目前的进度。"目前村村通即将全面铺开，生产成了关键。不过随着量的增多，生产的效率也在明显提升。这样一来装备测试又成了瓶颈，老化的软件流程也需要优化。"肖云飞分析着。"我们安排尹贤良跟生产线，和装备部门一起优化模块和老化的测试。"王厚林说着目前的打算。"从目前的人力看，不仅要应付生产，还要应付一线开局，厂验工作也是至关重要。这不，白俄罗斯马上就要来厂验了。另外，我们在攻印度市场，印度人自己也在研发，所以他们很懂，据说提了些严酷的环境试验要求。咱们这里做不了，还要去广州五所。"肖云飞停了停又说，"单独成立一个团队支持生产目前也不现实，还是统筹调配的好。但生产一定要支持好，仅是人员不固定罢了。""确实是，去广州五所厂验，光靠测试人员难以独立完成，开发人员肯定要支持的。"赵长城赞同地说。"哎，去沙特的回族人搞定了吗？"肖云飞突然想起来问。"目前还没搞定。"赵长城回得有点没底气。"这事还得抓紧啊，定下来要办签证的。"曹瑞祥催促说。"我们找干部部查了一下，马庆生，你是回族人，对吧？"赵长城问道。"怎么想到我头上啦！"马庆生说。"你搞了半天还是在打开发人员的主意啊，马庆生你真是回族人啊？"肖云飞冲着赵长城和马庆生说。马庆生没吭声，只是默默点点头。"马本斋的回民支队不会跟你的家有关系吧？"邓学佳开着玩笑问。"那倒没关系。"马庆生说。"曹瑞祥，搞了半天全砸在自己手上啦，唉，赶紧先把签证办下来啊，不知道要办多久。"肖云飞说。"据说穆斯林一生的梦想就是去麦加朝觐，所以，马庆生心里可是偷着乐呢。"柴文娜调侃地说。"别这么说呀，不过作为公差去麦加朝觐我家里人听了一定很高兴。"马庆生说。"不过马庆生，去麦加对于我们ODU来说最关键的是热。6—10月是最热的时候，他们在麦加找我们过去，就能证明我们CDU热没问题，也让芮南翔他们无话可说。"肖云飞说。"是啊，确实是个绝佳的机会。最终有了结论，也让我们质量部门工作好做些。"柴文娜说。"放宽心吧，不会有问题的。"曹瑞祥胸有成竹地说。

"哎哎哎，中国和巴西、土耳其、哥斯达黎加分在一组，我看有望小组出线啊。"王厚林边吃着午饭边聊着。"您是不是在做白日梦啊？"马庆生边吃着牛肉拉面边说。"我看有希望，你看啊，这个巴西虽是四届世界杯冠军得主，但在预选赛上差点没出线，最后还是把罗马里奥请回来，才勉强出了线，哥斯达黎加会比中国强吗？土耳其也不好说。"邓学佳说。"说不定中国队真有机会呢。"尹贤良说。"中国足球，你们还真敢指望啊，够执着的啊，没戏，看着吧。"柴文娜在一旁说。"你不懂。"邓学佳冲着柴文娜说。"我们是旁观者清，你们是当局者迷啊。"东方牡丹说。"你们姐俩真残忍，连梦都不让人做。"肖云飞说。

23. 结构干涉导致短路

五和产线上，一堆人正围在一起讨论着。"肖云飞，今天把你叫来就是看看，结构问题导致停线，从昨晚停到现在，都说不是自己的问题，你看怎么办？"师建宏气呼呼地说。"结构部的人呢？"肖云飞冷静地问。"他们说不是他们的问题，让找厂家。"邓学佳说。"到底是什么问题？"肖云飞逼问邓学佳。"结构干涉导致短路。"邓学佳这回老实回答了，没绕弯子。"厂家的人呢？"肖云飞又追问。"厂家的人马上就过来，噢，来了。"师建宏回道。肖云飞冲着厂家的工程师大声呵斥："你们结构出问题导致停产，赶紧搞新料替代呀，先保证我们的生产，这一点你不懂吗？"此时，结构部的占工也过来了。"唉，占工，也不能完全说是我们的问题吧？"厂家工程师觉得有点冤枉。"现在是你的结构干涉了人家的电路，你呢赶紧派人到现场对结构进行处理，保证正常的生产。"占工说。"唉，为啥不换新料，厂家的人在我的生产线上处理结构件，我不同意。"师建宏拒绝说。"哎呀，能解决问题复线生产不才是最关键的吗？"占工劝说着。"唉，占工，让厂家换新料不是更好吗？"邓学佳问道。"哎呀，能解决问题就行啦，何必非换新料呢？"占工回道。师建宏生气地冲着厂家质问："为啥不用新料？"厂家工程师看看占工，低声地回道："没想到有问题，我们已经做好5万个成品，没有半个月新的物料搞不定。""5万，谁让你们一下做那么多？"肖云飞吃了一惊。厂家工程师没吭声，只是看了看占工。"哎呀，先解决眼前问题，眼前问题啊，赶紧派人过来啊。"占工说着又冲着师建宏："厂家的人听你们安排，有问题给我打电话。"师建宏也只能无奈地接受，产线随即恢复了生产。

　　第二天上午，肖云飞接到电话。"喂，哪位？"肖云飞问。电话那头："我是结构部占工啊。""不是都复线了吗？怎么？又出事啦？"肖云飞电话里问。"不是，不是。这么回事，这不昨天停线了吗，生产要填电子流。其中有一项是停线原因，生产部呢填的是厂家来料问题。"占工说着。"来料问题对呀，怎么啦？"肖云飞问。"厂家不愿意，因为停线的原因如果定性为厂家来料问题，对厂家影响很大。"占工说。"您什么意思啊？"肖云飞问道。"您看能不能算设计问题？"占工小心翼翼地说。"那就是你结构设计问题对吧。搞了半天是你结构设计问题导致的这次停线啊？"肖云飞故作没听懂他的意思。"肖总，能不能算你们电路PCB设计问题？"占工压低了声音说。"为啥呀？"肖云飞不怒反笑。"你们邓学佳PCB改板知会结构部晚了，才出了这档子事。"占工一口气说出自己的本意。"真的吗？好，我马上就去查。"肖云飞说完挂了电话，抿紧嘴唇就去找邓学佳。刚到邓学佳位置还没来得及开口呢，手机又响了。"唉肖总，我是占工。""怎么啦？"肖云飞没什么好气地回道。"您刚才把电话挂了，其实我的意思是如果写研发电路FCB设计问题，对你们没啥影响。"占工说。"嗯，怎么说？"肖云飞忍着气问。"如果写结构设计问题，那对我影响大。其实，PCB改板我是知道的，只是图纸升级不及时，厂家把5万个东西都给做出来了……" "占工，这事关乎公司的利益，还是要实事求是，该是什么就是什么，如果质量部门有证据证明是电路PCB设计问题，那我无话可说。总之，我相信公司生产质量部门的人。"肖云飞打断占工的话，没有给他留任何余地。"别啊，肖总帮帮忙啊。"占工一听这话可吓坏了。"你还是去找生产质量部门的人吧。"肖云飞愤愤地挂断了电话。"邓学佳，关于生产停线的事我们产品线意见就是实事求是，不允许私下沟通，如果出了问题后果自负。"肖云飞坚决地表明了自己的态度。"您放心，这事我跟他说找您，我完全不介入。"邓学佳说。"好，这事就让他们来找我。"肖云飞转身又来到查曼丽座位上。"哎，查曼丽，这5万套究竟是咋回事？"肖云飞问。"反正不是我要求厂家的，现在正在查。"查曼丽答道。"感觉胆子有点大呀！"马庆生在一旁小声说道。"当然喽，由于结构件经常会变动，所以结构工程师与厂家沟通比较频繁。因此，有些事我们采购也不太清楚，我们也在了解情况。"查曼丽补充道。

核心网会议室。"肖云飞，你们四劈裂情况如何？现在已经是4月中旬了。"游佐元催着进度。"我们今天来就是向您汇报的，请陆鼎轩介绍一下。"肖云飞说。"重点谈问题。"游佐元强调说。"那好，我就简单些。"陆鼎轩说，"从目前五和的5个站构成的蜂窝看，四劈裂基本达到预期。但在麦加应用，还需要尽快去麦加实际测试，网规参数要根据实际情况来调整。" "你的意思是要尽快去麦加，对吧？"游佐元问。"是的。"陆鼎轩答。"唉，麦加你们谁去？"肖云飞问陆鼎轩。"麦加网规部有人，我们会拉通的。"陆鼎轩回道。"先准备物料发过去，确认物料到后，马庆生再过去。"游佐元说。"就我一人去吗？"马庆生指了指自己问。"我和你一起去，我在这就是等你们的。"游佐元笑着说。

"娜姐，我来吃饭前看到干部部马上要签发的文件，是平台的一个结构工程师，叫占亮亮的，好像是给基站做的结构件出了什么问题，拿了人家的钱想把事给盖住，结构没搞定，厂家又被罚款还降了份额。厂家不干了把事给捅了出来。"东方牡丹边吃午饭边说。"占亮亮，不认识。"娜姐边吃边说。"不会就是结构部的那个占工吧？"马庆生一拍脑门。"就是那个占工。"邓学佳点点头说。"公司怎么说呀？"肖云飞问东方牡丹。"劝退。"东方牡丹说。"邓学信，当时在生产线上我就感觉有点不对劲。"肖云飞开始回想。"他先给我打电话，我听他一说，有点害怕，感觉这小子胆子太大，赶紧让他去找你。"邓学佳说。"说实话我差点心软，不过这小子说话让我总感觉有猫腻，所以让他去找生产质量部门的人。"肖云飞说。"也不想想，因为这种事被劝退值吗？把小公司的做法带到大公司来，不行的！"王厚林说。"钱是不好拿的，把柄落在别人手里，这次不捅，说不定下次又捅了。自己升级图纸不及时本来就错了，结构部不是纠错，反而一错再错。贪小便宜，聪明反被聪明误啊。"肖云飞冷笑着说。

"好啦，以后大家多注意啦。"柴文娜打住了这个话题。"咦，最近老看不到尹贤良吃饭了，这小子好像有什么动静。"曹瑞祥说。"生产线上小姑娘多呀！"邓学佳说。"小子，把自个儿当唐伯虎啦。"肖云飞乐了。"你这又不关心人家，还不兴人家自个儿找啊，是吧。"马庆生接过话说。"一直埋头写代码，这放风到生产线，就跟断了线的风筝似的。"王厚林打着比方。"长能耐啦。"肖云飞自语道。"哎，马庆生，那个豆腐渣，这整天吃在一起、住在一起的，也没啥想法？"柴文娜好奇地问。"谁吃在一起，住在一起啦，瞎说个啥。"马庆生说。"可不是嘛，早饭、中饭、晚饭不都在食堂吃啊，也就是今天中午不在，是吧。这中午，是不是睡在一起？！娜姐说的没问题，对吧！"王厚林开始调侃起来。"嗯哼，不吭声啦，小子有戏啊。"肖云飞冲着马庆生说。"这近水楼台先得月啊。"邓学佳说。"马庆生，你可是回族人呀！"东方牡丹提醒着说。"查曼丽虽是汉族人，但是出生在新疆，是乌鲁木齐的，习惯和回族人差不多啦。"马庆生忙解释说。"明白啦，全明白啦！"曹瑞祥笑得贼兮兮的。"还差不多呢？美死你啦！"肖云飞冲着马庆生说。

24. 保姆式扶持

　　"张总，目前物料供应吃紧，严重制约生产，影响了市场。"查曼丽在产品线例会上说。"我让你来汇报，不是听你说这些没用的，如何解决？"张立彪大声地说道，随后平静了一下又缓和着说，"不会都紧张吧，重点是哪些物料？""外购韩国的双工器和日本的晶振。"曹瑞祥补充说。"难道双工器就只有韩国的那个什么公司能做？国内为啥不行啊？"张立彪问。"是啊，我们采购部领导也是这么说的。"查曼丽接着张总的话说。"对啊，曹瑞祥，你们能派人去韩国帮助搞双工器，为啥不能在国内扶持一家？"张立彪又问。"张总，我们一直推动在国内做，推不动啊！"查曼丽无奈地说。"关键看张总您的决心，只要您下决心，我们帮厂家搞定。"曹瑞祥说。"当时不是担心他们搞不定影响产品交付吗，现在看必须国产化了，否则，又贵，又不及时，真要被拖死了。好，今天就定了，双工器国产化，全力支持，越快越好。"张立彪把这事拍板了。"晶振呢？"查曼丽又追问。"晶振也必须国产化呀，我们导弹、卫星的都成功了，都需要晶振。据我所知，国内军工研究所实力也很强，找他们合作，尽快国产化。"张立彪回道。"好，有产品线的尚方宝剑，晶振的国产的样都送了，测试也OK，就是没人愿意拍板用。还是张总有魄力。"查曼丽说。"牡丹，看来还得加紧射频人员的招聘啊，怎么感觉牵涉到射频的事越来越多，人不够用呀。"

肖云飞也寻求支援。"是啊牡丹，加紧招人啊，尤其是射频的。"张立彪说。"好啊好啊，我们加紧，哎曹瑞祥，你们要推荐哪，射频还是依赖推荐。"东方牡丹说。"好，回去动员一下。"曹瑞祥点点头。"不过，方俊凯在俄罗斯给你们捏了四个俄罗斯的射频工程师，5月初就到。"东方牡丹告诉大家一个好消息。"太好了，不过不知干活咋样啊，不敢指望。"曹瑞祥心有余悸地说。"有总比没有的好，不过牡丹，国内的还要加紧啊。"肖云飞又说。

"今天召集大家在一起，把工作计划再明确一下。"游佐元说。"你们五一过后就走啊？"肖云飞问。"是啊，5月3号去麦加，我们核心网这边是我带一帮人在麦加，主要是测试验证，家里一帮人根据我们发现的问题进行修改。7月底出最终版本，割接上网迎接九十月Hajj节的冲击。"游佐元继续说，"马庆生这边，还有网规部的，设备已经到了，争取15号之前把基站开通，大概有50天的时间做充分的测试、验证和参数调整。6月底根据你们的测试验证的数据，我们进行一个前后方联合评审，最终确定是否并入现网运行。""冲锋号吹响了，对公司生死攸关啊！"肖云飞说。"说得没错，公司高层极其重视，所以，压力很大呀。华老板形容为攻城的突破口，我们就是扛炸药包打头阵的。"游佐元说。"不过我们紧张，森尼韦尔更紧张。"曹瑞祥说。"这件事对业界影响深远啊，森尼韦尔会坐以待毙吗？"肖云飞问。"不想那么多啦，把眼前的事尽力做好才是最重要的。"游佐元说。"好，就看看这死马能否医活了。"肖云飞最后说。

"今天早晨的雨可真大，也不知马庆生他们航班正点不？"曹瑞祥边吃着午饭边说。"正点，正点，已经从香港按时起飞了。"查曼丽说。"消息灵通啊，哟，这眼圈红红的，不会是舍不得，哭鼻子了吧。"邓学佳冲着查曼丽说。"辣子辣的。"查曼丽忙解释。"哎哟，这个'五一'的大梅沙简直不能去。"柴文娜说。"那您还去？"赵长城忙说。"这不带孩子去玩玩嘛，人太多，孩子可遭罪。"柴文娜说。"牡丹，那几个老外到了吗？"肖云飞问。"上午在办手续，最快下午就能领他们到你这儿。"东方牡丹回道。"还有个翻译，留俄的博士。"东方牡丹补充道。"还是不方便呀，搞个翻译。"曹瑞祥说。"还是想想如何用好他们吧。"王厚林插话道。"王厚林说的在理，我看多让他们参与评审，这样基本能看出他们的水平和经验如何。"邓学佳说。

下午，作战室里。"曹瑞祥、肖云飞、赵长城、柴文娜，各位老大，张总发话双工器要国内搞，这话好说啊，具体怎么搞，曹瑞祥你得拿个主意出来啊。"查曼丽说。"曹瑞祥，什么意见？"肖云飞问。"说白了就是厂家能力不行，不仅仅是设计，还有质量保证这块，一些测试验证，一系列的问题，赵长城、柴文娜，不仅仅是曹瑞祥的事。"查曼丽说。"要是这样的话，关键看国内厂家的积极性啦。哪个厂家积极性最高？"肖云飞问。

"目前，有一定基础且积极性高的，有一两个厂家。"曹瑞祥说。"查曼丽，你知道的情况呢？"肖云飞问。"就是曹瑞祥说的那样。"查曼丽应道。"唉，这不简单了吗，确定一家重点扶持，先开发，测试我们主导，试产我们跟线，全保姆式扶持。就把它当一个加工厂呗。"肖云飞绘声绘色地说。"哎，我听说来的几个老外当中，有一个就是之前在韩国做双工器的，因为公司合同到期才转来燎原的。"柴文娜说。"有这事？"赵长城瞪大眼睛说。"不知道。"曹瑞祥说。"我是听牡丹说的。"柴文娜说。"没关系，来了就知道啦。如果是，也就是参谋参谋。曹瑞祥，还是以我们为主啊。"肖云飞说。"肯定的啦。"曹瑞祥回道。"像去韩国一样，驻厂，对吧，曹瑞祥。搞不定别回来。"肖云飞补充道。"测试也要派人哪，质量体系的建立，柴文娜也得去啊。"曹瑞祥说。"国内好说，国内好说，去啊，去。"柴文娜、赵长城点着头说。"国内最好要有两家，肖云飞。"查曼丽说。"先保一家，有起色了再搞第二家。"肖云飞说。"当然了，曹瑞祥你们射频部自己再盘算盘算，如果觉得应付得过来，两家同步搞那最好啦。"肖云飞又说。"我们考虑考虑，毕竟是我们主导设计，应该可以。"曹瑞祥说。"曹瑞祥进步挺大呀，如果能两家同步开展，还有个竞争，太好啦！"查曼丽说。"这样就可以彻底抛弃韩国的公司，真是受气受够了。"查曼丽又说。"哎，曹瑞祥下决心两家一齐搞，国内来回方便，就这么定了。"肖云飞冲着曹瑞祥说。"好啊，赵长城、柴文娜，一起搞。"曹瑞祥说。"我们没问题，关键看你们开发部。两家的物料拿来一起做测试不碍事。"赵长城说。

"哎，曹瑞祥，马庆生那边基站运行有一周了，情况如何？尤其是热这块，咋样啊？"肖云飞问。"我看了一下，昨天深夜那边把数据发过来了。"曹瑞祥回道。"怎么样？"赵长城问。"我简单看了一下，马庆生也有个总结。基本结论是OK。"曹瑞祥说。"是的，我也看了数据和马庆生的小结。核心点就是实际并不存在无风速情况。而且，马庆生在沙特发现，虽然很热，但有风，而且风力是随高度增加而加大的。"戴宝国冲着阚雪峰说。"呵呵，马庆生还说了个有趣的事。"曹瑞祥说。"啥有趣的事啊？"肖云飞问。"是这样，这不要爬到塔上装天线和调试吗，马庆生想的是45℃的高温，塔工在上面工作半小时，下来休息一下，补充水分再上去。"戴宝国说。"嗯，怎么啦？"阚雪峰问。"结果到了半小时，马庆生叫塔工下来休息，喝喝水。塔工不肯下来，扔下根绳，让把水给吊上去。"曹瑞祥说。"就这样塔工在30米的塔上，顶着烈日和45℃的高温，连续工作了两个多小时，设备全搞定了才下来。当然，水是保证的。"戴宝国说。

"真的假的，怎么可能呢？"赵长城说。"这是事实，后来马庆生问塔工为什么不肯下来？"曹瑞祥说。"上面风大，比在下面凉快。"肖云飞说。"没错，马庆生说塔工就是这么说的。"戴宝国说。"那马庆生自个儿没上去体验一下？"赵长城说。"应该是没有吧，他没有登塔的证啊！"曹瑞祥说。"阚雪峰，马庆生发来的数据也抄送您啦，怎么说啊？"曹瑞祥说。"现在只是初步，到6月底再看吧！"阚雪峰说。"哎，娜姐啥时也在这儿啊，刚才都听见了吧。"肖云飞冲着柴文娜说。"至少从现在看，把你改成肖云飞是对的。"柴文娜冲着阚雪峰说。"其实芮南翔也是这样想的。"阚雪峰说。"看到了吧，娜姐，啥事还得自己扛，靠别人是靠不住的。"肖云飞说。"我们不管那么多，实际场景测试没问题，那我肯定不能说它有问题，不符合逻辑。仅仅凭人为构造的条件，只能作为参考。"曹瑞祥说。"把数据拿给芮南翔他们好好看看，好好看看。"赵长城说。"这事恐怕没那么简单，因为当时闹得太凶了，金总都被芮南翔搞得没脾气。只好让张总自己决策。"柴文娜说。"不过公司这点好，产品线说了算。"赵长城说。"这样省了时间啊，不是吗？"肖云飞问。"所以啊，华老板还是看得透嘛。"柴文娜说。

中午大家又聚在餐厅里。"哎，牡丹，听说没？"柴文娜说。"啥事啊？"东方牡丹应着。"去俄罗斯开实验局的网规人员，被莫斯科光头党用砖头拍了头啦。"柴文娜说。"是吗？太可怕啦，我在电视剧里看到过光头党的事，排外得很。"东方牡丹说。"哎你们家那位没说些什么？"尹贤良冲着东方牡丹说。"他倒没说啥。"东方牡丹说。"他们在吉尔吉斯斯坦开局还好，当地人挺友好的。"王厚林说。"听说在白俄罗斯的最爽，有空就去芭蕾舞学校门口坐着。"邓学佳说。"噢，看美女是吧。"麦哲渊说。"那不美死啦。"赵长城说。"哎，我们室外微基站还真派上用场啦，在俄罗斯西伯利亚开局。"肖云飞说。"在地广人稀、条件艰苦的地方建设微基站，尤其是室外型的，应该是比较好的解决方案。"曹瑞祥说。"看来独联体我们还是有些机会的，总算开发的东西没白费呀。"尹贤良说。"这些经济不发达的地方，西方公司没兴趣。"东方牡丹说。"哎，赵长城，村村通的升级都准备好了吧，应该没问题哦？"肖云飞问。"明天凌晨，应该没问题。"赵长城回道。

25.村村通升级失败

第二天一早江嘉陵来到肖云飞座位上。"肖云飞，怎么回事啊，今天凌晨版本一升级上云，有些地方就瘫机了，没办法，有问题的地区只能退回了。你们的版本是怎么验证的？"江嘉陵冲着肖云飞说。此时，赵长城也来到肖云飞座位上。"赵长城，咋回事呀？"肖云飞问。"不同地区，配置不是完全一样的。验证的时候，没把网上的配置情况摸清楚。大部分都没问题，只是河北沧州和广西梧州的有问题。"赵长城解释道。"接下来怎么办呢？"江嘉陵问。肖云飞看了看刚过来的王厚林、麦哲渊，又看了看赵长城，都不吭声。"难道让村村通的网在不同区域就这样版本不同吗？我们技服如何维护啊？没办法接受啊！"江嘉陵说。"问题我们连夜都查找定位了，正在打补丁。"王厚林说。"我告诉你们，这次升级是客户需求特性的落实。人家出了钱的。这样，三天，给你们三天验证时间，三天后再升级一次。"江嘉陵说。"哎，江嘉陵，我觉得这次村村通的全网升级工作做得不细，为了确保三天后的升级不再出现问题，我想每个地区先找两三个站预升级一把，都没问题了再统一全网升级，您看如何？"赵长城说。"这样保险，你说呢？"肖云飞冲着江嘉陵说。"这样做就需要人，沧州、梧州研发人员能不能再各派一人？"江嘉陵略思片刻后说。"麦哲渊梧州，尹贤良沧州，就这么定了。"肖云飞没和大家商量就这么定了。"那好，就这样。"说完江嘉陵扭头走了。

等江嘉陵走远了，闻风而来的柴文娜发话了。"你说你们啊，这好在是国内村村通的网，赵长城，咋搞的？你们的验证用例评审肯定是走过场了，要是海外、全球版本出这样的事，你吃不了兜着走。""这不前一阵报纸上都登了，森尼韦尔在上海升级，没成功瘫机两小时。"麦哲渊说。"那是森尼韦尔，要是我们，不知惨成啥样呢。"尹贤良说。"不过娜姐，大家吃一堑长一智嘛，有错就改，而且要迅速地改。赵长城赶紧组织大家讨论，头脑风暴，集思广益，拿出一套切实可行、行之有效的版本验证解决方案来。"肖云飞说。

"哎，这网规部的陆鼎轩爽啊，借着考察韩国移动通信的名义，去看世界杯。"戴宝国边吃午饭边聊着。"这么美啊！"尹贤良羡慕地说。"我们也有一个名额。"肖云飞说。"我去。"尹贤良说。"你是软件的，要硬件的。"肖云飞说。"我去。"柴文娜凑着热闹说。"为啥软件不能去吗？"尹贤良问。"这硬件开发完了就主要是软件的事啦，你看看升个级还出事，安心把村村通搞定吧。"肖云飞说。"唉，邓学佳你去一趟吧，正好你也喜欢足球。"肖云飞说。"哇，天上掉馅饼啦，怎么去啊？"邓学佳说。"你明天去深圳体育场的深圳足球协会，你去报个名，费用你自己先垫着，回来再报。一切手续包括中国队主场比赛的门票，足球协会都会办妥的。"肖云飞说。"大概多少钱啊？"邓学佳问。"大概两万吧。"肖云飞回道。"够贵的。"柴文娜说。"不算贵，你仔细算算不算贵的。"曹瑞祥说。"邓学佳，你找一下陆鼎轩，具体他清楚，他会告诉你在韩国的具体工作安排。"肖云飞补充道。"好的，我下午就去找他。"邓学佳说。

基站版本例会上。"赵长城，这次村村通升级失败，你们总结得怎样啊？跟大家分享一下吧！"柴文娜说。"好啊，这次失败的主因是对村村通全网的差异性没搞清楚。换句话说，只考虑了通用标配，忽视了有些区域配置差异。"赵长城说。"关键是如何避免类似事件的再发生。"肖云飞说。"我们自己进行了总结，同时也找了固网和光网取经。他们的经验就是家里一定要有网上的镜像环境。具体就是先了解网上配置情况，尤其是差异性，然后有针对性地在家里建立镜像环境，这样就可以保证家里的验证环境与网上一致。"赵长城说。"同时还有一个好处是，如果升级后出现问题，由于家里有镜像环境，可以做到在家里进行及时定位。因为他们的产品在国外的很多，不可能每次升级、定位出现问题都有研发的人去现场。"麦哲渊说。

"我们也会面临他们同样的问题啊，所以，搭建镜像环境是最笨的，但也是最有效的方法。"肖云飞说。"我们开局档案要建立好，这样镜像环境的输入就有了保障。"曹瑞祥说。"切忌镜像环境不镜像的情况发生，镜像环境的建设一定要前后方反复确认和评审，绝不能有差异。"柴文娜说。"不过做到这点很难哦。"王厚林说。"是啊，光说得好没用，关键在落实。赵长城。"肖云飞说。"搞个镜像实验室，专人管。"赵长城说。"一定要专人管。"王厚林说。"多与一线沟通呗，没把握先来个预升级。"尹贤良说。"在没成功之前，只有两种可能：成与败。"戴宝国说。"好啦，清楚了，专人镜像实验室，预升级制。"柴文娜总结道。"形成规章制度，贴在墙上，随时提醒大家。"肖云飞说。"看来预升级是最有效的手段。"麦哲渊补充道。"这次梧州之行有体会了是吧。"赵长城冲着麦哲渊说。"肯定的啦。"尹贤良附和着。

"肖云飞，有个事要向你求助。"查曼丽说。"啥事啊？"肖云飞回应着查曼丽，同时又看着旁力的曹瑞祥。"您不是说过全保姆式扶持嘛，这不她就有事找您了呗。"曹瑞祥插话说。"是这样，我找过曹瑞祥，他不太愿意。"查曼丽说。"说了半天到底啥事啊？"肖云飞云里雾里的。"做双工器的厂家没有互调测试仪。我让他们买，他们嫌太贵。"曹瑞祥说。"多贵啊？"肖云飞问。"一套互调测试仪大概两百万元人民币。"查曼丽说。"哇，是够贵的。那他们准备怎么办？"肖云飞问。"他们自己搭建。"曹瑞祥说。"好啊，这不挺好吗？"肖云飞说。"这互调测试仪主要是双工器和功放，是大功率的功放，频谱仪是共用仪表，他们有。"查曼丽正说着，肖云飞明白了说："双工器他们自己搞定，让我们给他做大功率功放。对吧，曹瑞祥？""你可真聪明，这不是我说的，是你自己说的哦。"曹瑞祥回道。"我们有现成的，是吧？"肖云飞问。"是啊，厂家就是想用我们基站那种大功率的。"查曼丽说。"他们是可以找功放厂家定制的，就是不肯花钱嘛。"曹瑞祥说。"也不全是啊，你要求的时间这么紧，他们自己去定制满足不了你的进度要求啊。"查曼丽说。"听明白啦，听明白啦……查曼丽，这么办，让厂家继续找功放厂家定制，为加快进度，燎原临时借给他们用。到时候他们自己定制的好了，就把我们的功放还回来，不就得了吗？没那么复杂。"肖云飞轻松地说。"就怕拿不回了。"曹瑞祥说。"不是说燎原小气，必须得还回来。否则，物料账面上是有问题的，公司的审计通不过的。查曼丽你明白吗？"肖云飞说。"是……是，没想到这点。好，我去跟厂家说，先借，到时一定让他们还回来。"查曼丽说。"还是肖总好说话。"查曼丽狠狠瞪了曹瑞祥一眼说。"哼，咱这保姆式服务，谁是甲方谁是乙方都搞不清了。我们扶持他，让他赚钱。咳，我们还得看他们脸色，上哪儿说理去啊！"曹瑞祥说。"有那么严重吗？夸张了啊，太夸张了！"查曼丽说。"行啦行啦，也就说说啊，该怎么的还得怎么的啊！要有大局观。"肖云飞说。"说说还不让吗？！"曹瑞祥说。

26.四个俄罗斯人的工作安排

"马庆生那边情况如何？"肖云飞边吃着午饭边问戴宝国。"测得挺正常的，和家里测的差不多。"戴宝国回应着。"热呢？"肖云飞又问。"都挺平衡的呀，没问题的。"曹瑞祥一旁插话。"这下芮南翔可没话说了。"肖云飞说。"哼哼，不是没话说了，是想说也没得说了。"柴文娜凑着说。

"怎么啦？"赵长城问。柴文娜没吭声，曹瑞祥搭腔道："被砍了。""真的啊？！"肖云飞惊奇地问。"煮的。"曹瑞祥开玩笑地回道。"他当时授意阚雪峰顶住，又是找金总，无非就是想不承担责任嘛。"柴文娜说。"在燎原不敢承担责任的领导肯定是不行的。"东方牡丹说。"唉，现在人在哪里呢？"肖云飞又问。"去欧矿所了。"东方牡丹回道。"不过，曹瑞祥，还是你牛啊！"肖云飞说。"真的，当时要不是你那么坚决，还真不一定能顶得住他们。"肖云飞感慨道。"楼顶真实环境是关键。"赵长城说。"这就是所谓应用物理，贴近实用场景，基于客观现实，不依赖推测和构想。"王厚林说。"挺有哲理啊！"柴文娜说。"啥呀，没退路了，要是不行咋办？不行也得行！"尹贤良说。"粗俗。"王厚林说。"总之还是曹瑞祥牛！"肖云飞很肯定地说。"关键时刻敢担当。确实不容易。"赵长城补充道。

"开心啊，牡丹组织一下，周末聚聚。"肖云飞兴奋地说。"好啊，我组织你出钱啊！"东方牡丹说。"少不了你的，就知道钱。"尹贤良说。"对啊，咱也玩玩，一个世界杯，一个朝觐的，我们也爽一把。"王厚林说。"哎……哎，人家在麦加是工作好吧，说的……"查曼丽护着说。"麦加工作，麦加工作，行了吧，瞧护的。"柴文娜说。"查曼丽一起去啊。"肖云飞说。"免费不？"查曼丽问。"免费，免费，就当顶马庆生呗。"肖云飞说。"免费就去。"查曼丽说。"哎，世界之窗新开了滑雪场，先滑雪，然后晚上参加啤酒节怎么样？"东方牡丹问大家。"还没滑过雪呢，滑完了喝，好！"戴宝国说。"滑雪好，滑雪！"尹贤良说。"大家没意见就这么定了啊。"东方牡丹说。

"哎，方俊凯，回来啦！"曹瑞祥说。"哎，曹瑞祥，咱们和方俊凯一起讨论一下这四个俄罗斯人的工作安排。"肖云飞说。"好啊，他们来了也一个多月了，各方面也熟悉了一些。"曹瑞祥说。"我还有点记不清，再介绍一下他们的名字和特征呗。"肖云飞冲着曹瑞祥说。"嗯，最年长的那位叫雅辛斯基，就是从韩国刚过来的，57了。那小个的叫亚历山大，之前在俄罗斯一个军工研究所工作，格洛纳斯星上转发器的接收系统他参与了设计。最帅的那小伙叫柳琴科，32岁，搞算法编程的。个最高的那位叫瓦西里耶夫，据说是做功放的，可能是电子管功放。"曹瑞祥介绍道。"瓦西里耶夫、雅辛斯基，还有亚历山大，还有什么柳琴科。都是标准的俄罗斯名啊。哎，方俊凯，你先说说你想怎么安排？"肖云飞说。"这四个都是我招的，对他们还是比较了解。"方俊凯说。"那你觉得他们具体该做啥？"曹瑞祥问。

"目前多载波有两个思路。一个是数字预失真加高效功放，另一个就是传统的线性功放技术，效率不行，但已广泛应用，尤其是在卫星上。"方俊凯说。"让他们做数字多载波？"肖云飞问。"不……不，我们预研这块想好了，让这四个俄罗斯人做线性功效，走另一条路。"方俊凯说。"嗯……明白了。曹瑞祥，就按方俊凯他们预研的意见办。"肖云飞说。"好吧。"曹瑞祥回道。"核心的一定要把握在自己手里。"肖云飞自语道。"现在请他们过来？"曹瑞祥问。"好的，请他们过来吧。"肖云飞说。不一会儿，曹瑞祥领着四位外加翻译来到会议室。经过一番寒暄，肖云飞冲着翻译问："您也自我介绍一下吧？""噢，我叫朴泰成，来自东北吉林，在莫大读了博士。"朴泰成回道。"朴泰成，吉林，朝鲜族吧？"肖云飞又问。"是的，朝鲜族。"朴泰成回道。"那你韩语也应该没问题吧？"方俊凯问。"当然啦，日语也没问题。"朴泰成又回道。"那我估计英语也应该可以的，是吧？"肖云飞又问。"英语要比日语差点，也还行。"朴泰成说。"俄、韩、日、英再加上中文，五国语言，行啊！"方俊凯说。"唉，说正题吧。"曹瑞祥提醒着。"你就说呗，主要是你说。"肖云飞冲着曹瑞祥说。显然，这种沟通是不顺畅的，经过几番沟通，曹瑞祥调整思路说："我们要做的线性功放，其实你们在卫星转发器上已经应用了。"经过朴泰成的翻译，四位感觉很惊讶。"其实就是模拟预失真，用硬件倒相来抵消多载波产生的互调产物。"曹瑞祥归纳着说。"只不过你们卫星上用的是真空管的，我们现在要做的是全固态的模拟预失真，就是半导体功率管。"曹瑞祥补充道。这下经过翻译后，有经验的雅辛斯基和亚历山大听明白了，雅辛斯基问开发周期。"年底出样机。"肖云飞说。"NO，NO，NO。"雅辛斯基听后直摇头。

亚历山大提出一年出样机。"一年不可能的，八个月吧，明年2月出样机。"肖云飞坚定地说。几位看肖云飞的坚定态度，也只好默认了。肖云飞顺势说："那好，就这么定了，明年2月出样机。希望合作愉快。哎，曹瑞祥，周末带他们一起去世界之窗滑雪、喝啤酒。""好啊，好啊，朴泰成你带着他们吧！"曹瑞祥说。"OK。"朴泰成应着。

"大夏天的滑雪还是挺爽的哦，还真没滑过雪呢。"尹贤良吃着午饭开心地说。"这个滑雪还真不好滑，你瞧那几个老外都挺会滑的。"柴文娜说。"麦哲渊，你是广东人，我看你滑得挺溜的嘛，难道你是在东北上的学？"尹贤良问。"也没啦，天津上的学，有滑过。"麦哲渊回道。"唉，原来不是计划还有活动的吗？怎么回事啊？"王厚林问。"啊，除了滑雪、啤酒节，还有活动吗？"曹瑞祥问。"这要问牡丹啦！"赵长城说。"牡丹正郁闷着呢，对吧牡丹。"戴宝国说。"我说方俊凯，你这招的是什么人啊？滑雪的时候我看他们不是很感兴趣。"东方牡丹说。"那是啊，人家常玩的嘛。"肖云飞搭腔道。

"哎，方俊凯，你瞧他们四个一进啤酒节的大厅那个兴奋，个个两眼放光。"东方牡丹夸张地说着。"怎么啦？"戴宝国问。"银子不够啦，差点就破产啦，还王厚林的简约酒吧呢，想都甭想。没看当时果断打住，撤了吗！"东方牡丹说。"他们几个是不是以为不要钱啊？"麦哲渊问。"不知道。"方俊凯摇着头说。"我看那天晚上能喝的可不止那四个老外。"柴文娜说着把目光移向了查曼丽。"还有谁啊？"麦哲渊傻乎乎地问。"新疆人能喝很正常啊，对吧，查曼丽？"曹瑞祥接着话说。"哎呀，人家没喝多少啊。"查曼丽撒娇着说。"哼哼，啤酒，恐怕白酒更猛吧！"王厚林说。查曼丽没吭声。"知道啦，新疆美女啤的、白的一锅端啊。"赵长城说。"红的肯定更没问题啦！"肖云飞说。"小时候葡萄酒当水喝，渴了就舀一勺。"查曼丽说。"马庆生能喝过你不？"东方牡丹问。"每次都是他趴下。"查曼丽说。"你该去市场部啊！"王厚林说。

27.最关键的一步

"哈哈，这香港回归都五年了啊，真快啊。"肖云飞通过会议电话冲着麦加的游佐元和马庆生说。"看看咱们的四劈裂基站能不能并网接受Hajj节的冲击。"游佐元在麦加说。"哎，戴宝国、曹瑞祥，还有网规部的陆鼎轩，马庆生发来的数据都看了吧？"赵长城问。"我们一直跟马庆生有良好的互动，从发来的数据看，与在家里外场情况相吻合，曹瑞祥，对吧？"戴宝国看着曹瑞祥说。"是的。"曹瑞祥回道。"陆鼎轩，你坐到话筒旁边来，你是主角啊，说说吧，行吗？干脆点。"肖云飞说。"别别别，这不是大家一起评审吗，行不行还是你基站和游佐元说了算。"陆鼎轩"示弱"地说。"你们网规网优就是这样，这四劈裂并网当然是你们的意见为主啦。我们仅是提供设备的。"赵长城说。

"别说那么多废话啦，陆鼎轩，你们内部对数据进行评审了吗？"游佐元在那头说。"对啊，按理你们一线也是有人的，应该进行评审，形成一个结论，对吧？"肖云飞冲着陆鼎轩问。"我想问，麦加局方主要是因为核心网找燎原，你们为啥非要把四劈裂基站给塞进去呢？"陆鼎轩问。"问谁呢？啥意思啊？你这么问是你们领导授意的吗？"肖云飞不高兴地问。"哎，我们现在是技术评审，明白吗？只需你们网规人员从技术层面上给出意见。"游佐元在电话里说。"想太多了吧？"曹瑞祥说。"是啊，现在是技术层面的评审，你就说你们技术评审的结论，你们肯定有的，不可能没有！"肖云飞紧逼着说。"我来开会之前，中午就把我们网规技术评审的结论发给你们了。"陆鼎轩说。"你人来了，你就说呗，省得我们看了。"戴宝国说。"以前方的数据看，正如刚才戴宝国说的，与五和外场的相吻合。但与真实的Hajj节月户激增相比，真实的效果还是不好说。"陆鼎轩说。"另外，麦加四劈裂不具备普遍性。这一点从森尼韦尔不愿搞定制开发可以很清晰地看出。所以，从网规来看，并不希望推广。"陆鼎轩又说。

　　"其实在麦加之前，你们网规部就找我们搞劈裂的研究啦。"曹瑞祥说。"哎，研究是研究嘛，实用又是另一回事啦。网规为啥不希望推广劈裂，也是有考虑的。"陆鼎轩说。"说说嘛，理由是什么？"肖云飞问。"只可意会，不可言传。大家可以好好想想，肖云飞、赵长城，多想想会想通的。"陆鼎轩说。"哎……哎，别说那么多啦，陆鼎轩我问你，与原来的三扇区相比，四劈裂有没有优势？你只需要回答Yes或No，没有第三个选择。"游佐元问。"是啊，只要比原来强就行啦，简单比较，最直接。"肖云飞说。"Yes。"这回陆鼎轩爽快地回答了。"唉，要的就是这句话，其他都是废话。好吧，肖云飞你再找张总，把今天评审的结论汇报一下，然后给我正式来个邮件好吧。就这样，我们还得干活呢，挂了啊。"游佐元说完断了电话。"这样啊，今天是6月30号，明天他们割接到麦加现网。现在呢，你们仨就要进入非常时期了，三个人轮班，尤其要保证我们这里深夜，麦加正欢的这个时间段。切记切记啊！好吧，你们三个好好商量一下，就这样吧。从现在开始这个作战室就给你们专用啦。"肖云飞说完，离开作战室，回自己原来的座位上去了。

"其实明天割接入网不应该有啥问题，关键是要看九十月Hajj节的冲击。7、8、9、10，四个月，挺住就是胜利。"曹瑞祥说。"唉，我想七八月也会有许多朝觐的吧，只是比Hajj节时人少些。这样正好给了我们逐步调整的机会，就像运动员热身赛一样的道理。"戴宝国说。"虽说问题不大，但明天的割接的确是最关键的一步，万万不可大意啊。你们知道吗，核心网那边为了明天的割接，一帮人两周没回家啦。"陆鼎轩说。"哇，太猛啦！"戴宝国说。"他们是主角嘛，公司的老大们都盯着呢，压力可想而知呀。"曹瑞祥说。"所以，凑这个热闹，我们网规部的头觉得没必要啊。"陆鼎轩说。"这个时候就别说这些话啦，对基站来说这可谓千载难逢啊。公司看重基站，毕竟基站量大呀。"曹瑞祥说。

"哎，赵长城，西伯利亚开局情况咋样啊？那个地方可冷呀，我担心我们的室外微基站低温会有问题。"肖云飞问。"正在开，具体进展我还不太清楚，下来我跟踪一下。"赵长城回道。"高温可以了，低温也需要验证啊。毕竟低温区域还是很多啊，北欧、北美的加拿大都很冷啊。"邓学佳说。"王厚林你知道点情况不？"肖云飞问。"他们找过我，远程启动不了，太冷了。"王厚林回道。"真有问题啊！那后来呢？"肖云飞问。"我让他们等到中午再操作就OK啦。"王厚林说。"那到了夜里冷了不是还不行吗？"赵长城说。"唉，那可不一样啊。"王厚林回道。"为啥？"赵长城问。"噢，我知道啦。装好了没加电，一直是冷的，远程启动有困难。哇，那要在-30℃—-40℃啦，家里做实验有时是启动不了的。"邓学佳说。"所以，王厚林就让人家等到中午，那温差至少20℃，就OK啦。"肖云飞接着说。"所以，只要启动了，由于模块自身产生的热量，到夜里再冷也没问题了。"王厚林说。"肖云飞，这还是个问题，对不？"赵长城说。"嗯，是个风险。"肖云飞回道。

"小罗那一脚可真神了啊，英格兰的门将都没脾气了。"尹贤良边吃午饭边聊着。"不是说巴西没戏了吗，咳，进四强了。"邓学佳说。"土耳其也进四强啦。"王厚林说。"中国队真可惜，要是赢哥斯达黎加和土耳其、平巴西，说不定也进四强了。"麦哲渊说。"怎么可能？"邓学佳说。"怎么不可能啊，怎么就不可能……还不都是因为你去看的。你要是不去韩国看球，国足就进四强啦！"柴文娜冲着邓学佳嚷。"是啊，都怪你。"曹瑞祥跟着起哄道。"罚，请客。"赵长城冲着邓学佳说。"哎，牡丹，你今天说什么都不让加班，是怎么回事啊，没弄明白呀？"肖云飞问。"是啊，什么意思啊？"赵长城也问。"肯定是事出有因啦！"柴文娜在一旁说。"没说不让加班，是不让连续加班，一周必须要休息一天。这人不是铁打的呀，长期加班不休息是会出问题的。"东方牡丹说。"唉……你们这些做领导的一定要关心下属啊。熬夜可以，但第二天，至少要上午休息一下嘛，啊，王厚林，尤其你们做软件的啊。尹贤良听见没？"东方牡丹补充道。

"你们这说的究竟是啥意思啊，这不都强调加班吗，怎么啦？"尹贤良不解地问。"刚才不说了嘛，事出有因呀！"柴文娜又说。"这不前几天核心网麦加割接，一帮人连续两周没回家。"东方牡丹说。"哦，这么猛啊！"麦哲渊说。"成果也很好，麦加情况良好，付出总有回报啊！"尹贤良兴奋地说。"是的，割接由于准备得充分，所以很成功。"东方牡丹说，"只是……"东方牡丹欲言又止。"怎么啦？"戴宝国问。东方牡丹看了看大家说："有个连续获得四个A的优秀新员工，割接完后就瘫在了办公位上，现在还在医院躺着呢，神志不清。""怎么会这样啊！"麦哲渊问道。"两周吃住在公司，几乎天天熬夜，晚上睡觉还有蚊虫叮咬。我们的办公室、实验室不仅蟑螂成堆，还有老鼠。医生说那小伙儿是免疫系统问题。"东方牡丹说。"医生是这样建议的：一周至少休息一天，不能连续加夜班。如果要在公司的办公室或实验室睡觉，最好要用野营帐篷，两点一线的生活方式，加上工作压力，会导致皮肤红肿过敏反应。所以人们需要调剂，出去游玩、运动，打打球、跑跑步、游游泳什么的，总之变两点为多点。"东方牡丹继续说。"我看哪，还有一条很关键。"肖云飞说。"什么呀？"赵长城问。"回家赶紧洗洗睡，千万别再玩电脑。"肖云飞说。"对……对，肖云飞这点说得太对了。你们这些回到家，又扎进电脑里玩游戏啊什么的，一上瘾没准就是凌晨两三点睡，早晨六七点起床上班，这觉睡不够，身体肯定不行的。"柴文娜说。"是啊，燎原的工作强度大。所以，老板知道这事后说了一句话。"东方牡丹说。"说了啥？"大家问。"要关爱自己，才能更好地关爱别人。"东方牡丹接着说。"是啊，自己都搞不定自己，哪还谈得上为别人呢。"曹瑞祥说。"哎，牡丹，你们搞个系列宣传，到处都贴上，天天邮件提醒大家。"肖云飞说。"这不，这几天就在整这事，明天就贴出来。"东方牡丹回道。

"哎，大家两点变多点啊，邓学佳，本周你带我们多点啊。这韩国回来一声不吭，当啥事没发生啊。有你这样的吗？"尹贤良说。"说得太对了，还把国足的四强搞砸了，数罪并罚啊。"柴文娜火上浇油地说。"行，青青世界，行不？"邓学佳说。"您买单，哪儿都行。"王厚林说。"哎，曹瑞祥，哪天安排陆鼎轩值班，咱俩也多点。"戴宝国说。"多点任我行哪。"东方牡丹高兴地说。"你们这也太宰邓学佳了吧。"肖云飞说。"这小子公费看世界杯，来回机票、门票要是自己出，得多少。一个青青世界都不够宰的，对不，邓学佳？"柴文娜说。"没事，就青青世界，挺得住，挺得住。"邓学佳说。"哼哼，他老婆就是在青青世界工作的，有优惠。"曹瑞祥说。"原来是这样啊！"大家齐声叫着。

28.供货危机

"张立彪，你们怎么回事啊？好不容易打开的村村通市场，怎么又供不上货呢？客户都找到我这里来啦，拜托了，赶紧供货呀！"金海明副总在电话里冲着张立彪怒吼着。此时的张立彪也一头雾水，离开办公室亲自跑到肖云飞的座位。"怎么回事？怎么回事啊？"张立彪怒气冲冲地朝着肖云飞喊。"供货的事，张总，不瞒您说，我也刚知道。正在了解情况呢。"肖云飞说。"哎，查曼丽，正好你来了，快给张总说说，为啥又供不上货啊？"肖云飞看着正走来的查曼丽，就像看见了救命稻草似的。"张总，是这样。昨晚生产过程中发现异常，开发紧急定位，发现收发信机的数控衰减器有问题，导致测试不通过。由于有问题的比例较大，感觉有点严重，我就把这批次的数控衰减器全隔离了。'查曼丽说。"比例有多大？"张立彪问。"超过50%。"查曼丽回道。"这么严重？嗯嗯嗯，你做得对，你做得对。"张立彪肯定地说。"现在是要出货啊，你这一隔离，生产怎么办呢？"肖云飞急切地问。"是啊，您当机立断做得没错，但如何给我解决供货的问题啊？噢，对嘞，不应该是独家呀，赶紧用另一家的。"张立彪问。

"虽说有替代，但由于价格原因，目前库存全是先进数字一家的。"查曼丽回道。"哎，赶紧跟林克公司联系看看有没有现货？"邓学佳说。"已经联系并紧急下单了，不过要一周后先到货10K。随后陆续到货。"查曼丽说。"停一周不供货没法接受，肖云飞你组织一下要尽快复产供货。我还有事，你赶紧的。"张立彪边走边说，最后来了句，"今天，最迟明天凌晨要复产，肖云飞。"望着张总远去的背影，肖云飞突然问："曹瑞祥哪儿去啦？""昨晚现场定位问题啦，上午休息呢。"邓学佳说。"具体是什么问题啊？查曼丽。"肖云飞急着问。"要做切片才知道啊！"查曼丽回答。

"让器件中心赶紧做。"肖云飞说。"公司做不了，要做就得到广州五所去做。"邓学佳说。"查曼丽，是吗？"肖云飞问。"是啊，看来公司这方面能力欠缺呀。"查曼丽回道。"那安排人去了吗？"肖云飞问。"这不来就是要商量这件事的吗。"查曼丽说。"哎，商量啥？去就是喽。"肖云飞说。"你们开发部派人去最好。"查曼丽说。"为啥？"邓学佳问。"要不器件中心派人，费用产品线出也可以。"查曼丽说。"就知道，商量啥呀，不就是钱的事吗，邓学佳你去。带上故障品，五个、十个？就十个，马上出发。越快越好，今天一定要出结论。请五所的吃顿饭，让他们晚上加班切片分析，就这样啊，邓学佳，赶紧走。"肖云飞急切地说。"好吧，邓学佳你赶紧去，那边已联系好了，一会儿短信发给你具体联系人的电话。"查曼丽说。

"哎，美国的厂家联系了吗？"肖云飞问。"昨晚正是他们上班时间，把情况发邮件知会了。他们正在查，应该有回邮件了。"查曼丽说着查看邮件。"哎，肖云飞，还真有回复，转给你也看看。"查曼丽说。"好，我看看。"肖云飞回答。"从先进数字美国总部的回复来看，他们前两天已经知道有这种问题了。"肖云飞仔细看了邮件后对查曼丽说。"这里面谈到是泰国封装厂测试夹具更换导致芯片受力过大，可能会有内部细微裂痕。"查曼丽说。"就是新测试夹具应力有点大，导致芯片有裂纹，自然数控衰减器就有问题啦。"肖云飞说。"哎，查曼丽，这里还说他们另一家封装厂，在马来西亚的，测试夹具没变过，没有发现问题。"肖云飞又说。此时肖云飞突然冲到查曼丽旁说："泰国的物料和马来的物料可以识别出来吗？"查曼丽想了想回道："可以识别。""好了，你知道该怎么做的吧。"肖云飞冲着查曼丽说。"OK，我马上让人去库房查实物。"查曼丽发完邮件又电话联系。"我现在就去五和。"查曼丽边走边说。

产品线例会。"通过这次供货危机，以及肖云飞给我汇报的整个处理过程，我们需要好好地总结归纳，形成强有力的、可执行的具体策略。"张立彪说。"根据张总的这个要求，我们质量体系组织进行了问题的回溯和制定了一些具体策略。"柴文娜说。"这次算是侥幸，马来的货救了我们。其实我们并没意识到有马来、泰国两个厂在供货。所以，首先的经验就是来料批次号和具体来源地信息，我们EPD系统中都要有，还有没有更多的信息，请查曼丽再看看。毕竟批次和产地信息对问题回溯至关重要。"柴文娜停顿了一下接着说，"其实这次的问题出在替代上。表面看是有替代，而实际没库存，光看价格太简单了，至少也要有20%吧，10%凑合用，也能起到缓冲和应急的作用吧。查曼丽，你们采购人员要反思啊，产品线的意见是20%，最低不得小于10%。""另外，从这次邓学佳去广州五所做的切片来看，效果很明显，和美国传来的信息一致。这对我们决策至关重要。所以，器件中心必须立刻要有芯片切片分析的能力，希望越快越好。"肖云飞说。

"手段很重要啊，我已经跟金总说了切片分析的事啦，肖云飞你跟踪一下。"张总补充道。"哎，双工器国产化进展如何？"张总又问。"全保姆式服务，目前进展正常，争取下月开始量产。"肖云飞回道。"查曼丽是这样吗？"张总说。"下月就是8月嘛，问题不大。"查曼丽回道。"晶振也差不多。"查曼丽又补充道。"器件替代很重要啊，柴文娜，要把器件替代加到EPD流程中去。要作为项目来抓，各节点可监控。查曼丽你们一起搞，先试运行，成熟评审完成后正式加到EPD流程中去。"张立彪说。"好的，我们来组织。"柴文娜回道。"噢，对了，员工关切这块，牡丹要搞出一些规定，监督各领导执行。千万别出事，公司是一票否决的啊，牡丹，拜托啦。"张立彪又说。"好的，我们在公司层面拉通着搞。"东方牡丹回道。

"嘿嘿。这葫芦娃和那个什么耳朵一传一射，世界杯就到手了，也太容易了吧。"东方牡丹边吃着午饭边聊着。"可不是这么简单哦，那可是两个世界足球先生，国米和巴萨的台柱子啊。"麦哲渊说。"这两人把卡恩给研究透了，专给地面球，擦着草皮走，卡恩的弱点暴露无遗。"邓学佳说。"看着德国的门将怪可怜的，巴西队在欢呼，自个儿郁闷地靠着门柱，还在想我咋就抱不住低平球呢？"柴文娜说。"其实整场表面看不出谁强谁弱，要不是卡恩怕低平球的弱点，那两球进不了。"王厚林说。"毕竟是五星巴西啊，原本并不被看好。"赵长城说。"不是有人说中国队其实不弱吗，你看同组的一个冠军，一个季军。中国队不出线正常。"尹贤良说。"哎哎哎，谁说能赢巴西的，要是真赢了巴西，那可就是世界冠军啦。"东方牡丹调侃地说。"其实本届世界杯的巴西队给大家上了一课。"肖云飞说。"上了什么课啊？"曹瑞祥问。"团结就是力量。"肖云飞说。"嗯，有道理。"王厚林说。"你们看啊，巴西队预选赛成绩很差，眼看出不了线，为什么？都是大腕不团结。没辙了，把罗马里奥请来救驾，很成功出线了。"肖云飞说。"出了线，罗马里奥居功自傲，搞得里瓦尔多、罗纳尔多不服要退出。斯科拉里为了团结，果断把预选赛的功臣清理出队。"肖云飞又说。"结果，一支团结的巴西队，众志成城赢得世界杯。"东方牡丹总结道。"核心就是团结嘛，人心齐泰山移，好好好，向巴西队学习，我们基站要做一支团结有战斗力的队伍。"柴文娜说。

　　"肖云飞，知道老板为啥说现金流是企业的血液不？"张立彪问肖云飞。"光把东西卖出去，钱收不回来白搭。"一边的江嘉陵说。"为啥老板说燎原不能穿上红舞鞋呢？"张立彪又问。"销售额不能当饭吃，销售收入才是真金白银啊，肖云飞。"张立彪拍了拍肖云飞的肩膀说。"张总，想说啥就明说吧，你这一出又一出的，有点晕呀。"肖云飞说。"咱这村村通的货呢都及时、大批地发出去了。现在呢开始陆续地验收。"张立彪说。"唉，肖云飞，你知道验收不通过的后果吗？"张立彪凑近了肖云飞问。

"江嘉陵应该知道啊。"肖云飞说。"我肯定知道啦，工程验收不通过，局方就可以不付钱啊。"江嘉陵回道。"啊，这样的。那怎么办啊？"肖云飞冲着江嘉陵说。"怎么办？这不把你叫过来了吗。肖云飞，从现在开始，你听江嘉陵指挥，全力支持村村通的验收。一定要保证通过啊，肖云飞。"张立彪说。"唉，关键是我们能做啥呀？"肖云飞冲着江嘉陵问。"别什么关键能做啥啦，验收的关键就看你们研发部的支持程度。"江嘉陵说。"别跟他废话，把汕头的事再接着跟他说。"张立彪冲着江嘉陵说。

"汕头啥事啊？"肖云飞问。"当时张总和我去谈汕头项目的时候，局方是要求我们帮助解决100—120公里海面的通信，主要是为渔民提供服务；而且这事呢是汕头市重要的民生工程。当时张总答应了要挑战120公里的海面通信。"江嘉陵说。"嗯，怎么啦？"肖云飞问。"现在呢遇到这样的问题。"江嘉陵说。"什么问题？"肖云飞又问。"渔民需要导航，所以局方在岸边设有导航站。导航站就在岸边的一座小山上，有个双极化天线。不过，他们的导航设备只需要用一个口，另一个口是空着的。"江嘉陵说。"什么意思啊？"肖云飞问。"哎呀，局方就想让我们的基站用天线空着的那个口搞定。"张立彪说。"这不就扯了吗，一扯就扯到现在。要验收啊，局方就说按他们的意思搞定就同意验收。因为天线是局方出钱，局方认为应该可以用，不需要新搞天线。所以……"江嘉陵冲着肖云飞说。"好啦，我看也说清楚了，你们下去好好商量，两周之内搞定。这可是死命令。"张立彪说完挥挥手示意二位出去。"哼，就会许愿，瞎承诺，让我们来收拾烂摊子。"肖云飞边走边愤愤地说。

29. 模拟渔民出海

"导航频段靠得太近没法搞合路器，没分集接收，还要120公里远的海面覆盖，咋整？"肖云飞面对曹瑞祥说道。陆鼎轩问："看来你们作战室也无法保证三个人啦。"肖云飞看着赵长城。"有什么就明说吧，别绕弯子啦。"赵长城说。"今天下午曹瑞祥、陆鼎轩就跟我去汕头，戴宝国和你来支持麦加。现在我们仨回去准备一下，下午两点公司派车送我们去汕头。"肖云飞说完，仨人扬长而去。

"哎，什么重大的事啊，肖云飞、曹瑞祥、陆鼎轩还有江嘉陵四个人同时去一个小小汕头。"柴文娜惊奇地边吃午饭边说。"你说呢？只有钱的事才是最重要的事。"赵长城说。"局方也是，又要马儿跑，还不让马儿吃草。"戴宝国说。"也不能怪局方，你知道当时张总许的什么愿哪？反正张总很急呀，自个儿做的事自个儿最明白。"王厚林在一边说。"这下苦了师兄了。"尹贤良说。"这才是一个汕头，还不知道其他地方验收遇到啥问题呢？要是都像汕头这样，咱全出去都不够。娜姐、牡丹没准也得凑数。"邓学佳说。"什么叫凑数啊，是去解决问题呀，我们俩想凑也凑不上啊，还凑数呢。"柴文娜说。"去，去干啥，忽悠去，学着赵本山卖拐啊，想得出你。"东方牡丹冲着邓学佳调侃着。

"哎哎哎，说点别的，说点别的。"赵长城打断大家。"哎，邓学佳，去韩国是跟着国足啦啦队去的吧。"尹贤良问。"是啊。"邓学佳回道。"那没遇到什么名人？"尹贤良又问。"苏永舜，在济州岛遇见了苏永舜，还有牛群。"邓学佳回道。"苏永舜是谁？"东方牡丹问。"1982年差点进世界杯的教练啊，后来他去加拿大定居了。"王厚林说。"还有那个有名的球迷罗西，还有咱们深圳金鹏足球的董事长利焕南。"邓学佳说。"听说济州岛很好玩啊，是吗？"麦香渊问。"好玩啥呀，导游说是带我们去见韩国最大的瀑布，结果一看，就像小孩的一泡尿，别说全中国啦，就深圳就有几百上千，真扫兴。"邓学佳说。"不过济州岛的蛙女还是有特色，值得一看。"邓学佳又说。

"这一路考虑了一下吧，怎么样，有什么思路啊？"肖云飞在汕头的宾馆里和大家说着。"我跟你们说啊，你们提要求，局方很积极的，配合完全没问题。"江嘉陵说。"毕竟是少了分集，从理论上很难说通，还是先对比测试吧。"陆鼎轩说。"我看也是先对比测试，掌握第一手数据后再分析看看。"曹瑞祥说。"搞两艘船，分两组测试。这样，首先看两船的数据的一致性如何。"肖云飞对江嘉陵说。"好，就两艘船，他们说要派人和咱们一起测试。"江嘉陵说。"局方太积极啦，压力大呀。"肖云飞说。"这事对他们很重要啊，搞不定，局长有可能要'下课'啊。"江嘉陵说。"好，就这样吧，明天两艘船，我马上联系确认。"江嘉陵说。

第二天早九点汕头海边，局方四个人两艘船，江嘉陵又叫了弟兄负责基站开通。"曹瑞祥你和江嘉陵一组，我和陆鼎轩上这个船。先测没有分集的。船上有对讲机的吧？"肖云飞问。"有对讲机。"局方人员答。"那好，下一步怎么做，对讲机再联系。"肖云飞说。"好，都上船出发。"江嘉陵说。"哎，我们两艘船要模拟渔民出海的真实状况。"肖云飞说。"这两艘船就是渔船，隔1公里吧。"局方杨工说。

当天汕头的海面风平浪静。由于是测试，船行走得缓慢而平和，这样大家也没有晕船的感觉。一路测来，近三个小时，来到了关键的100公里海面。"看来100公里问题不大。"局方杨工冲着肖云飞和陆鼎轩说。"哎，问问那边怎样？"肖云飞说。"他是给岸上打电话，我是一直和那条船通话，那边也说挺好的。"杨工回道，局方的王工也点头示意说："和岸上通话也正常。""咱们在100公里上横着来回多测测吧，然后再上120公里，好吗？"陆鼎轩征求大家的意见。杨工和王工商量了一下说："好的，先多测测100公里。"随后杨工电话知会另一条船。"一点多了，我给大家泡了方便面，吃完咱们上120公里。"杨工招呼着大家。"看来100公里还是比较稳定的。"王工边吃边说。"掉头120公里。"杨工示意着船工。

在向120公里航行的过程中，肖云飞紧盯着陆鼎轩的路测仪。"怎么样？数据有什么变化？"肖云飞问陆鼎轩。"哎，120公里到了吗？"陆鼎轩问。"嗯，我看看啊，差不多了，导航仪显示120公里了。""噢，现在是下午两点整。"杨工回道。"怎么样？"肖云飞急切地问陆鼎轩。"你们通话怎么样啊？"陆鼎轩问。"没有啥变化呀。"杨工、王工回道。"这边上下行数据如何？"肖云飞又问。"感觉和在别的地方测试的不太一样。"陆鼎轩疑惑地说。"上下行都有啥不一样的？"肖云飞又问。"这里感觉好像下行有点受限。"陆鼎轩说。"这样吧，现在是两点，我们在120公里横着再测一小时。三点返航。"杨工说。"能不能再走远点？这样就可以判断出是下行受限还是上行受限。"陆鼎轩说。"时间不早啦，三点前必须回。现在120公里挺好，再用一小时多测测返航。至于您说的受限，你们回去讨论一下，明天再说。"杨工冲着陆鼎轩说。

看着杨工很坚决的态度，肖云飞只好同意："好吧，就按杨工说的做。咱们回去好好把数据分析一下，再确定明天的测试方案。""好吧。"陆鼎轩无奈地应着。"其实，我们只关心实际通话的效果，其他的不关心。"杨工冲着陆鼎轩说。"明白，明白。"肖云飞说。"今天的测试，基本上有底了。"王工说。"还不能说有底吧？"陆鼎轩忙着说。"没错，没错，还要多测测。测它一周估计就差不多啦。"杨工说。

"从今天的测试看，局方的坚持确实有一定的道理。"肖云飞在宾馆房间里说。"刚粗略地测了一天就说没有分集接收可行，未免太仓促了吧？"陆鼎轩说。"还没下结论呢，仅能说有一定的道理。"曹瑞祥接过话说。

"基于今天测试的事实嘛，至少不能否定局方的观点，对吧？"江嘉陵说。
"不说啦，陆鼎轩你说明天咋整？"肖云飞问。"不急嘛，我们先分析分析。"陆鼎轩说。"那你先说说你的分析意见？"汇嘉陵冲着陆鼎轩说。
"我现在就想确认是上行受限还是下行受限？"陆鼎轩说。"那简单呀，明天我们就奔远啊。"曹瑞祥说。"肖云飞，你呢？"江嘉陵问。"陆鼎轩说得对呀，把上下行谁受限搞清楚了，解决方案也就清晰了。"肖云飞说。
"那好啊，就按曹瑞祥说的，明天就奔远，80、100、120、130地跑呗。"江嘉陵说。"其实……"肖云飞欲言又止地说。"啥？"江嘉陵问。"其实局方已有答案啦，我们只是要从实际和理论来证明局方是正确的。"肖云飞说。"明白就好啊。"江嘉陵说。"我不同意这种说法，没有理论基础没法摊在桌面上说。"陆鼎轩坚持着说。"好……好，不争，先看哪里受限好吧！"肖云飞说。"不过呢，对于理论，也需要全面认识。目前我们未必全面。"曹瑞祥说。"好啦，不说了，明天奔远。"江嘉陵说。

第二天一早，按昨晚的计划，两船径直奔向120公里的海面，3小时后到达120公里处。"怎么样？和昨天的数据吻合吗？"肖云飞问陆鼎轩。"差不多，继续往前走。"陆鼎轩紧盯电脑说。"继续直走。"杨工喊着。"看，下行弱了，弱了，杨工你还能打电话吗？"陆鼎轩问。"断断续续的，噢，断了。"杨工回道。"王工，你呢？"肖云飞问。王工摊开双手说："也断了。""现在多远啦？"陆鼎轩又问。"我看下，噢……124。"杨工回道。"哎，我重拨又通了。"王工说。"断断续续的。噢，又断了。"王工又说。"临界了嘛，下行功率够不着啦！"陆鼎轩说。"怎么样？有什么想法？"肖云飞问陆鼎轩。"再来回多测几次吧，看看数据的可重复性如何？"陆鼎轩说。"好，我跟江嘉陵他们也说一下。"说着肖云飞跑到船上用对讲机朝江嘉陵他们喊话。"唉，肖工啊，如果你们的发射机功率再大一些，岂不能到130公里？"杨工问。"这……"肖云飞被问住了。"我得给我们领导建议，让你们把功率再搞大一些，搞个130、140公里啥的。"杨工说着，肖云飞和陆鼎轩没敢吭声。吃了泡面，又来回多次，眨眼又到三点了。"怎么样？可以得出下行受限的结论了吧？"肖云飞问，陆鼎轩没吭气。"杨工，回吧！"肖云飞果断地说。"好，返航。"杨工大喊一声。

30. 精益求精汕头局

"怎么样？能不能再测测有分集的情况啊！"陆鼎轩在宾馆房间里对大家说。"你觉得局方会答应吗？"江嘉陵问。"你不问过他们吗？"肖云飞冲着陆鼎轩问。"问是问啦，那个杨工装着没听见，就没搭理我。"陆鼎轩说。"本来嘛，还说理论什么的，现在可好，下行受限从理论上也说得通啊。"曹瑞祥说。"那多径呢？多径怎么办啊？"陆鼎轩问。"这些天啊，我仔细研究了关于移动通信的理论。首先，多径是移动通信的特点，分集接收就是解决多径的。但在实际中根本得不到理想的三分贝分集增量，最好也只有两分贝多一点，通常是不到两分贝。"肖云飞停了停又说，"我仔细看了下基站上行底噪，要比城市里的低几个分贝。"

"你的意思海面底噪干净，可以弥补分集接收的损失。"曹瑞祥插话道。"最最重要的是，一百多公里开去的渔船，航行速度很慢，相对于基站来讲可以等同于静止的固定台。我们村村通不是很多固定台吗！"肖云飞又说。"固定台，实践证明，针对固定台，基站是可以不要分集的，对吧，江嘉陵、陆鼎轩？"曹瑞祥说。"对呀，村村通有的针对固定台的区域，一根杆天线，是没有分集接收的。"江嘉陵说，陆鼎轩没吭声。"我想大家已经明白了吧，更何况今天的测试又证明下行受限。这局方知道的，杨工还说要我们把功率搞大，想搞到130、140公里呢。"肖云飞说。"你就别说啦，他们的领导已经给我打电话啦，准备正式提加大功率扩展覆盖的需求。"江嘉陵说。"不过呢，目前我们这个没有分集的场景，还是需要客观地认识，那种速度很快的游艇，人多、话务量大还是有问题的。毕竟我们都有经验，在市区如果没有分集，移动打电话很容易掉话，这点我做过很多试验了。"肖云飞又说。

"但是，目前我们面对的实际需求是渔民在120公里左右的海面捕鱼，是慢速、低话务的情况；而且又是下行受限的。所以，局方的无分集与导航共天线的方案是可行的。"曹瑞祥说。"有理论，有实际，客观，同意。"江嘉陵说。"陆鼎轩你说呢？"肖云飞问。"你们一唱一和，说不过你们。"陆鼎轩说。"什么叫一唱一和啊，有理论、有实际，客观公正的，局方又认可。你们网规人员还想咋样？"肖云飞又说。"不过最终还是要你们网规部门出报告的。"江嘉陵说。"局方不是说要测一周嘛，多测测，把数据做厚实了再说行吧。"陆鼎轩说。"好吧，把这一周测完吧，你看呢？"江嘉陵问肖云飞。"那我让曹瑞祥先回行不？"肖云飞回道。"陆鼎轩？"江嘉陵问。"家里很多事，除了麦加的，还有很多厂验的事，我在这就行啦。"肖云飞说。"好吧！"陆鼎轩勉强同意了。

随后的几天，局方加大了测试的力度，四条渔船同时测试，毕竟这个结果对局方至关重要，远远超出了验收付款这么简单的商业层面。"哎，江嘉陵，燎原的专家们，看来问题不大了哈。数据也够厚实的啦，明天出报告，我们局长要亲自听你们汇报。辛苦大家啦！"杨工说。"呃……哪天汇报啊？"江嘉陵问。"明天下午四点。明天下午四点前把报告写好，直接去局长办公室汇报。"杨工说。"这么急啊？"肖云飞问。"急吗？大局已定的事。我已经跟局长汇报过了，局长的方案OK。这数据都在你们手上，这种报告太专业了，我们写不了。毕竟还是要个字面的东西嘛。"杨工说。

"你写，我们俩在旁边看着。"肖云飞对陆鼎轩说，江嘉陵坐在宾馆的床上边看着电脑也附和着。"我们头儿的意思是，认可我们的测试结果，但还是坚持仅是临时解决方案，最终还是要有分集接收的。换句话说，局方还是要再买个双极化天线。"陆鼎轩说。"你们领导是什么意思啊？"肖云飞说。"这么说你觉得行吗？"江嘉陵问陆鼎轩。"除非燎原把天线和工程费全包了可以，那也得拖上一两个月吧。"肖云飞说。"这些你都跟你们领导说了吗？"江嘉陵冲着陆鼎轩。"我跟他说得很清楚啦，网规部内部也进行了讨论。"陆鼎轩说。"怎么着？讨论……啥结论啊？"肖云飞问。"他们主要从全局出发，认为正式的解决方案不能没有分集接收。但作为临时性的解决方案，可以。"陆鼎轩说。"好……好，您先写，今晚一定要完成啊。"肖云飞向江嘉陵使了个眼色又说，"我和江嘉陵给你买夜宵去。"随后肖云飞、江嘉陵二人关门离去。

"张总。"肖云飞给张立彪打电话。"啊，肖云飞，怎么样？"张立彪在电话那头问。"我现在和江嘉陵一起给您打电话，是这样，网规部呢只认可作为临时解决方案，不同意作为正式的解决方案。原因咱们都知道，确实从全局看他们的坚持是有道理的。"肖云飞说。"他们报告出来了吗？"张立彪问。"正在写，我叫陆鼎轩今晚一定要完成。唉，也没理由搞不定。关键是数据，这几天我和他一直在整理，没问题。"肖云飞说。"明天下午四点汇报是吧？"张立彪问。"是的，明天下午四点就去局长的办公室。"肖云飞答道。"你让江嘉陵接电话。"张立彪说。"唉，张总。"江嘉陵问。"这样啊江嘉陵，今晚把网规部完成的报告发给我。明天我亲自向局长报告。"张立彪说。"你来汕头亲自汇报？"江嘉陵再确认。"是的，明天下午四点我来汕头亲自向局长汇报。地方我熟，你们在那儿等我就行了。"张立彪说完挂断电话。"张总亲自来，那材料呢？"肖云飞问。"他只是让我把网规部的报告发给他。是啊，那汇报材料是他带还是我们准备？好像没说清楚哟。"江嘉陵说。"说清楚了，张总发短信了，汇报材料他自己带。"肖云飞说。"明白啦。"江嘉陵说。

"肖云飞，你们可真能啊！居然把张总搞到汕头替你们汇报啦！"柴文娜边吃午饭边说。"有本事，张总成了肖云飞的秘书，本事真大。"东方牡丹说。"本事大吧，学着点啊！"肖云飞说。"这下总算明白赵本山说的'疖子长在谁身上，谁知道疼'这句话的含义了。"王厚林说。"没听明白。"尹贤良说。"那就更对了。"邓学佳在一旁说。"都在说啥呢？"尹贤良不解地问。"这下是负负得正啰，真是无知者无畏啊！"赵长城说。"难受的是网规部那帮专家们，哭笑不得。"戴宝国说。"你看张总一回来一个劲地夸肖云飞啊，来回地夸。"柴文娜又说。"能不夸吗，跟套牢的股票解了套似的，爽啊，心里那个爽啊。"麦哲渊附和着。"啊，有点明白啦！"尹贤良略带醒悟地说。"明白啦，这就对啦！"大家伙齐声冲着尹贤良大声喊着。

产品线例会。'我听大家都在议论汕头的事。"张立彪说。"汕头项目回款已经进公司了，这就是结果，其他都不重要。"张立彪停了停又说，"以客户为中心，满足客户的需求在汕头这件事上得到完美体现，江嘉陵，是吧？！""张总说得极是。"江嘉陵说。"肖云飞啊，有理论、有实践，客观公正地解决了汕头这个棘手的问题，当属首功。我要推荐你为今年公司金牌个人。"张立彪说。"好……好，祝贺肖云飞为金牌个人啊。"柴文娜带头鼓起掌来，大家随声应着鼓起掌来。"理论和实践相结合的楷模啊！"江嘉陵说。"这样我们又丰富了基站的解决方案，难道这不是创新吗？渔民们可以边打鱼边打手机聊天啊！这是多么了不起的事啊！"张立彪兴奋地说。"张总说得对，张总说得对啊！下个议题赵长城说一下厂验的事。"柴文娜赶紧打住张总的话头。

"别急，我再多说两句。"张立彪冲着柴文娜说。"肖云飞，这次汕头局方正式提需求啦，要我们把功率再加大，希望能达到140公里海面覆盖。

你们下去看看实现的代价如何？"张立彪说。"好的，下来分析一下。"肖云飞答。"燎原需要工程商人，不需要科学家，老板的这句话大家要深刻理解。虽然，肖云飞已经理解得很透彻了。"张立彪又说。"大家还是认真学习一下老板关于工程商人的讲话，这是公司的要求。在座的每个人要写心得，下周交上来，老板说他要亲自看。"东方牡丹说。"跟大家说，这次汕头的事，老板很高兴。为啥呢？因为汕头方老总发了封感谢信给老板。"江嘉陵说。"你小子这次露大脸了呗。"柴文娜冲着江嘉陵说。"哪里哪里，都是你们研发部支持得好。"江嘉陵谦虚地说。"但这事是你们技服部负责的，老板是知道你江嘉陵，未必知道肖云飞啊。"赵长城说。"这事我还不是太清楚，研发支持技服是理所当然的啊。"张立彪说。

31. 计划有变

"我们网规部讨论了一下，想借局方加大功率增加覆盖的机会，让他们新搞一副天线，这样双方都有台阶下了。"陆鼎轩在作战室与肖云飞商量着。"可以按这个思路。"肖云飞说。"嗯，如果要达到140公里，上行也会受限的，分集是需要的。"曹瑞祥说。"其实啊，技术是服务于实际需求的对吧？"肖云飞说。"还是要客观公正，实事求是。只要实事求是，客观公正，局方是会认可的。"肖云飞又说。"当然，当然。"陆鼎轩满意地说。"怎么样？麦加的情况还算正常吧？"肖云飞问。"现在是8月初，话务是没有明显的增加。所以与7月差不多，正常。"戴宝国回道。"也应该是正常，关键九十月份扛得住不？"肖云飞自语道。"所以，不能松懈啊！"曹瑞祥说。'盯紧了，有问题迅速解决。记住，一定要把问题扼杀在摇篮中，确保九十月份挺住。"肖云飞边走边说。

"柴文娜，厂验的工作情况如何？"基站版本例会上肖云飞问。"尼日利亚的刚开始，也广的正在准备。印度有几个运营商的，比较麻烦。"赵长城回道。"没有，目前主要是在沟通，材料澄清阶段。"柴文娜说。"哎，都沟通些啥呀。本以为主要是测试部的事，怎么现在主要是质量部在搞。"肖云飞又问。"厂验就是质量活动呀，公司的质量策略、研发开发质量保证、生产过程质量管控。还妄这几个国家没怎么提来料质量管控的问题。要是英国BT连来料都管。"柴文娜说。"至于具体测试，仅是针对个别有疑问的进行抽检，不可能全搞一遍的，一般是我们提供数据就可以了。"赵长城说。"那就是说，如果他们认可我们提供的数据，有可能什么都不测，对吧？"王厚林问。'你的理解是正确的，聪明啊，王厚林还是很聪明的。"柴文娜调侃地说。'哦，明白，那全靠娜姐这张嘴啦。"肖云飞说。"什么话吗？"柴文娜说。"娜姐辛苦啦。"尹贤良拍着马屁。

"哎，慢点，还有葡萄牙？"肖云飞盯着屏幕问。"噢，是的，欧洲葡萄牙的一个运营商。"柴文娜说。"据说他们的CTO①要来燎原。"赵长城说。"啥时候啊？"王厚林问。"不清楚，现在是在提供文件、澄清疑问的阶段，会面还早吧。"柴文娜说。"噢，阿尔及利亚、印尼，还不少嘛。"肖云飞滑动着鼠标说。"这些仅仅是机会点而已，要形成机会还早呢。南美还有巴西也来，巴西好像10月就会来人哦。"赵长城说。"不管，柴文娜、赵长城你们绝对要重视啊。要想卖，首先厂验得OK啊。"肖云飞说。"就是啊，敲门砖嘛，一定重视。'柴文娜说。"有什么事尽管吩咐啊，曹瑞祥、邓学佳、王厚林、尹贤良全力支持。"肖云飞说。"人不够啊，还得招人

---

① CTO：首席技术官。

呀。"曹瑞祥、王厚林齐声说。"我下去找牡丹。"肖云飞说。

"查曼丽，双工器国内厂家搞定了是吧。"肖云飞问。"9月可以正式下单了。"查曼丽回道。"那韩国厂家的还会买吗？"肖云飞问。"先四六开吧。"查曼丽说。"哪个四，哪个六啊？"肖云飞问。"韩六，国四。"查曼丽说。"为啥不能国八韩二呢？难道能力达不到吗？"肖云飞问。"目前国内两个厂家可以百分百供货，能力没问题。"查曼丽说。"给韩国厂家的订单还没履行完吧？"肖云飞又问。"是的。"查曼丽回道。"这就简单了嘛，9月单子全下给国内，如果履行得好，韩国的就算了嘛。"肖云飞说。"好的，就按您的意思办。"查曼丽说。"曹瑞祥，一定要支撑到位啊，9月份OK，那就大局定了。"肖云飞冲着曹瑞祥说。"一定一定。"曹瑞祥回道。"赵长城，双工器测试情况如何？有什么问题？"肖云飞又问。"问题还是有，不过可控。曹瑞祥，你们要盯紧，落实改进点。"赵长城说。"好的，我们盯紧。"曹瑞祥说。

"肖云飞，线性功放的策略恐怕要调整。"张立彪说。"怎么调整？"肖云飞问。"明年6月过TCP5，用于阿联酋和香港的发货。"张立彪说。"为啥呀？这个线性功放产品化太复杂，成本也高，不是方向啊。"曹瑞祥说。"你说不是方向，那麦克斯韦说也要做。"张立彪说。"被逼无奈啊！"邵利伟在一旁说。"怎么回事啊？"肖云飞问。"目前呢，我们很难竞争过麦克斯韦他们，只能走差异化的路。"邵利伟说。"就用线性功放？"曹瑞祥问。"其实一开始仅仅是想显示我司在技术上也是有能力的，没想到……"邵利伟欲言又止。

"怎么，没想到什么？"曹瑞祥急切地问。"没想到麦克斯韦为了压制我们，居然说他们已有产品，也可以提供基于线性功放的基站解决方案。"邵利伟说。"这不，就被逼上梁山了呗。"张立彪说。"其实麦克斯韦，据我们了解也没有量产线性功放产品。因为他们也不太愿意搞这种模拟预失真的技术。难做，成本高，可靠性差。"邵利伟说。"说到底就是要硬压我们一头，把我们搞死。"邵利伟补充道。"说实话，这两个单子我们也没把握拿下。即使有也是麦克拿大头，我们捡点骨头啃啃。"邵利伟又说。"但是，线性功放我们必须准备好，这是公司的意思。"张立彪说。"肖云飞听明白了吗？"张立彪冲着肖云飞问。"就是从现在开始按正式产品开发，原来是明年2月完成样机，现在是6月TCP5可生产发货。对吧！"肖云飞回道。

"要给俄罗斯的员工压力，我们花钱要物有所值。还是以他们为主。"张立彪说。"还是以他们为主？那进度恐怕……"曹瑞祥说。"恐怕什么，你们要把压力传递给他们呀。考验你们的管理水平啦！"张立彪瞪大眼睛说。"我们管理水平恐怕没这么高啊。"肖云飞说。"肖云飞，告诉你，这是公司的意思。我们还是要腾出手来攻数字多载波。"张立彪说。"哎呀，你们还没搞呢，就怕这惺那的啦，好好计划一下，多想想如何开导他们，让他们有动力不就行了吗。"邵利伟说。"说得太轻巧了。"曹瑞祥说。

"好啦，别那么多废话了，赶紧去好好筹划一下。明确啊，明年就是2003年6月底线性功放TCP5可生产发货。"张立彪再次强调着说。"让老外主打，把他们的经验贡献出来，我们可以借鉴。这对我们的数字多载波也许会有帮助。这一点都想不明白，白混了这么多年。"张立彪冲着肖云飞说。

"难啊！真的很难啊！"曹瑞祥离开张总办公室后冲着肖云飞大喊。"别这样，别这样。咱们好好筹划一下，现在需要的是冷静和耐心。"肖云飞说。"唉，先把朴泰成找来吧。"肖云飞说。

"朴泰成，计划有变啊。"看着走进作战室的朴泰成，肖云飞说。"怎么个变法？"朴泰成问。"明年6月底TCP5。"肖云飞回道。"什么？TCP5是什么？"朴泰成问。"忘了，他并不清楚公司的EPD流程。"曹瑞祥一拍脑门说。"柴文娜，你解释一下。"肖云飞说。"原来线性功放计划是明年2月完成样机对吧，那是预研的概念。现在呢，公司决定线性功放要产品化，公司EPD流程里定义的TCP5就是完成了产品的开发，可以生产发货了。"柴文娜说。"就是商用发货了。"曹瑞祥补充道。"一下就商用啦，不是说先预研再商用吗？"朴泰成疑惑地问。"我是不太懂哦，只是之前一直跟他们说先预研，然后再商用的。"朴泰成又解释道。"所以要先和你商量啊，你要好好想想该如何跟他们说？"肖云飞说。"有点难啊，我想想先和他们试着沟通一下，打个前站，您看如何？"朴泰成问肖云飞。

"可以，你先摸摸底，然后我亲自跟他们说。"肖云飞说。"但是，朴泰成，你在跟他们沟通的时候，要明确、清晰地传递公司的意思。"肖云飞又说。"公司什么意思？"朴泰成问。肖云飞略思片刻缓慢地说："公司的意思就是：请他们来，不仅仅是为了做个样机那么简单，需要为公司创造价值。线性功放能生产商用发货就是为公司创造了价值。""我试试吧。"朴泰成说。"公司的这个意思，你必须完整、清晰、准确地向四位俄罗斯员工传达，不是试试。听清楚啦。"肖云飞严肃地对朴泰成说。"好，我传达，我传达。"朴泰成回道。"这是我正式向他们布置任务的前提和基础。"肖云飞补充道。"压力有点大呀！"朴泰成自语道。"我看啊这样，柴文娜、曹瑞祥，对，再叫上牡丹，你们仨和朴泰成一道与四个俄罗斯员工谈，牡丹口才好，让她多想想办法。"肖云飞又说。"牡丹的英语很好，这四个老外，尤其是那个年纪最长的雅辛斯基英语也很好，让牡丹用英语跟他们沟通。同时，俄语也能翻译，这样沟通会比较充分。"柴文娜说。"好，就这么搞。"曹瑞祥信心满满地说。

"牡丹，你太能说啦，把那几个老外说得直点头。"曹瑞祥边吃着午饭边说。"哎，牡丹，怎么你的俄语也那么好呢？"柴文娜不解地问。"就是啊，本来说牡丹是英语好。听着听着变俄语了，真是语言专家呀。"曹瑞祥羡慕地说。"啊，牡丹也会俄语，那招朴泰成干吗呀？"邓学佳说。"两回事，两回事啊！人家牡丹是干部部的，俄语翻译是基站的需求，那还是肖云飞想到让牡丹来帮忙。否则就不关人家牡丹的事。"赵长城在一旁说。"别忘了我是哈尔滨人，我母亲原来就是俄语老师，还去俄罗斯留过学，她就是在俄罗斯结识我父亲的。"东方牡丹说。"搞了半天你们是俄语之家呀，怪不得。"柴文娜说。"哎，您的英语为啥也这么好，好像达到同声传译的水准了。"尹贤良说。"这不要高考吗，只能学英语啦。其实改革开放以后，英语吃香，我妈也改教英语啦。我是学文科的，英语就很重要啦。"东方牡丹回道。

"不过呢，读归读，点头归点头，关键还得看实际行动。"王厚林担心地说。"牡丹，你觉得呢？"肖云飞问。"我想知道他们对燎原加班文化怎么看？"邓学佳问东方牡丹。"这个嘛，那个最长者……"东方牡丹说。"雅辛斯基。"曹瑞祥提醒着。"对，雅辛斯基，他在韩国待过三年。"东方牡丹说。"他怎么认为的？"赵长城问。"他说韩国跟燎原差不多。"东方牡丹回道。"你没问他在韩国加班吗？有没有加班费？"麦哲渊问。"没问。"东方牡丹回道。"我是这样想的，没必要说得太明白。韩国公司要加班，中国公司要加班。他心里应该是明白的，自己也应该加班。"东方牡丹又说。"就怕心里明白装糊涂啊！"戴宝国在一旁说。"我呢是把麦克斯韦也作为激发他们的动力。"东方牡丹说。"对对对对，当时我看他们几个听到东方牡丹说了后，似乎有所触动。"柴文娜说。"其实我是这样说的，麦克斯韦听说燎原请了几个俄罗斯专家在搞线性功放，所以，他们很害怕，决定也要搞线性功放。"东方牡丹说。"高高高，实在是高。"尹贤良拍着马屁。"就这样把他们的斗志激发了出来，还是牡丹水平高啊，不愧是干部部的，人精啊。"王厚林说。"有没有咨询过方俊凯啊？"邓学佳问。"就是方俊凯让我这么说的。"东方牡丹回道。"夫妻档，牛！"柴文娜竖起了大拇指。

作战室里，肖云飞把柴文娜、曹瑞祥叫来再谈线性功放的开发问题。"你们和牡丹跟俄罗斯员工沟通得很好，计划他们也认可了。我呢就没必要再和他们沟通这事了，对吧。"肖云飞说。"应该是这样的。"柴文娜回道。"但是，王厚林午饭时流露出的担心你们觉得是多余的吗？"肖云飞问。"不知道。"曹瑞祥回道。"那你担心什么呢？"柴文娜问。"你就一点不担心，他们连EPD都不清楚，走流程行吗？"肖云飞问。"噢，这个我想了，我会盯紧的，流程让朴泰成走。"柴文娜说。

"曹瑞祥，我问你，如果遇到具体问题怎么办？"肖云飞问。"他们解决啊！"曹瑞祥回道。"赵长城他们可是加班的呀，我们这边，测试测了问题，我们可是立马定位处理的，雅辛斯基他们能做到吗？"肖云飞问。"那人家也许水平高，不出问题呢？"曹瑞祥说。"做梦去吧，不出问题。你不会是在做白日梦吧。"肖云飞生气地说。"那你说咋办？张总说的以他们为主，那出了问题只能是他们解决呀！"曹瑞祥说。"其实我跟你说，谁都不可能保证没问题，但是，燎原的特点就是一定要做到及时发现问题，及时有效解决问题。及时就意味着要加班。"肖云飞说。"那谁去叫他们来加班呀？"曹瑞祥说。"我说了这么多，你呢，也别心里明白跟我装傻。"肖云飞说。"不是，什么叫装傻，我本来就傻嘛。"曹瑞祥调侃着说。"哎哟哟哟，曹瑞祥，我都听出来了，别再装了啊。"柴文娜说。"我不是装啊，叫我怎么办呀，我能怎么办！"曹瑞祥说。

"这样，我理解的以他们为主，是这第一版肯定以他们为主。回板以后调试过程以及测试部的测试，一定会有很多问题。这时，我们的助手们要积极推动他们去解决。晚上加班，尽量把他们叫来，不行打电话沟通，让他们在电话里指导也行。"肖云飞说。"他们都没有手机的。"曹瑞祥说。"这样，你跟他们说，让他们赶紧买个手机，话费一个月100块人民币，公司出。"肖云飞说。"100块够不够？"曹瑞祥问。"我也只是100块呀，我只有100块话费的批准权。够了，100块足够了。只是深圳市内通话，没问题的。"肖云飞说。"那好，我跟他们说。"曹瑞祥说。"进度你们要盯紧，柴文娜。有问题及时找我沟通解决，好吧。"肖云飞说。"好啊。"柴文娜、曹瑞祥回道。

第三章

启航

1. 关站风波

"又是开学季啦，路明显拥堵了许多，路上要多花近10分钟。"曹瑞祥边吃着午饭边聊着。"可不是嘛，今天我们那条路上校车出了事，差点儿就迟到了。"邓学佳说。"麦加呀麦加，不知能否挺住啊！"肖云飞说。"去仙湖弘法寺拜拜佛吧。"柴文娜调侃着说。"娜姐，上个周末我们刚去过。"王厚林说。"哇，你们可真行啊，肖云飞，带头搞迷信活动啊。"东方牡丹插话道。"牡丹，别啊，下次一定带您去。"赵长城说。"嘿，开发、测试人员都去啦，完全是一个有组织、有阴谋的活动啊。"柴文娜惊讶地说。"说是不方便带女同胞去，所以没敢通知你俩。"肖云飞说。"好啊，还编出如此谎言，气死我啦。"柴文娜说。

作战室。"从这两天的数据看还好，不过话务量是明显上升了。"陆鼎轩说。"戴宝国昨晚值班啦？"肖云飞问。"嗯。"赵长城回道。"核心网准备得够充分，再加上多次模拟冲击都扛住了。按理，模拟冲击比实际更严酷的。"曹瑞祥说。"是啊，又有基站四劈裂分流话务量，但愿有个好的结果。"肖云飞自语道。"其实我们在这儿也做不了啥。"陆鼎轩说。"还是要慎重，对数据还是要及时分析，及时发现细微的差异，提醒一线。前后方相互提醒，往往当局者迷啊。"肖云飞说。"要不这样吧，我们这边每天出分析日报。这份日报呢要尽可能详细，抬头呢要把我们的分析趋势和建议，尤其是差异变化呈现出来。你们看怎么样？"赵长城说。"前方不是太关心啊，费那么大的劲意义有多大？"陆鼎轩说。"您刚才还说做不了啥呢，这不有得做了吗。"曹瑞祥说。"关键在于是不是真的有必要？"陆鼎轩说。

"我看是有必要的。麦加这事对我们来说太重要了，费多大劲都不为过。"肖云飞说。"麦加这事，我们要用虔诚的心，诚惶诚恐、如履薄冰的心态小心翼翼地去做，不管费多大的劲，有多麻烦，都要耐心细致地去做。我想，我们全力以赴地努力了，也就问心无愧了。"肖云飞动情地补充道。"是啊，花的代价够大的，全力以赴，用心去做。"赵长城说。

"好吧，就按刚才说的，每日出分析报告。"陆鼎轩说。"前方不太关心，更说明我们要做。之所以不关心，无非认为我们并不了解一线实际情况，双方的侧重点显然有差异，这个时候需要不同的声音。"肖云飞又说。"毕竟人多力量大嘛。"曹瑞祥说。"人家一线一直强调家里要有人同步支持哦。"赵长城说。

"喂，肖云飞，我是江嘉陵啊。"江嘉陵在电话那头说。"哎，江嘉陵您好，有啥事啊？"肖云飞问。"我现在在益阳，湖南益阳。前一阵不是防汛吗，益阳无委①说我们的村村通设备干扰了防汛应急通信系统，要关我们的基站。"江嘉陵说。"什么？要关基站？那怎么办啊？"肖云飞问。"这不跟您商量派曹瑞祥过来一趟，看怎么解决这个问题。"江嘉陵说。"这……"肖云飞为难道。"这边情况比较复杂，我和曹瑞祥一起处理这件事，我在这儿等他。毕竟要关站啊，你就别想那么多啦，赶紧的吧。明天曹瑞祥必须到益阳。"江嘉陵不容商量地说完，挂断电话。肖云飞无奈只好又赶到作战室问："曹瑞祥呢？""今晚他值夜班，十点钟才过来。"陆鼎轩说。"哎，赵长城在，正好。今晚的夜班你安排别人，要么陆鼎轩？"肖云飞说。"为啥？"陆鼎轩问。"益阳基站要被关了，要求曹瑞祥明天必须到益阳。江嘉陵在那儿等着他呢。"肖云飞说。"今晚我真的有事，赵长城你

---

① 无委：无线电管理委员会。

们安排另外一个呗。"陆鼎轩说。"有点突然，今晚孩子他妈加班回去的晚，我这……"赵长城说。"好了，我值夜班。"肖云飞说。

　　"哎，什么事啊，曹瑞祥这么急匆匆地赶去益阳。"柴文娜嘴里嚼着饭嘟嘟囔囔着说。"人家要关我们的基站啊，能不急吗！江嘉陵撂狠话给肖云飞啦，没办法，这不肖云飞昨晚顶班支持麦加。"赵长城说。"怪不得吃午饭没见人呢。"东方牡丹说。"不是今儿吃午饭见不着人，估摸着两周都不一定见着人。"王厚林说。"怎么啦，一起去益阳啦？"尹贤良问。"我可知道益阳桃江一带出美女哦。"尹贤良补充着说。"去豹子头林冲蹲监的地方啦！"王厚林说。"哎，什么意思啊，也太能编了吧？"东方牡丹说。"怎么啦？肖云飞去哪儿啦？"赵长城问。"河北沧州。"邓学佳说。"真的假的，他这熬一宿，紧接着又出差沧州。干吗去啊？"柴文娜说。"江嘉陵呢为益阳的事说了狠话，就没好意思再找肖云飞，直接找了张总。"邓学佳说。"啥事啊？"赵长城问。"肖云飞跟我说是沧州有个站，是渤海油田的一个站，远处可以，但塔下打不了电话。"邓学佳。"那也不用这么急嘛。"柴文娜说。"我们希望早点回款，那局方关系好就先同意验收通过，把钱呢也打过来了。"王厚林说。"这钱都拿到手了更不用急啦！"东方牡丹说。"你有所不知啊，局方的条件是一周之内必须解决塔下打不了电话的问题，否则，人家不好向上面交差。"王厚林又说。"所以，张总听说后强令肖云飞立即去沧州。"邓学佳接着说。"那就是一周嘛，还两周都不一定见着人呢。"柴文娜自语道。"这您就不懂了吧，通常研发人员去一线，技服人员是不会轻易就放回的。除了这个基站，肯定其他地方也会有些问题，都会要求研发的去一并解决了。"王厚林又说。"理解，逮着个农民工使劲地用呗！"东方牡丹说。"对，高级农民工。"柴文娜附和着。"不过，这件事说明燎原还是很讲信用的。"东方牡丹最后说。

肖云飞不在，三厚林正主持着基站版本例会。"这肖云飞不在，咱们各项工作可要自我把握好，有不清楚的可以给肖云飞打电话。最好还是自己能想办法解决。"王厚林说。"这话说得也是，恐怕这种情况以后会经常发生，所以，各团队还是扫好自家门前的雪啊。"柴文娜说。"跟牡丹再说说，还是需要再招些人，尤其是射频的。曹瑞祥不在，还得照顾着射频，我硬件还有很多事呢，忙不过来呀！"邓学佳说。"招是一方面，射频自己也要培养一个能掌大局的。"王厚林说。"是啊，如果每外的市场做起来，网上射频的事是最多的，还是需要多培养能处理网上问题的射频专家。"赵长城说。"是啊，射频的事多呀，基带、中频硬件定了就定了。那不同的频段变的都是射频，你们看看多少频段，好多都没来得及开发呢。"邓学佳说。"不过现在肖云飞可顶一个射频专家了，能力强啊！"王厚林说。"我咋就成不了射频专家呢？搞什么软件呀，看走眼了。"尹贤良打趣道。"那邓学佳，线性功放的事您多照应些，有事多与曹瑞祥沟通呗。"柴文娜说。"好的，我会的。"邓学佳回道。"麦加的事不能放松啊，赵长城。"王厚林说。"盯着呢。"赵长城回道。

"赵长城。"肖云飞在电话那头说。"哎，肖云飞，怎么样？啥时回啊？"赵长城问。'一时半会儿回不来啊。麦加情况怎么样？"肖云飞问。"9月快过半了，话务量一直在上升，但情况还算稳定。放心，盯着呢，不敢放松。"赵长城说。"分析日报每天在发吗？要坚持啊！"肖云飞问。"在发，在发，放心吧，一定坚持每天发。前方挺认可的，认为对一线有帮助。"赵长城说。"真心付出就会被认可。好，继续坚持。"肖云飞说完挂断了电话。随后，肖云飞又拨通王厚林的手机。"家里怎么样啊？"肖云飞问。"你那儿搞定了没？"三厚林急切地问。"经过三天的定位，判断是天线问题造成的塔下黑。这不白天刚换了天线就一切正常啦。"肖云飞说。"天线问题？塔下黑？哪家的？"王厚林问。"美国美泰克的。"肖云飞回答。"美国的，那换上的天线是哪家的？"王厚林又问。"国产的。"肖云飞回道。"啊，国产的？怎么可能？"王厚林惊讶地问。"是这样，老美的天线是零点填充的，方向性图做得好，副瓣压得低，反而造成了塔下黑。"肖云飞说。"这是什么逻辑，你的意思是国产的做得烂，方向图就是糊里糊涂一大坨，哪儿都是信号，反而行？"王厚林说。"不对，那远覆盖应该差呀？"王厚林补充道。"测了，远覆盖没测出差异，但塔下改善明显，能打电话啦。也不想那么多啦，反正按局方要求一周内搞定了。"肖云飞说。

"搞定了赶紧回啊。"王厚林说。"您又不是不知道，他们又说什么这基站有什么问题，哪里又有什么问题，这总部的专家来，一起去看看，顺便跟着学习学习。"肖云飞说。"你得想办法，争取下周一定回。"王厚林提醒着肖云飞。"明白，下周一定要回。"肖云飞回道。"你那边有什么进展啊？"肖云飞给曹瑞祥打电话。"没什么进展，这无委的人说得有鼻子有眼的，可都快一周了吧，也没抓到他们提供的那幅干扰图。鬼知道他们在哪儿测到的。"曹瑞祥说。"那你必须得抓到啊，只有抓到干扰，找到干扰源才能证明咱基站没问题啊。"肖云飞在电话那头说。"你这搞定了啥时回呀？"曹瑞祥问。"再帮他们处理两三个基站，下周就能回了。"肖云飞说。"这边情况有点复杂，我呢在外面测试，江嘉陵在四处了解这次事件背后的真实原因。哎呀，看样子，一时半会儿回不去了，我就穿了一条裤子，都馊了，一股子味儿。不行，晚上得让酒店帮忙洗一下再熨干，明儿接着再穿。"曹瑞祥说。"好了，都辛苦了，早点睡吧。"肖云飞说完挂断了电话。

"肖云飞真的成了射频专家了哈，一周内真搞定了，张总又得夸了。"柴文娜吃着午饭闲聊着。"好学、求上进，把这基站从头做起，遇到的事又多，自然长进也大。"东方牡丹说。"你们家方俊凯也很牛啊！"尹贤良说。"我们家方俊凯啊是肖云飞的粉丝。"东方牡丹笑着说。"啊，是这样啊！惺惺相惜啊。"邓学佳说。"哎呀，这曹瑞祥那边就没那么幸运了，没什么进展。"王厚林说。"听说就穿了一条裤子,晚上洗,白天穿,够狼狈的。"赵长城说。"好像水有点深,江嘉陵在四处沟通了解背景。"王厚林又说。"哎,牡丹,搞次秋游吧,肇庆七星岩怎么样?"赵长城说。"本来是打算的呀,这不那两天人出差了,想着等他们回来再说吧。"东方牡丹回道。"肖云飞电话里说了,让我们别等他,就当他俩在外面旅游呢。"王厚林说。"这样好吗?"尹贤良问。"哎呀,他们回来可以再组织嘛,10月、11月也行。那时天气更爽。"柴文娜说。"肖云飞主要考虑到不是来了一些新员工吗,活跃活跃组织气氛,让他们更好地融入大家庭中来。"王厚林说。"要这么说那就定了呗,周末肇庆七星岩。"东方牡丹说。"真的啊?"尹贤良问。"煮的!带上新媳妇一起啊!"王厚林说。

2. 加模块扩载频

周末下午一下班,等候在公司门口的旅游大巴,带上基站的兄弟姐妹奔向肇庆。"什么时候能到肇庆?"赵长城问东方牡丹。"十一点左右吧。"东方牡丹回道。"大家休息吧,晚上路边啥也看不清,有美景也欣赏不了。"东方牡丹冲着大家说。两辆六巴,100来号人,为明天游玩七星岩养精蓄锐。"喂,王厚林吗?我是肖云飞啊。"肖云飞打来电话。"啊,肖云飞,有事吗?我们正坐着大巴去肇庆七星岩游玩呢。"王厚林说。"恐怕你游不成了。"肖云飞说。"啥事啊?"王厚林问。"急事,我也是没办法呀。"肖云飞说。"说吧。"王厚林回道。"河池知道吧。"肖云飞问。"知道,广西河池,怎么啦?"王厚林问。"这河池最近不是兴玩一种什么彩票嘛,局方呢就有针对地发展用户。搞得挺好，用户上升得很猛。"肖云飞说。"好啊，不挺好吗，怎么啦？"王厚林问。"这用户在卖彩票的地方聚得太多，估计基站容量受限了，掉话很严重。你想，靠手机买彩票，掉话，这问题就闹大了。用户把局方营业厅都挤满了，闹得不可开交。"肖云飞说。

"那……"王厚林欲言又止。"那啥呀，到了肇庆赶紧买第二天一早去河池的大巴票，你先去，那边技服人员等着你，电脑他们有。我马上短信发给你联系人和电话。"肖云飞说。"另外，你叫赵长城派人赶紧回深圳，带上相关设备再赶去河池。听见了吗？""听见了，听见了，赵长城在我旁边也听见了。我明早去河池，麦哲渊回深圳带相关设备也赶去河池，对吧？"王厚林说。"对，你让赵长城接电话。"肖云飞说。"不用啦，我都听见了，照办就是喽。"赵长城凑在王厚林耳边说。"好，就这样，等我们都回来，再好好组织一次秋游，鼎湖山。"肖云飞说完挂断电话。"真有他的，都这样了，还惦记着什么鼎湖山，真行啊！"赵长城说。"看来就不该搞这次旅游，唉……"王厚林失望地说。"你怎么命这么苦呢！"柴文娜说。"我的命也苦啊！"麦哲渊大喊着。"七星岩我玩过，没啥意思。"王厚林说。"王厚林的心态比较好。"邓学佳在一旁说。"不好又能怎样？"尹贤良说。"这种事确实要快，否则真可能出大事。"东方牡丹说。"不受影响、不受影响啊，咱们还是得玩呀。"柴文娜大声地说。

"喂，王厚林，你到河池了吗？"肖云飞电话里问。"到了。"王厚林说。"你现在在哪儿？"肖云飞又问。"在机房看数据分析呢。"王厚林回道。"你把手机给技服的。"肖云飞说。"喂，我在车站刚下车，请问你们那儿的具体位置，我好跟出租车司机说。"肖云飞说。"噢，电信大楼，都知道的，河池小嘛。"技服的柳工回答。"喂，你也到河池啦？"王厚林接过手机问。"河池的事太大，张立彪怕出大事强令我过来，反正沧州搞定了嘛。"肖云飞说。"好，赶紧过来吧，等着你。"王厚林说。

周一中午餐厅。"七星岩还是很好玩的。牡丹，这次组织得不错。"柴文娜说。"只是王厚林、麦哲渊这回亏了。"戴宝国说。"还有人更惨呢。"邓学佳说。"怎么啦？"东方牡丹问。"大家猜猜肖云飞现在在哪儿？"赵长城问。"沧州啊，难道肖云飞回来啦？"尹贤良问。"娜姐猜猜。"邓学佳说。"回来啦，要不生病住院啦？"柴文娜说。"说点吉利的行不，住院，亏你想得出。"赵长城说。"不在沧州，那在哪儿啊？"东方牡丹问。"现在和王厚林在一起呢。"邓学佳说。"哇，肯定是张总的命令。"柴文娜说。"看来河池的问题确实挺严重的，这火得赶紧灭啊！"东方牡丹说。

"肖云飞，怎么样，能搞定不？"张立彪在电话里问。"前期推广的时候每扇区载频容量说得大了点，局方按此放号，这两个基站瞬间话务量上升太快。你想想，黑压压一眼望不到头的人，快赶上麦加了。容量不够，自然掉话严重。"肖云飞说。"怎么解决？"张立彪问。"加模块扩载频啊。"肖云飞回道。"就这么搞定啦？"张总问。"原来局方规划的这个站载频不够。他们以为一个模块能搞定，认为是我们基站其他问题导致的。通过分析数据，多次沟通，最后才同意用备件插上去试试。"肖云飞说。"嗯，就这么简单？当时我真怕用户把事闹大了……好……好，算你小子有能耐。就一个河池去了三个人，完事了赶紧回吧。"张立彪说完挂断电话。

"孩儿她妈，是我呀。"曹瑞祥在电话里说。"都十多天了，啥时回啊？"曹瑞祥太太问。"问题没解决，回不去啊。你们娘俩都还好吧？"曹瑞祥问。"都挺好的，来跟你儿子说两句。"曹瑞祥太太说。"别，先别，我还有事说呢。"曹瑞祥说。"啥事啊，儿子在这儿等着呢。"曹瑞祥太太说。"没钱了，跟你商量明早打3000块钱过来。"曹瑞祥说。"打3000块就完啦，不会是那儿的姑娘漂亮，泡妞儿去了吧。"曹瑞祥太太说。"太太您可真冤枉我，我天天辛辛苦苦地在这大太阳底下干活，累得跟死狗一样，怎么可能去泡妞儿呢。"曹瑞祥说。"不信有同事做证。"曹瑞祥又说。

"信……信，我信，那3000块咋花的？"曹瑞祥太太问。"机票、住宿，最关键是天天和无委的路测。这帮孙子整天不是说那个鱼塘的鱼好吃，就是说这个饭店的野味好。结果是他们请客，我买单。"曹瑞祥哭哭啼啼地说。"那你开着发票回来报销啊。"曹瑞祥太太说。"那种农家开的餐馆，只有收据，没有发票，没法报的。只能认了。好在一天有100块的补助，亏得不多就算喽。"曹瑞祥说。"那你的同事呢，均着出呗。"曹瑞祥太太说。"他一般不跟我们出去。"曹瑞祥说。"就你傻呗。好啦，明天怎么打给你。"曹瑞祥太太说。"还是太太大度。我的宾馆旁边就有一个工商银行，明天我花10块钱开个户。然后把账号、开户行用短信发给您，您把3000块打过来后发短信知会我，我呢把钱取出来。记着，要去工商银行转，这样可以实时到账。明天我还有事呢，拜托。"曹瑞祥说。"好了，就这样，你也早点休息吧。儿子不耐烦，走了，休息吧。自己注意身体。"曹瑞祥太太说完挂断了电话。

"这9月下旬了，麦加还算正常吧？"肖云飞问。"话务是越来越高，目前看还算平衡。"陆鼎轩回道。"啊，肖云飞回来啦，日报还是天天出的。"赵长城说。"日报有作用吗？"肖云飞问。"前方很谨慎，天天自己分析数据。同时，与我们的日报数据对比，还是发现了一些可能的风险，都及时通过调整参数规避了。"陆鼎轩说。"是啊，到了这种关键时刻，一线会多听不同意见的。何必跟自己过不去呢？毕竟人多力量大呀。"肖云飞说。"三个臭皮匠，还能顶个诸葛亮呢。"赵长城说。"三人行，必有我师啊！"王厚林边进门边说。

"怎么，这次河池三人行似乎感触很多。"赵长城冲着王厚林说。"这不我比较了解麦加的情况，在河池我一看数据，就基本判定是容量不够导致的掉话。好在控制器、核心网都用了麦加的版本，才不至于瘫机，仅是掉话而已。"王厚林说。"怪不得你俩一回来就上作战室呢。"陆鼎轩说。"你看麦哲渊也来了。"陆鼎轩看着走进门的麦哲渊说。"有付出终归有回报啊，公司对麦加的投入显然是英明的，看来美国人目光有点短浅啊。"肖云飞说。"麦加还没有最后定论呢，过了10月不瘫机才算行啊。"赵长城说。"是啊，不可掉以轻心啊。"肖云飞补充道。

3. 沧州塔下黑

"哟，牛人回来了吗？"柴文娜看着走过来的肖云飞大声说。"啥牛人啊，就是个会听使唤的狗，给唤来唤去的。"肖云飞边吃着午饭边说。"确实够辛苦的，一会儿沧州，一会儿河池的。"东方牡丹说。"其实张总过于敏感了，不就是加个模块吗，还非逼着去河池。"肖云飞说。"最终是加个模块搞定，但局方开始不肯啊，我和技服的柳工根本说服不了局方。"王厚林说。"哎，肖云飞，还是说说沧州塔下黑的事吧，挺神秘的。"尹贤良说。"对啊，确实挺神秘的，到底咋回事啊？"戴宝国问。

"其实呢，也是都赶上了，美泰克的天线方向性图做得很完美，就意味着旁瓣电平很小。碰巧呢，那个站的铁塔比一般的高20米左右，它是50米的塔。由于高，零点填充的副作用塔下黑就比较明显。"肖云飞说。"就是说一般的铁塔问题是不大的，对吗？"尹贤良问。"是啊，我测了好几个30米的塔，用的也是美泰克的天线，一样都是零点填充的。塔下就没问题。"肖云飞说。"这种问题一般人很难想到啊，怎么你就能想到呢？你又不是学电磁场的。"尹贤良问。"虽然不是学电磁场专业的，但电磁场这门课还是学过。碰巧读研期间，我们宿舍四个人，有两个就是电磁场专业的。所以，对天线还是有所了解。"肖云飞说。"他们俩都是搞天线的啰。"戴宝国问。"是的，都是研究天线的。"肖云飞回道。"不过关键不在这。"肖云飞又说。"啥意思？"王厚林问。"基站我毕竟是从头搞起的，美泰克曾经来公司找过我推销他们的天线。"肖云飞说。"噢，原来是这样啊。"柴文娜说。"更主要的是，当时他们重点推的就是这款零点填充的天线。"肖云飞说。"简直像故事啊。"东方牡丹说。"其实当时美泰克介绍的时候，我也不懂。后来我仔细研究了他们给的资料，不明白的就打电话给我那两个同学。"肖云飞说。"我不说吗，好学上进好青年啊。"东方牡丹说。"都学着点啊。"柴文娜冲着大家说。"确实长见识了。"戴宝国说。

基站版本例会。"目前线性功放的工作进展如何？"肖云飞问。"还好，计划是国庆前投第一版。"邓学佳回道。"他们的评审我都是参与的，流程上有朴泰成问题不大。"柴文娜说。"查曼丽，双工器国产能吃得下来吧？"肖云飞又问。"9月份看来是扛住了。"查曼丽回道。"好啊，以后就全国产了，不许再下单给韩国厂家了。"肖云飞说。"这个你们产品线要有个正式的决议，我们才能落实。"查曼丽说。"那好，下次产品线例会就让张总决策。"肖云飞说。"但是，在这之前你不能下单给韩国厂家啊，否则我要投诉你哟。"肖云飞迅速补充道。"好吧，不下单。"查曼丽说。"柴文娜、赵长城，说说厂验的事吧。"肖云飞问。"印度来人啦，很难缠，他们很懂的。"赵长城说。"尹贤良你们要支持到位啊，测试人员有什么新要求必须第一时间满足，知道吗？"肖云飞说。"还是有点难。"尹贤良说。"王厚林，是吗？"肖云飞问。"别问我啊，这些你都是很清楚的。"王厚林回道。"唉，行啦，我不管，赵长城盯紧他们，必须满足。"肖云飞说。"再次强调啊，签字画押的数据必须是OK的，赵长城。"肖云飞冲着赵长城说。"明白。"赵长城回道。

"这边这两天正在用邮件与巴西沟通，从计划看他们好像10月会来人。"柴文娜说道。"唉，葡萄牙呢？"肖云飞问。"目前没什么消息。"柴文娜回。"版本的事是大头，最近海外好像提了些新需求，结合国内一些问题，赶紧规划好面向全球的新版本。就看麦加的啦，如果10月这关闯过去，应该对海外市场有促进作用。"肖云飞冲着王厚林说。"正在搞，正在搞。"王厚林说。"好久没关心生产部了，邓学佳，生产情况如何？"肖云飞问。"量越来越大，现在呢直通率也上去了。"邓学佳说。"多少？"肖云飞问。"98以上。"邓学佳回道。"很好啊，怪不得没人来找呢。"肖云飞说。"目前的不良品突破1000啦。生产部为了保交付，人都拉去正向生产了。"邓学佳说。"哇，这么多啊，那得赶紧修啊。"肖云飞吃惊地说。"还是去生产部一起商量下如何清理故障品吧。"邓学佳说。"我们的故障诊断软件还不够完善，很多还得依赖人的经验。这样维修进度慢，生产部一算计，不如先保交付。"邓学佳说。"尹贤良？"肖云飞转脸冲着尹贤良喊。"你喊我也没用，都没闲着。已经被劈成两半用了。"尹贤良回道。"下来我们再跟邓学佳讨论如何搞吧。"王厚林说。

"这牡丹她们招人也太慢了，跟不上业务需求。"肖云飞说。"这不新来了一批吗，赶紧给他们压担子，尽快成长起来。"柴文娜说。"娜姐说得对。新员工都给我上生产线修模块去，这样实战训练进步最快。当年我就是这样的。"肖云飞兴奋地说。"那好，我明天就把他们带到生产线去修模块。"邓学佳说。"软件的就不用了吧？"尹贤良问。"为什么？"肖云飞问。"软件的工作量这么大，正缺人手呢，我们都已经安排工作了。"王厚林说。"那好吧，软件的就算了。"肖云飞说。"这些新员工明天就能修单板？"东方牡丹问。"肯定是要培训的嘛，只不过是在实战中培训，边干边学。"邓学佳解释道。"通过维修，让他们对硬件原理有了直观的认识。一个月后直接搞项目。"肖云飞说。"速成啊，肖云飞就是这么速成的。"柴文娜说。"钢铁就是这样速成的。"东方牡丹总结着说。

"曹瑞祥，你那边怎么样啦？"肖云飞在电话里问。"这边的情况呢目前是这样，和无委整天一起测试，没有测出无委的那张干扰图。防汛期间这套应急通信系统运行正常。但无委就说咱们设备干扰了防汛。"曹瑞祥说。

"我知道这背后有故事，江嘉陵跟我说了。"肖云飞说。"你都知道了，所以很难搞啊。"曹瑞祥说。"这样，曹瑞祥，无委的干扰图我看了，又听了你转述的无委对信号的描述，是间歇性的。我知道，水利部门传数据就是这个特征。"肖云飞说。"你说的没错，我也知道。我有个同学就是做这个系统的。"曹瑞祥说。"好，曹瑞祥，明天你找个借口别再跟无委出去瞎跑了。自己在益阳市区去找水利局，先在水利局附近转圈，好好测测，一定要有耐心。水利部门应该不止一处，好好找找，这些部门应该都挂牌的，大马路上一眼就能看见。就这样搞好吧？"肖云飞说。"好，就按你说的这个思路搞。"曹瑞祥说完挂断了电话。

"肖云飞，我把邓学佳叫来了。"查曼丽说。"FPGA①的事吗？"肖云飞问。"是啊，跟你打过招呼的。"查曼丽说。"我在生产部带新员工修单板呢，这查曼丽非把我叫过来。"邓学佳说。"你说吧，想咋搞？"肖云飞问查曼丽。"我们领导认为GT公司不仅贵，还很霸道。必须引进替代厂家。"查曼丽说。"那有可以替代的厂家吗？"肖云飞问。"金总说板级替代。"查曼丽说。"板级替代？"肖云飞惊叫着。"是的，板级替代。这是公司的大策略，已经决策了。现在就是各产品线分别落实。"查曼丽说。

---

① FPGA：现场可编程逻辑门阵列。

"除了GT，另一家是谁？"肖云飞问。"科林斯。"邓学佳回道。"都是美国的？"肖云飞又问。"是的，都是老美的。还是老美厉害啊。"邓学佳回道。"唉，我们要赶紧搞ASIC①。"肖云飞说。"已经规划了，正在搞。"邓学佳说。"远水解不了近渴啊！"查曼丽说。"板级替代，搞呗。正好就用你现在带的新员工搞，让他们好好练练。"肖云飞说。"我也是这个意思。"邓学佳说。"那就说定了，三个月搞定啊，就是年底。这可是公司的要求。"查曼丽说。

4. 干扰抓到啦

凌晨一点的电话把肖云飞的美梦打断。"抓到啦，抓到啦，肖云飞，抓到啦！"曹瑞祥兴奋地在电话里喊着。肖云飞猛地坐起问："干扰抓到啦？""是的，抓到啦，终于抓到啦！"曹瑞祥激动地说。"哇，几点啦，你还在抓干扰啊？"肖云飞问。"现在是凌晨一点零八分。十二点多就抓到了，一直在反复测试确认。"曹瑞祥说。"跟无委的图一样吧？"肖云飞清醒过来问。"频段、波形都一样，铁证，就是水利局自己的水文数据传递系统的信号。"曹瑞祥说。"噢，真是在水利局外测到的啊？"肖云飞问。"就是在水利局路边测试到的信号。其实这个信号也不会影响防汛应急通信。"曹瑞祥说。"这下看无委怎么自圆其说喽。"肖云飞说。

"哎呀，昨晚没睡好，今天好难受啊！"肖云飞边吃着午饭边说。"半

---

① ASIC：特殊应用集成电路。

夜不睡觉干啥坏事啦？"尹贤良说。"啥呀，一点多硬是被曹瑞祥的电话吵醒了。"肖云飞说。"这么晚还打电话，曹瑞祥在干啥呀？"王厚林问。

"这次曹瑞祥够惨的，整天'三陪'。钱都花完了，又让老婆打钱过去，差点被酒店赶出来。"肖云飞说。"干扰抓到没？"邓学佳问。"抓到啦，终于抓到啦。所以高兴得给我打电话嘛。"肖云飞说。"也够拼的，干到夜里一点多。"柴文娜说。"多长时间啦，三周多，为了早回来，心情可以理解。"赵长城说。"看来节前应该能回得来。"肖云飞说。"牡丹，节后再好好组织一下，把上次的给补回来，这下人应该齐了。"王厚林说。"11月中旬吧，10月刚过完国庆节没必要啊。"东方牡丹说。"估计那时马庆生也回来了。"尹贤良说。

"喂，肖云飞，赶紧到二楼印度测试的现场来一趟，快！"柴文娜电话里急切地说完挂了电话。"什么事啊，这么火急火燎的？"肖云飞边往二楼走边自语道。到了现场肖云飞只听戴宝国拿着测试文档正和印度的工程师说着什么。只见戴宝国激动地说，印度工程师又摇头又摆手地表示不认可。"肖云飞，好，你来了。"柴文娜招呼着转脸冲着赵长城说："你们搞什么鬼，到底问题出在哪儿？""怎么回事？"肖云飞问赵长城。"印度人不懂在瞎闹，硬说我们提供的测试文档错了。"赵长城说。"你不是说他们很懂吗？"肖云飞问道。"他们这事就是在瞎说。"赵长城回道。"你怎么知道他瞎说，瞎说不瞎说，把原版的协议拿出来不就明白了吗？便携里有吗？马上打开来看不就得了。"肖云飞问。"这是测试专门用的便携，由于文件要经公司审核，确保信息安全没问题才行，都只装了相关的测试软件，以及我们自己的测试文档，没装原版的协议。"赵长城说。"好，你们等一下，我有，我马上去拿。"肖云飞说完快步奔向自己的办公座位。"哎，等等，我跟你一起去。"说着赵长城随肖云飞而去。"肯定有鬼，否则跟过去干啥？"柴文娜看着赵长城的背影说。

两人来到肖云飞办公位，肖云飞一把夺过赵长城手里的测试文档与原版协议仔细比对。"就是这个上行阻塞的测试用例？"肖云飞问。"嗯。"赵长城回道。两人看了有近10分钟，"印度人看来没说错，对吧？"肖云飞冲着赵长城说，赵长城沉默着没回道。"我看你去打个圆场，先暂停，明天再继续。"肖云飞说。"怎么说？"赵长城说。"理由不会找啊？你看看你们的工作，怎么评审的？"肖云飞生气地说。"其实你已经知道自己有问题了是吧？"肖云飞问。"你怎么知道？"赵长城问。"你看看，你急匆匆地跟着我来，我就全明白了。"肖云飞说。"不是这样的。"赵长城辩解道。"亏了娜姐打电话，否则你们就想着怎么瞒天过海了。"肖云飞说。"说实话你们在现场肯定是有原版协议的。平时看你们个个都拿在手上看，我这本还是你给的呢，就是不想拿呗，这话我没说错吧？"肖云飞说。赵长城这下不吭声了。"赶紧云把这事摆平了。"肖云飞冲着赵长城说。

"喂，肖云飞吗？""唉，我是肖云飞，您是？"肖云飞问。"猜猜我是谁？"电话那头说。"嗯……霍未然，对吧？"肖云飞肯定地说。"还好，还没忘了老同学。"霍未然说。"上下铺四年，烧成灰都认得出。"肖云飞说。"不过你还是第一时间没反应过来啊。"霍未然说。"你在北美枫叶，手机显示的是国内号码，怎么猜得到？"肖云飞说。"是啊，我现在在北京，明天去深圳。"霍未然说。"那明晚见喽。"肖云飞说。"好，明天到深圳安排好酒店就给你打电话。"霍未然说。"那好，明天等你电话。"肖云飞说完挂断了电话。

"霍未然来深圳了，晚上华侨城海景酒店，怎么样，一起去？"肖云飞边吃着午饭边问尹贤良。"啥时来的？"尹贤良问。"刚到。"肖云飞说。"这小子在北美的枫叶是吧？"尹贤良问。"是啊。"肖云飞回道。"来干啥？"尹贤良问。"晚上见面不就知道了吗。"肖云飞说。"当年还挺羡慕他的呢。"尹贤良说。"哎哎哎，曹瑞祥回来了，总算回来了啊。"柴文娜看着曹瑞祥过来大声地说。"是啊，总算回来过节了。"曹瑞祥说。"也够悬的，差点就要在益阳过国庆了。"邓学佳说。"真是一言难尽哪，不过这不回来了吗。"曹瑞祥一身轻松地说。"辛苦了哦，这又是'三陪'，又是烈日当头，一条裤子穿一整月，当要饭的差点被酒店赶出来，深夜潜伏抓干扰，没钱还被老婆骂，难为你了。"东方牡丹说。

"还有更那个的呢！"曹瑞祥说。"怎么啦？"肖云飞问。"江嘉陵没跟你说吗？"曹瑞祥问。"唉，自从那天晚上你抓到了干扰，我就认为OK啦，就没再过问。"肖云飞说。"是啊，抓到了干扰局方也认为一切都OK啦。可是，当局方把无委的请来，我把抓到的干扰给他们看时，你猜无委的人啥反应？"曹瑞祥问。"嗯，啥反应呀，应该是比较尴尬吧。"肖云飞说。"哼，还尴尬呢，要是尴尬就好啰。"曹瑞祥说。"那怎么啦？"赵长城问。"无委的勃然大怒，指着我的鼻子说我违反了国家无线电管理法，未经无委允许私自测试无线环境信号。"曹瑞祥说。"有这个法吗？"赵长城问。"据说是有，局方的人知道。所以，局方的领导当时就过来打圆场，拉着他们进小屋去了。"曹瑞祥说。"后来呢？"肖云飞问。"后来局方的领导和无委的人一起笑呵呵地出来，无委的人就走了。"曹瑞祥说。"就走啦？"王厚林急着问。"那最后怎么办的？"尹贤良问。"最后怎么办的呀，哼，局方的领导跟我和江嘉陵说，在益阳最好的酒店，叫什么兰英的酒楼，就是女老板的名字，在那请无委的，请他们一顿，这事就算了。"曹瑞祥说。"请一顿，就搞定啦？这么简单？"肖云飞问。"可不是，就这样OK啦，长沙办的头儿这才肯放我回来呀。"曹瑞祥说。"唉，就别说长沙办的头儿啦，说是燎原请益阳无委，他来了。"曹瑞祥停了停又说，"吃到快结账的时候，他把我拉到了一边，说是钱忘了带了。江嘉陵连钱包都没带，870块呀，全是我一个人掏的。"曹瑞祥一肚子委屈。

"合着你问你老婆要钱就为了请客啊。"柴文娜说。"那花了这么多钱有发票吗？"肖云飞问。"只有收据，没有发票。"曹瑞祥说。"那怎么报啊？"东方牡丹说。"好在长沙办的头儿跟我说，让我先回，随后他让江嘉陵把钱还给我。"曹瑞祥说。"啊，好好好好好，完满结束，完满结束，否则这870块真不好办啊。"肖云飞说。"你这当领导的就知道说这些，连句好话都没有。"柴文娜冲着肖云飞不满地说。"燎原的领导都这样，缺人情味。"东方牡丹说。"钱还了吗？"戴宝国问。"江嘉陵还没回来呢。"曹瑞祥回道。

作战室。"怎么样，这9月算是熬过去了？"肖云飞问陆鼎轩。"还行。"陆鼎轩回道。"这明天就放假了，都安排好了吗？"肖云飞问。"第一、二、三天也都安排了，毕竟是关键时刻嘛。"陆鼎轩说。"必须的，这么重要的事，不能因为公司的政策就不安排。你们赶紧提这三天的加班电子流，注明原因。我买批，记住提给我呀。"肖云飞说。"好，马上提。"赵长城附和着。"唉，赵长城，印度的事摆平了吗？"肖云飞问。"什么叫摆平了吗？就是按协议重新测了，没问题了。"赵长城说。"关键是影响，你懂吗？赵长城。"肖云飞说。"什么影响啊，别说得那么严重好吧。"赵长城说。"那个印度工程师叫什么？"肖云飞问。"普拉卡什。"戴宝国回应。"对，普拉卡什，你们要跟他搞好关系。关系好了，有了感情做基础，他就不会把这个事扩大化，到处乱说。即使说，也会有节制的。"肖云飞说。"好吧，我们想想该如何消除影响。"赵长城说。"这样，你去找一下东方牡丹，商量下这事。"肖云飞说。"提醒得好。"赵长城眼前一亮转身便去找东方牡丹。

5.林子大了什么鸟都有

"前天晚上怎么回事啊？"在海景酒店的包间里肖云飞问。"我们陪的客人要去广州见一个朋友，怎么办？只好委屈老同学啦！"霍未然说。"要是前天晚上，我就把尹贤良带来了。"肖云飞说。"怎么尹贤良也在燎原？他当时找过我要出国呢！"霍未然说。"唉，他为啥不来啊？"霍未然又问。"带着新婚的太太回武汉了。"肖云飞回道。"都结婚啦，太太是哪儿的？"霍未然问。"我们公司生产计划部的。"肖云飞回道。"卢梦娇现在在哪儿呀？"霍未然问。"我们俩研究生毕业一起分到燎原的。"肖云飞说。"你赢了对吧？"霍未然说，肖云飞没吭声。"为啥不把她一起带来？"霍未然问。"小孩没人带啦。"肖云飞说。"你小子真能，娃都有了，男的女的？"霍未然问。"男孩儿。"肖云飞回道。"卢梦娇还真有福气啊！"霍未然说。"别老问我啦，你怎么样啊？还在枫叶吗？"肖云飞问。"我现在在森尼韦尔。"霍未然说。肖云飞沉默了一会儿说："哦，森尼韦尔牛啊！到深圳来干吗？""跟政府谈个项目，这不要国庆了吗，北京的这帮官员建议到深圳谈。"霍未然说。"深圳谈。"肖云飞一时无语。"明天一早，我们一行人就去香港加班谈项目。"霍未然说。"唉，真是没办法。"肖云飞摇着头说。"你摇头啊，我跟他们谈，有的时候我都看不下去，太丑陋了。"霍未然说，肖云飞沉默着。

霍未然见状接着说："肖云飞，我跟你说，中国没希望的，真的没希望。"看着肖云飞默不作声净在那喝茶，霍未然侃侃而谈。"南斯拉夫大使馆被炸，中国没脾气。陈水扁闹'台独'，大陆干瞪眼，只会说两句千篇一律的话。美国的航母穿越台湾海峡，只能眼睁睁看着过去。现在说钓鱼岛是中国的，日本人不干了，我觉得中国在瞎胡闹。""钓鱼岛本来就是中国的嘛，怎么是中国在瞎胡闹呢？"肖云飞激动地说。一看肖云飞不高兴，霍未然转了话题又说："搞什么三峡，马上又要开工什么南水北调。三峡就是个活靶子，美国人导弹早对准了，一弹下去成废墟。""你说美国人敢不敢打中国？"肖云飞问。"美国人，打中国，那还不是三下五除二的事。"霍未然回道。"那美国人为啥不打？"肖云飞问。"恐怕美国人觉得打中国没啥意义吧。"霍未然回道。"我觉得毛主席说的有道理。"肖云飞说。"说啥啦有道理？"霍未然问。"毛主席说一切反动派都是纸老虎，我看美帝国主义就是纸老虎。"肖云飞说。"哎哟，这话你也信啊？"霍未然用嘲风的口气说。"反正你的什么三下五除二我是没见着。但是，抗美援朝战争、抗美援越战争证明了毛主席这句话是正确的。"肖云飞坚定地说。"死了那么多人，美国人是不想打了呗。"霍未然说。"你甭管想不想打，结果证明毛主席的话是正确的，要不你向美国国会申请，打中国。"肖云飞冲着霍未然吼道。

"挺执着的嘛。唉，就你们燎原还想跟森尼韦尔斗，也太不自量力了吧？"霍未然转了话题说。"告诉你，森尼韦尔仔细分析过你们的产品，至少差三年。"霍未然又说。"啊，差三年，不是十年啊，三年很快就过去了。你的意思是2005年燎原就可以超过森尼韦尔啦？森尼韦尔太高估燎原了吧。"肖云飞阿Q式的回答把霍未然弄得一时不知所措。"好啦好啦，喝酒，别扯那么多啦。有您出国的，就有不出国的，林子大了什么鸟都有。各人有各人的活法，美国比中国还是强很多。所以，你出国也是没错的。我呢就是个土鳖，只能在燎原混喽！来来来，干了。"肖云飞最后说。

"赵长城，假期是怎么过的啊？"肖云飞吃着午饭问。"深圳、上海陪着普拉卡什转转。"赵长城说。"哟，成导游啦，可以啊，赵长城。"柴文娜说。"效果怎么样吗？"肖云飞关心地问。"效果究竟怎样我也不敢说，但从这一路聊天来看，他对中国、印度的看法有了根本性的转变。"赵长城说。"怎么讲？"大家问道。"普拉卡什来中国之前呢，认为美国第一，印度第二，中国简直没法想象，反正比印度差多了。"东方牡丹说。"牡丹也去了？"尹贤良吃惊地问。"应该这么说，原本计划是市场部派人陪着玩，但市场部的人都不想，就让产品线出人陪。"赵长城说。"结果当然就是牡丹啦。"曹瑞祥说。"唉，那怎么你也去了呢？"邓学佳冲着赵长城说。"是我让他去的，印度测试搞得那么烂，要消除影响啊。"肖云飞说。

"你们还别说，深圳、上海一圈下来，对普拉卡什触动极大。晚上我们仨边吃边聊，聊着聊着情绪就激动起来，竟然泣不成声。他说反差太大，他受不了这种巨大的冲击。牡丹，他是这么说的吧。我这英语不太行，全靠牡丹翻译。"赵长城说，东方牡丹认同地点着头。

"普拉卡什是班加罗尔人，燎原不是在班加罗尔建了研究所吗？在当地极吸引人的，普拉卡什也想去。"东方牡丹说。"噢，赵长城，看来这一趟值了。牡丹，你说呢？"肖云飞问。"但愿吧，至少他不会夸大其词乱说。"东方牡丹回道。"我虽是个外行啊，但我是全程参与的，情况比较了解。"柴文娜说。"娜姐想说什么吗？"邓学佳说。"我想说，别自己搞什么测试文档了，拿协议就行了。协议才是共同的语言。"柴文娜说。"说真的，你们测试部就是脱裤子放屁，自找麻烦。"肖云飞接着话说。"是啊，搞的工作量还贼大，什么评审的，评审人又不一定能齐，这次问题不就是出在这吗？"戴宝国说。"行了，柴文娜，以后厂验用例就是按协议搞，你们把规矩定了就行了。"肖云飞说。"好。"柴文娜回道。"别跟自己过不去，赵长城。"肖云飞最后说。赵长城沉默着没吭声。

"陆鼎轩，情况如何？"肖云飞问。"国庆几天正常。"陆鼎轩回道。"我让秘书给作战室搞了些吃的，你们都放柜子里了吧？"肖云飞又问。"是啊，放柜子里，密码标在柜子上，谁都可以拿。"曹瑞祥说。"我让他们多整些方便面，又有饮水机，尤其是深夜凉，热汤热面的胃舒服。"肖云飞又说。"嗯，是挺好的。"陆鼎轩应着。"还有20多天，别大意。"肖云飞说。"哎，陆鼎轩，你们有没有想过话务量骤降会带来哪些负面影响？"肖云飞突然想起来。"骤降？"陆鼎轩问。"是啊，如何应对呢？是没影响呢，还是可能存在一定的问题呢？不急，我只是提醒一下，你们现在分析也不迟。"肖云飞说。"按理，话务量少不应该会有影响吧。这大话务量都挺住了，少话务量更没问题啦。"曹瑞祥说。"没问题最好啦。我是怎么想起这事的呢？"肖云飞停了停接着说，"前两天看电视，说是西藏军区的一个老领导，在拉萨待了近30年，退下来中央给安排回北京养老。""这不挺好吗？"陆鼎轩说。"这跟麦加有啥关系？"曹瑞祥疑惑地问。

"是啊，挺好的事嘛，高原缺氧，这北京氧气充沛，好事啊。可是这位老将军从高原下到平原不适应，醉氧了。"肖云飞说。"你说啥？"曹瑞祥问。"醉氧。"肖云飞回道。"醉氧，没听说过。只听说过醉酒，没听说过醉氧的。"陆鼎轩说。"啊，有点明白了。就是原来缺氧，突然氧气充足了，反而不适应，对吧？"曹瑞祥说。"是啊，结果没办法，医生建议回到拉萨应该就会好。"肖云飞说。"不会吧？"陆鼎轩说。"结果，这位老将军又回到拉萨，一切正常啦。"肖云飞说。"真的假的？噢，你就联想到麦加，整出个骤降来啦。"曹瑞祥说。"有名有姓的，中央台放的。"肖云飞说。"醉氧，骤降。好好好。曹瑞祥，我们还是分析一下。毕竟我们的参数都是从不断上升的话务量着手修改的。所以，当话务量骤降时，这些参数是否需要修改，我们还是要看看。"陆鼎轩说。"我越想越觉得肖云飞说的有道理。"陆鼎轩又说。"嗯，似乎有点道理。好，我们和前方一起分析一下吧。"曹瑞祥说。"还是谨慎一点好，闲着也是闲着。"肖云飞说。"我们可没闲着啊。"曹瑞祥说。"就这么一说，还当真啦？真是的！"肖云飞说完离开了作战室。

6. 有没有兴趣来森尼韦尔

　　"喂，尹贤良吗？""我是尹贤良，哪位啊？"尹贤良在电话里问。"我是霍未然啊。""啊，您好，我国庆回武汉了，所以，30号晚上没能和肖云飞一起去看您，抱歉啊。"尹贤良说。"没关系，没关系，今晚有空不？咱们见个面？"霍未然问。"今晚，我可以啊，不知道肖云飞行不行？"尹贤良说。"肖云飞我见过了，今晚就咱俩。"霍未然说。"就咱俩？行吧。海景酒店对吧？"尹贤良说。"是的，海景酒店餐厅，六点吧。"霍未然说。"好的。海景酒店见。"尹贤良说。

　　在海景酒店餐厅，霍未然、尹贤良边吃着晚餐边聊着。"怎么样，跟着肖云飞干挺好的吧？"霍未然问。"还行吧。"尹贤良回道。"唉，支教授的儿子支宾赛也在燎原干过，是吧？"霍未然问。"是啊，不过出了点事，被公司辞退了。"尹贤良回道。"出了什么事啊？"霍未然问。"在学校时的恶习不改呗。"尹贤良说。"又是喝酒，不会是在公司里喝醉了吧？"霍未然问。"您还真了解他。"尹贤良说。"真是的啊，这小子也太……"霍未然直摇头说。"你怎么想起问他呢？"尹贤良问。"他妈妈徐老师打电话找我啦，让我帮他进森尼韦尔或者枫叶。"霍未然说。"你答应徐老师啦？"尹贤良问。"也没答应她，只是说试试。"霍未然说。"其实我这次来确实也有招聘的任务，只是支宾赛显然不适合森尼韦尔。"霍未然边说边观察尹贤良的反应。

　　过了好一会儿看尹贤良并没有什么反应，霍未然又说："尹贤良，准备一直在肖云飞手下干下去啦？没有其他的打算？"霍未然问。"肖云飞确实很牛，公司领导都很欣赏他。最近接连几次网上问题，都是他摆平的。"尹贤良答非所问。看尹贤良没反应，霍未然直截了当地说："有没有兴趣来森尼韦尔啊，尹贤良？""我们可是对手啊。"尹贤良说。"你真的认为燎原可以抗衡森尼韦尔吗？是不是有点天真啦？"霍未然说。"说实话吧，以前找您，确实想过出国。"尹贤良说。"现在机会就在面前啦，怎么样，考虑考虑？"霍未然问。"您是麻省的吧？"尹贤良问。"是啊，森尼韦尔麻省、加州理工、斯坦福的很多。"霍未然说。"难怪这么厉害，我倒是想去呢。"尹贤良说。"森尼韦尔很欢迎的。"霍未然说。"为啥？你们都是这么牛的人，我有啥呀，燎原你们更瞧不起，凭啥会重用我？"尹贤良问。"没有没有，森尼韦尔很看重燎原的，视燎原为劲敌。所以，你们对森尼韦尔来说很有价值的，真的，我们的总裁就是这么说的。"霍未然急忙解释道。"真的假的？你这一会儿这样，一会儿那样，把我弄糊涂了。"尹贤良说。"肯定是真的啦。"霍未然说。"如果是真的呢，说明燎原就是个有前途的公司。如果不是真的，森尼韦尔也不会在意像我这样的人。我说的对吧？"尹贤良说。"看来你们燎原人还挺有头脑的，森尼韦尔确实很惧怕燎原，冷钟书的事儿就是森尼韦尔背后策划的，就是想让燎原内乱，搞垮燎原。"霍未然说。"所以，没理由啊。不过还是要感谢您，毕竟您能想着我。谢谢啦，告辞。"说完尹贤良起身走了。

"别别别别别呀。"霍未然一把拉住尹贤良说，"不谈这事，不谈这事，咱俩在学校关系那么好，聊点别的呗。""我确实对你们森尼韦尔如何看燎原感兴趣。您刚才说很惧怕燎原，我还有点想不通。"尹贤良坐下慢慢说。"想不通回去慢慢想吧，咱聊点别的。"霍未然说。"不应该啊，森尼韦尔实力这么强，想不通。"尹贤良自语道。"唉唉唉唉唉，说了不聊这些了吧，再聊我该走了。"霍未然说。"唉，卢梦娇在燎原干啥呀？"霍未然问。"哟，还是那么关心啊。她家就在附近不远，怎么样，想不想见？想见我们可以去她家啊。"尹贤良说。"你说现在就可以吗？"霍未然问。"当然，见不见？我马上给她打电话让她在家等。"尹贤良说。"也是老同学嘛，见。"霍未然说。就这样，两人奔向了肖云飞的家。"难得来一次，上次肖云飞说她要带孩子没把她带来。这个肖云飞，好，我自己去看老同学。"霍未然边走边说。"是啊，难得一次，该见见。"尹贤良说。

"牡丹，森尼韦尔在挖我们的人，一定要重视啊。"张立彪说。"从哪来的消息啊？"东方牡丹问。"有人已经找了尹贤良啦。"肖云飞回答。"那边是谁啊？"东方牡丹问。"霍未然。"肖云飞回道。"霍未然，好，张总，我回去马上组织研究对策。"东方牡丹说。"看来麦加的事对森尼韦尔确实产生了实质性的影响。肖云飞，麦加的事一定要盯紧，剩下不到半个月，一定要挺住。"张立彪说。"有什么问题要和游佐元商量，一定要通力合作。"张立彪又说。"知道了。"肖云飞回道。"霍未然是你同学对吧？"东方牡丹问。"本科四年上下铺，在学校他和尹贤良关系也很好。"肖云飞回道。"可能有些事还得需要你的协助。"东方牡丹说。"没问题。"肖云飞说。

基站版本例会。"我们做基站系统，核心是要为业务服务。所以，业软这块要加强。尹贤良，业软这块你负责。你的业软队伍和王厚林的基站软件队伍是两个独立的团队。"肖云飞说。"什么意思啊？啥叫两个独立的团队啊？"尹贤良不解地问。"就是你升官啦，和王厚林平起平坐啦。"邓学佳说。"所以，在燎原机会多啊！"东方牡丹说。"哎，牡丹，你下来帮帮尹贤良，如何进行团队建设，最关键是要招聘。王厚林这边的人不能动，尹贤良你只能带目前跟你搞业软的两个人，其他自己招。"肖云飞说。"不要啊，王厚林，那我咋搞？"尹贤良哀求着王厚林。"咋搞，当时基站软件，就邹晨刚和我两个人。自己招啊。你在这也干了有三年啦，我那时可是刚来公司啊。"王厚林说。"好啦好啦，下来好好请教王厚林和牡丹。当然关键还是要看你自己。"肖云飞说。"有点出息好吧。"柴文娜冲着尹贤良说。"成，就是压力有点大。"尹贤良自语道。"这业软做起来要更加贴近客户，尤其是末端的消费者。"赵长城说。"所以啊，不花心思肯定是做不好的。"肖云飞说。"在这方面其实我们都没什么经验。真的，业软和基站软件有着本质的不同。"王厚林说。"不要这么吓唬我好吗？你们这么说就是帮不了我的意思喽。"尹贤良说。"靠你自己是肯定的，千万别指望别人，否则会很惨的。"曹瑞祥语重心长地说。

"另外，查曼丽，双工器厂家再搞一家，两家看来不够。"肖云飞说。"目前看是够的呀。"查曼丽疑惑地说。"这是张总的意思，应该是着眼海外市场吧。"肖云飞说。"我们还是要看预测，光这么说我们领导不会认可的。"查曼丽说。"那你要什么？"肖云飞问。"让产品线出个关于双工器预测的纪要，我们会根据预测的数量来决定是否需要增加供应商。"查曼丽回道。"对了，功率管的供应也要跟厂家谈，我们给个预测吧。"肖云飞说。"功率管可是独家啊，不行的话，你们老大恐怕要亲自去美国和厂家总部直接面谈，要他们扩产。否则，一旦海外的市场做起来，根本供不上。"肖云飞又说。"有那么大量吗？"曹瑞祥问。"反正张总跟我是这么说的。"肖云飞回道。"说到生产，邓学佳，不良品维修怎么样啦？这量越大，不良品的问题就越突出。现在情况如何？"肖云飞问。"这帮新员工还行，基本保持在300以下。"邓学佳应道。"生产部不良品维修要做长远打算，你们和师建宏商量吧，核心是生产部要加人。"肖云飞说。

7. 借东风，全力拓展海外市场

"牡丹，这眼看10月要过去啦，下个月的秋游该好好计划计划了。"王厚林吃着兰州拉面说。"是啊，上次被搅，这回要补上。"麦哲渊说。"我看在秋游之前得有个垫场，尹贤良，你明白啥意思不？"柴文娜说。"垫场是啥意思？"尹贤良问。"垫场，你看那世界杯每场比赛前，都有小孩子先踢着玩，这就是垫场。"邓学佳说。"请客请客，说什么垫场，升官了不请客吗？装什么糊涂啊。"戴宝国说。"升什么官啊，就是新业务没人干摊上我了呗。在座的，硬件测试的头，软件测试的头，基站软件的头，中频的头，射频的，基带的，都占着重要位置，那新业务只能是我啦。"尹贤良说。"整得挺明白，那也得请客，别装没事人似的。"东方牡丹说。"请请请，周末蛇口烧烤怎么样啊？"尹贤良问。"就是海上世界那个嘛，行啊。"柴文娜大声地说。

"唉，真的，眼看10月快过了，现在的大话务量也是平稳，应该能挺过。"肖云飞说。"嗯，你想说什么？"陆鼎轩问。"就是上次提的话务量骤降如何应对？"肖云飞说。"你觉得会吗？"赵长城说。"不知道。"肖云飞说。"说实话，只能边跟踪边分析了，大家商量过，似乎不知从何着手。"曹瑞祥说。"一周不到啦，打起十二万分的精神来，千万不要出现黑色三分钟啊。"肖云飞唠叨着。"别嫌我唠叨啊。"肖云飞看大家没什么反应又说。"自己知道就行喽，放心，努力了一年多，谁也不想功亏一篑。"曹瑞祥说。"放心吧，肖总。"陆鼎轩说。"这个时候还是多设想可能出现的问题吧，别光想着OK。"赵长城说。

"哎，牡丹，你听说了吗？"柴文娜边吃午饭边说。"啥事啊？"东方牡丹问。"听说深圳一个餐厅的厨师得了一种怪病，专门传染医生，已经放倒了好几个了。好像有个医生由于并发症都死了。"柴文娜说。"听谁说的，别瞎传啊。"东方牡丹说。"我是听一个朋友说的，他是从一个医生朋友那知道的。"柴文娜说。"专门传染医务工作者，这肯定是瞎编的。娜姐，你也太没判断力了吧。"尹贤良说。"我那朋友说得有鼻子有眼的，但愿不是真的。"柴文娜说。"垫场搞得不错，你小子挺能整的，玩得开心。"柴文娜冲着尹贤良赞许地说。"玩射箭还真是第一次，这射箭还真不好搞。"王厚林说。"射箭在韩国很普及的，到哪儿都有玩射箭的。"邓学佳说。"蛇口韩国人很多的，估计是他们给带来的。'曹瑞祥说。"哎，你这说得有道理。"东方牡丹说。

"哎，张总。"曹瑞祥看着张总走进作战室站起来说。"好啊，这九十月都过去啦，11月又过了一局，挺过去了，大家辛苦啦！"张总说着，肖云飞、赵长城、陆鼎轩陆陆续续来到作战室。"麦加的基站，第一年在Hajj节没瘫。这不，11月过了一周，麦加局方今天凌晨向华老板发来感谢信，游佐元他们一线的和你们在座的，公司表示对你们的感谢。"张立彪说。"关键还是游佐元、马庆生他们一线的。"肖云飞说。"我已经和他们通过话了。完了再过来看看大家，总之，一年多的心血没有白费，局方认可最关键。"张立彪说。"这下我们可以有单啦！"赵长城说。"给老板感谢信，一线转给我看了。从感谢信上，可以肯定的是核心拿下啦。但基站没提。"陆鼎轩说。"是吗，张总？"肖云飞问。"应该这么说，我司和沙特签的合作协议是关于核心网的。基站是在办议外双方达成的默认，主要是我司想借这个机会推基站，目前这个方案也是麦加局方曾经找森尼韦尔搞，只是森尼韦尔没搞，我们愿意帮助局方实现的方案。属于试验性的。"张总说。"关键在于基站是大头，森尼韦尔已经通过各种渠道向沙特局方施压，连政府都动用了。"陆鼎轩说。"我觉得我们的目的已经达到了。影响力，关键在于影响力。下一步就是借着这股东风，全力拓展海外市场。"张立彪说。"大家的心血没白费，没白费。"肖云飞紧跟着说。

产品线例会。"Hajj节的成功保障，标志着我司上了一个新台阶，为提升我司在全球的品牌形象无疑是重大利好。接下来我们要借着这股强劲的东风，大力拓展海外市场。邵利伟，你给大家说说呗。"张立彪说。"大家都在支持厂验，我们的重点也就是在这些厂验的国家。所以，厂验工作是拓展海外市场的基础。印度普拉卡什的事不要再出现，好在你们及时弥补，使得问题没有扩大化，要引以为戒。"邵利伟是哪壶不开提哪壶。"什么印度、普拉卡什啊，肖云飞，怎么回事？"张立彪一头雾水。"这不说了及时弥补了吗，引以为戒，引以为戒，大家。"肖云飞冲着大家说。"那邵利伟你接着说。"张立彪说。"我们目前确立的重点是尼日利亚、也门，还有阿联酋。葡萄牙很积极，但很奇怪他们不提厂验测试的事，只是让我们提供相关文件。至于马来和印尼，我们目前正在做拓展。"邵利伟说。

"尼日利亚，为什么是尼日利亚？"有人问。"尼日利亚在非洲是比较富有的，盛产石油。什么麦克、香农、枫叶扎堆往里钻。"邵利伟说。"那我们能行吗？"王厚林问。"原来难，但麦加的成功让我们看到，又变得可能了。"邵利伟回应。"有枣没枣打一竿子。"赵长城说。"公司在尼日利亚可是战略性地投入，是长期地、持续地投。"张立彪补充道。"尼日利亚还是很亲美的，对中国的产品不是太看好。他们运营商的高管清一色是在美国留过学的。"邵利伟说。"要利用好麦加成功的机会啊。"肖云飞说。"哎，谁去尼日利亚？"张立彪问。"关景鹏。"邵利伟说。"关景鹏，去了吗？"柴文娜问。"他现在重庆搞村村通的拓展，老外的圣诞过后，也就是明年1月中旬吧就要去了。"邵利伟说。"现在是11月上旬，关景鹏能不能马上去尼日利亚，越快越好。"张立彪说。"马上去？也行。其实去重庆就是让他为去尼日利亚做准备的。"邵利伟说。"怎么讲？"东方牡丹问。"他这一去要三年，他是重庆山区的，来燎原前在重庆工作，女朋友也在重庆。让他去重庆就是巩固一下与女朋友的关系，女朋友家希望关景鹏去重庆买套房，反正就是这些事。这样，我跟他沟通一下，让他尽快去。"邵利伟说。"越快越好，有人在那儿，和远程沟通是不一样的。反正11月一定要到位。最好20号前到，到圣诞有一个月，利用这段时间多接触、多沟通、多了解情况，好吧。就20号左右吧，快去啊！"张立彪急切地说。"够紧的，好吧，我就先去处理这事啦。"说完邵利伟离开了会议室。

"没办法，这做事啊就是要赶前不赶后。尼日利亚是有机会的，关键看能否抓住它。我可不想吃后悔药，因为这世上就没有后悔药可吃。"张立彪感慨道。"想想当年红军飞夺泸定桥，毛主席看得准啊，差半步红军就步石达开的后尘了。"张立彪又说。"有那么悬吗，我们现在？"赵长城问。

"我认为对基站而言，尼日利亚就是泸定桥，就是上甘岭，就是塔山。"张立彪坚定地说。"张总说得对，我们要全力支持关景鹏，支持尼日利亚。"肖云飞说。"还是肖云飞觉悟高。"柴文娜说。"别光说呀，想想我们该做些啥？"赵长城说。"尼日利亚的事我亲自接洽关景鹏。"肖云飞说。"好，就这样。"张立彪说。"还是成立个专项组吧，肖云飞任组长，开发、测试都要有人。"王厚林说。"好，下来讨论定。"肖云飞说。

"看到了吧，研发一旦有问题，市场的就会到处说。要是丢单了，就往研发身上赖。"柴文娜吃着午饭说。"是啊，打铁还要自身硬哪。"肖云飞说。"哎呀，今天多亏了肖云飞。"赵长城说。"以后做事一定要谨慎啊。"肖云飞说。"娜姐，好象你说的是真的。"东方牡丹说。"啥呀？我说的啥？"柴文娜问。"就是放倒医生的怪病啊。"东方牡丹说。"是吗？"娜姐说。"深圳市发通知啦，要求大家防范，少出门，少去公共场所，出门最好戴口罩，回家第一件事是用洗手液洗手。"东方牡丹说。"那我们的活动呢？"王厚林问。"对了，公司要求停止一切集体组织的活动。"东方牡丹说。"看来补不回来了。"麦香渊说。"关键是势头有点扩大，香港也开始闹了。"东方牡丹说。"挺好，安心干活吧。"尹贤良说。"牡丹，得记住，还是要补上的啊。"王厚林说。"记住了，记住了，一定补上，放心，一定会补上的。"东方牡丹肯定地说。"放心是不可能的，关键是我得时刻不能忘。"王厚林说。"你这是非典型配置，所以被非典了。"邓学佳说。"什么被非典啦？"曹瑞祥问。"陈刚牡丹说的病正式的说法就是非典。"赵长城说。"非典型肺炎，简称非典，又称SARS。"东方牡丹补充道。

8. 出征尼日利亚

　　"哎，关景鹏，不逢年、不过节的，这时把同学们叫来是啥意思啊？"在重庆山庄的包间里同学们问。"也没啥，就是想大家了呗。"关景鹏说。"嘴是越来越甜啦，去了燎原变化挺大呀。"严杰玉说。"舒冉冉，你们俩怎么样啦，我们班可就成了你们一对啊。"范琳琳说。"你看哪，我们怎么样？"关景鹏的女朋友舒冉冉说。"瞧满脸幸福的样子，快说今天有啥事？"纪彩霞问。"别，我猜猜，买房子，对不对，关景鹏？整天叨叨买房，是不是？"连富胜问。关景鹏、舒冉冉都没吭声，美滋滋地笑着。"怎么着，还是我了解吧。你们不知道，自打关景鹏回到重庆，整天在我耳边叨叨，耳朵都生茧啦。"连富胜说。"哪个楼盘啊？"何大勇问。"嘉陵湾畔。"舒冉冉回道。"哇，关景鹏牛。"同学们齐声说。"听说啦，燎原薪水在深圳算是高的，到重庆更是高高在上啦。"孙宝录说。

　　"明天就要回深圳啦。"关景鹏说。"不是说待到元旦的吗？"连富胜问。"先回深圳拿签证，20号就去尼日利亚啦。"舒冉冉说。"尼日利亚？够远的啊。"范琳琳说。"出差啊？大概多久？"纪彩霞问。"长期外派，可能要待三年。"关景鹏说。"所以，你刚才说我满脸的幸福，你现在觉得怎么样？"舒冉冉问纪彩霞。"不过公司为鼓励去海外，像我这样的每天补助100美金，一年两次回国探亲的机会，家属也可以去。"关景鹏说。"每天100美金啊，家属去公司出钱吗？"严杰玉问。"反正一年两次公司出钱，可以我回来，也可以她过去。"关景鹏。"那还好啦，冉冉。"范琳琳在一旁说。"关景鹏，尼日利亚足球很厉害啊，这不正合你的胃口吗！"连富胜说。"我记得你们校足球队里好像有很多黑人哦。"孙宝录说。"尼日利亚，非洲南部，好像疟原虫比较厉害。"何大勇说。"啥？"纪彩霞问。"就是容易拉肚子。关景鹏还是要多注意啊。"何大勇说。"我看有报道，好像有点乱，好像有反政府的武装，还有一些极端组织。"严杰玉说。"是啊，公司都提醒了。自己多注意呗。"关景鹏说。"中石油、中石化在那边人很多的。"关景鹏又说。"记住一定要打预防针，我看了他们公司的提醒，要打好多呢。"舒冉冉提醒道。"看，冉冉多关心你啊，算你小子有福气。"连富胜说。"燎原就非要到非洲这种地方吗？为啥国内不搞？"范琳琳问。"我们的手机信号都是国外大公司的网络提供的，中国市场是块肥肉，都在抢，还轮不到像燎原这样的公司。"舒冉冉说。"当然喽，你在无委这些事肯定很清楚啦。"孙宝录说。

"第三世界的非洲通信很落后，燎原可以帮助这些非洲国家跨过有线通信，直接进入无线移动通信的时代。"关景鹏说。"那么穷，哪来钱买你们的东西啊？"何大勇问。"为了摆脱通信落后，联合国和国际电信对非洲有资助项目。中国政府也有资助。"舒冉冉说。"又像以前似的无偿援助啊？"严杰玉问。"不会啦，现在不会啦。现在主要是提供贷款。"舒冉冉说。"尼日利亚有石油，在非洲算是富的，没钱用石油还啊，不怕。"关景鹏说。"回到原始社会，以物换物啦。"纪彩霞说。"其实想明白了都一样，拿钱干啥？不就是买东西吗。"连富胜说。"说得对，在国际市场中国也就是买石油啊、铁矿石什么的，确实都一样。"范琳琳说。"深圳闹非典呐，你还往里跑啊？"何大勇说。"没办法，得从香港走啊，经迪拜再到尼日利亚的拉各斯。"关景鹏说。"他护照在深圳，还要打针。你自己注意啊。"舒冉冉说。"知道了。"关景鹏回道。

"关景鹏，啥时去尼日利亚？"尹贤良问。"20号。"关景鹏说。"我来就是和你们打个招呼，反正是卖你们的东西，你们必须支持，对吧。"关景鹏冲着肖云飞说。"那当然，那当然。定了，我直接对口你，有什么事直接找我就行啦。"肖云飞说。"好，一言为定，我就找你肖云飞啦。"

关景鹏说。"咱们一起进来的，你出远门应该聚聚啊。"尹贤良说。"算啦，这非典闹的，情我领了。"关景鹏边说边离开了。"不看看基站吗，就走啊？"肖云飞说。"不啦，我要去打预防针，有空再看吧。就那么点东西，我都清楚。"关景鹏边走边说。"就是，人家都清楚，有啥好看的。"尹贤良说着也要离开。"别走啊。"肖云飞叫住尹贤良。"啥事啊？"尹贤良问。"我估计尼日利亚业务这块可能会比较多，恐怕要多费心。"肖云飞说。"你怎么知道？"尹贤良问。"凭直觉。"肖云飞说。"哼，有了再说吧。"尹贤良说着离开了。

尹贤良刚走，肖云飞的手机响了。"喂，肖云飞吗？我是师建宏啊。""唉，师建宏您好，啥事啊？"肖云飞问。"这事呢本不想惊动你。"师建宏放缓语气说，"但是，你们开发部的兄弟实在太不像话，车间的5S管理妹妹多次劝告未果，直接捅到制造部老大那儿去了。这不老大追查下来找到我了吗。"师建宏说。"谁啊？这么不懂规矩，这生产车间又不是开发实验室，你告诉我是谁？"肖云飞问。"不止一个，所以要让你们这些领导真正重视起来。"师建宏说。"说说他们都有哪些违规的？"肖云飞问。"你想知道啊？好，那我就给您说说：首先，要穿工作服，戴好工作帽，更重要的是要穿工作鞋。"师建宏说。"唉对呀，在一楼领就行啦，肯定能做到的嘛，对吧？"肖云飞说。"有的开发人员帽子呢是戴了，可是戴得歪七倒八的，不符合要求。尤其是车间里经常有客户参观，被陪同参观的公司领导看见了，说是影响公司形象。问题严重了吧？"师建宏说。

"谁啊，谁啊，谁啊？"肖云飞问。"别急还有呢，我接着说：这其次呢，有人悄悄地不穿鞋。再有呢中午休息，到处随便拿包装纸板垫着睡觉。"师建宏说。"唉，师建宏，我看你们的人也是这样的呀。"肖云飞插话道。"您说得不错，睡可以，但睡完后应该把纸板放回吧？我们的人可都是放回的，而你们的人呢？"师建宏说。"他们睡完了拍拍屁股就走啦，就把纸板丢地上不管啦，这当然不行了。"肖云飞生气地说。"噢，你知道了就行喽。"师建宏说。"你把名单报给我，研发部通报批评。"肖云飞说。"我呢，也就是告诉你，让你呢在研发内部大力宣传一下，避免此类事情再发生。这第一次就算了，你们好好宣传，口头批评批评就得了。"师建宏说。"行吧，就依你吧。下次再有，不必知会我，你们直接通报批评。"肖云飞说。"你放心，这次给你打招呼，因为是第一次。不会有下次的。"师建宏说。"好好好好好，我一定大力宣传，让他们知道不能有下次。"肖云飞说。

"唉，牡丹，好好帮我整治一下这帮小子，在生产部简直无法无天了。"肖云飞冲着正端盘子走过来的东方牡丹说。"这中午的凉皮就是好吃，但是邓学佳还有那帮弟兄可是你带的，咋就不像这凉皮那么爽口呢？"王厚林调侃着说。"说实话，师建宏说的有时候我也难做到，公司生产部的规矩也太严了。"邓学佳说。"我也有同感。"尹贤良说。"怪不得师建宏不愿给名单，原来那名单上有你俩呀。"肖云飞说。"你瞧他们还觉得光荣，看来是非得好好整整不可啦，牡丹。"柴文娜说着猛吸了一口面条。

"唉，虽然有时确有违规，但经5S管理妹妹提醒，可都是及时改正的。"邓学佳说。"是啊是啊，师建宏说的是屡教不改的。那些姑娘好凶的，我还真有点怕她们。"尹贤良说。"好像你们家那位原先就是车间5S管理员吧？后来才改做计划的，对吧？"邓学佳说。"噢，是不是在家里也要求5S啊？"戴宝国风趣地说。"怕老婆！"大家异口同声地说。

9. 量越大，成本就越关键

"总算回来了，辛苦啦。"肖云飞对马庆生说。"还好。"马庆生回应。"你应该知道FPGA板级替代的事。你这不在，邓学佳在帮忙。"肖云飞说。"知道，邓学佳邮件里都说了。"马庆生说。"好，你们俩都在，查曼丽你跟他俩说。"肖云飞说。"公司决定以科林斯为主。所以，就不是可有可无了，计划还是年底。但是真的要切过去，一刀切。那就和原先的策略完全不同喽。关键看你们开发人员的啦。"查曼丽说。"真的有难度啊。"邓学佳说。"版本能跟得上吗？"马庆生问。"版本……王厚林。"肖云飞喊着。"这要切科林斯的，你的版本怎么样啊？"肖云飞问王厚林。"为什么这么急啊？"王厚林问查曼丽。"唉，跟GT谈得不好呗。金总亲自去美国谈的，人家没把燎原放眼里，价格不肯优惠。"查曼丽回道。"科林斯的比GT的温度性能要差，全得靠软件时隙补啊。要不断做试验，积累数据，打补丁，再试。都是要耗绝对时间的。"王厚林说。"正好，赵长城，你们测试人员可要全力支持啊。要充分暴露问题，现在思路要变啦，原先认为没问题的，现在就未必啦。所以，你们测试人员就很关键啦。"肖云飞说。

"光纤拉远更难搞啦。"邓学佳说。"对了，以前的工作都得重新来过。"马庆生说。"唉，你说公司是怎么考虑的？"马庆生问。"成本，量越大，成本就越关键。"查曼丽说。"那我们忙就不算啦？"王厚林问。"你想想，闲着也是闲着。下决心解决喽，成本降下来，你们几个人能有多少钱啊？公司肯定算过这笔账啦。"赵长城说。"说的也是。"王厚林说。"不过，查曼丽，年底软硬件都切，有难度啊。"肖云飞说。"这可是公司的决定，我只负责传达。现在正是非典暴发时期，又不让出差，又不让出游的，正好安下心来搞切换啊。"查曼丽说。"哟，这么说我们还得谢您不成。"邓学佳说。"谢就不用啦，好好干你们的活就行啦，对吧马庆生。"查曼丽说。"你也太能说啦，道理都让您占着了。"马庆生回道。"怎么着，现在是非典时期，等过了非典你们再好好请我。"查曼丽说。"凭啥？"王厚林问。"凭啥？就凭在非典时期我让你们工作更加充实，不对吗？"查曼丽说。"我算是服了，说不过你，马庆生在家是不是也这样啊？"王厚林说。"在家我听他的。"查曼丽说。"谁信呢？"肖云飞说。

　　"查曼丽，科林斯的事都落实了吧？"在产品线例会上张立彪问。"落实了，不过想要年底正式切，还是有困难。"查曼丽说。"肖云飞，没困难，对吧，王厚林？"张立彪说。"12月，一个月，科林斯攻关月，三班倒着来。牡丹，你组织一下。"张立彪说。"为啥这么急啊？"马庆生不解地问。"这要问你呀，为啥麦加整得如此精彩呢？"张立彪风趣地回道。"GT的已经不下单了，现在下的全是科林斯的。差不多在1月中旬，想用GT的恐怕也没得用了。"查曼丽说。"怎么样？还有疑问吗？"张立彪冲着大家说。"公司估计明年2月份基站模块可能会有较大增长，我们必须要做好准备，而且是低成本的。你们自己可以算算，自己亲自算了，理解就更加深刻，就会更有主动性。"张立彪又说。"张总，明白了。"肖云飞在一旁回道。"明白就好，明白就好啊！查曼丽，双工器的第三家啥时搞定？我可早就给你打招呼啦，嗯？"张立彪说。"我常催啊，当耳旁风，这下我看你咋办？"肖云飞问。"我们领导说，对老板的预测都要打个折。我们计划2月搞定第三家量产。"查曼丽说。"科林斯你要求年底，双工器第三家为啥是2月？"马庆生问。"我们认为量不会这么快，有两家应该能顶一阵子。"查曼丽回道。"对我们要求严，对自己就松，有你这样的吗？"邓学佳说。"好啦，不说了，就按这个来。牡丹，好好组织一下，非典期间要特别注意，别搞出什么事来，知道不？"张立彪说。"好的，下来落实。"东方牡丹回道。"曹瑞祥，线性功放的进展如何？"张立彪又问。"第一版刚回，正在调试。"曹瑞祥回道。"我只想强调，线性功放是在明年6月底商用的，你们别搞砸了。"张立彪说。"我们在盯着呢。"柴文娜说。"和他们要好好合作，看你们管理水平啦。原则还是以他们为主啊！"张立彪最后说。

产品线例会后，肖云飞叫住了曹瑞祥和柴文娜。"情况到底怎么样？"肖云飞问曹瑞祥。"其实我正要找你，软件这边王厚林要重点支持一下。"曹瑞祥说。"为什么？"肖云飞问。"他们现在主要用手工调。要知道，手工调和软件自动调可是完全不同的。"曹瑞祥说。"真实的应用肯定是软件自动调。"曹瑞祥停顿了一下又说。"那只能先让尹贤良帮你喽，王厚林那边不行。"肖云飞说。"唉，柳琴科不是搞软件的吗？"柴文娜说。"他侧重算法，需要一个搞接口软件的，这样两个人搞效率会高一些。"曹瑞祥说。"行吧，就让尹贤良那边出个人，好吧，我跟他说一声。"肖云飞说。"新员工啊？"曹瑞祥问。"边干边学嘛，看你怎么用了。"肖云飞说。"还是不重视。"曹瑞祥自语着说。"你觉得现在尹贤良能过来做这事吗？新员工也来了两个月啦，做接口软件正合适。关键是你要指导他怎么做，你给思路，他实现，就这么简单，你看作是你的臂膀延伸就行啦。"肖云飞说。"说的也是，好，就这么着。"曹瑞祥说。"新员工就要这么压担子，你们不都这样过来的吗！"柴文娜最后说。

"肖云飞，麦克他们为了压制燎原，价格在城市开得很低。原以为我们怎么都有价格优势，这不，残酷现实摆在面前。"张立彪说。"是啊，解剖分析了，麦克的设计就是基于低成本的。而且他们对供应链进行整合，使得成本进一步降低。这些都是我们需要认真学习的。"肖云飞说。"公司还是想着力多载波技术。"张立彪说。"怎么讲？"肖云飞问。"公司的意思是想在欧研所把多载波技术产品化先做起来，看看他们做得如何，再做进一步的决策。"张立彪说。"好啊。"肖云飞说。"曹瑞祥去欧研所和老外一起搞，怎么样？"张立彪说。"多久？"肖云飞问。"明年一年怎么样？"张立彪说。"其实，让曹瑞祥去，本意就是全面深入地了解多载波技术的全过程。作为旁观者，可能更能看清很多东西，汲取好的，剥离不足。"张立彪说。"回来自己做，对吧？"肖云飞问。"我就欣赏你的理解力。"张立彪说。"好，明白。同意曹瑞祥明年去欧研所。""我们现在要明白，价格和服务是根本。尼日利亚，价格难说是优势，你们要想办法降成本。同时，要与关景鹏多沟通，寻找服务的突破口。"张立彪说。"借着这次科林斯的机会，看看哪些可以再降的。"肖云飞回道。"不过稳定也很重要，稳定的BOM也是降成本。BOM不稳定，整天变来变去，形成呆死料，不利于降成本。"张立彪说。"唉，别光想着器件降成本啦，你去看看结构件有没有油水可捞。"张立彪又说。"嗯，下去看看。"肖云飞说完离开了张总的办公室。

10. 先要从结构成本降起

"孟泰乾，难得找您啊。这不，我们张总说是跟您很熟啊，让我找您帮帮忙啊。"肖云飞说。"客气客气，你们很牛啊，在Hajj节盖过所有世界大公司。"孟泰乾，结构的负责人说。"是这样的，我们分析了基站BOM，发现结构的成本占大头。"肖云飞说。"是吗？我们结构怎么可能占你们基站设备的大头吗？"孟泰乾说。"这是真的，不信你安排人和我们一起来分析。"肖云飞认真地说。"那倒不用，你们想怎么着吗？"孟泰乾说。

"唉，还是一起先分析一下嘛，先统一一下认识，好吗？"肖云飞说。"其实我们都知道。"孟泰乾被逼无奈只能说实话。"那好，孟总，你看如何把结构件的成本降下来？"肖云飞问。"你们产品线先提个目标吧，我们按目标再分析一下，看看能否满足产品线的要求。"孟泰乾打着官腔说。"那好，产品线考虑一下，给您发邮件。"肖云飞说。

打发完孟泰乾，肖云飞把曹瑞祥、邓学佳、马庆生都叫到一起说："我们想降成本，先要从结构成本降起，这里的油水看来比较大。""室外微基站和ODU的结构成本太高了。"曹瑞祥说。"你也别这么说，当初为了散热好，你给人家提要用散热好的铝，机加的也多，自然成本高啦。"邓学佳说。"不过我在麦加进行长时间的测试，感觉余量挺大的，应该要求可以降低些。"马庆生说。"曹瑞祥，当初的要求没错，毕竟是第一次，保守一些，但此一时彼一时，现在可以往前再进一步了。"肖云飞说。"开模免机加，成本可以大幅降低。"曹瑞祥说。"好，室外的就是开模免机加。那室内宏基站呢？"肖云飞问。"那只能打机柜的主意了。大头是机柜啊，单板结构件是小头。"马庆生说。"单板结构件就是拉手条，确实有限。机柜这个大头我们很难提出什么思路啊，只能硬压结构的人去搞。"邓学佳说。"走，我们去实验室看机柜。"

肖云飞说着领大家进了实验室。"干啥呢一帮人？"赵长城问。"看看机柜。"肖云飞回道。"想干啥？"赵长城又问。"看看机柜能不能降成本。"肖云飞说。"这机柜也太奢侈了，至少能砍一半。没必要这么设计。"戴宝国在一旁说。"唉，戴宝国，你说说怎么奢侈啦？"马庆生问。戴宝国随手拉开机柜的门说："你看这门还搞个两扇门，多了一个门。再看看这个门，还是两层的，还打了那么多的小孔，那都是钱啊。""两扇门打开占的空间小，一扇门打开占的空间大。"马庆生说。"大机柜应该，这小柜就完全没必要啦。"曹瑞祥说。"这个门单层就够了，不用这么复杂。机柜核心是里面的框架要牢固．至于门，左右和后面的仅是遮羞布而已，你们看枫叶的机柜就是开放式的。"赵长城说。"好了，有思路了。"肖云飞说。"怎么讲？"马庆生问。"孟泰乾给我出难题，现在有解了，机柜降30%。"肖云飞说。"道理很简单，我四周看了，机顶、电源接线排，都是按高档设计的。"肖云飞说。"还有底座，就不能简单点设计吗？"曹瑞祥说。"30%他们肯定很容易达到的。"邓学佳说。"50%。"马庆生说。"先30%吧，你信不．就30%，孟泰乾肯定会讨价还价半天的。"肖云飞说。"他们就这样。"曹瑞祥说。"噢，当时我记得说双层门是为了降噪声，他们肯定会拿这个说事。"邓学佳说。"那枫叶为啥是开放式的，也有风扇啊？"马庆生说。"不管，先按30%要求他们。"肖云飞最后说。

"兔机加好啊，我们没问题，关键看肖云飞的啊。"孟泰乾在沟通时说。"先搞两个兔机加的做下热测试，看测试的结果好吧。"曹瑞祥说。"机柜呢？"肖云飞问。"你们也太狠了吧，一下降30%，1/3。怎么可能吗？"孟泰乾哭喊着说。"那你说多少？"肖云飞说。"15%。"孟泰乾回道。"25%。"肖云飞说。"好，我再让一步，20%。不能再让了，一下降1/5啊，可以啦。"孟泰乾说。"成交！20%。"肖云飞坚定地说。马庆生不服刚要说啥，被肖云飞用手势打住。孟泰乾看在眼里回道："就20%。"

大家看着孟泰乾远离的背影，马庆生急不可耐地说："为什么让到20%吗？""这是策略。"肖云飞语气平和。"啥策略？"马庆生问。"退一步海阔天空，通常30%幅度是大了点，他要是到领导那去说基站心太黑，领导也没办法，只能认。"肖云飞说。"在降的过程中，我们跟紧了，要抓机会让他降得更多。我们过程了解得越清楚，他们的余地就越少，到时就由不得他们了。"肖云飞跟着说。"走一步看一步呗。"邓学佳说。"曹瑞祥，你经验丰富，这事您多费点心。"肖云飞说。"好吧，事够多的。"曹瑞祥说。"没办法，结构部那帮弟兄道儿太深了，马庆生他们太嫩看不透事啊。"邓学佳说。"结构这块还真不行，邓学佳你觉得呢？"马庆生问。"没怎么接触过，侧重点不同嘛。"邓学佳应道。"我们都得学学，我也是搞硬件的啊，和你们一样不熟啊。但是学校金工实习都搞过，还是有基础的嘛。边干边学，这次跟着曹瑞祥好好学学。明年曹瑞祥就要去欧研所了。"肖云飞说。"所以啊，我们要一起搞这件事。"曹瑞祥说。"肖云飞，这一下事太多，你看多少块单板，室内的室外的。现实一点明年3月切。"邓学佳说。"还是结构这种降成本来得更直接，风险可控。"曹瑞祥说。"唉，正好，查曼丽，科林斯的事，我也觉得太过仓促，正式反馈给您，基站要求明年3月切。"肖云飞说。"是的，其他产品线也有反映，金总在考虑。"查曼丽回道。"不过抓紧还是要的。"查曼丽补充道。"这点觉悟我们还是有的。"邓学佳说。

第四章

进攻非洲上甘岭

1.尼日利亚拓荒者

尼日利亚拉各斯，关景鹏和江嘉陵正坐着车从机场去酒店。"梁海恪，梁先生是吧，谢谢啊。"关景鹏正谢着接车的梁先生。"您不是燎原的，对吗？"江嘉陵问。"不是不是，目前在尼日利亚燎原的人就你们俩。我跟你们燎原市场部打过交道，是燎原的朋友。"梁海恪说。"是在尼日利亚打的交道吗？"关景鹏问。"不是，在国内。你们是燎原第一波来尼日利亚开拓市场的，邵利伟是这么说的，希望我能帮帮你们。"梁海恪说。"多谢梁先生。"江嘉陵说。"我们先去吃个早餐，再去酒店住下。然后我带你们去事先租下的公寓宿舍。"梁先生说。"你们看，我们就在这个小餐馆吃早餐，东西放车上，下车。"梁先生说。"早餐面包夹午餐肉，牛奶。"梁先生说。不一会儿早餐送来。"吃啊，不客气。"梁先生说。"怎么样？还习惯吧。"梁先生说。"还行，还行，和国内差不多。"关景鹏说。"这里的午餐肉是从中国运来的，我就是做午餐肉生意的。"梁先生说。"从中国哪儿啊？"江嘉陵问。"山东青岛，我就是青岛人。"梁先生说。"梁先生来这儿多少年啦？"关景鹏问。"我是1998年秋来的。"梁先生说。"快5年啦，老拉各斯啦。"江嘉陵说。"吃好了咱们走，看，那就是你们要住的酒店。"梁先生指着一幢建筑说。

来到酒店，梁先生招呼着二人走到前台说："办入住手续，把护照拿出来，住一周是吧？""是的，住一周，然后我们就住租的宿舍。这是公司要求，租到房前在酒店临时缓冲一周。"关景鹏冲着江嘉陵说。"好，你们上去放行李，我在下面等你们。"梁先生冲着关景鹏和江嘉陵说。二人放好行李和梁先生会合，出发去租住的公寓。"酒店怎么样？"梁先生边开车边问。"都差不多。"关景鹏回道。"我们现在去的公寓宿舍有电话，可以上网，不过要去电信局办理开通手续。我想这两点对你们来说是最关键的。"梁先生说。"是的，确实电话、上网最重要。目前，只能发短信，手机通话太贵了。"江嘉陵说。不久他们便来到公寓宿舍，梁先生边走边说："看，电信局就在那边，你们自己去办就行了。一会儿我把租房合约给你们，拿着它就可以办了。你们在二楼，类似集体宿舍，厕所、洗澡的都是公共的。""咱不讲究，有澡洗就可以啦。"关景鹏说。

"就这间206。"梁先生说着用钥匙打开门。"哇，什么都没有啊！"江嘉陵吃惊地说。"这些都是可以置办的，刚才来的时候说了。我看重的就是有电话和能上网。"梁先生说。"噢，看见了，电话插口，能上网就行啦，用IP电话不就得了。"关景鹏说。"固话还是要申请，尤其你们搞市场的，是必需的。"梁先生强调说。"那是，那是，现在的网还不能完全靠得住。"江嘉陵说。"好，我还有事，你们熟悉一下环境，把房里的东西置办一下，去电信局办固话和网络。"梁先生说。"这是租房合同，酒店的名片你们都拿了。回酒店打出租，给司机看名片就行了。这一带的商场、超市应该能满足你们的需求。由于中国人不少，这里也有方便面卖的。有事给我打电话，再办两个本地手机卡，便于咱们联系。"梁先生说完便离开了。关景鹏、江嘉陵望着梁先生远去的背影，默默相视了许久。"比我想象的好多啦，有电话、能上网、有澡洗。"关景鹏满脸苦笑着说。"走，去电信局，完了去商场买铺盖和床垫，跟公司一样啊。"江嘉陵自嘲着说。"对啊，一样的，我从研发部转到市场部，就是重新到小卖店买的床垫和铺盖，懒得再回研发部拿了。"关景鹏说。俩人"装疯卖傻"、相互嘲讽地边走边哼着歌。

"哎，连上了。那边应该上班了，给邵利伟发个邮件。"关景鹏在宿舍正试着刚开通的网络。"我给肖云飞打个电话。"江嘉陵拿起电话试着拨深圳的肖云飞的电话。"喂,肖云飞,是肖云飞吗?"江嘉陵说。"通啦,通啦。"江嘉陵冲着关景鹏喊。"哎,肖云飞,我是江嘉陵啊,对,到啦。我们正试着刚开通的固话。""看,邵利伟回邮件了。"关景鹏说。"邮件说啥?"江嘉陵问。"让我们先从三牌西部电信NWT公司着手,和网络规划部的卡鲁私下接触,了解情况。"关景鹏说。"看来邵利伟是早就准备好了,就等我们消息。"江嘉陵说。"也好,有具体事做更充实点。否则,在这干待着不好受啊!"关景鹏说。"就是干活的命。"江嘉陵说。"我怎么觉得不用再住酒店啦?"关景鹏说。"这样,先住两天,这两天我们主要就在这个宿舍里,适应适应。"江嘉陵说。"买个电视吧。"关景鹏说。"对,走,吃完晚饭后看看电视机。"江嘉陵说。

"这里好像位置还可以,电视信号挺好的。"江嘉陵说。"没想到康佳的电视销到这儿了。哎,拉各斯的电视有讲英语的,这样好。"关景鹏说。"再过两天装个卫星电视,就可以看国内的电视台了。"江嘉陵说。"走吧,回酒店。"关景鹏说。两人回到酒店洗了澡躺在床上。"江嘉陵,跟卡鲁我们怎么开始?"关景鹏问。"关于卡鲁有什么信息吗?"江嘉陵问。"对了,给邵利伟发邮件,让他提供些相关信息。"说着关景鹏下床给邵利伟发邮件。"睡觉。"关景鹏发完邮件把灯关上说。第二天一早。"拉各斯的天气好像跟深圳差不多啊。"关景鹏说。"哎,看看邵利伟回邮件了吗?"江嘉陵急切地问。关景鹏打开便携看着:"哎,回了。噢,是使馆推荐的,这个卡鲁去中国考察过中国的移动通信。""嗯,中国的移动通信确实发展得不错。"江嘉陵说。"美国留学的,卡鲁。"关景鹏说。"中国的移动通信做得好,可关键在于设备主要是进口的。"江嘉陵说。"对啊,对我们来说没优势啊。"关景鹏说。"唉,先洗脸刷牙吃早饭再说。"江嘉陵说。

2. 主推宏基站还是微基站

"你说是主推宏基站，还是主推微基站？"关景鹏咬了一口面包问。"我觉得是微基站，我们花了那么多的精力，而且在麦加表现又不错。"江嘉陵说。"我也觉得是，花了那么大的代价，不卖可惜了。"关景鹏应着。

"好，一会儿发邮件回去，让肖云飞准备微基站的胶片。"关景鹏边吃着又说。"让他们写好之后研发部自己先评审。然后，再找邵利伟他们市场部的评评。最后，还是要让邵利伟把关后再发到一线来。"江嘉陵很有经验地说。"你很有经验嘛。"关景鹏说。"村村通就是这样搞的，见客户的材料一定要让市场部把把关，研发人员的思路偏专业性，客户有时不太感兴趣。"江嘉陵说。"对，客户关心对自己业务的帮助，说得明白点就是能多放号、少基站、没有盲点、接入快、不掉话。"关景鹏说。"总结得挺全嘛，还真是那么回事。"江嘉陵说。"我在重庆待了几个月推销村村通，还是有点心得，我想尼日利亚也差不多吧。"关景鹏说。

"马庆生，关景鹏想在尼日利亚推微基站。你写个胶片，明天或者后天组织评审一下。"肖云飞说。"嗯，是应该推微基站，我写还真合适，毕竟我在麦加有切身体会。"马庆生说。"提醒你啊，写的要贴近客户，别搞得像学术论文似的。"肖云飞说。"啥叫贴近客户，您给说说。"马庆生问。"我也说不好，你先写吧，咱们边评边修改。最后要让市场部邵利伟他们把最后一道关。"肖云飞说。

"哎，看《激情燃烧的岁月》没？拍得挺好的，孙海英、吕丽萍演的。"柴文娜吃着肉夹馍，喝着羊肉汤说。"看了，那石光荣确实演得好，跟真的似的。"东方牡丹回道。"那时部队里当官的就这样抢媳妇啊，跟以前宣传的不一样啊。"马夫生说。"英雄美人嘛，自古到今都没变，真理啊。"赵长城说。"那个文工团的可真憋屈啊。"邓学佳说。"报上说吕丽萍和孙海英演完电视剧就真成伴侣啦。"麦哲渊说。"吕丽萍的前夫是张丰毅吧。"王厚林说。"好像是。"戴宝国说。"马庆生，胶片写好了吗？赶紧组织评审，关景鹏天天催着要。"肖云飞说。"还没呢，明天吧。"马庆生回道。"快点，少看一集不就有了吗？"肖云飞冲马庆生说。"没那么急吧？"曹瑞祥说。"哎哎哎，这话我不爱听啊，什么叫没那么急？请问，我们不急，谁会替我们急？天上会掉馅饼吗？真是的！"肖云飞生气地说。"好好好，今天加班，不看电视了，今晚一定搞定，明天评审。"马庆生说。"这还差不多。"柴文娜在一边大声地说。"你也不许看。"曹瑞祥冲着柴文娜说。"好，不看，不看。管得着吗。"柴文娜自语道。"肖云飞说得对，燎原就得靠大家的努力拼搏，才有可能成功。"东方牡丹在一旁说。"不吃了，中午不睡了，现在就搞。"马庆生说着端起盘子走了。"吃都吃完了，当然不用再吃啦。"柴文娜在一旁小声说。"省省吧，娜姐。"王厚林说。

"关景鹏、江嘉陵那边有什么进展吗？"张立彪问肖云飞。"都安排下来了，公寓宿舍装了固话，开通了网络。"肖云飞说。"工作呢？"张立彪又问。"噢，准备与NWT沟通，正让我们给他准备胶片呢。"肖云飞说。"胶片发给我看看。"张立彪说。"我们先评审一下，然后让邵利伟再把把关，最后让您再给提提意见。"肖云飞说。"我记得材料有啊，应该只要翻译一下就可以了。"张立彪说。"关景鹏让写微基站的，准备推微基站。现有的材料是宏基站的，微基站的胶片好像还没有单独的，都是混在一起的。"肖云飞说。"微基站？"张立彪听后即刻拿起电话拨着。"喂，邵利伟吗？"张立彪问。"张总，什么事啊？"邵利伟在电话那头问。"尼日利亚拉各斯的NWT为啥要用微基站去推？你们是怎么考虑的？"张立彪问。"没有啊，怎么会推微基站呢？肯定是推宏基站嘛！"邵利伟在电话那头说。"喂，你到我这里来一趟，现在就来，快啊，等你。"张立彪说完挂断电话。"哎，张总，怎么回事啊？啊，肖云飞也在啊。"邵利伟边进门边说。"关景鹏让我们准备微基站的材料。"肖云飞说。"关景鹏吃错药了吧，他也没跟我说这事啊，怎么你们就私下定了推微基站了呢？"邵利伟问。"我们都认为这微基站花了那么大的代价，在麦加表现又挺好的，当然想推喽。"肖云飞说。"肖云飞，你真有点让我失望。一个基站的负责人，居然搞不清主次，感情用事，代价大就一定是主设备啊？难度大就一定要推啊？"张立彪生气地说。

肖云飞正要开口辩解，张立彪一挥手又说："我知道你胶片写什么了，散热如何如何，基苩高集成一块板，举世无双，一帮人写得high得很，书呆子。"张立彪说。"还没给你看呢，哎，你怎么知道得那么清楚！"肖云飞问。"用得着看吗，平时你们邀功、汇报的材料不就是这样写的吗？"邵利伟说。这句话说得肖云飞无话可答了。"邵利伟，你也是。也不交代清楚。肖云飞，为什么宏基站是主设备，微基站是有力的补充，你明白不？"张立彪问。"宏基站可扩展性好，微基站在可扩展性上比不上宏基站。"肖云飞说。"都知道嘛，还这么糊涂。下去找邵利伟再了解了解你不知道的，邵利伟啊，给他好好上上课。"张立彪说。

"催、催、催，催啥呀，害得午饭吃不好，午觉睡不成，没了'激情燃烧的岁月'，照着东方牡丹的话，努力拼搏又一宿，结果呢？结果呢？"马庆生狠狠地咬了一口肉夹馍说。"怪别人啊？哎呀，就应该是微基站，我在麦加做得那么好，不卖微基站哪能显出我的能耐啊。"王厚林说。"你们可真能说，算我倒霉，我得罪谁了我。"马庆生说。"在麦加公费朝觐，美得不行。这趁着非典溜回来，其冒的很显然嘛。"柴文娜说。"啥目的啊？"马庆生问。"赖账不请客呗。"尹贤良说。"哎，能怨我啊，好像非典是我搞出来的似的。"马庆生说。"这可是你自己说的，非典是你制造出来的，牡丹，马上打110报警。"柴文娜开着玩笑说。"哎哎哎，差不多行了哈。"查曼丽在一旁不愿意了。"你小子有人护了啊。"肖云飞冲着马庆生说。

下午，肖云飞座位上。"哎，马庆生，宏基站机柜降成本的事看来是要抓紧了。"肖云飞对马庆生说。"是啊，这些天对微基站结构关注得多了点。哎，你让孟泰乾赶紧确定个具体负责的人，这样就可以具体开展起来了。"马庆生说。"好，我给他发邮件让他确定谁来搞机柜降成本。"正说着肖云飞的电话响了。"喂，肖云飞吗，我是孟泰乾。""啊，孟泰乾，刚给你发了封邮件，看了吗？"肖云飞说。"就是看了你的邮件才给你打的电话。"孟泰乾在电话那头。"怎么样，给个人呗。"肖云飞说。"这样，我现在就过来，咱们当面谈。"孟泰乾说完挂断了电话。不一会儿，孟泰乾来到肖云飞的座位处，马庆生、曹瑞祥也在。"是这样，机柜设计属于公司的平台设计，是要统一公司各产品线综合考虑的。所以，我们基站要降成本，也需要公司统一拉通进行降成本设计。"孟泰乾说。"嗯，那就拉通设计呗，怎么啦？"肖云飞说。"唉，这一拉通设计，首先需要征求各产品线的意见，把意见收集整理后，输出对机柜更改的具体要求，然后才能具体实施。"孟泰乾说。"怎么啦？出个人搞就是了。"肖云飞说。

"唉，怎么……我不知道我是表达出了问题，还是理解出了问题。"孟泰乾说。"没问题啊，你出个人搞就是喽。"肖云飞说。"这组织、协调工作量多大呀，怎么着也得以公司的名义成立个工作组，进行任命后，才能开展吧。"孟泰乾说。"哼哼，孟泰乾，我们基站的机柜，基带板就是照搬固网和光网络的结构，收发信机是借鉴了麦克斯韦的，我们公司原来就没有。你说什么组织协调啊，什么拉通啊，有点搞笑了吧。"肖云飞说。"那公司就是这么要求的嘛。"孟泰乾说。"说得明白一点，就是先入为主，固网、光网络先做，我基带只能靠过去。收发信机我先有，就只能以基站的为主，大家要做的话，也只能跟过来。所以，你只是找一个借口而已，嫌麻烦，不想做，整一大堆词来糊弄我是真的。只可惜你找错了人。"肖云飞说。"别这么说呀，所以我亲自过来跟你商量嘛。"孟泰乾说。"好啦，商量好啦，赶紧派个人和马庆生一起先搞个计划出来，要在过年之前切换，说好的是20%的降幅哦。"肖云飞说。"回头再跟上头商量商量，之后给你个电话。"孟泰乾说完离开了。

"商量啥呀，托词。自己就是领导，回去跟自己商量呗。"曹瑞祥说。"在公司就得这样，你要什么都清楚。否则，被人骗了，还在为别人数钱呢。"肖云飞冲马庆生说。"是啊，要是我就只能被骗喽。"马庆生说。"没关系，下次不就知道了吗？"曹瑞祥说。"呵呵，这么快，孟泰乾回邮件了。"肖云飞看着电脑说。"谁啊？"马庆生问。"郑秋实。"肖云飞说。"好，我赶紧跟他联系。"马庆生说。"唉，微基站也不能松懈啊。"肖云飞提醒道。"哎，曹瑞祥走啦。"马庆生说。"我重点盯机柜，曹瑞祥重点盯微基站，同时支持机柜。你看怎样？"马庆生问。"嗯，就这样吧。"肖云飞点点头说。

3. 怎么跟卡鲁迈出第一步呢

"家里来邮件了吗？"刚从外面洗漱回来的江嘉陵问。"我看看啊。"关景鹏边说边打开便携。"产品线还是要推宏基站。"关景鹏说。"为什么？"江嘉陵问。"主设备嘛，毕竟扩展性好，微基站是有效的补充。"关景鹏回道。"关键是没说头啊。这微基站在麦加Hajj节做得好，这边也是穆斯林居多，有影响啊。这样好说呀。"江嘉陵说。"主推宏基站，又不是说不能讲微基站的事。这个思路材料都是现成的。"关景鹏说。"那我们怎么跟卡鲁迈出第一步呢？"江嘉陵边做早餐边说。"吃完早饭咱们先看看卫星电视呗，多了解了解全球的信息，也许能打开思路。"关景鹏说。"你呀，想看国内电视就直说呗，拐弯抹角的。"江嘉陵说。

这一天两人请了专业人员完成了卫星电视天线和接收机的安装和调试。"中央台可以看啦，真好。"关景鹏满足地说。"我觉得你很容易满足啊。"江嘉陵说。"知足者常乐嘛，何必跟自己过不去呢？"关景鹏说。"对了，央视在播《激情燃烧的岁月》，不知道能看到不？"江嘉陵说。"只有央视国际频道，不播。"关景鹏调了半天最后说。"央视一套没上卫星吧。"江嘉陵失望地说。"先给卡鲁发个邮件，顺便附上相关资料。隔个一天再给他打个电话，如果不回邮件的话。"关景鹏说。"回邮件也要打电话呀。"江嘉陵说。"其实我估摸着卡鲁就不会回邮件。"关景鹏说。"那不一定。"江嘉陵说。"我敢肯定他不会回邮件，要不咱俩赌一把。谁输谁做一周的饭。怎么样？"关景鹏说。"算了，有啥好赌的，输赢还不都得我做，你那饭做得能吃吗？"江嘉陵说。"哎哎哎，别这么说啊，差呢是比您差了点，但还是能吃的。"关景鹏说。

一天过去了，卡鲁的确没回邮件。"十点钟左右打个电话过去呗。"江嘉陵望着失望的关景鹏说。"为啥要十点，现在就打。"关景鹏拿起固话拨着卡鲁的号码。"先打办公室，没人接再拨手机。"江嘉陵在一旁提醒着。"办公室通了。"关景鹏说着用手势示意江嘉陵安静。"喂，是哪位？"对方用英语说。"是卡鲁先生吗？"关景鹏问。"我是卡鲁，您是……？"卡鲁问。"我是来自中国燎原公司的关景鹏。昨天给您发过邮件，不知您收到了没有？"关景鹏说。"噢，关先生您好，邮件看到了，只是工作太忙没有及时回您，抱歉！"卡鲁说。"没关系，卡鲁先生，您看什么时间有空我们约您见个面，介绍一下燎原公司的产品。"关景鹏说。"我看一下时间安排再给您邮件答复好吗？"卡鲁客气地说。"好的，谢谢卡鲁先生。"关景鹏刚说完对方就挂了电话。"咦，沟通得挺顺畅啊。"关景鹏撂下电话兴奋地说。"卡鲁答应见面啦？"江嘉陵问。"是的，答应见面啦。"关景鹏说。"什么时间啊？"江嘉陵又问。"他说安排一下再给我邮件回复。"关景鹏说。"这种答复不好说。应该不能算是答应和你见面，有可能是托词。"江嘉陵说。"至少他没有拒绝。"关景鹏有点不乐意地说。"但愿，等他回邮件吧。"江嘉陵说。"他看到你的邮件了吗？"江嘉陵又问。"他说看到了。"关景鹏回道。"看到了，而且你自我介绍后他能清晰地明白，说明他对你的邮件还是仔细看了的。换句话说，他已经对燎原的产品有所了解了。"江嘉陵分析道。"你说得对，他对燎原产品应该是关注的。"关景鹏说。"看我们怎么反劲了。'江嘉陵说。"我们要想办法多了解些NWT的情况，否则太被动了。"关景鹏自语道。"简单点，先从容易做的着手。上NWT的网站看看。"江嘉陵说着打开了便携。

"你查吧，我看看碟。"关景鹏说。"什么碟啊？"江嘉陵问。"《围城》。"关景鹏回道。"这片子啊，当时放的时候，在大学里很流行，但在社会上反应一般。"江嘉陵说。"讲以前知识分子的嘛，讲一帮酸溜溜的、尖酸刻薄的知识分子，又不通俗易懂，赶不上赵本山的小品那么受欢迎。"关景鹏说。"想看赵本山的小品啊，我这有啊，还有米老鼠和唐老鸭呢。看了哈哈一乐，不费脑子。"江嘉陵说。"其实我特别喜欢《围城》，我认为《围城》是目前中国电视剧最成功、最经典的一部。陈道明确实把方鸿渐演绝了，吕丽萍的孙柔嘉整个一个醋坛子。还有那个英若诚演的校长，活灵活现啊。"江嘉陵津津有味地说着。"赵辛楣、苏文纨、葛优的李梅亭，都演得好，剧情也好。"关景鹏边看边说。"插到电视上一起看嘛。"江嘉陵说。"没这个功能吧。看看，这款还没这个功能。"关景鹏说。"对了，我发邮件，让家里寄张《激情燃烧的岁月》的碟来。"江嘉陵说。"刚开始放没多久，应该还没有碟吧。"关景鹏说。

"两天过去了，这个卡鲁。"关景鹏躺在床上自语道。"明天一早再打个电话呗。"江嘉陵说。"还是先发个邮件催催，然后再打电话，下午吧，明天下午再打个电话。事不过三嘛。"关景鹏说。"NWT网站看出点啥了吗？"关景鹏问。"没啥有用的信息。"江嘉陵说。"看你的赵本山。"关景鹏说。"好。"江嘉陵说着拿出来放着。"赵本山的小品就一个字——'俗'。"关景鹏说。"有人愿意看啊，还是俗人多，这个世上。"江嘉陵说。"NWT的网站说有个叫吉达的地方，我查了，在拉各斯的远郊。那个地方有点乱，不太平，时有反政府武装出没。至今移动通信没开通，这是个政府项目。"江嘉陵边看着边聊。"是不是类似中国的村村通项目。"关景鹏说。"差不多吧，穷乡僻壤的没钱赚，设备商估计兴趣也不大。"江嘉陵说。

"卡鲁先生，我是燎原的关景鹏。"关景鹏用英语说着。"噢，关先生您好，我现在在阿布贾出差，有事回来再说吧。"说完卡鲁挂断了电话。"看来，这周咱们先别再联系卡鲁了。别让他觉得我们老缠着他，免得让他烦。"江嘉陵在一旁说。"也没法联系啦，显然你的分析是对的。"关景鹏说。"这两天找梁先生玩玩呗。"江嘉陵说。"好吧。"关景鹏说。"拉各斯大学离这儿不远，明天去玩玩。"江嘉陵说。"为啥明天去啊，现在就去，顺便在外面，最好在拉各斯大学把晚饭解决了。"关景鹏说。"给梁先生打个电话，看看他有没有兴趣一起去拉各斯大学转转。"江嘉陵说着掏出手机给梁先生打电话。"喂，梁先生吗？我是燎原的江嘉陵啊，有空吗？""这两天有点忙，有事吗？"梁先生在电话那头问。"没什么事，就是想去拉各斯大学看看，要是你有时间，顺便咱们聚聚，再了解一些情况。"江嘉陵说。"啊，你们先去，那里有个足球场，一会儿我忙完了我们到足球场碰头。"梁先生说。"好。"江嘉陵说。

一个小时后，拉各斯大学足球场不远处的餐厅，梁先生、江嘉陵和关景鹏又聚在一起。"还算适应吧？"梁先生问。"有了充分的思想准备，所以还好。"江嘉陵和关景鹏回道。"工作开展得顺利吗？"梁先生又问。

"唉，不太顺。"关景鹏说。"你们这个行当我也帮不了什么忙啊。"梁先生说。"帮得够多的了，那个公寓还是挺好的，得益于位置好，各方面都挺方便。"江嘉陵说。"也是看中这点，只是室内什么都没有。"梁先生说。"那些都是可以置办的。"关景鹏说。"梁先生，您是一个人在这儿呢，还是一家人都在这儿？"江嘉陵闲聊着问。"太太刚回去，一般太太跟我在这儿，孩子在青岛上学。过年是要回去的。"梁先生说。"梁先生，什么缘分让您在这儿做午餐肉生意？"关景鹏好奇地问。"说这就话长了。"梁先生边吃边说。"我就是随便那么一问，有点好奇而已，不方便就算了。"关景鹏抱歉地说。"没什么不能说的。"梁先生说。

"上世纪80年代青岛周末时兴舞会，在青岛的留学生是舞场的常客。有个黑人留学生非常活跃，长得像NBA的篮球明星似的，颇受舞场上小姑娘的喜欢。"梁先生停了停又喝了口茶。"像哪个明星啊？"江嘉陵问。"很像迈克尔·乔丹。这个像乔丹的留学生就经常和一个小姑娘跳，两个人也很默契地常常准时出现在舞场。这一来二去呢，两人似乎有了点意思。那姑娘就是我姐。"梁先生说。"是不是你姐就跟着这个留学生来到这儿啦？"江嘉陵问。"怀孕啦，没办法，就跟着我这个黑人姐夫来到了拉各斯，他是这里的人。"梁先生说。"你姐一家都在这儿。"关景鹏说。"哎呀，这老外啊，就是花心。本来我姐这一家也挺好，有个儿子，我这个姐夫家境挺好，自己做生意。这不都挺好吗，我姐也挺幸福的。"梁先生说。"怎么，有外遇啦？"江嘉陵说。"可不是吗，我姐咽不下这口气，就这么离了。她又不好意思回国，就横下一条心在这儿做起了午餐肉生意。"梁先生说。"不过做午餐肉生意我那个黑人姐夫还是帮了大忙的。他人不坏，现在对我姐也很好啊，就是心太花，我老姐受不了。"梁先生又说。"那孩子呢？"关景鹏问。"我姐带啊，老外在这方面不在意的。也只能是我姐带，我姐也舍不得让别人带。"梁先生说。"您现在和你姐在一起啊？"江嘉陵问。"1997年金融风暴后，我来拉各斯投奔我姐，在国内生意做不下去啦。1998年底来的。"梁先生说。"你姐的孩子不小了吧？"关景鹏问。"2000年，这孩子7岁了，我姐觉得应该带孩子回中国读书，就这样我姐就回青岛，我在这儿，一起做着午餐肉的生意。"梁先生说。"不容易啊，梁先生，你姐真不容易。"江嘉陵说。

"梁先生，吉达这个地方熟吗？"江嘉陵又问。"吉达，拉各斯远郊的吉达？"梁先生问。"是啊，那地方熟吗？"江嘉陵追问道。"没去过，只知道吉达这地方不太平，有点乱，好像还有地方反政府的武装。手机都不通，那边有人过来做生意，到了拉各斯才能通话，回去就联系不上了。"梁先生说。"就快圣诞节了，我呢要忙一阵子了。"梁先生又说。"忙完这阵子，就该过春节了。唉，过年是2月1号，春晚是1月31号……"梁先生不停地说着。"这边过圣诞吗？不是穆斯林吗？"关景鹏插着话问。"拉各斯是英殖民地，虽然是穆斯林，但圣诞也会过。只是政府并不放假。"梁先生说。"不知道NWT圣诞期间怎样？"江嘉陵说。"这些单位啊，员工大多留美的，圣诞肯定过的啦。虽然政府不放假，但实际从圣诞到新年，工作都是自由状态的，人很难找的。"梁先生说。"关景鹏，在圣诞前，要想办法和卡鲁见一面。"江嘉陵说。"是啊，我也想啊。"关景鹏说。

4. 卡鲁也该回了吧

"一周过去了，卡鲁也该回了吧？"江嘉陵边做早餐边说。"反正昨晚睡觉前邮件没动静。"关景鹏睡眼惺忪地说。"给他发个短信，换个方式，问问他回拉各斯了吗？"江嘉陵说。"要知道，短信比较难找借口。不像邮件，随便找个邮件太多没看见的理由就打发了。"江嘉陵又说。"试试吧，至少他能及时收到信息。"关景鹏说。"先打个草稿，没毛病了再发，免得人家看不明白。"江嘉陵说。"还是你心细。"关景鹏赞许道。"哎，你说吉达这个事会不会是个机会啊？"关景鹏问江嘉陵。"为什么那里没覆盖呢？是没有规划？不可能，这是普遍服务，政府肯定会有要求的。有规划，那为啥没实施呢？"关景鹏自问自答道。"哎呀，别想得太复杂，那里那么乱，搞不好要吃枪子儿，这森尼韦尔愿意派人去搞啊？再说，那地方又没油水，投下去难收回，NWT也不会积极的。"江嘉陵说。"通常乱的地方都很穷，穷山恶水出刁民嘛。"关景鹏说。"但话又说回来啦，政府肯定是想把吉达发展起来的，纵观世界，大城市发展到一定程度，必然会扩张。要想发展，通信、交通要先行，尤其是通信更要先行。因为，修公路没那么快，投资也大。所以，江嘉陵，我们是有希望的，而且是大有希望。因为欧美这些公司吃不了这个苦。"关景鹏激情四溢地说着。"还别说，这越分析啊，就越觉得挺有希望的。"江嘉陵说。

"来来来，看你的米老鼠和唐老鸭。"关景鹏冲着江嘉陵说。"别说，迪士尼的米老鼠和唐老鸭还挺有创意的，不光小孩爱看，在北京高校也很受欢迎。"江嘉陵说。"你怎么知道北京高校的学生喜欢看米老鼠啊。"关景鹏问。"我同学说的。"江嘉陵说。"哎，江嘉陵，家里来邮件给你了，说是考虑在本地招技服的人员。"关景鹏说。"啊，我看看。"江嘉陵凑到关景鹏的便携看着。"这事啊，恐怕得找梁先生帮帮忙。"关景鹏说。"家里光说招人，也该支点招啊。梁先生，一个做午餐肉生意的，和我们这个行当差得太远啦。"江嘉陵说。"随便问问嘛，又不要紧。"关景鹏说。"人家不都说了吗，要忙圣诞节的生意。"江嘉陵说。"没关系，不打电话，发个短信问问总可以吧。"关景鹏说。"我想想吧。"江嘉陵说。

"短信发了又有两天了，这个卡鲁，唉，真难搞啊！"关景鹏说。

"梁先生也没回短信。"江嘉陵说道。"难道尼日利亚这边不兴短信，只兴通话吗？"关景鹏说着打开了便携。"怎么，又要看碟啊，不觉得腻啊。"江嘉陵说。"不看碟，看看家里有没有邮件过来，又会有什么指示。他们不是在降机柜成本吗？问问进展得如何？这些都是事啊，干吗要上班时间看碟呢？唉，不对啊，大清早一上班就看碟，违反公司规定啊，江嘉陵，要处分你。"关景鹏自娱自乐地说着，活像个阿Q。"演单口相声呢，行啊，羊年春晚赵本山下，关景鹏上。"江嘉陵大声喊着鼓起掌来。"你这是发泄，心理不成熟的表现。"关景鹏说。"你成熟，你成熟，你来处分我。"江嘉陵说。

"卡鲁回邮件了，哇，凌晨一点二十回的邮件。"关景鹏激动地大喊着。"说了啥？"江嘉陵问。"别急，让我仔细再看看写了啥。转给你，一起看看，怕理解错了。"关景鹏说。"他是想让我们提供较为详细的应用实例。"关景鹏。"是的，他的意思好像是想看看我们的基站主要应用在哪些场景。别忘了，他到中国考察过村村通项目，好像是国际电信联盟、联合国和中国政府联合组织的活动。"江嘉陵说。"噢，好像听再冉说过。"关景鹏悄悄自语道。"听谁说过，我说了，你就说听谁说过，也太能编了吧。我看，春晚的单口相声就免了，改春晚的编剧得了。"江嘉陵说。"好好好，就是你说的，赶紧给肖云飞发邮件让他们准备材料。"关景鹏说。"要快，明天一大早我们一定要收到，否则对不起卡鲁的回信哪。"江嘉陵说。"其实这些材料我最清楚，还是先让他们写，我们再把把关。"江嘉陵又说。"没错，这村村通主要就是你搞的，当然清楚啦。到时去见卡鲁多给他讲点实例。"关景鹏说。"只可惜海外不多，就吉尔吉斯斯坦一个。"江嘉陵说。"谁说的，海外有许多的，俄罗斯、乌克兰、白俄罗斯等。"关景鹏说。"那些都是实验局，都没正式商用呢。卡鲁肯定只认商用的啦，他们会去打听的。所以，必须实事求是客观地说。"江嘉陵说。"那当然，只能讲商用的，就吉尔吉斯斯坦，确实有点少啊。这是我们最大的弱点：欠缺实战经验。"关景鹏自我总结着。"今天中午的午饭我来做啊。"关景鹏来了兴致。"走啊，一起去买菜。"江嘉陵说。

"看了肖云飞发过来的材料啦？"江嘉陵问。"怎么？"关景鹏回道。"感觉对不上卡鲁的胃口。"江嘉陵说。"怎么讲？"关景鹏问道。"我们要假定一个目标来说故事，而不是泛泛而谈。"江嘉陵若有所思地说。"吉达。"关景鹏说。"从目前看，吉达就是一个目标，其他目标我们还不清楚。再上网看看有什么可利用的信息。"江嘉陵说。"今天我们再好好整理一下，明天吧，明天再给卡鲁。不差这一天吧。"江嘉陵又说。"你说村村通，哪些地区与吉达的应用场景类似？"关景鹏说。"内蒙古，内蒙古与吉达比较类似。"江嘉陵说。"吉尔吉斯斯坦肯定要有，村村通重点写内蒙古，这个思路怎么样？"关景鹏说。"再带上个汕头吧，有特色。"江嘉陵说。"对，拉各斯可是港口城市，汕头，130公里海面通信，好主意。"关景鹏又兴奋了起来。

二人认真研究并筛选了一番材料后给卡鲁发了邮件。"也不知道合不合卡鲁的胃口，等两天看卡鲁的回音吧。来，放你的米老鼠，放松放松。"关景鹏说。"这一上班就看碟啊，不处分我啊？"江嘉陵逗趣道。"放你的吧，我觉得米老鼠和唐老鸭真挺好玩的，难怪小孩爱看。"关景鹏说。"哎，梁先生回短信了。"江嘉陵说。"怎么说？"关景鹏问。"他说托朋友打听了，好像有个工程队，是从江苏过来的，帮麦克斯韦做工程。"江嘉陵说。"对了，江苏的市场主要是麦克斯韦的，江苏的工程队来尼日利亚帮麦克斯韦做工程顺理成章。"关景鹏说。"看来梁先生很给力啊。"江嘉陵说。"这两面都有突破啊。"关景鹏说。"突破还谈不上吧，仅仅是有些眉目，连进展都谈不上。关键要看结果啊！"江嘉陵说。"嗯，要看结果，没错，结果最重要。"关景鹏说。"哎哟，沙特麦加核心网的事没提。"江嘉陵后悔地说。"这是世人都知道的新闻，倒是不一定要提。没关系，沟通时可以提的。"关景鹏不在意地说。"我觉得汕头提得好，拉各斯这个城市就是个多岛的城市，被誉为非洲的威尼斯。说不定汕头130公里海面通信能吸引卡鲁。"关景鹏又说。"但愿卡鲁能被打动。"江嘉陵不自信地说。

"哎，江嘉陵，我们策划一次活动吧。"关景鹏说。"怎么讲？"江嘉陵问。"我们呢，要想办法多与江苏的这帮人接触。接触多了，有了较深的了解，就可以物色我们需要的人了。"关景鹏说。"我以为策划与NWT的活动呢。"江嘉陵说。"那边由不得我们呀。"关景鹏说。"说不定在江苏这帮人那儿，能得到更多关于运营商方面的信息呢。"江嘉陵说。"总之，多接触几个方面有好处。也别光盯着卡鲁，对吧。"关景鹏说。"圣诞或元旦，让梁先生约着聚聚，地点就选在旅游胜地维多利亚岛上。你看怎么样？"江嘉陵问。"好啊，费用我们出，我们市场部有这笔费用的。"关景鹏说。"肯定是我们出嘛，你们市场部不出，我们技服部也可以出的。"江嘉陵说。"我来打电话给梁先生。"关景鹏积极地拿起手机给梁先生打电话。"怎么啦？"江嘉陵问。"通了，不接。"关景鹏失望地说。"不是说了，忙嘛，没听见呗。"江嘉陵说。"还是发短信吧。"关景鹏说。"好吧，我来发。"江嘉陵说着拿起手机给梁先生发短信。"哎，我们可以去梁先生那儿啊，何必在这儿傻等呢？"关景鹏说。"走啊。"江嘉陵说。"不打个电话？"关景鹏问。"刚才不就没接吗？直接过去，就当遛弯儿了，不在咱就回呗。"江嘉陵说。

5. 调整心态，主动出击

"你说梁先生，手机不接，去了又不在，好像人不在拉各斯。"关景鹏说。"人家不是事先打招呼了吗，言下之意就是让我们暂时别找他。"江嘉陵说。"那没法落实啊。"关景鹏说。"不是发了短信吗，梁先生看了会回的。"江嘉陵说。"好吧。"关景鹏说。"我们还是要调整下自己的心态，设想一下，如果我们在深圳，有很多事，就不会光盯着一件事了。"江嘉陵说。"嗯，我们太性急了，要有耐心。"说着关景鹏深吸了一口气。"这就对了，多点耐心。"江嘉陵。"今儿晚饭就您做吧，换换口味。"关景鹏说。"是不是跟你们家那位吹牛，把牛皮给吹破啦？"江嘉陵嘲讽地说。"哼，愣是不相信大家会说我烧菜好吃，真是气死了。"关景鹏说。"你们家那位也够'照顾'我的。"江嘉陵说。"她怎么'照顾'你？"关景鹏问。"她要是多说你几句好话，这晚饭我就肯定不用做啦。"江嘉陵说。"想得美。"关景鹏说。"怎么，你不希望她多说你几句好话啊。我倒是盼着她多夸你几句，我就可以吃现成的了。"江嘉陵说。"哼哼，原形毕露了，哈哈。"关景鹏调侃着。"你也跑不了，洗碗。"江嘉陵说。"呀，怎么耳朵不好使啦？"江嘉陵看关景鹏装听不见的样子说。"你才聋了呢。你能不能盼我点好？"关景鹏假装生气地说。"说点好的，卡鲁国邮件，梁先生回短信。"江嘉陵说。"可惜都没有，耐心点吧，等。"关景鹏的神情又严肃了起来。"给肖云飞发邮件，问问家里宏基站机柜降成本的进展如何？"关景鹏说着打开便携。

"唉，这次卡鲁倒是及时回邮件啦，又是凌晨一点多，感觉是睡觉前浏览邮件，顺便回一下。"关景鹏一早起来看着邮件说。"说了点啥？"江嘉陵问。"只是客套话。"关景鹏说。"不过他能及时回，应该说这事至少对他还是比较有分量的，值得关注。不知他人回来没有，对，回个邮件，问他回到拉各斯了没，有空见个面。"关景鹏自语着。"对，主动出击。"江嘉陵说。"梁先生回短信了吗？"关景鹏问。"没有。"江嘉陵回道。"肖云飞回邮件了吗？"江嘉陵问。"没回，这机柜降成本主要是针对我们尼日利亚项目的，估计着我们这边没啥进展，他们的动力也不足。"关景鹏说。"为啥仅是针对尼日利亚？应该针对全球啊。"江嘉陵说。"除了负责独联体市场的人，真正出来的就是我俩。负责其他地域市场的人都窝在家里呢。再加上我们也没啥进展，大家都盘算着过完年再出来。"关景鹏说。"要是大家都出来，也有个交流，相互学习，也可以促进。现在是家里都盯着咱俩。唉，你说家里这帮人是希望咱俩有进展，还是不希望咱俩有进展？"江嘉陵问。"你说呢？"关景鹏反问道。"我先问的你呀。"江嘉陵说。"咱俩也别贫啦，全力做好眼前的事，还是多想想怎么寻找突破口吧。"关景鹏说着打开了电视。

"哎，足球，央视居然在介绍尼日利亚的足球。"关景鹏说。"1996年奥运足球冠军，尼日利亚。"江嘉陵边看边说。"噢，想起来啦，1996年亚特兰大奥运会，尼日利亚，卡努决赛打进制胜一球。"江嘉陵又说。"卡努、奥科查，黄金一代啊。"关景鹏说。"被誉为非洲雄鹰啊，好像1998年法国世界杯，淘汰西班牙闯进十六强。"关景鹏又说。"咱们NWT的叫卡鲁，Karoo。"江嘉陵说。"那个叫卡努，Kanu，还是不一样。"关景鹏说。"不知咱这个卡鲁球踢得咋样啊。"江嘉陵说。"哎，再给梁先生打个电话。"关景鹏说。江嘉陵想了想说："闲着也是闲着，不接就不接，该打还得打。""接了。"江嘉陵冲着关景鹏说。"喂，梁先生您好啊，给您发的短信收到了吗？"江嘉陵问。"收到了，哎呀，我最近在首都阿布贾这边，忙得很。还没抽出时间帮您联系呢，我下周回，回去再帮您联系吧。"梁先生说。"没事，您忙您的，不急，谢梁先生！"江嘉陵说完电话断了。"噢，在阿布贾，等吧。"关景鹏说。

"非洲的足球还可以的，除了尼日利亚，喀麦隆也很牛啊，米拉大叔，埃托奥。"关景鹏说。"埃毛奥踢得是好。"江嘉陵说。"2000年悉尼奥运会，埃托奥是夺冠功臣。"关景鹏说。"哇，香港的非典这么猛啊。"江嘉陵看着央视的新闻吃惊地说。"我们是躲出来了，家里都不怎么出差了。"关景鹏说。"嗯，卡鲁又来邮件了。"关景鹏说。"说点啥？"江嘉陵凑过来看。"哼哼，对汕头海面130公里通信感兴趣，让我们再提供一些信息。"关景鹏说。"好，有事干了。"江嘉陵说着打开便携开始工作。"听说当时你和肖云飞在汕头搞了这个事，对吧？"关景鹏说。"是啊，当时就是为了回款嘛，我、肖云飞、陆鼎轩，还有曹瑞祥。最后与局方交流，张总可是亲自出马啊。"江嘉陵说。"看来回款是最重要的。老板说过，现金流就是企业的血液。"关景鹏说。"江嘉陵，咱别光在家里写，应该到海边看看，这样写起来才有针对性。"关景鹏又说。"这主意好，现在就走。"江嘉陵说完后两人穿上外套奔向海边。

"今天咱们再去海边转转，没想到有五六个岛呢，还是再多了解了解，明天再回卡鲁邮件，怎么样？"关景鹏说。"这样好吗？"江嘉陵犹豫着。"差一天不要紧。"关景鹏坚定地说。"好吧。"江嘉陵说完后两人再次奔向大海边。

"哎呀，转一天够累的，不行啊，还得准备材料啊。"关景鹏回到公寓说。"今晚、明天上午准备材料，明天下午发给卡鲁。"江嘉陵边说边打开便携开始工作。

"起床，起床，起床，别睡啦，赶紧的，咱俩把材料再完善完善，下午一定要发给卡鲁，没法再拖了。"江嘉陵说。"我看你的精神怎么这么好，两点睡的，哪来的精神啊？"关景鹏说。"好了，集中精力搞一下，等发出去再睡。"江嘉陵说。俩人脸没洗、牙没刷，硬嚼着方便面整理材料。"哎呀，噎死我了。"关景鹏说着拿起水壶。"空的，我得打点水去。"说完后关景鹏出去打水了。"这电水壶就是挺方便的，快呀。"关景鹏一边喝着刚烧好的水一边说着。"给我也倒上。"江嘉陵说。"好嘞。"关景鹏应着。
"通信这碗饭不好吃啊。"江嘉陵自语道。"入错行了呗。"关景鹏应着。
"也不知道卡鲁回来没,怎么着也得圣诞之前见上一面啊。"江嘉陵说。
"耐心,功夫不负有心人,一分汗水一分收获,细节决定成败……"关景鹏
不停地嘟囔着。"差不多啦,一点半了。"江嘉陵说。"我再看看。"关景
鹏说。"没啥问题吧?"俩人相互问。"就这样啦,发吧。"关景鹏敲着键
盘说。"先洗脸、漱口去喽。"江嘉陵拿起毛巾和水杯走了出去。

6. 直接面对面

　　"哇,天都黑了,几点啦?"关景鹏打开电脑。"几点啦?"江嘉陵
问。"六点五十,睡得真香啊!"关景鹏说。"哎呀,省点事吧,晚上就泡
方便面啦。"江嘉陵说。"我挺喜欢吃方便面的,尤其打碎了干啃。"关景
鹏说。"好,你干啃,我可要泡着吃。"江嘉陵说。"中午干啃过了,晚上
换换,也泡着吃。"关景鹏说。"把你的维生素糖片拿出来,不吃蔬菜缺维
生素啊。"江嘉陵说。"在那箱子里,自己拿,给我也拿一片。"关景鹏
说。"这方便面呢,难得吃一两次是挺好吃的,但第三次就会腻。"江嘉陵
说。"咱们还是要买点挂面去。"关景鹏说。"给卡鲁打个电话,约他见个
面。"江嘉陵说。"现在?"关景鹏问。"对,现在就打。"江嘉陵说。
"好,直接点,我们辛苦了这么多天了,见个面也是应该的。"关景鹏说着
给卡鲁打电话。"怎么样?"江嘉陵看关景鹏通完电话问。"说是找他的秘
书约时间。"关景鹏说。"哼哼,约时间,那就约呗。"江嘉陵说。"明天

去NWT总部直接找他的秘书当面约，不打电话啦。"关景鹏说。"对，直接面对面。"江嘉陵说。"别，我们还是要做好当场能见面的准备。"江嘉陵又说。"对，着正装，打领带，资料放进便携里。"关景鹏说。

"安娜小姐，您好。我是来自中国燎原网络有限公司的关景鹏，卡鲁先生让我找您预约和他会面的时间，不知卡鲁先生是否知会过您。"关景鹏用英语说着。"噢，请稍等，我查一下。"卡鲁的秘书安娜小姐说完查阅着。"关先生，抱歉，没有查到相关记录。"安娜小姐客气地说。"昨晚我和卡鲁先生通话时，卡鲁先生让我找您的。安娜小姐，您能不能现在就给卡鲁先生打个电话，沟通确认一下。"关景鹏说。"抱歉，卡鲁先生还没来办公室。这样吧，你们先登记一下，留个电话，我找卡鲁先生确认后给您电话。"说着安娜小姐拿个便签写上自己的电话号码递给关景鹏说："也可以打这个电话来询问。""那好吧，谢谢。"关景鹏说完和江嘉陵失望地离去了。

"就没给秘书打招呼，玩我们呢。"江嘉陵愤愤地说。"咱不是登记了，等安娜小姐的电话呗。"关景鹏说。"等电话，等着吧，那个秘书是不会打给你的。"江嘉陵说。"你怎么知道？净瞎猜。"关景鹏说。"好、好、好，我瞎猜，我胡说行了吧。人家为啥写个电话号码给你啊？"江嘉陵问。"为啥？"关景鹏反问道。"这不明摆着吗。"江嘉陵说。"我不明白啊。"关景鹏说。"给你纸条就是说让你给她打电话，她太忙没空给你打电话。"江嘉陵说。"你怎么知道安娜小姐因为忙而没空打电话给我呀？"关景鹏问。"好啊，你就等吧，耐心地等安娜小姐给你打电话吧。"江嘉陵说。"不会吧。"关景鹏说。"不会爸，还不会妈呢。"江嘉陵说。"先等嘛，我打给她也没事啊，闲着也是闲着。"关景鹏说。"心态很好，怪不得这么胖呢。"江嘉陵说。

"今天就等着安娜小姐给你打电话啦。"江嘉陵边做着早餐边说。"你别说，都说非洲埃塞我比亚出美女，安娜也挺漂亮的。等美女的电话，心情会很好的。"关景鹏说。"好，咱们就美滋滋地等安娜美女的电话吧。"江嘉陵说。"《安娜·卡列尼娜》可是世界名著啊。"关景鹏说。"怎么又扯到安娜·卡列尼娜了。"江嘉陵说。"这叫联想，汉字不是有联想功能吗，你要是敲电脑就可能出安娜·卡列尼娜。"关景鹏无聊地说。"还会出托尔斯泰呢。"江嘉陵打趣地回道。"是，是他写的，当然有可能联想出来啊。"关景鹏装疯卖傻地答着。"哇，北京非典这么厉害啊，北京一医院的院长给撸了。"江嘉陵说。"在这个时候出了那么大的事，自己处置不当理应担责，还出来哭哭啼啼叫屈，素质太差。"江嘉陵又说。"好像还是中科院的院士。"关景鹏说。"不知道，不会是徒有虚名吧。"江嘉陵说。"唉，你说也真邪了门了，怎么专盯医护人员呢？奇了怪了。"关景鹏不解地自言自语道。

"哼，家里那帮人没事瞎折腾，搞什么材料评审，为出去做准备。"关景鹏看着邮件说。"怎么评啊？电话评？太贵了。"江嘉陵问。"邮件评审，邮件评审。也有你。"关景鹏说。"你们市场部的事为啥搞到我头上？"江嘉陵问。"现在，不管家里，还是外面的，只要确定外派的有一个江总的名单，咱俩都在里边。这份资料呢就是我们这清单里的人来评，要求每个人必须发表意见。"关景鹏说。"是吗？"江嘉陵说着打开自己的便携。"估计是领导知道我们在外面有点无聊，给咱们找点事做。"关景鹏说。"这不挺好吗，省得两人贫了。"江嘉陵非常认可。此时，江嘉陵的手机响了。"梁先生，梁先生的电话。"江嘉陵赶紧拿起手机接着。"哎，梁先生回拉各斯了，想约我们聚聚，我跟他说商量一下再回话。"江嘉陵说。"这刚有事做怎么梁先生就来电话，当然是见梁先生要紧啦。"关景鹏说。"那就今晚吧，好吧。"江嘉陵说。"见梁先生是咱们的工作，评审是业余课外作业。"关景鹏点着头说。"说得太在理啦，水平是见长啊，关景鹏。"江嘉陵奉承着说。

7. 提供更多的解决方案

还是在拉各斯大学足球场附近的餐馆，三个人又聚在了一起。"梁先生确实很忙哦。"江嘉陵客气地说。"还好，你们的工作有啥进展啊？"梁先生说。"没啥进展，NWT那边仅是电话呀、邮件的沟通，见不着人，不肯见啊。"关景鹏说。"这不在等美女的电话吗，急啥。"江嘉陵打趣地说。"什么美女啊，这么快就认识'黑珍珠'啦？"梁先生问。"没有，是客户的秘书，说让我们等她的电话安排。"关景鹏说。"这样，我联系了江苏搞电信工程的，他们元旦前都要施工。元旦有空，可以聚聚。"梁先生说。"好啊，元旦，维多利亚岛。梁先生，这次以您的名义私人聚会，费用我们出，您看怎么样？"关景鹏说。"也行吧，我倒是跟他们说了燎原，他们也知道你们燎原。没事，就以我的私人名义来组织，燎原赞助。"梁先生说。"这词用得好，赞助，好，燎原赞助。"江嘉陵赞许地说。

"哎呀，国内非典闹这么凶，我在考虑春节要不要回去呢。太凶啦，我们家那口子不希望我回去，说她要来陪我过年。"梁先生说。"青岛还好吧，北京、香港闹得凶，深圳其实都还好啦。"江嘉陵说。"梁先生不回去过年对咱俩可是重大利好啊。"关景鹏说。"可不是嘛，大利好啦，梁先生定了不回了吗？"江嘉陵问。"反正太太给我是这么说的，我听她安排。"梁先生说。"阿布贾比拉各斯好还是差点？"关景鹏问。"肯定拉各斯好啦。"梁先生说。"梁先生，要是嫂子来，请她带个《激情燃烧的岁月》的碟过来，据说国内挺火的。"江嘉陵说。"好，我记着了。"梁先生说。"羊年的春晚，不知赵本山整啥小品。"梁先生又说。"赵本山的小品是挺受欢迎的，但我不喜欢。"关景鹏说。"为啥？"梁先生问。"太俗了。"关景鹏应道。"他喜欢看《围城》。"江嘉陵在一旁说。"《围城》我看过，费劲，看不懂。"梁先生说。"我喜欢米老鼠和唐老鸭。"江嘉陵说。"我也喜欢看，不费脑子，哈哈一乐完了。"梁先生附和着。"他也喜欢赵本山的小品，还有碟呢。"关景鹏指着江嘉陵说。"是吗？哪天借我消遣消遣。"梁先生说。"好啊，没问题。"江嘉陵说。

"梁先生，元旦的聚会江苏的尽量多来些人，能来的都请来，不怕人多。"关景鹏说。"哎，梁先生这边的朋友也尽量多请一些，燎原在这儿也是战略投资，长期的。希望多交些朋友，方方面面的都要。"江嘉陵说。"看来我要搞个筹委会啦。"梁先生笑着说。"对了，如果梁先生您春节真的不回家，那咱们可真的要好好筹划一下咱们的'春晚'了。"关景鹏说。"正好有时差，咱们先看春晚，紧接着再搞咱们的聚会。"江嘉陵说。"好啊，就这么定。还是燎原赞助啊。"关景鹏说。"好好好，就这么定了。"梁先生开心地说。"梁先生，差不多了，咱们走吧，顺便到我们那儿把碟拿了。"江嘉陵说。"好啊，去你们那儿拿碟。"梁先生说。"赵本山的小品还真深入人心啊。"关景鹏说。"世上还是像我们这种俗人多啊！"梁先生说。"不不不，我不是这意思，不是这意思。"关景鹏赶忙解释。"是这个意思也没关系啊，咱们仨，二比一，俗人就是多嘛。"江嘉陵打趣道。"看来以后说话要先打个草稿喽，否则得罪人啊。"关景鹏说。"你想多啦，想多啦。"江嘉陵拍着关景鹏说。"多想想也是对的，俗啊，清高啊，都是客观存在，关键看你如何面对，存在即合理嘛。"梁先生说。"梁先生是哲学家。"江嘉陵说。"我是学哲学的。"梁先生说。"看来我是俗人。"关景鹏说。"能把在香港的苏文纨写得俗不可耐，想必钱锺书也难脱俗啊。"江嘉陵说。

"经过两天美好的期待，安娜·卡列尼娜打电话啦？"江嘉陵边做早餐边嘲讽。"行啦，我打，算你狠。"关景鹏说。"什么叫算我狠。"江嘉陵笑着回道。"今天刚刚评审一下家里的材料，咱们统一以尼日利亚办事处的名义给意见。"关景鹏说。"你这是想撒手的意思啊？"江嘉陵说。"这次真是你想多了，我俩在这儿，还分别回意见，总部看了会怎么想呢？"关景鹏说着拿起手机给安娜打电话。看看关景鹏打完电话后不吭声，江嘉陵说："安娜肯定说时间安排不过来，等安排好了会给您打电话的，对吗？""好啊，原来是你在背后唆使她这么说的呀，无间道。"关景鹏说。"好好好，我们来一起评审。"江嘉陵说。"对了，我得让家里给我的汇丰银行账户上打活动经费了，眼看就要大把大把花钱了。"关景鹏边说边发邮件。"这点公司做得挺好，给我们在海外的都申请了香港汇丰银行的账户和信用卡，这样在国外就没问题啦。"江嘉陵说。"这是必需的，国内的信用卡毕竟作用有限。"关景鹏说。

"资料发过去了，卡鲁也没个动静。"江嘉陵说。"忙了半天，石沉大海。"关景鹏应着。"好好评审，不想卡鲁了。"关景鹏又说。"我看啊，先把我们这边的资料整理一下发给总部，我看他们的资料太泛泛了，你的意见？"江嘉陵问。"好啊，就是尼日利亚的实例嘛，我没意见啊。"关景鹏说。"只是这个实例并没有被验证是否成功。"江嘉陵说。"只是让大家借鉴，没别的意思。"关景鹏说。"海面覆盖的事，我们也费了心思去实地考察，有针对性地给客户写材料，这些应该是有借鉴意义的。"关景鹏又说。"你这么说有道理，我们就这么向家里反馈意见吧。"江嘉陵说。"傍晚咱们去拉各斯大学活动活动吧，来了就没怎么运动过。"关景鹏说。"好啊，想踢球了是吧，咱们买个足球吧。"江嘉陵说。"买，现买现踢，还得买个气筒。否则，白搭。"关景鹏说。"好有经验啊。"江嘉陵说。"我可是校队的主力中后卫啊。"关景鹏说。"您踢中后卫，像这么回事。"江嘉陵说。

"咦，卡鲁居然又来邮件了。"关景鹏说。"刚想踢球，这晚来一会儿不行啊。"江嘉陵说。"天天盼，这来邮件了又这样说，不地道啊。"关景鹏说。"好好好，不地道，说些啥？"江嘉陵不耐烦地说。"你看啊，我们给了他那么多的材料，都是针对国内的，海面通信其实也是国内应用，在这人家仅仅是想了解了解。"关景鹏说。"你说那么多废话干啥，卡鲁邮件里说了啥？"江嘉陵问。"卡鲁说中国的光纤很普及，但尼日利亚还得依靠卫星和微波做中继来解决偏远地区的通信。"关景鹏说。"嗯，他这说的是什么意思啊？"江嘉陵疑惑地问。"难道他是想否定我们光纤拉远的优势吗？森尼韦尔到现在也还没有这款产品哦。"江嘉陵又补充道。"我们是单相思啦，觉得像尼日利亚这种地方，偏远地域，想当然用光纤拉远啦，我们在国内多么多么成功啊。咱们的材料就是这种思路嘛，对吧。"关景鹏望着江嘉陵说。

此时的江嘉陵似乎意识到了什么，没吭声。"唉，你怎么不说话啦，刚才不是挺起劲的吗？"关景鹏说。"看来卡鲁是认真对待我们的材料的，看得挺仔细。只是大部分都不能解决他的实际问题，材料里唯一能解决他的实际问题的大概就是海面通信了。"江嘉陵说。"我们的材料是基于光纤传输的。所以……"江嘉陵说。"可是我们确实没有卫星和微波传输的实例啊。"江嘉陵又说。"说到底，我们的解决方案他不需要，他需要的我们没有，他应该一直在等待我们向他提供更多的解决方案，等也等不到就又发了这封邮件提醒我们。"关景鹏说。"没办法，只能让家里组织重新写材料，重点解决卫星和微波传输应用问题。"江嘉陵说。"不行，为了有说服力，要让家里想办法搞卫星、微波的传输实验局。我们不能仅停留在纸上谈兵。"关景鹏说。"那要让家里快一点，元旦前得有个眉目。这样元旦过后我们好交流啊。否则，现在没法谈啦，干耗着。"江嘉陵说。"我已经发邮件给肖云飞了，要让他们最高度重视，元旦前落实实验局，而且全力把实验局开通喽。"关景鹏说。"这是我们的错，必须及时补救，否则，后果怎样还真不清楚。"江嘉陵说。"咱不会未开局就先栽在自己的手上了吧？"关景鹏说。"别想那么多啦，元旦前出报告，元旦后约卡鲁见面。"江嘉陵果断地说。"就看肖云飞的了。"关景鹏说。"看，肖云飞小子就是牛，立即组织了。要不领导就喜欢他呢，我们能做的就是天天催肖云飞，他这个人的特点就是怕别人催，他会玩命的，放心吧。"江嘉陵说。

第五章

为客户，真刀真枪实验局

1. 快速有效的计划

"邵利伟，尼日利亚这个事说明我们考虑问题太过自我，关景鹏、江嘉陵他们能及时捕捉到这么重要的信息，对我们海外市场的拓展无疑是敲响警钟。赶紧按关景鹏他们的要求，元旦前把实验局落实喽，要开通啊。"张立彪急切地说。"元旦前把卫星、微波中继传输站开通，那是不可能的，你问问肖云飞，家里的实验室，元旦能调通，我算他有本事。"邵利伟说。"东西都没有。"肖云飞说。"肖云飞，这板子首先要打到你身上，为啥没想到？整天就是光纤拉远、光纤拉远的。森尼韦尔到现在也没有啊，说明了什么？光纤都没有，哪来的拉远呢？莫非你出钱给他们拉光纤？"张立彪冲着肖云飞吼。"肖云飞你说，元旦前能达到什么状态？"邵利伟问。"您看哈，咱们都是刚接到邮件就聚在这儿商讨这件事，张总您是清楚的，从技术角度肯定没问题嘛。但实现，就像光纤拉远一样，要花时间去调的，这个时间是没办法保证的。"肖云飞说。"邵利伟，我没说错吧，张口闭口少不了光纤拉远。好了，肖云飞，你回去尽快拿出个切实可行又行之有效的方案，最重要的是要有个快速有效的计划。"张立彪说。"邵利伟，元旦之前，必须把卫星、微波的实验局点落到实处，可以送啊。"张立彪又说。"送，那就好办多了，元旦前，我亲自去跑一趟。"邵利伟说。"还是现实点好，剩下的时间我们再好好想想如何应对NWT？"张立彪说。"我跟关景鹏他们再商量吧。"邵利伟说。"固网可能借到微波，卫星的你再想办法去借。"张立彪对肖云飞说。"卫星的，我可以找我同学借，他们所就是搞卫星的。"

肖云飞说。"先想办法借吧，然后再让采购想办法正式采购回来。"张立彪说。

"肖光纤，哎，你咋又让张总给整了个外号肖光纤了呢？"柴文娜边吃午饭边调侃。"谁说的啊？"肖云飞满脸不高兴。"你和邵利伟刚走，我们就去张总那汇报工作了。一进门，张总就喊着这个'肖光纤'，我们一问，他才说你整天就知道光纤拉远。"柴文娜说。"没想到中国光纤这么发达，别说尼日利亚了，欧美午多地方也只能用卫星和微波做传输。"王厚林说。"为什么？"东方牡丹问。"光纤需要空地啊，土地都是私有的，人家不同意就搞不了，只能空中啦。"马庆生说。"哎，肖云飞，卫星传输搞不了。"赵长城说。"为啥？"曹瑞祥问。"要租空中的转发器。"戴宝国说。"那怎么办？"邓学佳问。"赵长城，赶紧联系广州地面站，你今天下午就去，要快。"肖云飞说。"而且要落实，别急着回来，说不定我们要带着设备去广州呢。"肖云飞又说。"是啊，吃完饭我就走。"赵长城说。"火车还是大巴？"尹贤良问。"大巴，坐上就走，省事。"赵长城回道。

"喂，邵利伟，实验局的事怎么说？"肖云飞急切地问。"深圳大鹏湾那边有些岛屿要进行旅游开发，那些岛屿没有光纤，暂时只能用微波传输，这样快嘛。已经谈好了，燎原免费帮助建设。"邵利伟说。"微波设备呢？"肖云飞问。"他们自己正在建微波，我们只要无偿提供基站系统就行啦。"邵利伟说。"唉，他们希望28号开通，行吗？"邵利伟问。"努力一下应该可以，就在深圳嘛，方便。"肖云飞说。"那好，我发邮件给你，把联系方式告诉你，你赶紧联系落实好吧。"邵利伟说。"好，没问题。"肖云飞说。"还有卫星这块，国家搞这个村村通，一个是电信，另一个就是修路。贵州的公路村村通工程需要用卫星做传输进行移动覆盖。那地方都是山区，连中继都困难，卫星做传输最省时、省力、省钱，跟尼日利亚一样。邮件一起都发给你，赶紧联系去搞吧。"邵利伟说完后挂断了电话。"这贵州可就困难多啦。"一旁的曹瑞祥冲着肖云飞说。"可不是吗。"马庆生说。"哎哟，这贵州山区，交通不便，还有这仪器设备，又赶上冬天了，不仅难，而且还危险。我们可要计划好啊，千万别出什么大事故啊。"邓学佳说。

"尹贤良，贵州你去，戴宝国，你和尹贤良一起去。"肖云飞说。"王厚林就是去大鹏湾的岛屿啦。"肖云飞又说。"赵长城和我去广州地面站，王厚林大鹏湾、广州地面都兼顾。关键还是广州地面站调试。微波中继在实验室就可以搞定的。"肖云飞解释道。"尹贤良和戴宝国要赶紧去贵州，先把硬件搭建起来，等我们广州调试完成后出版本直接升级即可。"肖云飞继续说。"别太那个了，广州的调试有可能仅是一个基础，贵州现场应该有差异，不可太乐观。"王厚林提醒道。"两边都调，相互借鉴。这样，去贵州压力就大了。"尹贤良说。"这次就是考验你的，我和王厚林不去贵州，你就赢了。"肖云飞说。"你们还是去吧。"尹贤良打趣道。"你们都不去，我去。"柴文娜不知从哪儿冒出来，说了这么一句。"好，帮我们扛设备，欢迎。"尹贤良说。"美得你。"柴文娜说。"贵州，元旦前能把设备架起来就算不错了。"尹贤良说。"这是你说的，元旦前架起来。"王厚林说。"元旦前架起来基本不可能，1月中旬吧。"马庆生说。"你们努力吧，都不了解情况，在这儿就是瞎猜。"曹瑞祥说。"邵利伟能耐挺大呀，这么快就落实了。"戴宝国说。"这些项目事先都知道的，只是我们不太愿意去搞，更愿意搞光纤的。"肖云飞说。"尼日利亚我们也是这样想的，毕竟我司光网络厉害嘛，基站加光纤这样去牵引。卫星和微波不是我司的强项，还要去别处买配套设备。"王厚林说。"所以，才搞成现在这样的被动局面。"马庆生说。"搞得关景鹏、江嘉陵在那儿傻乎乎地不知所措。"尹贤良说。"哎，马庆生、邓学佳，科林斯的事不能松懈，所以特意没安排你们俩。"肖云飞说。"另外，改版的软件啊，王厚林，这就是为啥让你留深圳呢。"肖云飞又说。"知道啦。"王厚林说。

"还有，马庆生，机柜降成本，进展得如何？我看不怎么样。关景鹏发邮件问，我都没好意思回。"肖云飞说。"这个郑秋实有点出工不出力，满口答应的事，就是太慢。"马庆生无奈地说。"哎，还有软件测试，麦哲渊不去啊，戴宝国告诉他一声，软件测试要抓紧。"肖云飞又说。"我和麦哲渊一直保持紧密沟通，我们打着呢。"王厚林说。"麦哲渊也去广州了。"戴宝国说。"赵长城去了就行啦。"肖云飞说。"麦哲渊有同学在广州地面站，他又是广州人。"戴宝国说。"这样啊，还是要让他尽快回来抓软件测试，你跟麦哲渊说一声。"肖云飞又说。"哎，马庆生，这机柜的事到底怎么回事，哎，曹瑞祥，你俩跟我说说。"肖云飞说。"这个门双层改单层，郑秋实不同意。"马庆生说。

"他为啥不同意？"肖云飞问。"说是整机噪声超标。"曹瑞祥回道。"有什么建设性的意见吗？"肖云飞又问。"风扇需要软件控制速度，就是风扇要调速。"曹瑞祥说。"那就调呗。"肖云飞直白地说。"这是一个系统问题，牵涉到业务量、功率控制、电流、温度，还有时间，多维因素制约着风速控制，需要硬件、软件人员共同做很多试验，积累大量数据后，才能给出风扇转速控制的算法。"马庆生说。"于是你们就不答应，你们不适应风扇调整，结构部就不肯改双层门，这不死循环了吗？"肖云飞说。"你说得对，现在就是这个状态。"马庆生说。"你看怎么办？"曹瑞祥问肖云飞。"这事太简单啦，先把双层门改单层门，同步开始风扇调速。"肖云飞说。"要有人搞啊。"马庆生说。"调尹贤良的人临时来搞，就这么定了。"肖云飞果断地说。"那好，你给尹贤良打完了招呼，我们就跟郑秋实说软件调速开搞。"马庆生说。"对啊，你们怎么都是死脑筋呢，硬件先行，软件迟一点没关系啊，随时可以升级呀。"肖云飞说。"行啦，知道了。"马庆生、曹瑞祥异口同声地回道。

"曹瑞祥，你这马上去欧研所了，临走时答应招个搞功放的，怎么样了啊？"肖云飞又问道。"基本上谈定了，元旦过后就可以来，只可惜我要先走了，到时我把他的情况发给你，剩下的就请你搞定了。"曹瑞祥说。"没问题，抄送给牡丹一下。"肖云飞说。"差点又忘了，曹瑞祥、邓学佳，线性功放进展得怎样？搞出一两个样机了没有？"肖云飞问。"自打软件增加了人，柳琴科专注算法，进展明显加快，争取过年前投第二版。"曹瑞祥说。"样机有五台，测试部正在测。"邓学佳说。"过年之前，也就是一个月过点。嗯，这次再投应该是按商用标准投了吧？"肖云飞问。"那肯定，那肯定。"邓学佳说。"这个原则一定要把握好，否则，宁愿晚点，也一定要瞄准实际商用。"肖云飞说。"这几个老外还好吧？"肖云飞又问。"还好，还是想把自己的东西产品化的。"曹瑞祥说。"有这种心思就好。"肖云飞说。"曹瑞祥，你那个新招的搞功放的，快来啊，正需要着呢。"邓学佳说。"元旦过后就会来的，到时候找肖云飞。"曹瑞祥说。

"娜姐，他们开发质量情况如何？"肖云飞边吃着晚饭边聊着。"线性功放盯得比较紧，流程符合度还行吧。"柴文娜说。"改版的，关键看缺陷率，测试要加强，麦哲渊这边我会多关注。"柴文娜又说。"牡丹，曹瑞祥招功放的人，你是都参与的，对吗？"肖云飞问。"知道些，怎么啦？"东方牡丹说。"曹瑞祥元旦一过就去欧研所啦，这功放的人他让我来跟踪，我就交给你啦，好吧？"肖云飞又说。"您肖总吩咐的事，哪敢不接呀。"东方牡丹边吃边说。"牡丹这话说得我心里暖洋洋的，一个字——爽。"肖云飞奉承道。"哎，尹贤良，你们准备啥时间去贵州？"肖云飞说。"我倒是明天就想走呢，总得把物料先发过去，人去了才有意义，对吧？"尹贤良说。"我觉得你要先过去，让戴宝国在家组织发货。"王厚林说。"为什么？"尹贤良问。"我觉得王厚林说得对，你先过去把情况了解清楚。现阶段摸清情况最关键，物料好办。"马庆生说。"说得对，尹贤良你明天就去贵州。吃完了赶紧回家准备，明天直接去机场。"肖云飞说。"那好吧，我跟戴宝国说一声。"尹贤良讫完后就走了。

"又什么事啊？"肖云飞看着马庆生和曹瑞祥问。"机柜的事。"马庆生说。"落实了吗？"肖云飞问。"上午和郑秋实讨论了，他不同意先改，后出版本。"曹瑞祥说。"为什么？"肖云飞气愤地从座位跳了起来。"这不是成心的吗？"肖云飞又说。"可不是吗，就是成心不想搞。"马庆生说。"他怕我们忽悠他，到时不出软件调速的版本。"曹瑞祥说。"调速版本最快啥时间能出来？"肖云飞问。"目前还没计划，王厚林说他给不出。"曹瑞祥说。"所以嘛，现在就是忽悠。人家说得不错。"肖云飞说。"你们再去找找孟泰乾，把道理好好说说，这软件慢一点在公司是常态啊，也是公司的优势所在。硬件先行，软件升级，这个道理孟泰乾应该明白的。"肖云飞说。"好吧，我们约一下孟泰乾，到时一起谈。"马庆生说。"别，你们先谈，我先不参加。看你们谈的情况再说。"肖云飞说。"那我们明天上午就去找孟泰乾。"马庆生说。

"上午谈得怎样？"肖云飞问。"孟泰乾倒是啥都明白。不过他说，要改就需要有验证报告作为输入。否则，没有依据。"马庆生说。"显然，他这是在找托词。"曹瑞祥说。"你没去吗？"肖云飞问曹瑞祥。"这边线性功放有事，没和马庆生一起去。"曹瑞祥说。"那你说说为啥是托词？"马庆生问。"按理也是要先做样品进行测试，验证通过了才改的。可问题是，由于我们没有软件调速的版本计划，他们这样机都不愿搞，这显然是不想合作嘛。"曹瑞祥说。"就是啥都不想做，对吧？"肖云飞自语道。"上次用平台做托词被我戳穿了，这次又拿调速做挡箭牌。想想该怎么搞，我们是卖基站的，不是卖机柜的。"肖云飞愤愤地说。"我看这样，让郑秋实准备一份材料，详细说明不搞的理由。咱们产品线组织评审，看看怎么样？"曹瑞祥说。"你这想达到一个怎样的目的呢？"马庆生问。"你看啊，机柜降成本，产品线是有决议权的。现在结构部由于风扇调速问题不想搞，那也需要拿出说服产品线的理由和证据，经产品线评审后再定夺。"曹瑞祥说。"好，摊上面来说，大家评。你们让郑秋实准备材料，搞个评审会。"肖云飞说。

2. 要降成本，就都得改

基站版本例会上，郑秋实侃侃而谈："其实，我们前期搞了一个单层门，也进行了噪声测试，结果是不达标的。""所以，我们认为单层门没必要搞下去。"孟泰乾说。"哎，你有单层门噪声测试的报告吗？"肖云飞问。"有啊。"郑秋实响亮地回答。"打开来让我们看看你的报告，就现在。"肖云飞说。"打开来看啊，让大家看看。"看见郑秋实有点犹豫，孟泰乾冲着郑秋实说。"大家仔细看看这个报告。"肖云飞招呼着大家。"哎，你别急着翻，你这是满配，是吧？"肖云飞冲着郑秋实说。"是的，满配。"郑秋实说。"超了多少？噪声。"肖云飞边看边问。"满配才超了这么点，这是单层门，对吧？"肖云飞又问。"是啊，单层门满配噪声不达标。"郑秋实说。"满配，你看上面写的是满负荷，三个扇区所有载频全部满负荷。满配、满负荷，孟泰乾，这个报告你看了吗？"肖云飞问。"他们给我汇报，说是测试的结果是单层门噪声不达标。"孟泰乾说。"这份报告您看了吗？"肖云飞又问孟泰乾。"具体的这个报告我没看过。"孟泰乾说。"那咱们今天一起看了这份报告之后，您有何感想？"肖云飞又问孟泰乾，孟泰乾没回答。

"孟泰乾，还是赶紧安排改单层门吧，要快啊。先搞几个样机，同步开发控制风扇转速的软件版本。然后共同验证，最后产品线评审决策，您看这样行吗？"肖云飞说。"可以啊。"孟泰乾应道。"马庆生，马上出会议纪要，具体样机回料时间你和郑秋实商量。图纸，元旦前搞定。"肖云飞说。"元旦前搞不定，不仅仅是门，还有侧板、机顶部分，要改、要降成本，就都得改，省得想到再来搞。"郑秋实说。"那你说图纸啥时能出来？"孟泰乾问。"1月中旬吧。"郑秋实说。"我关心的是降成本的新机柜啥时能回料？"肖云飞问。"年后2月中旬。"郑秋实答道。"你说的2月中旬，可以啊，就2月中旬。"肖云飞说。"说话要算数哦。"马庆生说。"写在纪要里嘛。"曹瑞祥说。"对啊，写在纪要里。"孟泰乾说。"那好，就感谢孟总的支持啦。"肖云飞客气地说。"应该的，应该的。"孟泰乾说完，离开了会议室。

"我和王厚林下午就去广州地面站，家里你们仨的工作要加紧。"肖云飞说。"软件控还没人做呢。"马庆生说。"等等不急，但做是一定要做的，王厚林啊。"肖云飞说。"等忙完这阵再说。"王厚林说。"看看，难怪人家说我们忽悠。"马庆生说。"马庆生，刚才郑秋实的报告你看没看啊。"肖云飞问。"看啦，怎么啦，你不都说了同步开发软件版本吗？"马庆生说。"你是没脑子吗？满配满载才超那么点。你自己知道的，我们的基站主要还是S111，有些S222的，S444有吗？"肖云飞问。"更别提S666啦。"王厚林在一旁说。"不搞风扇的转速控制，问题都不大。"曹瑞祥说。"你现在这么说，那你当初咋不跟郑秋实说。"马庆生冲着曹瑞祥说。"我说有用吗？再说了，郑秋实也从来没把这个报告给我们看啊。他跟我们所说的，给我的感觉是啥都没做，要从头来。"曹瑞祥说。

"哎呀，你们以为孟泰乾真的没看过那份报告啊？"肖云飞说。"他自己亲口说的没看过。"曹瑞祥说。"你们太天真啦，孟泰乾仔细看了这份报告，什么都明白了。所以，他指使郑秋实装疯卖傻地整了这么一出。但是报告中的数据他不敢作假，今天他们没有找借口说没带，看不了，因为他们知道，我既然提了，肯定是要追问到底的。"肖云飞说。"而且之所以不敢隐瞒，也是因为做这个试验不仅仅是他们俩知道，还有其他人也知情。按理这份报告是需要评审的。所以，他们也就是能糊弄就糊弄，就看产品线的态度，一颗红心，两手准备。"肖云飞又说。"你是福尔摩斯啊，越来越有能耐了。"马庆生说。"学着点。"肖云飞说。"整得有点像《东方快车谋杀案》中的波洛。"柴文娜赞赏地说。"那是因为肖云飞太了解孟泰乾啦。"王厚林说。"确实是啊，刚才说没看过那份报告的神态太淡定啦，影帝啊。"马庆生说。"好啦好啦，人家不是答应搞了吗？还是我们水平臭，看不穿他们。"曹瑞祥说。"这就是啥，位置不同，对问题的看法肯定也就不尽相同。我跟马庆生说，我们是卖基站的，不是卖机柜的。不能让配角抢了主角的风头。结果忙了半天，机柜厂家成了大赢家，我们不是一帮傻子是什么？"肖云飞说。"这话说得太在理了，还是肖云飞水平高啊。"马庆生说。

"哎呀，我们现在的首要任务还是要搞定卫星和微波传输啊，单相思还是不行啊。"肖云飞说。"我还是不太明白，关景鹏他们先答应着客户不行吗，为啥非要动真格的。"邓学佳在一旁说。"首先呢要明白，我们是缺了这两门课，既然缺了，就要及时补上。否则跟不上啊。"肖云飞说。"那也不用这么动真格的，你看这么大动干戈的，至于吗？"邓学佳又说。"这就是燎原的特点，不玩虚的，脚踏实地。"肖云飞说。"不能有侥幸心理，人家问的是你有没有实际应用的场景，不是问你能不能做。"王厚林说。"反正我们肯定能做，就跟他说有应用不就得啦。"马庆生又说。"对啊。"邓学佳附和着。"千万别要小聪明，先别说人家会打听了，如果我们作假，要知道我们的材料只要发出去，竞争对手马上就会得到的。人家连打听都不用，就会有人告诉他实情。"王厚林说。"这么说，还是有必要动真格的。"邓学佳说。"都是没有办法的，光靠嘴皮子，肯定是打不开市场的。"肖云飞说。"是啊，只能靠实力。有实力还不一定真能打开市场呢。"马庆生说。"实力，努力，还得靠运气。"曹瑞祥说。"就是把握机会嘛。"柴文娜说。"娜姐说得对啊，尼日利亚现在就是机会。所以，不敢怠慢。"肖云飞说。

"说是非典期间不让出差，真有事还不得出。"柴文娜吃着午饭说。"其实深圳还好，他们出去的不会受歧视吧。"东方牡丹说。"尹贤良没准要先被隔离观察才能放出来。"曹瑞祥说。"牡丹，圣诞了也不组织点活动啥的。"马庆生说。"还是自个儿活动吧，现在不宜组织人多的活动。"东方牡丹说。"尹贤良这次做的绝对是苦差事，大冬天的，贵州山区那个路面常常会结一层冰，车都开不了，只能靠两条腿。但愿今年不是这样。"柴文娜说。"有印象，好像有一年特别严重，电视里都播了。"邓学佳说。"哎，戴宝国，你啥时去啊？"马庆生问。"一时半会儿去不了。"戴宝国说。"怎么啦？"曹瑞祥问。"尹贤良首先要把情况搞清楚，这边才好发货。只有发了货，才能去。"戴宝国说。"那尹贤良大概啥时能确定？"马庆生问。"刚去，不清楚，等消息呗。"戴宝国说。"娜姐一席话，戴宝国心抽抽，能赖一天是一天呗。"马庆生说。"这又由不得我，得看尹贤良的。"戴宝国说。

"麦哲渊回了吗？"邓学佳问。"明天吧，今天回深圳，明天来公司。"戴宝国说。"他就是广州人吧？"马庆生问。"是啊，他父母都是大学教授，在广州国企待腻了，非要来燎原吃苦，咋想的？"戴宝国说。"人和人不一样，人家是有追求的。"东方牡丹说。"你咋知道？"马庆生问。"资格面试是我做的。所以，我对麦哲渊还是比较了解的。"东方牡丹说。"瞧，人家是有追求的。"柴文娜说。"什么意思？就是说我们这些土鳖没追求喽。"马庆生较劲地说。"我可没这么说啊。"东方牡丹忙解释。"娜姐这话啥意思啊？"马庆生又说。"我就是说他有追求啊，没说别的。"柴文娜说。"娜姐，你也说我有追求呗，好吗？"马庆生调侃地说。"那得看心情。"柴文娜说。"我说你有追求，行不？"邓学佳说。"不行。"马庆生说。

"哎，有追求的，帮个忙呗。"曹瑞祥冲着马庆生说。"有追求就是帮忙的意思啊？别扯那么多，啥事？"马庆生问。"我招的做功放的人，今天下午到。我家里有事脱不开身，帮个忙带他去我给他租好的公寓住下，就是朗景公寓517室。里面我都给他搞好了。下午我去接他，然后在公司把他交给你，我急着回家给孩子开家长会去。拜托，拜托。"曹瑞祥说。"大概几点你能到公司？"马庆生问。"六点左右吧，然后我就回家了。"曹瑞祥说。"一会儿我陪你一起去接，然后你就直接回家准备开家长会呗。"马庆生说。"不耽误您午觉啊？"曹瑞祥说。"难得一次，没事。"马庆生说。"马庆生，你是有追求的。"柴文娜在一旁说。"这就叫有追求啦？听见没，娜姐说我有追求啦。"马庆生高兴地说。"牡丹，他提前来了。今天先住下，明天带他来见您。"曹瑞祥说。"好。"东方牡丹应着。

3. 麻将风波

"咳咳，三点不到，517就是这间。"马庆生冲着叫廖默然的这个新来的小伙说。"嗯，曹瑞祥想得真周到，看，都给你搞好了。可比我们来时强多啦。"马庆生推门进屋说。"你们来是什么情况？"廖默然问。"什么都没有，床都没有，怎么样？你算幸运的。"马庆生说。"那我得谢谢曹瑞祥。"廖默然说。"明天早晨曹瑞祥会来接你，一路看来到处都是吃的，住的也没啥问题，那我就先走了。你歇着。"马庆生说完，走了。"谢谢啦。"廖默然说。

"和啦。"刚出门马庆生就听到对门516传来声音。隔着没关严实的门缝瞥了一眼，马庆生一惊，紧接着又瞥了一眼，马庆生扭头急匆匆地下了楼，马上给肖云飞打电话。"怎么着马庆生，有急事吗？"肖云飞问。"真有大事。"马庆生定定神说。"什么大事？别吓唬我。"肖云飞说。"这不曹瑞祥的那个做功放的，叫廖默然的来了嘛。"马庆生说。"不是说曹瑞祥走后才会来的吗？"肖云飞说。"来啦，曹瑞祥要给孩子开家长会，我就把廖默然领到朗景517曹瑞祥给他租的房里。结果你猜怎么的？"马庆生说。"嗯，怎么的？"肖云飞问。"当我把廖默然安排好之后出门，突然听到一声'和啦'，对门516发出的声音。"马庆生说。"这下午三点多打麻将啊。"肖云飞说。"你猜对门516房里是谁？"马庆生问。"是谁？不会是燎原的人吧？"肖云飞说。"你可真行，说对了。门没关严实，我透着门缝仔细看了两遍，郑秋实，千真万确郑秋实，下午三点左右，上班时间聚众打麻将，肯定是赌钱啊，不然不会这么来劲的。"马庆生说。"真的假的，你可别乱说。"肖云飞说。"所以，我第一时间给你打电话。我谁都不会说。但我可跟你说了，我的责任尽到了。"马庆生说。"好，这事就到这，剩下的我来处理。"肖云飞说。

"牡丹，我肖云飞啊。"肖云飞在电话那头说。"哎，肖云飞，你不在广州吗？怎么啦？"东方牡丹问。"我在广州也可以给你打电话呀。"肖云飞说。"什么事？"东方牡丹问。"据说，朗景公寓516，公司有人在上班时间聚众打麻将，三点钟左右吧。你安排人好好确认一下有没有这事。"肖云飞说。"哎，你在广州咋这么清楚？谁跟你说的？"东方牡丹问。"你安排人调查一下不就是非分明了吗？至于谁说的不重要。"肖云飞说完直接挂断了电话。"居然有这种事！"东方牡丹愤怒地自语道。"牡丹，提醒一下，应该是结构的人，千万别跟孟泰乾说这事，现在只有你知道，一定要保密。否则，你肯定做实不了此事。"肖云飞又打电话提醒着牡丹。"知道了。"东方牡丹回道。"牡丹，这事您亲自去，谁也别说。"肖云飞又提醒道。

　　"回来啦，有一周了吧。"马庆生冲着肖云飞说。"嗯，机柜的事有进展吗？"肖云飞问。"人都没有，正要找您说这事呢。"马庆生说。"我找孟泰乾。"肖云飞说着拿起电话打着。"孟泰乾吗？我是肖云飞。"肖云飞说。"啊，肖云飞，您回来啦，正要找您呢，我过来，我过来，现在就过来。"孟泰乾积极地说。不一会儿，孟泰乾风风火火地来到了肖云飞的座位边。"你可回来啦，等着跟你商量呢。"孟泰乾说。"有啥可商量的，出了这种事，你换个人搞不就得了。"肖云飞说。"看，又耽搁一周多。"马庆生在一旁说。"这不跟你商量来了嘛。"孟泰乾说。"赶紧安排个人吧，这么简单的事。"肖云飞说。"没人，真的没人。"孟泰乾说。"孟泰乾，出这么大的事，没找你算账已经够客气的了，你居然还跟我说没人。你想干吗？"肖云飞生气地说。"你息怒，你息怒，这一把干掉我俩，两个做机柜的都……"孟泰乾说。"那我不管啊，不能影响我的业务啊。"肖云飞说。"肖云飞，你也理解一下，人员确实太紧张了。所以，我们部门决定把微基站和宏基站合二为一。目前，也只能这样了，你看呢？"孟泰乾说。"能忙得过来，我倒是没意见。"肖云飞说。"那好，就这么定了。"孟泰乾兴奋地说。"但关键是微基站降成本也不能放松啊。"肖云飞说。"我们会兼顾的，现在我们正赶紧招人。"孟泰乾说。"好啦，遇上这种事我也不落井下石啦，但别影响到尼日利亚的项目。否则，我也罩不住。"肖云飞说。"明白，明白，谢谢理解，谢谢理解。"孟泰乾说着离开了。"我现在就去找项庆林去。"马庆生抬腿急匆匆地走了。

　　"哇，郑秋实的胆子真是太大了。"马庆生边吃着午饭边说。"怎么会是这样呢，不在班上领导都不知道，怎么管理的？"柴文娜说。"确实难以想象，在燎原工作这么繁忙，竟然还能出这种事，也太那什么了。"邓学佳说。"林子大了什么鸟都有。"戴宝国说。"看似偶然，其实也有必然。"东方牡丹说。"怎么讲？"邓学佳问。"郑秋实这个宏基站组被安排在新租的七号楼，和孟泰乾他们不在一起。而且，没有固话，联络只能通过邮件和手机。"东方牡丹说。"那邮件联系他只能在办公位上的电脑上进行啊，而且只能是自己的电脑才行，还要能监控的。"马庆生说。"不过呢，结构工作的特点是画图，郑秋实常以画图为名不回邮件。所以，这事的发生说明集中办公是非常重要的。"东方牡丹说。

"说实话，看机柜降成本的整个过程，其实郑秋实就一直想方设法两头骗。这一点我是看得很清楚，不知道马庆生有没有觉察到。"肖云飞说。"反正他总是找理由不配合，我又说不过他。"马庆生说。"很多东西不清楚，自然没法跟他说啦。"邓学佳说。"他就是利用信息不对称，两头骗。"柴文娜说。"现在看更清楚啦，他处心积虑，各种伪装，马庆生、曹瑞祥确实很难看穿。"肖云飞说。"所以，我们拉着孟泰乾一起。这样，他就没法两头骗了，他作假，孟泰乾又不干，所以那天就败露了嘛。"肖云飞又说。

"哎，肖云飞，卫星调通了吗？你就回来了。"麦哲渊问。"哪有那么快，王厚林在调，我就回来了。"肖云飞说。"这曹瑞祥为啥元旦前走呢？明天去大鹏湾看看微波搞得咋样了？"肖云飞说。"我看曹瑞祥是躲清静去了。"东方牡丹说。"没有，那边有个研讨会，希望他能参加。"邓学佳说。"戴宝国，尹贤良那边定了吗？货啥时候发呀？"肖云飞问。"昨天定了，今天在准备发，发完我就走。"戴宝国说。"从广州的情况看，卫星难调，你们要辛苦了。"肖云飞说。"我不辛苦，主要是尹贤良。"戴宝国说。"你能这样想很好，走着瞧吧。"邓学佳说。

"哎，牡丹，固网和光网我看正在往五和搬嘛。"邓学佳说。"是啊，他们今年搬过去，我们的人明年三四月搬。"东方牡丹说。"好日子过到头喽。"麦哲渊说。"我跟你们说，郑秋实这件事，让公司更加坚定搬往五和的决心，希望越快越好。"东方牡丹说。"以后上班不方便喽，哪像在科技园，蛇口离得近啊。"邓学佳说。"班车估计要坐一小时，一天来回两小时。"马庆生说。"早晚的事，顺其自然吧。不过那边办公条件好，像公园。"肖云飞说。"我要买车。"柴文娜说。"土豪啊，娜姐。"马庆生说。"我住得远，估计班车不方便，只能自己开车啦。"柴文娜说。"住豪宅只能自己开车啦。"邓学佳说。"也没啥，上班车就睡觉，来回两小时觉，挺好。"肖云飞说。"这倒是真的，娜姐，自己开车费神啊。"东方牡丹说。"没买房的赶紧在五和一带买房了，这是最实惠的。"肖云飞说。"关外不好。"麦哲渊说。"什么关内关外，早晚这个关口要撤。"柴文娜说。"这点是肯定的，还是赶紧在五和一带买房比较现实，再过两年恐怕就晚了。"邓学佳说。"戴宝国，怎么样？"麦哲渊问。"考虑考虑。"戴宝国说。"真的，万科的楼盘不错。"东方牡丹说。"娜姐，准备买广本还是奥迪？"马庆生问。"娜姐肯定是奥迪啦，你看公司的头儿大部分是奥迪。"邓学佳说。"广本也不错啊。"柴文娜说。

4. 把失去的时间夺回来

"尹贤良，你那边怎么样啊？"肖云飞在电话里问。"我们的站是为建盘山公路服务的，在山上，覆盖整个工地，至少要建半年吧。等东西到了，先组织人把东西运上山，这是关键一步。这个工程，天气不好，有雨、有雾、有冰冻，比较困难，现在快元旦了，东西不是元旦前到，就是元旦后的一两天到。乐观估计10号能把东西运上山，现在只能想到这儿啦。"尹贤良说。"多沟通吧，注意安全，多穿点，别冻出病来。"肖云飞说。"喂，王厚林，调得怎样？"肖云飞又给王厚林打电话。"在调，还是踏踏实实一步一步来，前几天有点急，看来不行。"王厚林说。"好吧，不急。但是我们是按天收费的。"肖云飞说。"知道，但心急吃不了热豆腐啊。"王厚林说。"我刚和尹贤良通电话了。实话说，我们俩恐怕都得去。"肖云飞说。"那也得把广州的调通了再说。"王厚林回道。"那是，那是。"肖云飞说。

"项庆林，怎么样？1月中旬把降成本的机柜图纸搞定，过完年2月中旬出样机。如果问题不大，2月底就正式切换。这样的进度应该能匹配尼日利亚的需求。"马庆生说。"我努力吧，元旦不休啦，把失去的时间夺回来，应该可以。"项庆林说。"跟项庆林合作就是愉快。"一旁的邓学佳说。"好啦，咱仨从微基站到宏基站，一锅端。"马庆生高兴地说。"哎，邓学佳，那新来的廖默然水平咋样？"马庆生悄悄地问。"绝对高手，一来就解决了功放自激的大问题。"邓学佳说。"那不是把几个老外都镇住啦，自激搞了多久啦。"马庆生说。"可不是嘛，几个老外都服廖默然，工作效率明显提升，这个廖默然挺有魅力的。"邓学佳说。

"看来曹瑞祥眼力不错啊。"一旁过来的肖云飞说。"明天去大鹏湾看看技服搞得咋样了，微波应该没问题。"肖云飞又说。"怎么样项庆林，多帮帮忙吧，就指望你啦。"肖云飞看着项庆林说。"我元旦加班，争取按原计划1月中出图纸。"马庆生说。"这郑秋实的计划原来是给项庆林做的。"肖云飞笑着说。"我争取吧。"项庆林冲着肖云飞说。"一看就是个实在人，靠得住。"肖云飞高兴地说。"哎，项庆林，要不你搬到这儿坐，咱们商量着方便。"马庆生说。"查曼丽呢？"项庆林问。"她搬去五和基地了。"马庆生说。"那好，一会儿我就搬过来。我知道，你们怕我也打麻将。"项庆林说。"没这意思啊，对你我们绝对信得过。"邓学佳在一旁赶紧解释。"你们这样想很正常啊，要我也会这样想。"项庆林说。"不说那么多啦，总之您多费心，把失去的时间夺回来就是啦。"肖云飞说。"一定争取，一定争取。"项庆林说。

"肖云飞，你去哪儿了呢？"张立彪打电话问。"我在大鹏湾看看技服微波站搞得咋样啦。"肖云飞说。"昨晚就看见邮件说搞定啦，你去干啥？不会是想借机去游览大鹏半岛美丽的风光吧？"张立彪打趣道。"看您说的，昨晚没注意看邮件，来了才知道调通了。正好，元旦前开通，技服这帮人还行，研发人员没介入。"肖云飞说。"就应该这样嘛，否则都依靠研发，哪儿行啊。"张立彪说。"有事吗，张总？"肖云飞问。"我是想问贵州卫星站搞得咋样啦？"张立彪说。"条件比较艰苦，估计10号能把设备拉上山就算不错了。"肖云飞说。"贵州的卫星站对我们来说具有示范作用，我的意思是你亲自过去我才放心。"张立彪说。"元旦后，等王厚林广州地面站调通了，我俩一起过去，都说好了。"肖云飞说。"你元旦前就去，和弟兄们一起过元旦，他们条件艰苦，住的是工棚，你要关心他们。"张立彪说。"知道了，明天就去。"肖云飞说。

"哎，王厚林，你的进度要加快啊，张总有点着急了，硬逼着我明天就去贵州，连元旦都不让在家过。"肖云飞挂完张总的电话，就跟王厚林通话。"为啥明天就去，我这还没调通呢。"王厚林说。"肯定嫌我们慢了吧，这都不明白。尼日利亚等着要材料呢。"肖云飞说。"知道了，我加快吧。"王厚林说。"我先去，你搞完了马上过来。"肖云飞说。

"噢，尹贤良住的工棚信号没覆盖，固话也不告诉我一下，给他发邮件吧。"肖云飞自语道。"喂，马庆生，明天我去贵州，你给尹贤良发邮件知会一下。"肖云飞电话里说。"好啊。哎，为啥不打电话呢？"马庆生说。"他前几天在贵阳，现在到施工现场啦，站还没开呢，怎么打手机啊？"肖云飞说。"够惨的。"马庆生说。"让他来个电话。"肖云飞说。

在从大鹏湾回去的路上，肖云飞的手机响了。"喂，尹贤良啊，明天我去你那儿啊。"肖云飞说。"看到马庆生的邮件了，怎么会突然想起过来呢？"尹贤良问。"想你了呗。哎，听着有点不自然啊。"肖云飞问。"这里的固话是走卫星的，时延大，跟越洋的电话一样的。"尹贤良说。"怎么样，工棚暖和吗？"肖云飞问。"有生火的煤炉取暖，挺暖和的。"尹贤良说。"要小心煤炉，不要煤气中毒啊。通卫星应该可以看电视的吧？""电视、固话都有。只是固话是公用的，可以打，但就不是很方便啦。号码发给你了。"尹贤良说。"戴宝国还好吧。"肖云飞问。"我挺好的，挺好的。"戴宝国接过电话说。"要注意安全啊，安全第一。"肖云飞强调。"好的，安全第一。"戴宝国回道。

"赵长城，你和王厚林进展咋样啊？戴宝国他们正住着工棚等你们的信儿呢。"肖云飞电话里说。"卫星还是比微波难搞，应该快了。"赵长城在电话那头说。"王厚林在你旁边吧？"肖云飞问。"在，在，王厚林，电话。"赵长城顺手把电话给了王厚林。"王厚林，尹贤良肯定给你打过电话了吧。"肖云飞问。"刚接完他的电话。"王厚林说。"所以，我给赵长城打呢。不多说了，要快。"肖云飞说。"压力够大的，我会尽全力的，放心。"王厚林说。"不行，王厚林，现在你俩有可能落入了思维误区，反正我也说不上，要群策群力。"肖云飞说。"可能吧。"王厚林无奈地说。"三个臭皮匠，能顶一个诸葛亮。明天，我让马庆生、邓学佳、麦哲渊都去广州，争取元旦出个好彩头。"肖云飞说。"好，来个头脑风暴，也许思路就打开了。"王厚林说。"我总觉得就是有一点咱们没想明白，关键是没搞过，心里没底，其实不难。"肖云飞说。

"邓学佳，肖云飞给你电话啦。"马庆生问。"把麦哲渊叫过来商量下明天怎么走。"邓学佳说。"好，麦哲渊来了，明天还是从罗湖坐火车吧。这样咱们仨好聚在一起走。"马庆生说。"好吧，那就坐火车吧。"麦哲渊说。"几点？"邓学佳问。"考虑堵车，十点钟在售票厅集合。"马庆生说。"去广州麦哲渊最开心了。"邓学佳说。"别这么说。"麦哲渊说。

"是啊，多好，元旦前出差去广州，元旦直接在广州过了，多好啊。"马庆生说。"看来以后要尽量少去广州出差，要避嫌。"麦哲渊说。"嗯，该跟戴宝国换一下，让你尝尝住工棚的滋味。"邓学佳说。"那还是不要了。"麦哲渊说。"咱这一走，家里可都空啦，不知领导咋想的。"邓学佳说。"你让那个功放专家多担待点呗，这也是个考验的机会，不是说老外都服他吗？"马庆生说。"也只能这样啦，不过人家刚来还没几天呢。"邓学佳说。"没事，锻炼锻炼，可以用手机随时联系啊。"马庆生说。

5. 一切尽在掌握中

"不出差、不出差的，结果倒好，人都走空了。"柴文娜边吃着午饭边说。"牡丹，这次张总真有点急了，人都撒出去了。"柴文娜又说。"不在沉默中爆发，就在沉默中灭亡。"东方牡丹自语道。"啥意思，来这么两句。"柴文娜不明所以。"唉，你就是那个新来的功放专家吧，叫廖默然……"柴文娜正说着。"廖默然，李默然的默然。"廖默然回道。"就是演邓世昌的那个李默然吧？"柴文娜问。"是的。"廖默然说。"是崇拜李默然啊，还是崇拜邓世昌？"柴文娜又问。"我妈崇拜李默然，我爸崇拜邓世昌。"廖默然说。"所以就叫廖默然啦。"东方牡丹笑着说。"听说你很牛啊，一来就搞定了一个大家都搞不定的事儿，那几个老外被你镇住啦。"柴文娜说。"没那么夸张，他们只是没经验，这种事儿我们那儿见多了。"廖默然轻描淡写地说。"这就是高手，一切尽在掌握中。"东方牡丹赞许地说。"牡丹，功劳大大的。"柴文娜说。"有什么困难，要帮助的，找我好了，我们干部部会尽力帮助的。"东方牡丹对廖默然说。"谢谢，暂时还没有。"廖默然说。"这领导骨干都出差了，您就多关照吧。"柴文娜说。"邓学佳跟我说了，我会尽力的。"廖默然答道。"实在人，靠得住，肖云飞又得一干将。"柴文娜又说。"娜姐还得多指教。"廖默然说。"你知道我啊，QA，管质量的，流程上有什么不明白的，找我就对啦。"柴文娜高兴地说。"你娜姐大名鼎鼎谁敢不知啊。"东方牡丹风趣地说。"别这么说，别这么说。哪能跟您牡丹比名气呢。"柴文娜谦虚地说。

"哎，麦哲渊、马庆生，哇，邓学佳，都来啦。"赵长城正忙着招呼麦哲渊他们进门。"通了，调通了！"只听房内传出王厚林兴奋的声音。"啊，调通啦。"赵长城扭头奔向王厚林。"你们仨可真是带着福气来的，一进门就通了。"赵长城兴奋地说。"怎么回事？"马庆生问。"还是设置问题。"王厚林说。"昨晚肖云飞说我们脑子僵住了，再加上你们仨又要来，好好刺激了脑神经。"王厚林又说。"经历过风雨才能见彩虹啊。"赵长城说。"那是不是说，尹贤良那边也能搞定啦？"麦哲渊问。"按理说是这样的。"赵长城说。"这么说我们仨就像中国网球一样，广州一日游喽。"马庆生说。"还真不能这么说，说真的你们真太不一样啦。你们要不来，结果不好说。"王厚林动情地说。"公司不流行说嘛，'没有搞不定的事，不到最后一刻，就是搞不定'。"邓学佳说。"太精辟了。"赵长城说。"整个再走一遍吧，如果没问题，晚上和肖云飞沟通下一步的事。"王厚林冷静下来说。

"调通了好啊，马庆生、邓学佳、麦哲渊都去了，是吧？"肖云飞在电话那头说。"嗯，都来了。"王厚林说。"调通了是好事啊，就是代价大了点。是设置问题，接口的设置问题是吧？"肖云飞问。"是的。您是和尹贤良、戴宝国在一起吗？"王厚林问。"没有，我刚到，今天在贵阳住一晚，明天去尹贤良的工地。下了飞机看到短信就打车过来了。"肖云飞说。"接下来怎么搞？"赵长城问。"明天31号是吧？"肖云飞问。"是的，31

号。"赵长城说。"你们明天先回吧，下一步的工作还是要看这边的具体情况。就这样。有事发邮件啊，明天手机就不好使了。"肖云飞说完便挂断了手机。"肖云飞好像不是太兴奋嘛，怎么啦？"赵长城问王厚林。"广州这边花的时间这么长，又来了那么多人，代价有点大呀。"王厚林说。"感觉他有点担心尹贤良那边会不会也陷入僵局。"马庆生说。"不是说这边搞定，那边问题也不大了吗？"麦哲渊说。"按理是这样，但是……"王厚林没把话说完。"但愿不要有但是。"邓学佳说。"好，我们明天回，麦哲渊你就回家吧。"赵长城说。"我父母、太太都在深圳，原来就打算在深圳过元旦的。所以我跟你们一起回深圳。"麦哲渊说。"他们没来深圳玩过，是吧？"马庆生说。"是啊，结果搞了这么一出戏。"麦哲渊笑着说。

　　"明天就是元旦了，圣诞前卡鲁的卫星和微波应用案例的事，也该回复一下了。"江嘉陵说。"你觉得该怎么回复？"关景鹏面露难色地问。"毕竟有了进展啊。"江嘉陵说。"其实卡鲁最关心的还是卫星，对吧？"关景鹏问。"微波已经有了实用的案例了，大鹏湾的岛上，开发旅游资源，先微波，随后还是要被光纤取代的。因为游客有上网的需求，光靠微波，仅仅是打打电话。"江嘉陵说。"嗯，微波这样写可以，卫星呢？"关景鹏又问。"广州站不是调通了吗？"江嘉陵说。"还有呢？不可能仅仅是广州地面站非实用场景的实验室的调通，就能打发卡鲁的。"关景鹏说。"可以先这么说嘛。"江嘉陵说。"我们是没搞过，可在尼日利亚有很多应用，有可能卡鲁比我们更有经验。"关景鹏说。

　　"那又怎样？我们又没说啥，仅是告知燎原的基站设备在广州地面站，通过卫星上转发器打通了传输链路。"江嘉陵说。"为了扶持贵州贫困山区兴仁县，发展当地麻沙河旅游风景区使当地脱贫致富，为此，国家启动了为期两年的伏露山区村村通公路工程，以及移动通信村村通工程。当地情况和大鹏湾情况类似，只不过是采用卫星传输，后续逐步用光纤替代。"关景鹏说。"燎原承担此项移动通信工程，为保筑路大军春节能与家人用上手机通信。燎原人正冒着寒冷的冰雪天气，保证除夕夜前开通用卫星做链路传输的蜂窝电话。"江嘉陵接着说。"就这样，借着给卡鲁恭贺元旦新年，把我们的卫星、微波案例知会一下。"关景鹏说。"这样一来，就苦了肖云飞他们喽。"江嘉陵说。"为什么这么说？"关景鹏不解地问。"除夕之前开通能打电话，你觉得容易吗？在山上，又有雨，又有雪，还有冰冻，现在东西还没上山呢。"江嘉陵说。"倒也是，广州站和伏露山不一样啊。真不知道会不会出啥事？"关景鹏说。"我们也只能这么知会卡鲁啊。同时，抄送家里，让家里知道压力。"江嘉陵说。"明天维多利亚岛聚会的事和梁先生都敲定了吧？"关景鹏问。"敲定了，九点梁先生接咱俩。"江嘉陵说。"江苏那帮人呢？"关景鹏又问。"梁先生没说他们怎么去，只是说他们会去的。"江嘉陵说。"也是，他们在这一年多了，熟啊。"关景鹏说。

6. 不一样的元旦

　　2003年元旦，上午十点，维多利亚岛上的百乐门餐厅。"付先生您好。"梁先生看见江苏工程队的负责人付先生，便上前打招呼。"您好，梁先生。"付先生回道。"您先到了，其他人呢？"梁先生问。"噢，其他人临时有事走不开，又是您梁先生请，难以推辞，我就来全权代表了，感谢梁先生的邀请。"付先生说。"对了，这两位是燎原公司的，关先生、江先生。"梁先生介绍着。"燎原啊，知道知道，幸会幸会，民族的骄傲啊。"付先生奉承地说。"难得在尼日利亚拉各斯的维多利亚岛相聚，又是元旦新年，算是有缘分啊。"关景鹏说。"真是有缘分，坐，大家都坐。"梁先生说。

"二位来这儿做什么工程啊？"付先生问。"没有，刚来，看看有没有什么机会。"关景鹏说。"他们俩刚来开拓市场。"梁先生说。"听说付先生你们是从江苏来的？"江嘉陵问。"听梁先生说的吗，是啊。"付先生答。"怎么样？这边工程好做吗？"江嘉陵又问。"哎，您姓江，大名？"付先生问。"江嘉陵，负责技服的。"江嘉陵回道。"听说过，大名鼎鼎。"付先生说。"您怎么会听说过我呢？"江嘉陵问。"我就应该听说过您哪，否则我就太不称职啦。"付先生说。"这话有意思，怎么讲，付先生？"关景鹏问。"我就是搞通信工程的，设备商负责工程的相应技服领导是我们主要接触的对象。今天他们可以不来，但江先生想见我，那真是受宠若惊啊，我敢不来吗？"付先生一阵忽悠。"您可太会说话啦，我们无地自容啊。"江嘉陵说。"只是你们燎原眼界高，看不上我们呀。国内的村村通我们也帮不上忙啊。"付先生说。"听上去像是有故事啊？"梁先生一旁插话道。"我们可比不过麦克、香农这种大公司，他们财大气粗用得起你们。你看，还把你们给请到尼日利亚了。"江嘉陵说。"其实呢，都一样。"付先生说。"都一样，此话怎讲？"关景鹏问。

"哎哎哎，今儿是元旦，能不能不聊工作？先吃，先吃。"梁先生说。"为什么说都一样呢？"付先生边吃边说，"你看啊，你们呢，国内仅是村村通，不够吃的，我们呢，工程一期一期地做，规模也不断地扩大，但总有个头不是吗？""看来，原因不同，但结果都一样，都来尼日利亚了。"梁先生说。"关键是有机会为什么不来呢？何况有人愿意来啊。"付先生说。"他们为啥愿意到这儿来？"关景鹏问。"还能为啥，冲着收入呗。"付先生说。"按理，江苏人愿意来非洲吗？"江嘉陵问。"我们是江苏的工程队不错，但人未必是江苏本地人。"付先生说。"噢，明白了，明白了。"江嘉陵应道。

"别光顾说话，吃啊。"梁先生说。"今儿有幸与燎原的二位相聚，还希望以后多关照。"付先生说。"关键是我们刚来，两手空空，恐怕是付先生要多关照我们才是。"关景鹏说。"这可不好说，你们在沙特麦加核心网的事，可是轰动业界啊。"付先生说。"那是核心网，不是我们基站。"江嘉陵说。"唉，应该是会相互影响的。"梁先生说。"欧美这些大公司是很牛，但他们对非洲的客户确实不咋样。"付先生说。"噢，怎么个不咋样？"江嘉陵问。"主要是技术支持这块，有问题得不到及时处理，一瘫机就是几个小时，甚至两三天。这在国内简直不可想象，在这儿客户是弱势群体，设备商很强势。"付先生说。"在国内也一样，前一阵上海不是瘫机两小时吗，森尼韦尔的设备。"江嘉陵说。"您说的没错，但这些公司在这里服务更差。"付先生说。"关键是这边的人就是信什么森尼韦尔、麦克、枫叶的，没办法。"关景鹏说。"牛得不行，想见个面都见不着。"江嘉陵说。"你们是想见客户见不着，人家是客户想见设备商见不着。"付先生说。"有意思，正好反过来。"梁先生说。"不过这些大公司也别太作，其实运营商这边抱怨很多的。瘫个机有可能导致大量用户丢失，你说运营商会怎么想？竞争的残酷性摆在那儿。要不我今儿会来呢，你们是一张白纸，可以画出最新最美的图画。"付先生说。"燎原，星星之火，燎到尼日利亚了。"付先生自语道。"关先生，江先生，不说了。咱们应该有合作的机会的，对吧？"付先生又说。"一定的，一定的。"江嘉陵忙说。

"好吧，今儿就到这吧，我们真的有事，我得赶回去和兄弟们一起工作了，谢了。"说完，付先生起身离去了。"这张白纸画得美不美，就看你们俩的啦。"梁先生冲着关景鹏、江嘉陵说。"其实他说了那么多，核心一点就是燎原有机会。"关景鹏说。"是啊，他看到这点才肯来见我们的。按理，依我们现在的状况，他根本无需理我们。"江嘉陵说。"人家还是很关注你们的，刚才又是沙特，又是麦加，还有什么网来着。这都说明了人家在关注着你们。"梁先生说。"你们听到没有，一开始人家就说你们是民族的骄傲，民族的骄傲啊，他为啥这么说啊？"梁先生又说。"这个行业就我们敢和欧美大公司硬拼，麦加核心网确实把业界镇住了，毕竟没人能搞定，燎原搞定了。"关景鹏说。"哎呀，说这些有啥用呢？客户连个面都不肯见，为了见一面一帮人冰天雪地的，但愿上帝能被感动。"江嘉陵说。"好啦，咱们也回吧。"梁先生说。

"哎，你和付先生之间有什么故事？"关景鹏边开着电视边问。"我们俩并没有见过面，他可能知道我，我并不知道那头具体的是付先生。"江嘉陵边看电视边说。"什么事？"关景鹏问。"挖他们的人。"江嘉陵说。"难怪只有付先生来，你是臭名昭著啊。"关景鹏说。"不急吧，正如付先生所说，是有合作机会的。看来付先生是很怕我们挖他的人啊。"关景鹏又说。"可是我们需要人哪，这是领导安排的任务。"江嘉陵说。"你看，如果我们现在就有项目，首先就需要工程队，你总不能从国内调吧，要调也是以后的事。"关景鹏说。"我知道，但这人怎么办？"江嘉陵说。"我听说过，国内工程队能力很强，硬件、软件都行。"关景鹏说。"您什么意思？"江嘉陵问。"要充分利用他们，你我是总策划和总指挥，具体他们实施，就是我们领导他们。"关景鹏说。"没这么搞过。"江嘉陵说。"你我软硬件都行，先顶着呗。再说了，刚有突破，自己亲自抓心里更踏实。"关景鹏说。"交给别人做我还真不放心。"关景鹏又说。"那好吧，先合作，招人的事再说。再说了研发是后盾啊。"江嘉陵说。"对啊，不行让肖云飞亲自来，不信搞不定。"关景鹏说。"又想远啦，说得像真事儿似的。"江嘉陵叹着气说。"人无远虑，必有近忧嘛。咦，卡鲁回邮件啦！"关景鹏突然兴奋地叫了起来。

"说了啥？"江嘉陵问。"仅仅是谢谢我们的元旦祝福。"关景鹏失望地说。"能回邮件，尤其是在新年还能抽空回我们的邮件，说明卡鲁的心中有我们燎原。"江嘉陵说。"能这样想很好，要真是这样就更好了。"关景鹏说。"哲学水平渐长啊。"江嘉陵说。"既然我们达成一致，就要多和人家付先生沟通交流。你看我们是不是有点小气，连人家的联系方式都没有，还得靠梁先生从中搭桥。"关景鹏说。"是啊，吃完饭就吃完饭了，分手又成路人。不过他们肯定有我们的联系方式，放心好了。"江嘉陵说。"但现在应该是我们主动多与他们沟通。"关景鹏说。"不急，咱不是计划年三十聚会吗，到时我们主动联系，把他们连同梁先生一起请了。"江嘉陵说。"对对对，忘了这茬了。"关景鹏说。"哎，晚上想吃啥？我来做。"关景鹏兴奋地说。"吃你拿手的西红柿炒鸡蛋，好久没吃了，想必会不错。"江嘉陵说。"好，就西红柿炒鸡蛋。"关景鹏说着准备起来。

"想想今天我们挺失败的，光想着招人的事，结果人家是有备而来，封了个水泄不通。"江嘉陵说。"付先生真是个老江湖，用捧杀的方式把我们的嘴堵得严严实实，话题基本跟着他走。我们还是嫩哪。"关景鹏说。"现在想想，我们应该多从付先生那儿了解一些NWT的情况。虽然他们没做NWT，但应该知道些。"江嘉陵说。"哎，别说啦，弥补错误，赶紧找梁先生要付先生的电话。"关景鹏说。"刚才已经发短信给梁先生啦。"江嘉陵说。"哎，关景鹏，我在想啊，家里呢老想做得完美，可是，元旦过后到年三十这段时间，尤其是卡鲁他们节后上班，我们应该争取先见上卡鲁一面，不必等到卫星站正式开通。"江嘉陵说。"可不是，否则间隔的时间太长了。要争取见一面。"关景鹏说。"其实也没啥，就把我们目前贵州兴仁县卫星站进展，尤其是伏露山区的解决方案给卡鲁介绍一下，以诚相待嘛。"江嘉陵说。"家里不肯提供材料啊。"关景鹏说。"哎呀，我们就顺着元旦给卡鲁的新年贺信的内容，把伏露山区的解决方案介绍一下，实事求是。让卡鲁知道燎原做事实打实的，就行啦。"江嘉陵说。"好，就按你的思路，吃完饭就写。"关景鹏边做着晚饭边说。"只是不知道能不能见着卡鲁。"江嘉陵说。"不管见着见不着，这个过程必须要有的。见不着，资料发给他，卡鲁现在至少是会看我们给他发的资料的。"关景鹏说。"那倒是，不然也不会有一帮人在贵州山区奋斗呢。"江嘉陵说。

"积极努力了，也就无悔了，我给安娜打电话。"关景鹏顺手拿起手机。"还没上班呢，别扫了安娜小姐节日的兴致，那就麻烦了。"江嘉陵说。"要打的，祝安娜小姐新年快乐啊。"关景鹏灵机一动。"算你小子脑子转得快。"江嘉陵说。"哎，你也给付先生打个电话，客套客套啊，千万别说别的。"关景鹏说。"刚聚过又打？"江嘉陵问。"以前都是隔了个梁先生，这次见了面就是朋友了嘛，有了电话，直接联系一下，万一号码有误呢？就当试试号码呗。"关景鹏说。"你要知道，我们直接跟他沟通，付先生的心里才踏实。"关景鹏又说。"你的意思是说，我们不直接跟他沟通，他就会担心我们私下挖他的人啦。"江嘉陵说。"这是你说的啊，我可没这么说。"关景鹏说。"写材料，写材料，别贫了。"江嘉陵说。"您还真要跟付先生多聊聊，多了解些卫星传输方面的事，我们的材料要结合着尼日利亚的实际情况来写，这样才有针对性。"关景鹏说。"刚才还说不提别的，这会儿就……"江嘉陵说。"你说我们写材料不仅仅是为了介绍中国的村村通吧，核心还是要……对吧。"关景鹏说。"好，现在就打。"江嘉陵说。

"这个电话值，付先生他们一个重要的工作就是卫星传输工程，真可谓踏破铁鞋无觅处，得来全不费工夫。"江嘉陵打完电话后兴奋地说。"好，那就你主笔，我给安娜打电话贺新年去。"关景鹏开心地说着打电话去了。看着打完电话后走进门的关景鹏，江嘉陵问："怎么啦？一脸的不高兴，这安娜小姐这么不领情啊。""没有，安娜小姐接到我的电话异常高兴。"关景鹏说。"那你为啥一脸的不高兴？"江嘉陵问。"安娜小姐真的很高兴，结果一高兴就把实话说出来了。"关景鹏说。"啥实话啊？"江嘉陵问，关景鹏没有立刻回答。"不会是卡鲁真的不想见我们吧？"江嘉陵又问。"答对了，加十分。"关景鹏说。"唉，也不奇怪，要是想见，早就见了。"江嘉陵自我安慰道。"你倒是挺轻松嘛。"关景鹏说。"否则怎么办，能怎办？"江嘉陵摊开双手无奈地说。"安娜小姐的实话意味着没机会啦？那我们还瞎忙个啥呢？又是大鹏湾，又是贵州的。"关景鹏自语道。

"别别别，你的这种想法真的很危险哦。关景鹏，你记住，今天你没有给安娜小姐打电话。一定要记住，你没有给安娜小姐打电话恭贺新年。"江嘉陵说。"好，我记住了，没打这个电话。"关景鹏略有所悟地说。"写材料，写材料。"江嘉陵说着敲起了键盘。"不跟家里说？"关景鹏问。"又没打过电话，你跟家里说啥？催他们三星站赶紧商用开通啊，怎么着都要快啊，工地上的人等着过年和家人通话呢。"江嘉陵说。"是啊，气可鼓不可息啊。"关景鹏说。"节后啊，还是要找安娜小姐约见卡鲁。就装作什么都不知道。"江嘉陵说。"5号吧，5号去约，争取约到8号见面。"关景鹏看着日历说。

7. 美男计

1月5号NWT大厅，早上九点，关景鹏、江嘉陵穿着西装打着领带，关景鹏还手捧鲜花，两人神采奕奕地来到了安娜小姐面前。"新年快乐。"关景鹏冲着安娜说道同时献上鲜花。"谢谢。"安娜接过鲜花高兴地说。"安娜小姐，请帮我们约下卡鲁先生，我们希望能见卡鲁先生一面。多谢啦。"关景鹏说。"没问题，我来安排。你们希望哪天？"安娜小姐问。"明天行吗？"关景鹏问。"抱歉，6号和7号都安排满了。"安娜说。"8号怎么样？"关景鹏说。"8号，我看看啊，OK，8号上午十一点到十二点怎么样？"安娜说。"没问题。"关景鹏高兴地回道。"非常感谢。"江嘉陵附和着。

"鲜花和新年的电话还是很有作用的。"关景鹏边离开NWT边说。"也就是见见面，况且还没见上呢。"江嘉陵说。"沟通还是很重要的，感情联络嘛。"关景鹏说。"多接触些人，可以多了解情况，NWT我们要常来，虽然现在情形似乎很不利。"江嘉陵边走边说。"是啊，闲着也是闲着，要把死马当活马医。"关景鹏说。"改革开放初期，国外公司都涌入中国，找一些中国人做代理。我认识一个，他说，其实他也没啥关系，就整天待在部委大院里骚扰那些管事的。"江嘉陵说。"那后来呢？"关景鹏问。"磨了有一年多都没结果。"江嘉陵说。"一年多啊。"关景鹏大叫着。"可不是嘛，一年多。唉，有一天，我那朋友都失去信心啦，正在订机票准备回美国总部汇报工作。结果你猜怎么着？"江嘉陵说。"怎么着？"关景鹏好奇地问。"那位管事的官员主动给我朋友打电话。"江嘉陵说。"电话里说些啥呀？"关景鹏问。"电话里说有些小生意，别人都不太愿意做，问他愿意不愿意做。"江嘉陵说。"那别人不愿意做，肯定不是什么好生意啰。"关景鹏说。"我那朋友当时一听，立马决定退掉机票，管他生意大小，先答应下来再说。"江嘉陵说。

"结果呢？"关景鹏问。"结果，那时的中国，做啥都赚钱，他是做汽车配件的，您说能不赚吗？"江嘉陵说。"结果真的发啦？"关景鹏问。"可不是吗，两年就发了。"江嘉陵说。"你这话的意思是我们得干耗一年，接着再干两年才能出头。"关景鹏说。"不管怎么着，反正我的朋友就这么个经历，你不觉得咱们跟他很类似吗？"江嘉陵问。"没觉得类似啊，他是搞汽车配件的，我们是搞移动通信的。他是从美国到中国做生意，我们是从中国到尼日利亚做生意。"关景鹏说。"也许我们会更艰难。"江嘉陵说。"最大的不一样，尼日利亚人不崇拜中国啊，崇拜美国。更何况又是跟美国的森尼韦尔这个世界巨头拼。"关景鹏说。"不对呀，这样说，我们就彻底没机会啦，岂不是要打道回府了？"江嘉陵说。"总部只是派我们来，又没有下令让我们回。更何况咱俩才来了一个半月，不应该这么没耐心吧。"关景鹏逐渐冷静了下来。"各种可能性都想到了，也许对保持耐心有帮助。"江嘉陵说。

"哎，给肖云飞发邮件，问问贵州那边卫星站怎么样啦？"回到宿舍江嘉陵冲着关景鹏说。"发了，没回。好了，我们还是要认真准备和卡鲁见面的材料。"关景鹏说。"你觉得咱这次能见到卡鲁吗？"江嘉陵问。"哎呀，写材料，专心把材料写好，多给付先生打电话了解情况，让材料更具针对性。"关景鹏说。"想那么多干吗，现在只能好好写材料啊。当然有可能见到，也有可能见不到啦。'关景鹏又说。"看来你是有思想准备的，那就好。"江嘉陵说。"一看这个时间就知道啊。咱们在家不也是这样嘛，前面有几次不拖堂的。"关景鹏说。"心理很成熟嘛。"江嘉陵说。"所以，我们还是以客户为中心，有针对性地为客户排忧解难。这个有针对性地排忧解难就是材料的重点，让卡鲁感到燎原是真心为NWT考虑的就行啦。至于是否真的能见面，能见更好，见了面也是讲这些材料。所以，材料最重要，不见面，卡鲁可以看材料啊，邮件可以沟通啊。"关景鹏说。"这是在给自己做思想工作呢。"江嘉陵说。

"你别说，明年的雅典奥运会，中国队还是有看头的。"江嘉陵又说。"什么看头？"关景鹏问。"110米栏。"江嘉陵说。"110米栏？那可是美国独霸的绝对强项，阿兰·约翰逊。还110米栏呢。"关景鹏不屑一顾地说。"那是，那是，只是看报道说上海的一个小伙子好像还可以。当然啦，哪能跟美国人比，差太远了。"江嘉陵说。"能跑进决赛就很了不起啦。"关景鹏说。"决赛几个人啊？"江嘉陵问。"好像是9个人。"关景鹏回道。"9个人，再赢一个人前八。嗯，那就相当不错啦。"江嘉陵说着把电视打开了。"哟，这个非典把香港折腾的，死了两三百人了，封了几座楼了。"江嘉陵边看边叨叨。'不是说北京也有高校封楼了吗？里面的人不许出，外面的人不许进。一天三顿学校专门供。"关景鹏说。"不光北京，浙江好像也有高校封楼的。好多地方呢，只要出现有疑似非典症状的楼，就立刻全封锁了不让进出。"江嘉陵说。"不过最惨还是香港。哎呀，啥时是个头啊？"关景鹏说。

"张艺谋的《英雄》要角逐奥斯卡。"江嘉陵边看边说。"唉，奥斯卡啥时颁奖啊？"关景鹏问。"2月底吧，看张艺谋的啦。哇，全是大腕，李连杰、梁朝伟、甄子丹、张曼玉、章子怡。就不知道合不合美国人的口味。"江嘉陵说。"据说张艺谋拍《英雄》就是冲着奥斯卡去的。"关景鹏说。"不管，先搞个碟看看。"江嘉陵说着拿起便携给家里发邮件。"唉唉，今天午饭谁做？"关景鹏问。"想吃西红柿炒鸡蛋了。"江嘉陵说。"那好吧。"关景鹏默默地去做午饭了。"阳光快车道，欢迎你来到，哎，看，山东卫视的这个女主持挺漂亮的啊。"江嘉陵边看边说。"嗯，是挺漂亮的，叫啥名？"关景鹏问。"刘敏，刘敏姐姐。"江嘉陵说。"刘敏姐姐，这名也好听啊。"关景鹏自语道。"我发现，这节目也挺好玩的，轻松啊。"江嘉陵说。"是挺轻松的，不用费脑子。"关景鹏边做午饭边说。"西红柿炒蛋来了。来，你来一个拿手的，让我看看漂亮的刘敏姐姐。"关景鹏说着把围裙递给了江嘉陵。"哎哎哎，不急，一起看，看完你接着做饭。今儿中午就你做，我就不抢你的生意啦。"江嘉陵调侃道。"算你狠。"关景鹏故作生气地说。

8. 足球之约

1月8号，两位来自中国燎原公司的小伙，西装革履满怀希望地提前一个小时来到NWT安娜小姐的接待台前。"十一点，只会迟，不会早，你们二位来得太早啦。"安娜小姐望着关景鹏和江嘉陵说。"没关系，我们在这等卡鲁先生。"关景鹏说。"请问卡鲁先生现在接待的客人是……？"关景鹏冲着安娜小姐问。"森尼韦尔网络规划部。"安娜小姐答道。关景鹏和江嘉陵双目对视着没说话。"很正常，他们现在的设备就是森尼韦尔的。"江嘉陵自语道。"跟网络规划部肯定是谈项目嘛。否则，就只会跟运维部门打交道。"关景鹏低声说。"咱不是也来了吗，都一样。"江嘉陵说。两人正说着，只见安娜小姐接了电话后赶紧推门进了卡鲁的办公室。不一会儿安娜出来了，却直朝二位走来。"对不起二位先生，刚才接到总裁的电话，要卡鲁先生与森尼韦尔谈完后立刻去见我们的总裁，商量下午去首都阿布贾的相关事宜。"安娜小姐非常抱歉地说。"那我们什么时候能见卡鲁先生一面呢？"关景鹏焦急地问。"抱歉，我不能确定。但是刚才卡鲁先生说了，让你们把相关资料发给他，他会用邮件与你们沟通的。"安娜小姐说。"那好吧，谢谢安娜小姐，我们告辞了。"关景鹏无奈地说着。

两人离开了NWT。"今天肯定不是故意的，对吧？"关景鹏说。"嗯，从表面上看是这样。"江嘉陵话中有话地说。"你别从表面上看，就是从里子看也不是故意的。别把人看得太那个了。"关景鹏说。"太哪个啦，我又没说是故意的。"江嘉陵说。"我说你说故意了吗？真是的。"关景鹏说。"人家卡鲁不说了吗，让我们把资料发给他，他会认真看了之后给我们回话的。"江嘉陵说。"安娜小姐说了他会认真看吗？"关景鹏较劲地说。"你这不是抬杠吗？"江嘉陵说。"那你就是此地无银三百两。"关景鹏又说。"哪有三百两银子，在哪儿呢，三百两银子？"江嘉陵装疯卖傻地满地找。"在维多利亚岛。"关景鹏顺着话说。"啊，好啊，咱去维多利亚岛找去。噢，去维多利亚岛找三百两银子去喽。"江嘉陵边跑边朝天大喊着。

"好啦，再演下去，2月底的最佳影帝就该是江嘉陵啦。"关景鹏说。"你说什么，你再说一遍？我是奥斯卡影帝，噢，我是奥斯卡影帝喽，我是奥斯卡影帝喽。"江嘉陵围着关景鹏来回转悠。"手机响啦，别转悠啦。"

关景鹏冲着江嘉陵说。"不会是安娜小姐请我们回去的电话吧？"江嘉陵边掏手机边自语道。"美得你。"关景鹏说。"付先生。"江嘉陵掏出手机一看来电显示惊奇地说。"赶紧接，赶紧接，看看有啥事？"关景鹏说。"哎呀，付先生您好，好久没聚，听到您的声音可真亲切啊。"江嘉陵客气地说。"我……咱俩前天还通过电话呢，怎么才两天就……"付先生在电话那头问。"对不起，对不起，付先生，你瞧我这记性。想起来了，向你求教卫星站的事。付先生有啥喜事跟我们共享啊？""求教谈不上，也没啥喜事。"付先生说。"那您这是？"江嘉陵疑惑地问。"我们工程队呢平时没啥事的时候，喜欢踢踢球。这不从梁先生处得知你们俩也喜欢踢球，听说关先生还是大学校队的主力中后卫。"付先生说着。"啊，你们也喜欢踢球啊，太好啦。咱们什么时候约着一起去拉各斯大学玩玩呗。关先生是徒有虚名，就会吹，跟我比他差远啦。"江嘉陵自吹自擂道。"别什么时候啦，今天晚上怎么样，拉各斯大学足球场七点半，不见不散。"付先生说。"好，晚上七点半拉各斯大学足球场，不见不散。"江嘉陵回道。"那好，不见不散。"付先生说完挂断电话。

"谁徒有虚名啦？"关景鹏冲着江嘉陵说，江嘉陵捂着嘴笑着不回话。"谁徒有虚名？"关景鹏不依不饶地问。"我徒有虚名，我徒有虚名，好了吧。"江嘉陵说。"我在大学是主力中后卫，校队的绝对主力，实至名归。"关景鹏说。"你说你牛，那你们队在高校联赛拿第几？"江嘉陵问。"第四、第五的样子。"关景鹏低声说。"你知道为啥不是第一、第二而是第四、第五吗？"江嘉陵问。"嗯，我们队的事您知道啊？"关景鹏嘲笑地反问。"我知道，还用得着我知道吗？天下人都应该明白的道理啊。"江嘉陵卖关子地说。"那天下人都知道了，我为啥不知道呢？"关景鹏说。"你这么傻，你能知道吗？"江嘉陵说。"我怎么傻啦，那你说说为啥我们是第四、第五名？"关景鹏说。"想知道是吧。"江嘉陵说。"想知道。"关景鹏应着。"都是你这中后卫漏的球啊。"江嘉陵说。"你这是诬陷我，根本不是你说的那样，是守门员太臭。"关景鹏辩解道。"本来应该是你中后卫顶着的球，结果故意没顶着，那门将不知你是对方的托啊，门将反应不过来球进了，你就诬陷门将太臭。"江嘉陵说。

"你就编吧，看来本届奥斯卡，不仅仅是影帝了，最佳编剧估计也非你莫属了。"关景鹏说。"哇，一届奥斯卡集影帝、最佳编剧于一身，那可是前无古人，后无来者啊。牛！"江嘉陵自我欣赏着说。"别回宿舍啦，就去维多利亚岛找银子去，吃完午饭后回来睡一觉，攒足了精神晚上好踢球啊。"江嘉陵说。"没心思啊。"关景鹏说。"别啊，要不还是你做饭，反正我是没心情做。"江嘉陵说。"我才不做呢，走走走走走，维多利亚岛吃去。"关景鹏说完后，两人叫了个出租车去了维多利亚岛。

"这前几天刚来过，位置都是原来的，只是四人变两人，两个失落的人。"江嘉陵坐在维多利亚岛百乐门餐厅说。"两个啥事不干，拿着每天100美金高额补贴混日子的人。"关景鹏说。"有事没事来风景秀丽的维多利亚岛消磨时光，再去拉各斯大学踢踢球，看看《阳光快车道》，欣赏美女主持刘敏的风采。"江嘉陵目嘲着说。"有完没完啊，是不是还像李白似的吟两首诗啊。"关景鹏说。"此情此景吟啥诗呢？"江嘉陵若有所思地问。

"物华天宝，龙光射牛斗之墟。"关景鹏说。"人杰地灵，徐孺下陈蕃之榻。"江嘉陵接着说。"渔舟唱晚，响穷彭蠡之滨。"江嘉陵又说。"雁阵惊寒，声断衡阳之浦。"关景鹏接着说。"关山难越，谁悲失路之人？"江嘉陵又说。"萍水相逢，尽是他乡之客。"关景鹏接着说。"老当益壮，宁移白首之心？"江嘉陵说。"穷且益坚，不坠青云之志。"关景鹏接道。"北海虽赊，扶摇可接。"江嘉陵说。"东隅已逝，桑榆非晚。"关景鹏接。"落霞与孤鹜齐飞，秋水共长天一色。"二人齐声朗诵。"真可谓腹有诗书气自华啊。"江嘉陵对关景鹏说。"有道是东边日出西边雨，道是无晴却有晴啊。"关景鹏回道。"王勃是牛，关山难越，谁悲失路之人？这不就说的是我们吗？"江嘉陵说。"可咱们要老当益壮，宁移白首之心；穷且益坚，不坠青云之志。"关景鹏。"对，不坠青云之志。唉，你说王勃咋知道我们现在的处境呢？更何况写《滕王阁序》时他还那么年轻，太神了。"江嘉陵说。"往后人物还得看我们哪。"关景鹏说。"数风流人物，还看今朝。"江嘉陵说。

"哎呀呀，不好意思，让江先生、关先生等我了。"付先生带着一群人来到足球场。"没事，我们是先来了，你们正好七点半。大家伙是吃过饭来的？"江嘉陵问。"垫了一点，想着踢完球再吃。"付先生回道。"都一样，看来都有经验啊，吃饱了踢起球来不爽。"关景鹏附和着。"咳，正好缺俩，让你俩给补上了。"付先生高兴地说。"啥意思啊付先生？"江嘉陵问。"我们算我9个人，加你俩正好11个。"付先生说。"怎么，准备约队打比赛啊？"关景鹏满怀兴致地问。"那可不，平时我们只是自己踢着玩，局方也喜欢踢球，老是想约我们。我们只9人，打个小场吧，局方对小场没兴趣。这下好啦，咱凑够11人啦，哪天跟局方约大场子玩一把。"付先生饶有兴致地说着。"晚上只能靠路灯啊。"江嘉陵说。"这是个灯光足球场，开灯要花钱的。路灯还可以，踢球凭感觉，差不多就行了。"付先生说。"也是，在学校的时候，没灯晚上照踢，月亮当灯。"关景鹏说。

"差不多了吧，快九点了。"付先生说。"好吧，大伙一起吃饭去，整些啤酒爽一把。"江嘉陵说。"上次你俩请客，这次我请啊。"付先生说。"好，这次你请。说好了，除夕咱再聚我们请。"江嘉陵说。"好，除夕你请。"付先生说着大家伙都坐下了。"这位江先生踢得不错啊。"付先生同事说。"是啊，看上去像是憋了很久的，可逮着机会好好发泄了一把。"另一位同事说。"是啊是啊，三个月没踢了，脚真的好痒痒。"江嘉陵说。"看来不是徒有虚名啊。"付先生说。"他是说我徒有虚名。"关景鹏解释道。"没有啊，都不是徒有虚名啊。"付先生同事说。"都可以，都可以，哇，一个9号罗纳尔多，一个5号巴雷西。"付先生看着江嘉陵、关景鹏的号码说。"一前一后，咱们实力大增啊。"付先生的同事附和着。

"怎么样，NWT有何进展？"付先生问。"连人都见不着。"关景鹏摇着头说。"我们可是指望给燎原做工程呢。"付先生又说。"哪来的工程，影都没有，全让森尼韦尔占了。"江嘉陵说。"哎，我可听说吉达一带可能有石油，还是天然气什么的，政府催着NWT赶紧把那一带的移动通信搞起来。"付先生的一个同事说。"还要修路，听说可能是中国人修。"另一个同事插话道。"那一带很乱，有地方的反政府武装。政府肯定要剿掉他们啊，吉达的反政府武装听说有石油，先把地盘抢占了。"付先生说。"NWT催森尼韦尔建站，森尼韦尔借危险拖延，政府又急着催。听说阿布贾的政府动不动就把NWT的总裁叫过去汇报进展。"付先生的同事又说……

9. 坚持就是胜利

"哎，对今晚付先生他们说的你怎么想？"洗漱完毕后躺在床上的江嘉陵问关景鹏。"也只是听听，还没多想。"关景鹏似乎兴趣不大。"你什么意思？是不是觉得咱又有希望啦？"关景鹏问。"我们一直都有希望啊。"江嘉陵说。"怎么讲啊？"关景鹏说。"我们在这儿啊，又没走。"江嘉陵说。"废话，没走就有希望啊？"关景鹏说。"那你说走了才有希望？"江嘉陵说。"净说没用的。"关景鹏说。"没走就意味着坚持。虽然也有坚持了未必胜利的。"江嘉陵说。"又贫了，谁坚持了没胜利啊？"关景鹏无聊地问道。"孙雯不是在广告里说坚持就是胜利吗,结果女足还是点球败在美国队的脚下。"江嘉陵调侃地说。"行行行行行,关灯睡觉。"关景鹏说。"哎,江嘉陵,今年的春晚怎么没请你去呢,你说那单口相声最合适啦。"关景鹏说。"好嘛,影帝又去说单口相声了。"江嘉陵说。"我说你小子是真人不露相啊,这球踢得不错啊。"关景鹏说。"要不敢说你徒有虚名呢。我小时候在体校练足球的,最高踢到广西少年队,开玩笑。"江嘉陵说。"人才啊。"关景鹏说。"那当然。"江嘉陵说。"唉,还是要不坠青云之志啊。"关景鹏自语道。"睡觉。"江嘉陵说。"贵州的工程还是要加快。"关景鹏说。

"这天线啥时候到啊?"肖云飞问尹贤良。"局方知道,我还真不太清楚。"尹贤良回道。"戴宝国,给局方打电话询问一下。"肖云飞说。"好,我去打电话。"戴宝国打电话去了。"没事,没天线我们可以先调卫星传输接口。"尹贤良对肖云飞说。"哎,这主意好。对啊,先把基站接口调试好,等天线来了安装好后,也就是六根馈线嘛,接上就行了。"肖云飞又来精神说。"但是最好还是要把空口调好,光接口不行。""想到啦,戴宝国带了实验室的天线和衰减器。"尹贤良说。"嗯,想得周到。但现在还是缺天线。不过没事,先用小天线试,至少打电话方便了。"肖云飞说。"那倒也是,至少在机房里可以给家里打电话。这儿就一个电话确实不方便。"尹贤良说。"唉,关景鹏他们整天催我们贵州这边,其实只是时间问题,本身卫星站是没问题的。也不知道担心个啥。"肖云飞说。"走吧,去机房调卫星接口去。"尹贤良说。"不等戴宝国吗?"肖云飞问。"不等了,打电话的人多。有对讲机不怕。"尹贤良说。"哎,你让戴宝国待在电话机旁,我们调接口,有问题需要帮忙随时让王厚林支持。"肖云飞说。"好主意。"尹贤良说着拿起对讲机告知戴宝国。

"这一大早,天可真冷啊,雾又那么大,湿度又大。"肖云飞自语道。

"贵州山区都是这样，走道要倍加小心，有冰冻。"尹贤良说。"天线没到也是事出有因。我们是自己发的货当然快啦。局方得知我们帮他们建站，赶紧去下单订购天线，到来也就半个月，想想也挺快的。耐心点啊。"尹贤良边走边说着。"应该这两天就会到是吧，这么说是挺快的，只是我的心有点急。"肖云飞说。"按理这种站应该是室外微基站。"尹贤良走进机房后说。"这不是要与尼日利亚宣传的场景一致嘛。"肖云飞说。"多亏有个机房。否则，在这贵州山区的大山顶上，又是大冬天的，不给冻死才怪呢。"尹贤良说。"这应该不是专为基站建的吧，否则怎么会这么快呢？"肖云飞问。"主要是为卫星站建的，电源啥的还是要机房保护的。"尹贤良说。"我们是沾光啦。"肖云飞说。"设备都正常的。"尹贤良说。"哟，你们把小天线和衰减器都架上啦。工作做得细致啊。"肖云飞说。"这几天你在山下协调指挥搬东西，我们在山上也得多担待不是。"尹贤良说。"这天，这环境，搬运东西、保安全是关键点，还是你们辛苦啊。"尹贤良说。"不过要是没机房就真的惨了。"肖云飞说。"而且，伏露山是特例。通常这种条件就是没机房的，你忘了晕良山啦。"肖云飞又说。"快别提晕良山啦，知道，知道，穿军大衣呗，里边羽绒衣，外边再加军大衣挡风。"尹贤良说。

　　"喂，尹贤良。"对讲机那头的戴宝国喊着。"收到，收到，说。"尹贤良回着。"11号到，天线11号到。"戴宝国说。"收到，天线11号到，收到。"尹贤良回道。"今天是9号，10号，11号，12号再工程安装一天。最迟13号应该可以商用开通啦。"肖云飞自语道。"按理是这样。"尹贤良说。"别里呀外的啦，赶紧调吧。数据配好了吗？"肖云飞说。"配好了。"尹贤良说。"怎么样啊，我看看。"肖云飞急着凑到便携前查看着。"嗯，没通啊，怎么回事？"肖云飞冲着尹贤良问。"数据就是王厚林广州的数据啊。"肖云飞回道。"再仔细查查，问题出在哪儿？"肖云飞说。"戴宝国，听到吗，戴宝国？"尹贤良用对讲机叫着。"收到，啥事？"戴宝国回道。"戴宝国，你给王厚林打电话，让他把广州的数据再发一遍。发到你的邮箱啊，我这收不了。"尹贤良说。"收到，马上给王厚林打电话。"戴宝国回道。"别急，收到邮件带着便携上来，我们等你。"尹贤良又说。"好，等着我啊。"戴宝国回道。"趁着这工夫，再查查看问题出在哪儿啊？"肖云飞说。"我再试一次。"尹贤良说。"试了几次啦，问问戴宝国，王厚林的数据收到没？"肖云飞有点不耐烦地说。"戴宝国，戴宝国。"尹贤良喊着。"收到，收到。"戴宝国回道。"哎，王厚林的数据收到了吗？"尹贤良问。"刚收到，正准备上山呢。"戴宝国说。"那好，赶紧上来吧。"尹贤良说。"让戴宝国带着方便面、电热杯。"肖云飞说。"干啥？"尹贤良不解地问。"干啥？这上上下下的多耗时间啊，有吃的，有喝的，中午就不用下去啦，一鼓作气搞定。"肖云飞说。"那好吧，哎，戴宝国，带上10袋方便面、电热杯，听到没？"尹贤良问。"收到，收到，我回工棚去拿，10袋方便面、电热杯，对吧？"戴宝国说。"对，快啊。"尹贤良回道。

10. 摔得有点狠

"时间够长的，哟，怎么啦，浑身是泥。"肖云飞看着气喘吁吁的戴宝国问。"有结冰，路滑，摔了一跤。还好，便携、方便面、电热杯没事。"戴宝国说。"人没事吧。"肖云飞关心地问。"摔得有点狠，现在没事了。"戴宝国说。"赶紧的吧。"肖云飞催着尹贤良说。"不急，慢慢来。"肖云飞又说。"你这一会儿急，一会儿慢的。还是不能急，慢慢来，反正中午在这儿了。"尹贤良边说边敲着键盘。"看来你这跤摔得值啊。"肖云飞起身开心地冲着戴宝国说。"通啦？"戴宝国问，尹贤良默默地点着头。"难道我拷的数据有问题？我再对比着看看。"尹贤良郁闷地说。"对，好好对一下，看看错在哪儿。"肖云飞说。"说到底就是想让我上来呗，是不是看我在下面太清闲啊？"戴宝国风趣地说。"没这意思啊。"尹贤良站起身拍了戴宝国一下说。"哎哟，哎哟，疼，哎哟。"戴宝国边捂着大腿根边喊着。"刚才摔到哪儿啦，要紧吗？"肖云飞关心地说。"应该没事，你小子下手太重啦。"戴宝国冲着尹贤良说。"我没使劲啊，就轻轻拍了下。"尹贤良说。

"打电话，打电话试试。"肖云飞开心地说。"我给王厚林拨一个。"尹贤良说着拨起来。"通啦，喂，王厚林，尹贤良。"尹贤良兴奋地说。"啊，尹贤良，怎么，你这是……？"王厚林问。"戴宝国刚把数据拿过来，一输入，就通啦。"尹贤良说。"没有，正式的天线还没来，现在是用实验室的小天线在机房里打的。"肖云飞凑着电话说。"通了吗，祝贺祝贺啊。"王厚林说。"好，我们也准备下山啦，挂了啊。"尹贤良说。"不急着下山，多试试，反正中午有吃的，不急啊。"肖云飞说。"那就一个扇区一个扇区地试，先试零扇区，把一、二扇区都闭了。"尹贤良说。"别，下电，下电最干脆。试零扇区就零扇区上电，一、二扇区不上电。连电都没上，那肯定就是零扇区的啦。"肖云飞说。"好啊，一、二扇区下电。"尹贤良说着把一、二扇区下了电，仅剩零扇区加着电。"零扇区OK，下电，一扇区上电。"尹贤良自语。"好，一扇区OK，下电，二扇区上电。"经过来回多次验证，肖云飞最后说："都上电跑着，咱下山。"说着三人走出机房。"尹贤良，走那么快干吗，慢点，让我扶一下。你那一巴掌打得我到现在还疼呢，快，过来。"戴宝国冲着尹贤良说。"没事吧，戴宝国。"肖云飞问。"没事，搭把手。"戴宝国搭着尹贤良的肩下山。

"明天是10号，这调通了心情也好。11号、12号把天线安装好，13号开通看来是十个指头拿钉螺——十拿十稳。"肖云飞边下山边自语道。"唉，尹贤良，查出来没，为啥你就没搞对呢？"肖云飞又说。"多敲了个空格。"尹贤良说。"咳，真是好事多磨啊，戴宝国就该搭着你尹贤良，都是你害得戴宝国跌一跤。"肖云飞说。"搭搭搭，这不搭着了吗，真是的。"尹贤良说。"那后来怎么又OK了呢？"肖云飞又问。"没一个一个地敲，直接粘贴的。"尹贤良说。"真有你的。"戴宝国说。"哎，戴宝国，你这满头是汗，是不是很疼啊？"肖云飞问。"没事，是有点疼，还好吧。"戴宝国说。"今儿回去好好歇歇，明儿睡个懒觉，八九点起怎么样？"尹贤良说。"随便。"肖云飞说。"13号开通，16号应该可以回深圳了。"戴宝国说。"现在看来应该没问题。"肖云飞说。

"都十点了，戴宝国咋还没起？"尹贤良问。"走，去看看。"肖云飞快步走向戴宝国的工棚。"戴宝国，怎么啦？"肖云飞关心地问。"动不了了，不知怎么的，比昨天疼多了。"戴宝国说。"不会是骨头裂了吧？我扶你一把试试。"肖云飞想扶着戴宝国起来。"哎哟，不行，不行。"戴宝国说。"可能是骨裂，糟糕，要赶紧送你去贵阳的医院。尹贤良你在这儿，我去找工程队的车赶紧送去贵阳。"说着肖云飞快步冲了出去。"说不准，只有拍片子才知道情况，赶紧送去贵阳吧。"请来的工程队的队医看了后对肖云飞说。"好，车在外面，两个人架着上车。"肖云飞招呼着尹贤良架着戴宝国上了越野车。"尹贤良，你留下，再测测，然后把天线搞好，把站开通了。没事去山上，电话方便，我们走了。"肖云飞说。

"牡丹，我肖云飞啊。"肖云飞在贵阳市人民医院急诊室给东方牡丹打电话。"啊，肖云飞啊，还在贵州啊，这么晚了有事吗？"东方牡丹问。"我现在在贵阳市人民医院急诊室，马上要给戴宝国办住院手续。"肖云飞说。"戴宝国怎么啦？还要住院？"东方牡丹急切地问。"唉，上山摔了一跤，而且据医院的专家说，摔的不是地方，大腿根里侧的一根骨头裂了，医院的专家正在会诊讨论治疗方案呢。"肖云飞说。"你陪戴宝国了，那只有尹贤良在工地上啦。"东方牡丹说。"是啊，刚才把情况向张总汇报了。"肖云飞说。"嗯，张总咋说呀？"东方牡丹问。"让你带个公司的保健医生来把戴宝国接回深圳治疗。"肖云飞说。"啊，这样啊，啥时去啊？"东方牡丹问。"今天是10号，明天11号你带着保健医生来。天线12号要到工地，我和你们交接后12号必须赶回工地。"肖云飞说。"唉，就是明天去贵阳嘛，知道啦，明天一定到，放心啊。你和尹贤良也要多保重啊。"东方牡丹回道。"谢牡丹。"肖云飞说。"还谢啥，你们都这样了。好了，明天下午见。"东方牡丹说。

"白天，医院又请了其他医院的专家会诊，还是找不出好的治疗方案。"在戴宝国病房，肖云飞对刚来的东方牡丹和保健医生说。"那怎么办呢？"东方牡丹问。"医院方面查了，目前国内都做不了这手术。"肖云飞说。"都做不了？"保健医生问。"据他们上网查了说，瑞典有家医院，在斯德哥尔摩，可以做这种手术。"肖云飞说。"好嘛，瑞典斯德哥尔摩，就是曹瑞祥去的地方吧。"东方牡丹说。"好了，你们再陪戴宝国一会儿，我要去局方把天线装好车，明天一早带到工地上去。拜托了，牡丹。"肖云飞说着转身离开了。"自己多加小心啊。"东方牡丹冲着肖云飞的背影说。"不容易啊。"保健医生自语道。

"赵长城，我是肖云飞啊。"肖云飞给赵长城打着电话。"啊，肖云飞啊，戴宝国怎么样啊？"赵长城问。"不太好啊，牡丹陪着他，我明天就要去工地了。"肖云飞说。赵长城听后默默没吭声。"医生说，国内做不了这个手术，只有瑞典有家医院能做。"肖云飞说。"那好，赶紧回深圳，办签证去瑞典做手术。按公司派往欧研所来算。"赵长城说。"我也是这样想的，咱俩想一块儿去了。那你就跟张总说呀，我打电话就这意思。这事得赶紧，医生说要静养，也不知要躺多长时间。"肖云飞说。"那不可能整年整月地躺着啊，人不废了吗。"赵长城说。"否则，就得拄拐杖，不能受力。"肖云飞说。"那也比整天躺着强啊。"赵长城说。"最佳就是去瑞典做手术。"肖云飞说。"好，明天就去找张总。"赵长城说。"这就对啦，咱们还是要替兄弟们着想啊。"肖云飞说。"唉，肖云飞，你们咋整的，把他整成这样？折了我一员大将，以后还敢不敢跟你出差啦？"赵长城发泄地说。"别这样啊，条件是比较恶劣，天冷，有结冰，又要爬山，只能靠自己多加小心。"肖云飞说。"关键是我还得找人顶替他的位置。"赵长城说。"我看夏润泽不错。"肖云飞说。"夏润泽啊，你觉得可以？才一年啊。"赵长城说。"他是社招的，又不是应届生，在内地研究所工作过。"肖云飞说。"四川的一个研究所，干了三年。"赵长城说。"对啊，加起来四年了，可以的。"肖云飞说。"我知道了，再考虑考虑。"赵长城说。"别忘了给张总打电话啊。"肖云飞叮嘱着。"不会忘的，放心。"赵长城说完挂断了电话。

"喂，我是搞基站的，请帮忙叫一下我们的尹贤良听电话，谢谢啊。"肖云飞往工地上打电话，不一会儿尹贤良来了。"喂，肖云飞啊，怎么样啊？""天线到了，刚装完车，明天一早出发，估计中午能到吧，争取天黑前把天线架起来。"肖云飞说。"戴宝国咋样啦？"尹贤良问。"牡丹他们陪着呢。你们把一切都准备好，只等着天线一装就行啦，好吧。"肖云飞说。"好，明天上午准备好，就等你的天线到。"尹贤良说。"挂了啊，明天见。"肖云飞说。

11. 周末奋战，还是没戏

"哎，今天星期天你们还上工地吗？"在工地食堂尹贤良边吃着早饭边和工友们聊天。"星期天还是休息的。"工友们回道。"通常星期天都做些啥？"尹贤良又问。"这地方离哪儿都远，只能休息休息，看看电视，打打牌。"工友们说。'也许今儿的晚上和往常不太一样。"尹贤良神秘地说。"嗯？有啥不一样啊？"工友们感兴趣地问。"今儿一早，我们的肖工就从贵阳把基站用的三根天线带过来了，等这三根天线往抱杆上一装，馈线那么一接，估计晚上大家就可以拿自己的手机跟家人打电话啦。"尹贤良绘声绘色地说。"那太好啦，车啥时候到啊？"工友们高兴地问。"今天天气好，中午应该就能到。"尹贤良说。"那咱现在干啥？不会就这么干等着吧，应该要做些准备的。"工友们关切地问。"我吃完饭就要上山做准备。"尹贤良说。"要帮手不？"工友们热情地问。"最好能有俩人和我一起上山。"尹贤良说。"那剩下的呢？"工友中的负责人此时站出来问。"这样，一会儿找俩人跟我上山做准备工作，还需要六人把三根天线抬上山。"尹贤良说。"大范、小鲁你俩陪尹工上山做准备工作，剩下的在山下等肖工的天线。"工地负责人发号施令着。"另外，负责工程的上级领导为大家着想，每人每月可报销60元手机话费。"工地负责人又说。"60元，应该够的，只要不是天天打。"工友们高兴得三三两两地说。"那没有手机的咋办？"有工友问。"赶紧买呀。"工友们齐声喊着。

"二位师傅，我们的准备工作主要是把三根天线的抱杆给装好，六根馈线给铺设好，同时把接地夹装在馈线上，把地接好。跟着我做就可以了。"尹贤良在基站铁塔下说。"没事，比我们的活轻松多了。"二位师傅说。"在广西百色，这种站通常没铁塔，而且是O型站，用两根天线就搞定了。"尹贤良边做边说。"那这里为啥要搞三根天线，还搞个铁塔，费钱又费事的。"大范不解地问。"可能局方考虑到这里要发展旅游业，人员和业务量会比较大。所以，要加强覆盖，用标准的三扇区定向天线，这样铁塔就是必需的啦。比起城市在房顶上装三根天线，铁塔的成本就低了。"尹贤良解释道。"不过广西那边有的O型站，随着业务的增长，也有一些扩展成三根天线的。"尹贤良又说。"那还是一次搞定比较好。"小鲁附和着说。"这个站是我们送的，局方自然选三扇区来建啦。它这个铁塔不仅仅是给我们的基站用的，还有其他设备可能也会用到的。"尹贤良说。"你们燎原公司很有钱呀，连这么贵重的东西都敢送啊。"大范说。"哪儿有钱啊，这不，都是为你服务嘛。"尹贤良说。"啊，是为我们吗？真的啊，真为我们啊！"小鲁高兴地大叫着。"是真的，晚上你们就可以用手机打电话啦，能不是真的吗？"尹贤良说。"对，这话说得对，晚上能打电话肯定是真的啦。"大范说。"想不到我们这些卖苦力的，还有人想着呢，还给每月60块话费报销。"小鲁自语道。"想想你们把路修好了，能给这一带带来多大的变化，在这穷山恶水的，打个电话，给老婆孩子说两句亲热的话，心情好了，干活也有劲了，路不修得快了嘛。"尹贤良说。"尹工您可真会说话，是这么个理儿。"大范说。

"刚才没注意，看，三根抱杆都已经装好了。估计是建铁塔时顺手就搞了。"尹贤良用手指向铁塔上方说。"那不就剩把电缆搞上去了，省事了。"小鲁说。"不过上塔还是要注意安全，师傅们，千万要小心。就这么点活儿，不急。"尹贤良关心地说。"你看有梯子，还有护栏，小心点没事。"大范说。经过三人的齐心协力，六根馈线被送上了铁塔，尹贤良从塔上检查完后下来抬手看着表说："啊，都十二点十分啦，亏得只搞这六根馈线，否则不定啥时候呢。""不知肖工他们到了没，用对讲机问问山下。"大范说。正说着，对讲机响了。"尹贤良，尹贤良。"肖云飞在山下喊着。

"收到，收到，天线到啦，赶紧上来吧。"尹贤良说。"好，我们正在上山。同时，带了方便面和电热杯，等着我们啊。"肖云飞说。"好，等你们。"尹贤良说。"他们应该一点半钟左右就上来了，六点前应该能搞好吧，尹工？"小鲁兴奋地问。"4个小时，差不多吧。"尹贤良回道。"尹工，机房我们能看吗？"大范问。"有啥不能的，进去看看。"尹贤良说。"这就是基站啊？"小鲁小声地问。"是啊。"尹贤良回道。"真是高科技啊，戴眼镜的就是有文化。不能和你们比啊。"大范自语着。"一个卖苦力的，还想和人家大学生比。人家是知识分子，知道不？"小鲁冲着大范说。"都一样，都一样。"尹贤良在一旁不好意思地说着。"尹贤良，人呢？躲哪儿去啦？"尹贤良正说着只听机房外肖云飞在喊。"来了，马上来。"尹贤良飞身走出机房。"哇，尹贤良，你们的效率很高啊，我还担心你们搞不定抱杆呢？"肖云飞望着铁塔上方说。"效率不算高，抱杆建塔的时候就搞好了，我们只是铺了六根馈线而已。"尹贤良谦虚地说。"天线得用绳吊上去。条件有限，没有滑轮，我们小心点。"肖云飞说。"嗯，今天运气好，风不大，吊天线比较安全。"随来的贵阳办的网优工程师左小虎说。

"左小虎，公司贵阳办的网优工程师。这儿的工程参数就是他设计的。"肖云飞向尹贤良介绍着。"尹贤良，搞软件的。小虎，属虎的吧？"尹贤良说。"是的，属虎的。"左小虎说。"这样，我在上面吊绳下来，尹贤良你在塔中央护着，左小虎你负责捆绑天线。"说着肖云飞背着绳子往塔上爬。"左小虎，捆天线您应该有经验，一定要捆结实喽。否则，把天线摔坏了可就惨了。"肖云飞边爬边提醒着。"放心，我做得比较多，会谨慎的。"左小虎说。"那我们干啥？"大范在一旁问。"你们泡8包方便面。"肖云飞说。"这些工作比较关键，不敢让你们搞。"尹贤良说。"你们这戴眼镜的高级知识分子，这种粗活也能干啊？"小鲁一旁说。"刚才不都说了吗，你我都一样，都是农民工。"尹贤良风趣地说。"一身土，一身泥的，的确跟咱们一样。"小鲁说。"这么说搞基站的也是农民工喽，这下我心里平衡多了。"大范开玩笑地说。大家听后都大笑起来。"好，经过三个小时的小心加努力，现在是四点半，差不多了。左小虎你上来把驻波和隔离测一下，把天线的方位角和下倾角确认一下。"肖云飞在塔上大声地喊着。

"好，我上来。"左小虎说着背着Sitemaster①往塔上爬。"你把馈线的驻波、天线的驻波和极化隔离都测一下，没问题了，再把天线的方位角和下倾角用罗盘仪确认一下，做好记录后，把跳线接上、防水胶带缠上就OK啦。"肖云飞冲着上来的左小虎说。"驻波、隔离有Sitemaster没问题。"左小虎说。"好，测吧。"肖云飞说。"不过……"左小虎面露难色，吞吞吐吐的。"怎么啦？"肖云飞问。"没带罗盘仪。"左小虎说。"你先测驻波、极化隔离吧。"肖云飞说。"OK。"左小虎说。不一会儿三个扇区的天线、馈线都测完了。"肖云飞，那方位角和下倾角你看咋办？"左小虎盯着肖云飞说。"没事，方位角目测再确认一下，你来。"肖云飞说。"其实一般我都是目测的，罗盘仪经常被人拿走，要覆盖的区域我都清楚，一般没问题。下倾角天线的机械下倾都有刻度。"左小虎边目测方位边说。"其实，我也是这么干的。而且，我只要带着手机，基本上就可以对基站进行全面的评估。"肖云飞说。"OK，都确定好了。反正还要路测的，有问题可以再调，相对变化比较重要。"左小虎边说边把跳线接上。"都OK啦，那我接线缠防水胶带啦。"左小虎说。"OK。"肖云飞肯定地答道。

"嗯，搞好了，等俩人下来，基站就可以上电开通啦。现在六点差十分。"尹贤良看着肖云飞、左小虎从塔上下来说。"上电。"从塔上一下来肖云飞就冲着尹贤良大喊着。"来来来，吃方便面。"小鲁和大范招呼着肖云飞、左小虎二人。"你们都吃过啦，我们就不客气了。"肖云飞、左小

---

① Sitemaster：分析仪。

虎边说边吃着。"怎么样？"10分钟后肖云飞问尹贤良。"正常，三个扇区我都拨测了。"尹贤良回道。"左小虎，你让贵阳机房安排人值班，监控伏露山基站的情况。我们都下山。"肖云飞指挥着大家说。"好的。今晚就在工棚一带拨测，明天我去全面地路测一下。"左小虎征询着肖云飞的意见。"只能这样啦，晚上天黑不方便。"肖云飞赞同地说。"贵阳机房的人都安排好了。"左小虎对肖云飞说。"那好，咱们下山。"肖云飞一声令下，大家伙往山下走。

"从这三天的路测数据看，伏露山基站的覆盖达到了设计的要求。"晚上左小虎向肖云飞汇报着路测的情况。"尹贤良，你还有啥意见和建议？"肖云飞问。"我也感觉都挺正常的。"尹贤良说。"这三天我和左小虎一起做路测，这个分析也包括我的意见。"肖云飞说。"那我就向局方正式提交报告喽。"左小虎说。"好的，这几天辛苦了。"肖云飞关心地说。"那好，明天一早我就回贵阳向局方汇报了。"左小虎说。"明天是16号。这样，我们再等两天，看你与局方交流的结果。如果没啥问题，我们17号也撤了。"肖云飞说。"今天和戴宝国电话里聊天，他说他们明天回深圳。"尹贤良说。"忘啦？当时他就预测16号回深圳，还真让他说对了，只是……"肖云飞说。"他还说回去就要办去瑞典的签证，到斯德哥尔摩的那家医院做手术。"尹贤良又说。"他是工伤，公司还是挺负责的。"肖云飞说。"唉，谁顶他呢？"尹贤良问。"要赵长城去顶了。"肖云飞说。

"哎，大范，手机用得咋样啊？"第二天中午在工地食堂肖云飞边吃午饭边问。"容易掉话。"大范说。"是啊，通不了5分钟就掉，人多了通话也容易掉话。这边通了，好像那边就可能有人掉话。"小鲁说。"这样啊？"尹贤良向四周的人询问，大伙吵吵嚷嚷地都说容易掉话。肖云飞看了看尹贤良感觉不对，赶紧拉尹贤良回到工棚给左小虎打电话。"怎么会这样呢？你下午见局方是吧？"肖云飞问左小虎。"是啊，约的是下午。"左小虎回道。"你先见吧，看他们怎么说。"肖云飞说。"我一会儿先去机房，查看一下后台的数据，看看有没有什么异常。"左小虎说。"对，如果像工地上的人说的，后台数据应该有反应。"肖云飞说完，先把电话挂了。"咱17号还能回吗？"尹贤良问。"看吧。"肖云飞不肯定地说。"还是等后台的数据吧。"尹贤良说。

"给左小虎打个电话啊，问问什么情况。"晚上在工棚里尹贤良正冲着肖云飞说，此时肖云飞的手机响了。"左小虎。"肖云飞看着来电显示说。"喂，左小虎，正等你的电话呢，和局方谈得怎样？"肖云飞急切地问。"我去机房看后台，局方的人也在那儿。"左小虎说。"怎么？局方知道伏露山基站掉话严重啦？"肖云飞问。"是啊，按标准，还无法放号呢，问题有点严重啊。"左小虎说。"唉，你把数据发过来，我们仔细分析一下。"肖云飞说。"刚发，发完就给你们打电话了。"左小虎说。"和局方一起看了，故障原因是上行空口问题。不过，好像掉话一般都是这样显示的。你们自己做的，应该能分析出具体原因吧。"左小虎说完，挂断了电话。

"先看看发来的数据。"肖云飞冲着尹贤良说。"给家里也发一下吧。"尹贤良说。"好，你发，我给王厚林打电话。"肖云飞说着拨打王厚林的手机。"哎，王厚林啊，我肖云飞啊。"肖云飞说着。"啊，肖云飞，怎么啦，有事啊？"王厚林在电话那头说。"嗯，有事啊，喂喂喂……"肖云飞正说着电话断了。"前两天还好啊，现在好像越来越严重了。我给王厚林发短信吧。"肖云飞说。"我仔细想了一下，前几天我拨测，都是一拨上看通了就挂了，没怎么长时间通话。估计你们路测更是这样。"尹贤良说。"你不是说跟戴宝国聊了很久吗？"肖云飞问。"我那是用小天线，架上大天线后光是拨测，没怎么打过正式的电话。光盘算着17号能回深圳了。"尹贤良说。"一样，觉得没啥问题了，可以向关景鹏交差了。"肖云飞说。"这次，没遇到过呀，而且还跟卫星纠缠在一起，家里搞不起来镜像环境。"尹贤良说。"我光想着交差啦，连镜像环境都没想起来，还是多一个人多一条路啊。"肖云飞说。"多哪条路啊，又搞不起带卫星的镜像环境，想也是白想。"尹贤良说。"不会在这儿过年了吧？"肖云飞满脸不悦地说。"不好交差啊。"尹贤良说。

"什么意思啊？"肖云飞问。"你看我们的本意是为尼日利亚。"尹贤良说。"是啊，是为尼日利亚呀。"肖云飞说。"现在，恐怕不仅仅了吧。"尹贤良说。"瞧瞧工地上的这些人，领导为了他们能和家人通电话，特意每人每月给了60块，过年，还会把愿意来工地过年的家属接到工地上过年。大家都指望着山上那个基站呢。"尹贤良说。"是啊，不好交差啊。唉，别光说，快分析数据。问问王厚林分析出点啥啦？"肖云飞说。"你看王厚林回的。反正呢在家里做测试，如果低噪放坏了就是这个现象。"尹贤良说。"这就是你俩分析的结论？"肖云飞问。"反正从数据的分析上看像。"尹贤良说。"暂且，假设啊，是你们说的，那三个扇区不可能都坏吧？"肖云飞问。"应该是这个理。"尹贤良说。"好，我们这个工棚区域对立的是零扇区对吧？"肖云飞问。"没错，是零扇区。"尹贤良答道。"你认为零扇区的低噪放有问题对吧？"肖云飞又问。"我和王厚林目前的分析是这样。"尹贤良并不肯定。"好办啦，明天一早上山，把一扇区的模块换到零扇区。再观察个两天，看看有没改善不就得了吗？"肖云飞说。"那要是换了没改善呢？"尹贤良问。"再把二扇区的换到零扇区去。"肖云飞说。"那要是……"尹贤良正说着。"没有要是，走一步，看一步。简单的替代法最笨，也最有效。"肖云飞打断尹贤良的话，慢慢地一字一句地说。

"今天工地不开工，最能说明问题，大家都在打电话。我看了一下，基本在30秒左右，没改善。明天20号，大雪，周一机房肯定有人，让他们把数据导出来再看看。"尹贤良坐在被窝里边看着便携边说。"好吧，也只能这样啦，早点睡吧。明天是大雪啊，怪不得越来越冷了。"肖云飞说完把灯关了睡觉。

第二天中午吃完饭，尹贤良回到工棚查看着上午发来的数据。"怎么样？有改善吗？"肖云飞问。"没有改善，老样子。"尹贤良回道。"下午上山再换，我现在就去。"肖云飞转身就走。"一起走。"尹贤良丢下便携跟着上山了。

"哎，大家晚上帮帮忙，多打打电话，帮我们定位问题。"在工地食堂肖云飞边吃晚饭边说。"好呀，配合你们，我们就在食堂里打。"大家伙说着，边吃边拨打起电话来。看着大伙不断地拨了打，掉了再拨，再打，尹贤良的心凉了一半，低声对肖云飞说："还是没戏。""我现在就给邓学佳发短信，让他赶紧准备两个测试没问题的模块，明天就来贵州，无论多晚都要到工地，我叫车去接他。"肖云飞说。

12. 对决业界老大

2003年1月21号晚9点30分，肖云飞把邓学佳和随身的两个模块带到了伏露山工地。"来啦，邓学佳。"尹贤良热情地问候着。"我跟你说，在深圳也跟王厚林说，绝对不是低噪放的问题，对，根本就不是模块的问题。但肖云飞这么死逼着，我也来了，就是要断了你们觉得模块有问题的念头。"邓学佳一进工棚就冲着尹贤良激动地说。"好好好好好，先睡觉，哎呀，也别脱了，就这么凑合着睡吧。"肖云飞倒头钻进了被窝，邓学佳没法也只能照办。"总得给口热水喝吧。"邓学佳说。"来了，我给您倒。"尹贤良勤快得跟啥似的，倒了热水递给邓学佳。"一看就是做贼心虚。"邓学佳接过杯子说。"喝完赶紧睡。"尹贤良说。"给我留一口。"肖云飞说。

又过了两天。"今天是23号，邓学佳带的两个模块都换过了，结果呢，尹贤良？"肖云飞躺在床上问。"难道邓学佳带来的两个模块途中给搞坏啦，或是冬天被静电打了？"尹贤良自语道。"有完没完了，能不能想点别的，别一根绳上吊死行不？"邓学佳气愤地说。"那这种现象就像在家测试的低噪放坏的现象啊，邓学佳你自己说。"尹贤良无奈地说。"肯定是假象，跟模块无关。"邓学佳说。

"这觉睡的，把早饭给省了。"尹贤良从被窝里爬出来说。"几点啦？"肖云飞问。"十一点半。"邓学佳回着。"洗洗弄弄之后正好赶午饭。"尹贤良说。"这几天忙得都没看新闻，这工地的食堂还挺好，有卫星电视看。"邓学佳边吃边说。"正好，十二点央视午间新闻。"肖云飞边吃边看着电视说。"什么什么什么？森尼韦尔因知识产权在美国起诉燎原。看下面字幕。"尹贤良大叫着。"刚才没听清，下面有字幕。"尹贤良说。"没错，森尼韦尔告燎原。"肖云飞冷静地说。"燎原在美国才卖了5万美金的路由器，就要告啊，森尼韦尔至于吗？这个著名的业界老大。"邓学佳仔细看着字幕说。"我怎么觉得森尼韦尔有点掉价啊，业界老大，美国老牌公司，如今的发展是如火如荼，在世界市场独霸一方，为5万美金告一个在自己国内都快活不下去的，被赶到国外又屡战屡败、屡败屡战的燎原，一个名不见经传的公司。"尹贤良说。

"你说对燎原是弊还是利？"江嘉陵边看着电视边吃着早餐问关景鹏。"肯定是不利啦。业界老大，美国老牌公司，诺贝尔奖获奖无数，又是蜂窝电话的鼻祖，他告燎原，肯定对我们不利啦。谁会这么傻。"关景鹏说。"那这下燎原惨了，我们也惨喽。"江嘉陵说。"肖云飞他们至今都没搞定，我看比人家还是差呀。"关景鹏自言自语道。"不过不知怎么的，总觉得森尼韦尔有点狗急跳墙的感觉。"江嘉陵说。"人家狗急跳墙，我们才狗急跳墙了吧。你看，搞不定又把邓学佳搞到贵州了，还是没搞定。"关景鹏边看便携边说。"今天NWT他们休息是吧？"江嘉陵说。"不知卡鲁在家是否知道森尼韦尔告燎原。"关景鹏说。"哎，你说卡鲁得知此事会怎么想？"江嘉陵问。"还是你自己猜吧，答案应该很明显。"关景鹏说。"你不是说不猜的吗？"江嘉陵说。"有意思吗？"关景鹏没好气地说。"我觉得卡鲁看了这消息，应该认为燎原的设备也不差，否则，构不成对森尼韦尔的威胁，森尼韦尔也不至于告燎原。"江嘉陵说。"你是说森尼韦尔傻，帮燎原做广告呢。"关景鹏说。"哎，你这似乎说到点子上了。"江嘉陵说。"卡鲁来邮件了。"关景鹏看着便携说。"真的啊，说了啥？"江嘉陵凑过来。"问我们的设备在贵州出啥问题了。"关景鹏说。"卡鲁怎么会知道？"江嘉陵吃惊地问。"你说呢？"关景鹏说。"你刚不是说对我们有利吗？"关景鹏又讥讽地说。"怎么不吭声啦？哼，我把卡鲁的邮件转给邵利伟、张立彪、肖云飞，看他们怎么说。"关景鹏说。

"王厚林，到我办公室来一趟，马上。对了，把马庆生、赵长城都叫来，快。"张立彪在电话里说着。"刚接到关景鹏的邮件，尼日利亚局方问我们贵州出啥问题了，王厚林，你准备怎么答呀？"张立彪冲着进来的王厚林、赵长城、马庆生说。"张总，必须尽快解决啊，否则影响太恶劣啦。"邵利伟说。"你们说是模块问题，邓学佳就死不承认，愣说是假象，你们就这么耗着。森尼韦尔欺负我们，为了我们才卖了5万美金的东西就来这么一手。咱们呢，关键时刻还不争气，我说得对吗？王厚林、赵长城，还有马庆生？"张立彪气得在办公室里面来回走着。"别光说，得采取强有力的措施，把贵州的问题越快解决越好，让卡鲁没话说。"邵利伟激动地说。"唉，肖云飞、尹贤良、邓学佳，一帮废物！"张立彪自语道。"这样，你们仨，再把陆鼎轩叫上，还有那个麦哲渊，软件测试的，明天就去贵州，除夕之前必须解决掉话问题。"张立彪说。"对，你们不是觉得模块有问题吗？多带些模块，再带四个。把仪表带上，不是怀疑灵敏度有问题吗？别争，别吵，现场测。明白了吗？"张立彪激动地拍着桌子。"知道了，明天带四个模块、测试仪表，去现场测灵敏度。我们五个一起去贵州。"王厚林说。

"哎，玩快闪哪，一帮人闪到伏露山过小年去了。"柴文娜边吃着午饭边说。"尼日利亚局方都知道咱没搞定伏露山的掉话，邵利伟强逼张总。"东方牡丹说。"你说这古人咋啥都知道呢？"柴文娜问东方牡丹。"娜姐，您啥意思？"东方牡丹问。"屋漏偏逢连夜雨。"柴文娜说。"你是说森尼韦尔告燎原啊。"东方牡丹说。"其实我来燎原没觉得燎原怎么样。这让森尼韦尔一告，突然觉得燎原很牛啊。嗯，来燎原值了。"廖默然边吃边说。"他这个观点挺奇特啊，牡丹。"柴文娜好奇地看着东方牡丹说。"娜姐，你说这NBA巨星组成的梦之队，会把中国队放在眼里吗？"东方牡丹问。"别提了，那一打差五六十分，就像大人跟小孩玩游戏似的。"柴文娜回道。"牡丹，你可真能扯，这森尼韦尔告燎原，能和打篮球相比吗？"柴文娜又追着问。"我扯，那你又扯啥古人啊，什么屋漏啦什么的。"东方牡丹说。"我看哪，这尼日利亚的局方知道这事肯定是森尼韦尔告的密，否则他们怎么会知道？"柴文娜说。"反正我这旁观者算是看明白了，森尼韦尔聪明反被聪明误，愣是把燎原从海里拖上了森尼韦尔、麦克们坐的豪华游轮上，平起平坐了。"东方牡丹慢条斯理地说。"您想得也太美了吧？"柴文娜鄙视地说。"狗急了才跳墙呢，看来麦加的事真的把森尼韦尔刺痛了，紧接着燎原又追着尼日利亚NWT，又是和森尼韦尔对着干。"东方牡丹不紧不慢地说。"怎么着，您的意思是燎原和森尼韦尔平起平坐啦，那NWT为啥不买燎原的设备？"柴文娜问道，"没话说了吧，想得太美啦。""算你狠。"东方牡丹回道。"哎，廖默然，你刚才的话有问题啊。"柴文娜掉转枪口。"哪有问题啊？"廖默然说。"什么森尼韦尔一告，觉得来燎原值了。言下之意，森尼韦尔不告，就不值得来燎原喽。"柴文娜调侃着。"那是你说的，人家没说。"东方牡丹插话道。"哎，牡丹，不会过两天又要去贵阳接伤员了吧？"柴文娜说。"你这乌鸦嘴，再有你去。"东方牡丹说。"这快过年了，我可不去。"柴文娜说。"你们不去，我去。"一旁廖默然调侃着。"好，说好了，再有事你去啊。"东方牡丹说。"这回没准到巴黎开刀了。"柴文娜笑着说。

"好啊，我们仨是废物，那就只好看你们的啰。"吃完早饭在工棚里肖云飞说。"别这样啊，我们是来配合你肖云飞的。"王厚林说。"就是啊，你没看到邵利伟在一旁硬逼张总，也是没办法。"赵长城说。"陆鼎轩，说说你有何想法？"肖云飞问。"基本上把实验室都给搬来了，麦哲渊把家里测容量的系统带来了。基站又有反向维护功能，有经验的人都在这儿，怀疑哪个就改哪个参数。一点点试呗。"陆鼎轩倒是比较冷静。"王厚林，你说呢？"肖云飞问。"就一点点试吧。"王厚林也说。"先试第一点，测模块的灵敏度。"邓学佳说。"行啊，现在是九点十分，带上仪器、模块、方便面、电热杯上山。"肖云飞一声令下之后8个人上山了。"唉，不留一个在山下拨测吗？"尹贤良问。"有容量仪，不用拨测了，都先上山吧。"肖云飞说。"对，这时需要集思广益，所以一个都不能少。"赵长城说。"大家伙小心啊，别像戴宝国似的啊。"尹贤良提醒着大家。

"哎呀，这就是机房啊，噢，铁塔。"陆鼎轩到了山顶后说。"这样，现在这个情况就是掉话率高的状态，麦哲渊把容量仪架起来，测测掉话情况。"肖云飞说。"好的。"说着麦哲渊开始把设备架起来。"怎么样？""嗯，确实掉话严重，30秒左右。"陆鼎轩俯下身看着设备显示屏说。"这说明8个人都上来是对的，邓学佳，测灵敏度。"肖云飞说。"要断站才可以测灵敏度。"王厚林说。"断呗，反正还没商用呢。"肖云飞说。"邓学佳，看，就是灵敏度不行吧。看清楚啦，这下没话说了吧。"尹贤良说。"再把新带来的模块换上去测。"邓学佳不服地说。"我来换。"赵长城说着拿个新模块换上。"王厚林，再测。"肖云飞说。"还是不行。"王厚林说。"再换，反正有四个呢。"邓学佳发狠地说。"四个全换完了，灵敏度还是不行啊，咋办？"赵长城看着大家说。"以前老听你们说，什么时钟线没接，灵敏度不行什么的。"陆鼎轩自语道。"时钟线没接，赵长城。"邓学佳说。"真忘了，好，接上了。"麦哲渊说。"还是旁观者清啊。"肖云飞说。"我是给尹贤良这小子气昏了头了，多亏人多。还是张总英明。"邓学佳说。"尹贤良，咋不吭声啦，刚才的劲头哪儿去啦？"肖云飞说。"你不也认为是模块问题吗？"尹贤良嘴硬地说。"按理我至少这次是不会叫陆鼎轩的，因为有左小虎在，没必要啊。"肖云飞说。"燎原的特点就是人海战术，往往是旁观者清。老大们这方面还是很有经验的，人多力量还是大呀。"王厚林说。"好了，断了这个念想，是啥问题啊？"尹贤良问大家。"问题又没解决，瞎高兴个啥呀？"尹贤良又说。"我们仨是废物，刚才证明了，陆鼎轩证明了我们仨确实是废物。别瞎高兴啦，你们五个接着再证明你们没白来。"肖云飞说。

"今天是1月28号，一开始排除模块以为很快就能搞定，结果？要真是模块有问题倒也简单了，换了就行啦。"吃完早饭后回到工棚肖云飞和大家说。"陆鼎轩，有啥建议？"肖云飞问。"配置都一样吧？"马庆生问。"什么配置？"尹贤良反问。"又不光是这一个基站。"马庆生说。"你是说看看贵州的其他基站和伏露山的配置有何差异？"王厚林问。"王厚林，这样，你、马庆生、陆鼎轩，你们仨去贵阳机房，好好查查各基站配置的差异。不急，28、29、30，30号搞出个结论就可以，我们跟着你们边查边进行测试，怎么样？"肖云飞边算日子边说。"只能这样啦，兵分两路，同时搞。"赵长城说。

13. 大年三十

"咋办，肖云飞，今天可是大年三十啊。"吃完早饭回到工棚，赵长城问。"先上山，别废话。"肖云飞说。"哼，张总气得都不催了，三个是废物，五个更是废物。"麦哲渊说。

"唉，再泡点方便面，这爬着有点饿了。"肖云飞说。"早饭不是吃了吗？"赵长城说。"胃口不好，没怎么吃，这一爬山，就饿了。"肖云飞说。"张总不催了，关景鹏、江嘉陵那边急得跟啥似的，又说什么那边有个江苏的工程队，搞卫星传输很有经验。说是好像遇到过掉话严重的，结果是E1带宽设置问题。啰啰唆唆写了一大堆，烦死了。"肖云飞不屑地说。"什么E1带宽？"麦哲渊大声地问道。这时的肖云飞似乎突然醒悟了，冲着尹贤良说："给王厚林发短信，让他赶紧查查伏露山E1设置与其他站的差异，别打电话，发短信，快。""不会真的是三个臭皮匠顶了诸葛亮了吧。"邓学佳一旁自语道。"吃方便面。"肖云飞拿起方便面大口地吃着。"怎么样，一刻钟过去了。"赵长城问尹贤良。"王厚林回短信说正在查，让我们再耐心等等。"尹贤良说。"没错，就是E1带宽设置窄了。王厚林查了，就是和其他站不一样，设窄了。"尹贤良看着王厚林发来的短信冷静地、一字一句地说。"赶紧设成一样，试！"肖云飞挥挥手说。"OK了！"麦哲渊测试完后如释重负。

　　"真是一帮废物啊，几个臭皮匠真顶诸葛亮啦。"肖云飞惨胜如败地说。"哎呀，好死不如赖活着。"赵长城安慰地说。"不还是那句老话嘛，燎原公司没有搞不定的事，不到最后一刻就是搞不定。"邓学佳说。"对工友们能交差了。"尹贤良说。"你得好好反思反思。"肖云飞冲着尹贤良说。"就是，看看，先是我带俩模块，后又是五个，带这么一大堆的东西，恨不得把整个深圳搬过来。结果呢？你不老这么说我的吗？现在我该问你啦。"邓学佳把恶气全撒在尹贤良的身上。"尹贤良，是得好好总结，这次代价太大啦。"赵长城说。"依我看呢这次的事是开发人员目中无人、狂妄自大的真实表露。"麦哲渊说。"哎，有点扯远了吧。"肖云飞说。"没扯远。请问正常的商用开站，基站配置数据是谁主导？"麦哲渊问。"技服人员啊，这里就是左小虎啊。"肖云飞回道。"没扯远吧？"麦哲渊冲着肖云飞说。"我这自个儿带着模块单板来，又没搞过卫星站，找他们想着用处不大。"尹贤良说。"正规的商用开站，首先货是经生产部按EPD①归档的正式版本生产，并经检验合格入良品库的模块和单板。"麦哲渊说。"你在上课呢？"尹贤良不耐烦地说。

　　"好好听着，说你狂妄自大、目中无人就没错。"肖云飞在一旁说着尹贤良。"到了现场，技服人员把基站配置数据，按研发人员拟制、经EPD流程相关各代表评审OK的文档来进行具体配置数据的生成。因为这些文档都是经过大量商用站的验证，所以，不会有问题。"赵长城补充道。"这个文档是你们测试部主导的，是吧？"肖云飞说。"是他们测试部主导的。"邓学佳说。"那戴宝国……"尹贤良欲言又止地说。"就别提戴

---

① EPD：电泳显示技术。

宝国啦，他要只是打打下手，拿拿东西，接收接收数据，也不至于……"
赵长城说。"好好好好好，不说那么多了，不说那么多了。尹贤良指导，
技服左小虎具体实施。把王厚林的卫星数据交给左小虎来搞，就没这回事
了。尹贤良、邓学佳、麦哲渊，我说得对吗？"肖云飞总结道。"其实，
就是按事先制定的规矩办，这里的差异就是王厚林的卫星链路配置数据，
尹贤良只需指导这一点就行啦。"麦哲渊说。"明白了，都是我的错。"
尹贤良低下了头。"还真不能简单地说对错。"赵长城说。"那还想咋
样？"尹贤良说。"其实在家里，这种现象时时刻刻发生，开发人员无视
测试人员的存在，出了问题除了责备，就是自己一帮人鬼鬼祟祟地躲着测
试人员，自己悄悄地搞。结果常常搞了半天，连配置和版本都不对，白白
浪费资源。"麦哲渊控诉般地说。

　　"挺深刻的，这事柴文娜咋从不在例会上说啊，搞得欠的债留到这时
候来还了。回去找柴文娜算账去。"肖云飞说。"你看，又扯到娜姐那儿
去了。"赵长城说。"不是不是，我不对，我不对，我是想让娜姐帮我抓
抓。"肖云飞忙解释道。"尹贤良，这事只能算是吃一堑长一智。真谈不上
谁对谁错。经过这么一折腾，大家对基站的认识更深刻了。要是真找左小虎
做，很多问题也暴露不出来，大家的认识也不会这么深刻。"邓学佳释然地
说。"也许我们做不到没问题，但我们一定能做到及时发现问题，并及时有
效地解决问题。这就是我们的质量方针。"肖云飞诚恳地说。"伏露山一
趟，不虚此行啊。"赵长城说。"搞方便面，先把午饭解决喽，然后下山在
工地上再测测看有无问题。"肖云飞说。

　　"今天年三十只能和工友们一起过了，他们都在包饺子呢。"尹贤良
说。"边吃饺子边看春晚，没啥问题，明天大年初一回深圳。"赵长城
说。"哎呀，大年初一在路上还是头一回啊。"邓学佳说。"贵阳的几个
怎么办？"麦哲渊说。"明天一起回。"肖云飞说。"肖云飞，别忘了给

关景鹏他们发邮件，知会搞定了。"尹贤良又说。"新年是羊年吧？"肖云飞问。"这儿谁属羊啊？"邓学佳问。"这里恐怕不会有人属羊。"赵长城说。"羊年吉利不吉利？是不是好年？我知道是牛马年好种田。"肖云飞说。"不清楚。"六家都摇头。"我们不信这个。"麦哲渊说。"你们广东人最信这些了。"尹贤良说。"老板不是说过吗，燎原儿女多奇志，定教日月换新天。"赵长城说。"对，人定胜天。"邓学佳说。"好，人定胜天，吃完没？吃完了下山。"肖云飞一声令下，大家伙一溜烟下了山。

"肖云飞。""哦，张总。"肖云飞刚下山就接到张立彪的电话。"这回通话不用数30秒了吧。"张立彪调侃着，肖云飞没吭声。"你小子长能耐了是吗？"张立彪说。"都成废物了，哪来的长能耐啊，笑话。"肖云飞没好气地说。"还记仇呢，怎么像女人似的。"张立彪说。"随你说喽。"肖云飞回了一嘴。"调通了也不给我打个招呼，害得我差点要来贵阳。"张立彪说。"欢迎啊，欢迎来住工棚。"肖云飞说。"少来，不跟你贫了，明天能回不？"张立彪问。"今天看看，没问题明天回。"肖云飞应着。"新年快乐啊！"张立彪说。"不快乐。"说完肖云飞干净利落地挂了电话。

"年三十啊，年三十，拉各斯的年三十，嘉陵江伴关景鹏，景鹏关伴江嘉陵。"关景鹏边起床边喊着。"整上诗啦。"江嘉陵做着早餐说。"你怎么是广西的呢，江嘉陵、嘉陵江，显然是我们重庆的嘛。"关景鹏说。"我父亲是重庆那边的，所以给我起了这么个名字。"江嘉陵解释道。"这都年三十了，肖云飞他们也够惨的啊，好像比咱俩更惨，在贵州的山沟里过年三十。"江嘉陵又说。"咱们今天晚上是去维多利亚岛百乐门是吧？"关景鹏问。"下午看春晚，晚上去百乐门。要是百乐门能看春晚，就都在那儿搞了。"江嘉陵说。"咱俩看春晚不够热闹。"关景鹏自语道。"你想咋地？

没有那么大的地方，付先生那十几个，梁先生那五六个，人家百乐门对春晚不感兴趣。"江嘉陵说。"走走走走走，到梁先生那儿去，要么去付先生那儿，反正不愿就咱俩。"关景鹏说。"为啥？都说好的。"江嘉陵不解地问。"我看你烦了，行了吧。这年三十讲个团圆，就咱俩，大眼瞪小眼的。你不去我去。"关景鹏像疯了似的吼着。"我去我去，一起去，行了吧？"江嘉陵一看不对劲，赶紧附和着。"那咱去哪儿啊？"江嘉陵又问。"去付先生那儿，那儿人多，热闹。"关景鹏说。"把梁先生一起叫着。"关景鹏又说。"好。"江嘉陵理解地说。

"付先生，我们可到您这讨年夜饭来啦。"关景鹏来到付先生的地方说。"哪里哪里，求之不得，求之不得。年三十嘛，不就图个热闹，我早说过，什么维多利亚岛，什么百乐门，不如就来咱这狗窝。"付先生开心地说。"江嘉陵，咱也别什么组织这儿那儿的啦，把梁先生一家也叫来，付先生这地方大，今年这年三十就在这儿过啦，哪也不去了。"关景鹏拉着付先生的手说。"好好好好好，哪儿也不去，就在我们这狗窝里过年三十。"付先生说。"那……"江嘉陵正要说啥，却被付先生打断了。"什么都别说，来我这儿就是给我面子，什么都不许提，我全包圆。不许提什么，没啥好的，饺子管够，酒管够。"付先生激动地说。"瞧你就俗，叫梁先生来，饺子管够，酒管够，待在狗窝最快乐。"关景鹏附和着冲着江嘉陵说。"我来打，我来打。"付先生说着给梁先生打电话。"一会儿梁先生过来。给家里打个电话吧，里边房间有固话。放心，我们搞了个IP电话，放心打吧。"付先生冲着关景鹏、江嘉陵说。"好，我先打，我简单，就跟父母拜个年。"说着江嘉陵进里屋去了。"梁先生说一会儿把在家准备的饺子馅带过来，大家一起边包饺子边看春晚。"付先生冲着关景鹏说。"还有一会儿呢，正在采访后台呢，总导演，金越……"大家伙七嘴八舌地边看电视边聊着。

"打完了？"关景鹏看着从里屋出来的江嘉陵说。"嗯，你去吧。"江嘉陵说。"关景鹏今天太反常了，愣说两人看春晚冷清，非吵着要找热闹。还说看着我就烦，我招谁惹准啦。"江嘉陵望着关景鹏的背影对付先生说。"我当时就跟您说过，年三一啊，这过年呀，就是要人多热闹。尤其咱们在这儿，更要这样。"付先生说。"晚上不是就聚在百乐门了吗？"江嘉陵不解地问。"一看就是没女朋友，家里兄弟姐妹一大家的。"付先生说。"您怎么知道的？"江嘉陵问。"怎么知道，看看关景鹏，再看看你就知道啦。您是那种憧憬着不回家过年的主儿吧。"付先生说。"也不是啦，只是难得一人在海外过年，觉得挺新鲜的。"江嘉陵说。"哎哎哎，出来了，说话小心点，好像刚哭过。"付先生看着关景鹏出来，悄悄对江嘉陵说。"啊，梁先生到了，啊，嫂子好，新年快乐啊。"江嘉陵冲着进门的梁先生一家大声说。"快快快，帮拿东西。"梁先生招呼大家把车上的东西搬到屋里。"哎，不是说好的晚上聚在百乐门吗？"梁先生冲着关景鹏说。"要理解，您梁先生、嫂子两口子哪是过年海外游啊，我们这呢，虽说不是国内的家，但人多热闹啊，不至于两人大眼瞪小眼的单调。"付先生回话道。"知道啦，怕冷清，过年嘛就得图个热闹。免得一把鼻涕一把泪的。"梁先生说。"看来梁先生是有经验的，对吗？"江嘉陵说。"刚才梁先生说的一把鼻涕一把泪，是指嫂子呢还是自个儿啊？"付先生调侃地说。"恐怕都有吧。"关景鹏很有感触地说。"体会得够深的。"梁先生说。

"老梁，和面。"嫂子冲着梁先生说。"好，我来和面。"梁先生说着撸起袖子，准备和面。"都把手洗了，包饺子。"付先生说。"你们燎原挺牛啊，前几天在电视里说是森尼韦尔告燎原。哎，怎么回事啊，说说。"梁先生边和着面边说。"他就老说是燎原牛，这告你们，你们还牛啊，弄不懂。"嫂子边拌着馅边说。"说不好，告肯定不好嘛。"关景鹏说。"要是好事，NWT为啥不买燎原的设备呢？"江嘉陵说。"这事我看不好说，按理告你们肯定不是好事。但怎么都觉得燎原沾了光了呢？"付先生说。"哎，我说是吧，至少知名度上占了便宜了。"梁先生说。"那倒是，我现在也知道燎原了。"嫂子说。"光有知名度，没订单，不等于白瞎嘛。"关景鹏说。"要有耐心，只是没那么快而已。"付先生说。"付先生说得对，你们已经很了不起了。不触动到根本利益，人家也不会去告你们。"梁先生说。"燎原怎么可能触动到森尼韦尔的根本利益，人家诺贝尔奖都拿了一大堆，我们差得太远。"关景鹏说。"真的，诺贝尔奖拿了一大堆啊，那恐怕对你们是不利了。"嫂子说。"不过，既然这么牛，至于告燎原吗？"付先生说。"包饺子，包饺子。"江嘉陵说。

"好，春晚开始啦，倪萍，我们山东的。"梁先生说。"哎，来来来，先尝尝这馅，咋样？这饺子要是馅没搞好，那就算砸了，来试试。"嫂子夹了俩饺子让江嘉陵、关景鹏尝。"怎么样，味道？"梁先生在一旁问。"好吃。"关景鹏边竖大拇指边说。"真好吃。"江嘉陵也说。"妥了，就这样，正式煮饺子了。"嫂子开心地说。"你们不会是拍马屁吧？"梁先生说。"真好吃，真好吃。"两人点着头说。"这俩多长时间没吃饺子啦，吃啥都好吃。"梁先生说。"放心，我先试了一个，行了才让他们尝的。您那胃口那么刁，我可不敢怠慢哦。"嫂子冲着梁先生说。"嫂子想得就是周到，今儿个饺子肯定好吃啦。"付先生说。"解晓东，好久不出来了，还是那么帅。"嫂子说。"哪儿帅啦，哪儿看着帅啊。"梁先生话里带着醋味。"一看就是情敌。"付先生在一旁调侃。

"哎，关先生，您的手机响了吧？"嫂子冲着关景鹏说。关景鹏赶紧掏出手机一看，惊叫着"卡鲁的电话"奔了出去。"嗯？今儿是休息日啊，卡鲁为啥会打电话给关景鹏，平时架子那么大，奇怪。"江嘉陵自语道。"卡鲁祝我们Happy Chinese New Year（春节快乐）。"关景鹏兴奋地大声叫着回到屋里。"今天的太阳是打西边出来的？"江嘉陵疑惑地问。"对呀，是打西边出来的。"付先生调侃地应着。"真打西边出来的。"

梁先生说。"这俩人睁着眼说梦话呀。"嫂子在一旁不解地说。"为什么？"关景鹏激动地问大家。"你托嫂子的福呗。"江嘉陵拍马屁说。"托我啥福啊？"嫂子一头雾水地说。"还真托了嫂子的福。你们看啊，自打你俩11月下旬来拉各斯，整天就想着见什么卡鲁，被人家当猴耍，一直没见上一面。"梁先生开着玩笑说。"您的意思是我前天一来，就把福带来啦，先是太阳从西边出来了，紧接着那个什么鲁来着，就主动给关先生打电话了，是这样吧。"嫂子调侃着。"对呀，要不怎么说托嫂子您的福呢。"江嘉陵说。"我说是托我的福，我看是你们到我这儿沾了这里的福气。"付先生风趣地说。"都是，都是，托大家的福，大家的福。"关景鹏面带喜色地说。"别愣着啦，吃饺子。"嫂子端着饺子大声说。"没说点别的？"江嘉陵问关景鹏。"没有。"关景鹏应着。"怎么着，有戏啦？"江嘉陵说。"那是当然的，否则打什么电话呀。可先说好喽，是沾了我的福气的，有单别忘了我啊。"付先生说。"哪敢忘呢。"江嘉陵说。"哼，你们燎原难说哦。"付先生说。"不会的。"关景鹏说。"就不知道到时候你们说的算话不？"付先生说。"不谈工作，不谈工作，吃饺子。"梁先生打着圆场说。

"今天下午的电话你说能说明什么？"关景鹏坐在被窝里边看着便携边问。"至少不是坏事。"江嘉陵坐在被窝里也看着便携说。"你这话跟没说差不多。"关景鹏说。"我这话是客观的，一点问题都没有。"江嘉陵说。"那好，按你的说法，不是坏事，那肯定就是好事喽。"关景鹏说。"万事都有三种状态，好、中、差。"江嘉陵说。"那你的意思是不好也不坏，悬在中间啦？"关景鹏说。"肖云飞他们搞定了。"江嘉陵看着便携说。"没说咋搞定的？"关景鹏也看着便携说。"说不定就是我们说的E1带宽呢？"江嘉陵说。"怎么可能？"关景鹏说。"要真是这样，真得感谢付先生。"江嘉陵说。"我问一下。"关景鹏敲着键盘给肖云飞回邮件询问。"你说付先生后来的话是什么意思？他好像对燎原有看法？"关景鹏问。"燎原砍价砍得凶，付先生他们给麦克做得多。"江嘉陵说。"你是说麦克给的价高，在国内付先生不愿给燎原做，嫌钱少？"关景鹏问。"差不多吧，是这个意思。"江嘉陵说。"但是……"关景鹏欲言又止。"但是什么，这是生意，到时候只能是公司产品线定，我们定不了的。"江嘉陵说。"八字还没一撇呢，想这些干吗，睡觉睡觉，关灯啊。"江嘉陵躲进被窝说。"好，关灯睡觉。"关景鹏说着把灯关了。"哎呀，赵本山的这个拔凉拔凉的有点意思啊。"关景鹏自语着说。"不爱看赵本山的东西。"江嘉陵说。"电视《激情燃烧的岁月》确实不错，春晚把吕丽萍、孙海英一帮人整上舞台了。"江嘉陵又说。"现在成两口子啦。"关景鹏说。

第六章

果决断，为客户定制

1.忽冷忽热，是福是祸

　　"今儿干吗？"两人吃着早饭，关景鹏问。"看看电视，休息休息，昨天喝了酒，今天调整一下，把电视打开。"江嘉陵说。"今天卡鲁还是不上班，是吧，明天上班。"关景鹏边开电视边说。"又是春晚，好，再看看。"江嘉陵说。"哼，肖云飞没回咱的邮件。"关景鹏看着便携说。"应该是没心思回邮件，正忙着往家赶呢。"江嘉陵说。"说不定让你说对了，没好意思回。"关景鹏说。"没准。"江嘉陵说。"其实啊，付先生对我们真的帮助挺大的，也看得出他很想和我们合作，但愿……"关景鹏说。"我想的也和你一样，只不过咱做不了主啊。"江嘉陵说。"但可以给家里建议啊。"关景鹏说。"建议可以。"江嘉陵说。"明天，我们还是要去找安娜。"江嘉陵又说。"好啊，闲着也是闲着，贵州的事也告一段落。卡鲁不是问吗？正好把贵州伏露山区的情况全面介绍一下。"关景鹏说。"看来又有事啦。"江嘉陵说着打开便携准备着材料。"再问问肖云飞，究竟是咋搞定的，顺便让他提供下具体素材。"江嘉陵又说。"对了，我找左小虎问问。"江嘉陵接着说。

　　"我在想，卡鲁怎么会知道伏露山的事，而且那么具体？"关景鹏说。"森尼韦尔告燎原，在NWT看来对燎原是利好呢还是……"关景鹏自问自答地说。"哎，你怎么看？"关景鹏问。"说不准啊。"江嘉陵说。"说不准没关系，说说嘛。"关景鹏请求着说。"怎么说呢，你看啊，森尼韦尔告燎原的消息一出，我觉得应该是对燎原有利的。但卡鲁来了个质问贵州掉话的问题，搞得有点像给热昏头的我们泼了盆冷水，就像赵本山的小品拔凉拔凉的。"江嘉陵停了停又说，"这拔凉了快一周，年三十又来了个热情洋溢的 'Happy Chinese New Year'，似乎咱俩的心又被温暖着。这不直到现在还沉浸在温暖的梦中。""说了半天，您的意思是咱俩还在梦里，自个儿做着不切实际的美梦？"关景鹏不乐意地说。"你呢，现在心理已经是病态了。"江嘉陵说。"你才病态呢。"关景鹏说。"不是病态是什么？我说有希望，好，你会那么说，我要说没戏了，您又会这么说。"江嘉陵说。"哎，不说不说了，没个靠谱的话。"关景鹏说。"我说的都是靠谱的，不靠谱的是你的脑子。"江嘉陵说。"你脑子才不靠谱呢。"关景鹏生气地说。"写材料，懒得说。"江嘉陵说。"做午饭。"江嘉陵冲着关景鹏又说。"为啥我做午饭？"关景鹏说。"早饭我做的。再说我想吃西红柿炒蛋啦。"江嘉陵说。"这话我爱听。"关景鹏起身做午饭去了。"中午好好再补一觉。西红柿炒蛋不错啊，晚饭继续。"说着江嘉陵钻进被窝睡了。"美得你。"关景鹏说。

"哇，这觉睡得香，四点了。"江嘉陵一跃从床上爬了起来。"你没睡啊？"江嘉陵又问。"睡了会儿。"关景鹏边看便携边应着。"继续写材料。"江嘉陵拿起便携说。"左小虎回邮件了。"江嘉陵开心地说。"怎么说？"关景鹏问。"转给你了，自己看。"江嘉陵说。"怪不得肖云飞不肯回呢。"关景鹏说。"我们呢，知道就行啦，也不吭声。"江嘉陵说。"即使你吭声，研发部那帮人也不会承认的。"关景鹏说。"那为啥？"江嘉陵问。"好面子呗，为啥！"关景鹏说。"要是这样，给卡鲁的材料只能轻描淡写。"江嘉陵说。"写都不写，问了就说正常的参数调整，刚开站很正常。"关景鹏说。"不写？"江嘉陵问。"对，一字都不提。"关景鹏说。"说实话，为了卡鲁，我们真的付出了很多。全是真刀真枪的，实实在在。"江嘉陵说。"这话提醒了我，就按你刚才的真刀真枪、实实在在的思路写。"关景鹏说。"那几乎要重写，重写就重写，全写干货。"江嘉陵自语道。

　　"起床，赶紧起。"年初二七点钟，江嘉陵叫醒了关景鹏。"这么早。"关景鹏不情愿地说。"我们尽量在九点前到NWT安娜那儿。"江嘉陵说。"吃完啦？八点零五分，穿好衣服出发。"江嘉陵说。"领带呢？"关景鹏找着自己的领带说。"应该在西装的口袋里吧？"江嘉陵提醒着说。"就是没有啊？"关景鹏说。"那放哪儿啦？"江嘉陵问。"噢，在裤子口袋里。"关景鹏拿出领带正打着。"手机响了。"江嘉陵冲着关景鹏说。"打领带呢，这时会有谁啊？"关景鹏说。"不会是卡鲁吧？"江嘉陵问。"安娜。"关景鹏看着手机说。"安娜小姐您好啊，什么什么，十点，马上的十点吗？好好好，马上就到，马上就到，谢谢安娜。"关景鹏放下手机冲着江嘉陵说："马上十点，见卡鲁，走。""太阳看来真的从西边出来啦。"江嘉陵边关门边说。"还是森尼韦尔帮了我们。"关景鹏自语道。"别太紧张，放松点，也许卡鲁找我们是别的什么事呢。"江嘉陵说。"闭上你的乌鸦嘴！"关景鹏怒吼一声。

　　"羊年快乐，二位！"一进门卡鲁问候着关、江二位。"谢谢卡鲁先生，羊年快乐！"关景鹏回道。"燎原的情况通过你们传递的材料我已经有所了解。我想问，在吉达地区建15个站，先建15个站，燎原需要多久？"卡鲁开门见山地说。"请问卡鲁先生您希望的时间？"关景鹏问。"现在。"卡鲁说。"现在？"关景鹏问。"是的，现在。"卡鲁回道。"这……"关景鹏欲言又止。"所以，我要燎原给我一个在最短的时间内把15个站建起来的计划，越快越好。"卡鲁停了停接着说，"明天上午十点，在这儿我要看到燎原的计划。""没问题，明天上午十点准时在这里把燎原15个站的计划交到您手上。"关景鹏毫不犹豫地回答。"好，我等你。感谢燎原的帮助，吉达地区建站的相关资料刚刚发给你们了。"卡鲁说。"那我们去准备了，辛苦了卡鲁先生。"关景鹏说。"慢走，我就不送了。"卡鲁先生说。

　　"先在吉达建15个站，感谢燎原帮助。是福是祸？"江嘉陵边走边说。

"是痛并快乐着。"关景鹏可道。"是拿我们当救命稻草呢，还是拿我们当猴儿耍呢？"江嘉陵又说。说着两人上了出租车回公寓宿舍了。

"赶紧看卡鲁发来的资料。"回到宿舍关景鹏招呼着江嘉陵赶紧打开便携看着。"这就是森尼韦尔的建站方案嘛。"江嘉陵说。"森尼韦尔嫌吉达太乱不愿搞，一直拖着。"关景鹏自语道。"明白了，明白了。我就觉得奇怪，为啥卡鲁要感谢燎原，还是感谢帮助。没准咱们要白干啊！"江嘉陵说。"你忘了个细节，卡鲁说15个站的时候，特地强调是先建15个站，说明以后吉达地区会全面铺开建。"关景鹏说。"怎么着，你觉得卡鲁是什么用意？"江嘉陵问。"我当时的直觉告诉我，这15个站可能已经把钱付给森尼韦尔了，又被拖着不建，一面又催得紧。森尼韦尔肯定是搞不动了，卡鲁才突然想起还有个垫背的燎原。"关景鹏说。"你早就预想到可能有这么一天了是吧，看你刚才如此坚定果断，肯定是有所准备的。"江嘉陵说。"凭直觉吧，这么爽的事想都不敢想。"关景鹏说。"你做市场是对的。"江嘉陵赞赏地说。"哎，没问贵州掉话的事啊。"关景鹏说。"没答复过卡鲁吧？"江嘉陵问。"没敢嘛。"关景鹏说。"看来还真是森尼韦尔把燎原拉上了豪华游轮，把燎原、麦克同等看待了。贵州的掉话问题就不是个事儿。"江嘉陵说。"家里要按16个站来备物料，万一有模块坏了呢？"关景鹏说。"肯定得空运啦，深圳起运两周到拉各斯，备料只能给一周，2月底到货16个站的物料，两周把15个站建起来。怎么样？这是最激进的计划了，没法再快了。"江嘉陵说。"3月15号吉达地区15个站搞定嘛，对吧？"关景鹏总结性地说。"嗯，对．3月15号。"江嘉陵说。"我看了，天线局方已经搞好了。"江嘉陵补充道。"给肖云飞发邮件，紧接着再打电话。"关景鹏说着拿起电话说，"你给肖云飞发，我给他打。"

"肖云飞，我是关景鹏。"关景鹏拨通电话说。"啊，关景鹏，新年快乐啊。"肖云飞在电话那头说。"紧急啊，明天有可能就能确定，你赶紧确认现在有没有16套宏基站的物料，还有一套基站控制器。具体看江嘉陵发的邮件，现在就确认，确认完了今天一定要回啊，我会电话催你的。"关景鹏说。"好，马上确认，马上看邮件。"说完后肖云飞挂了电话。"基站控制品你来调试，我搞基站。"关景鹏说。"要和森尼韦尔的核心网对接，难度不确定哦。"江嘉陵说。"那就3月底，够快的了。"关景鹏说。"估计要3月底。"江嘉陵说。"你看真遇上了吧，这15个站只能依靠付先生，没得选。"关景鹏说。"只能这样了。"江嘉陵说。"价格还是要谈的，别太贵了。"关景鹏说。"我想付先生不会狮子大开口的。"江嘉陵说。"我看这一单急，不高于麦克的价就行啦。"关景鹏说。"差不多，我去谈。"江嘉陵说。"肚子饿了，我去做饭。"关景鹏积极地说。"别，还是我做吧。"江嘉陵说。"不想吃西红柿炒蛋啦？"关景鹏说。"下回吧。"说着江嘉陵做饭去了。

"喂，肖云飞，邮件看了吗？16套宏基站有库存吗？基站控制器有库存吗？"关景鹏又打电话催。"关景鹏，今天是大年初二啊，公司没人上班，我没法查呀。"肖云飞说。"肖云飞，我可告诉你，今天你必须给我确切的消息，卡鲁明天上午十点就要。真的很急啊，肖总，求您了。机不可失，也许失了就不再来了，肖云飞。清醒一点吧，什么大年初二，尼日利亚可没什么大年初二啊。"关景鹏哭求着。"好，难为你俩啦，我现在就去公司一个一个把人叫齐喽，一定给你答复，今天。我保证。"肖云飞坚定地说。"这才是我印象中的肖云飞嘛，相信你。"说完后关景鹏挂了电话。"怎么，肖云飞也有懈怠的时候？"江嘉陵说。"没有没有，年初二嘛，都没上班。现在去公司叫人去了。"关景鹏说。"刚才那句话说得好，尼日利亚可没什么年初二。"江嘉陵赞许地说。"没办法啦，只能说这些刺激一下啦。"关景鹏说。"万一没有咋办？"江嘉陵问。"凉拌，咋办？"关景鹏说。"凉拌是咋办？"江嘉陵又说。"其实没有选择。"关景鹏说。"明白，就是凉拌嘛，来吃凉拌黄瓜。"江嘉陵端着碗送到关景鹏嘴边。"再想想，还有什么疏漏。"关景鹏边吃着黄瓜边说。"他肖云飞能回，我们依据的基础就更坚实一些。没有回，那就只能靠吃黄瓜的嘴了，不行也得行。不吃不喝家里也得按时发货。"关景鹏恶狠狠地说。"够狠的。"江嘉陵说。"不狠不行啊。"关景鹏说。"只要人手够，同时几个站地搞，两周没问题。"江嘉陵说。"我看也是，毕竟村村通也搞了那么多了。只是控制器与森尼韦尔的核心网对接时间不敢确定。"关景鹏说。"也没事，咱自己的基站、控制器都调试好了。只差与森尼韦尔的核心网对接，我想到时候卡鲁会上心的。"江嘉陵说。"3月15号自己的系统调好应该问题不大，明天见卡鲁就这么说。"关景鹏说。

"肖云飞回邮件了吗？"躺在床上的江嘉陵问。"我再看看。"关景鹏说着打开便携仔细查阅着。"噢，宏基站有库存。"关景鹏边看边说。"控制器呢？"江嘉陵问。"一般瓶颈都在基站，基站的瓶颈又是射频模块。控制器一般不会有问题。"关景鹏说。"为什么是射频模块？"江嘉陵问。"量大嘛。"关景鹏说。"对了，射频模块每个扇区都少不了。基带一个基站一套，控制器N多个基站一个就够了。"江嘉陵自语道。"万事俱备了。"关景鹏说。"就看卡鲁这个东风的了。"江嘉陵说完后关灯睡觉了。

2. 宏基站改室外微基站

"2月底到货，3月15号基站系统调通。请解释一下。"卡鲁看着15个站的交付计划说。"3月15号，15个基站和控制器调试完成，然后与核心网对接。"江嘉陵答道。"很好，3月15号，好。"卡鲁若有所思地说。"请问卡鲁先生还有什么要交代的吗？"关景鹏问。"我提供的材料，你们知道了这15个站卫星传输，天线都已经OK了。"卡鲁先生说。"是的，我们注意到了。"江嘉陵应着。"但是，机房里没地方放你们的机柜了，你们注意到了吗？"卡鲁说。"卡鲁先生，您能再解释一下刚才说的话吗？"关景鹏不解地问。"简单地说，森尼韦尔的机柜已经安装好了，只是里面没插模块，是空机柜。"卡鲁说。"空机柜？那就……"江嘉陵做了个搬走的手势说。"不不不不不，希望燎原能帮助想办法。"卡鲁表示出不能搬走的意思说。"这……"关景鹏、江嘉陵都愣在那儿了。

看着二位面有难色，卡鲁微笑着说："虽然你们的材料主推的是室内宏基站，但也介绍了室外微基站。尤其介绍了沙特麦加的应用。""卡鲁先生的意思是，机房内没空间，用室外微基站架到天线上去？"关景鹏问。"不不不不不，基站放到室外不安全，也许今天装了，明天就没了。"卡鲁先生说。"那您的意思是？"关景鹏一头雾水。"既然燎原的室外微基站能挂在室外抱杆上，那挂在室内机房的墙壁上肯定是没有问题的啦。"卡鲁先生满脸开心地笑着说。"你们的材料我真的很认真地研究过，你们燎原的产品真好，真能为我们客户着想啊。难怪森尼韦尔这么害怕你们呢。你们是真正有实力的公司。一定能做到挂墙上的对吧？3月15号也是不会变的对吧？"卡鲁用"捧杀"的方式将燎原的军。"没问题。"关景鹏面对卡鲁求救的目光斩钉截铁地说。"感谢燎原帮助，太感谢啦！"卡鲁紧紧握住关景鹏的手说。"另外，也许你们知道，森尼韦尔拿了这15个站的钱，却以危险为由拒绝交付。"卡鲁说。"不过，我们是要宏基站的，这15个微基站作为实验局。燎原还是需要证明自己的。"卡鲁又说。"答应你，燎原愿意接受NWT的考验。"关景鹏非常坚定地说。"不用担心，特殊的地方是会用到室外微基站的，会补上的。"卡鲁慢慢地说。"那谢卡鲁先生啦。"关景鹏紧张的心舒展了许多说。"看来没看错你们，好好表现，别出差错，NWT就是你们的。"卡鲁先生说。

"锁死卡鲁。"关景鹏边走自语道。"你的胆子是不是有点大呀，我刚才提醒你，看见了吗？"江嘉陵说。"看见啦，在我职权范围，不用向家里请示，直接答。"关景鹏边走边说。"有数量的，超过一定数量就得向家里请示了。"关景鹏又解释道。"你说这卡鲁，一直都在研究我们，连实验局的合同都准备好了。"江嘉陵说。"上头催得紧，森尼韦尔不给力，你让他怎么办？"关景鹏问。"这接下来该卡鲁急了。"江嘉陵说。"我们一定要撑住卡鲁，回去先把借货合同传真给家里。别忘了是室外微基站不是肖云飞答的室内宏基站。"关景鹏说。"对了，有货没货啊？"江嘉陵说。"这时候就得是说你行你就行，不行也得行。"关景鹏说。"看肖云飞的了。"江嘉陵说。

"肖云飞吗？"关景鹏回到宿舍发完传真，给肖云飞打电话。"啊，关景鹏，又有何指示？"肖云飞在电话那头问。"借货合同刚传真给供应链了，不过有变化。"关景鹏说。"什么变化？"肖云飞问。"宏基站改室外微基站了，其他没变，签约15个站，外加1个站的备份。不急，今天是初三，明天初四公司供应链就有人了。记住，2月底必须到货，合同里写得很清楚。"关景鹏说。"那微……"肖云飞急着说。"没得商量，行也行，不行也得行。听清楚啦，肖云飞。"关景鹏强硬地说。"知道了。"肖云飞回道。"我会写份详细的邮件发给你和各位老大的。"关景鹏说完后挂断了电话。"其实不怕，分两批发没问题。先发一半就可以，隔个三天再发剩下一半，3月1号到一半，3月4号到另一半，没问题。"关景鹏说。"以前都会是3月1号到1/3，3月4号到2/3，3月8号到最后的全部。"江嘉陵说。"这样也行，最好是1号到一半，四王号到另一半。"关景鹏说。"靠墙安装我们是有方案的，只是估计没准备物料，需要现在采购。没准卡在这儿。"江嘉陵说。"别光说啊，赶紧给肖云飞发邮件。刚才我没想到这个，还是你有经验。"关景鹏说。'合同里写了靠墙安装，需要配相应的安装件。"江嘉陵说。"那是卡鲁写的，我还没想到呢。"关景鹏说。"其实也没啥，跟挂热水器差不多。"江嘉陵说。"那就是说，即使没有也不怕对吧。"关景鹏说。"最好别这样，显得不够专业。"江嘉陵说。

"我来烧午饭。"关景鹏积极地说。"好，我看看电视。"江嘉陵说。"是不是先和付先生沟通沟通？"关景鹏边做午饭边说。"约场球呗，顺便沟通一下。"江嘉陵说。"先沟通沟通，摸摸情况。咱时间点都确定了，很明确的。"关景鹏说。"主要是不安全，付先生未必肯干。"江嘉陵说。"这倒也是，森尼韦尔就不干了，说明情况还是很恶劣的。"关景鹏。"如果付先生不愿意咋办？"江嘉陵说。"这么一说，付先生他应该是不愿意做吉达地区的项目。犯不着啊。"关景鹏说。"还是缺少了危机意识啊，光想着拿项目了，没想着有生命危险。"江嘉陵自语道。"怪不得卡鲁这么激动，还跟我握手。"关景鹏说。"有不怕死的，当然激动啦。"江嘉陵说。"探探付先生的口风吧。"关景鹏看着江嘉陵说。"好吧。"说着江嘉陵就给付先生打电话了。"怎么样？"关景鹏看着江嘉陵进门问。此时，江嘉陵的手机响了。"接电话呀。"关景鹏冲着犹豫的江嘉陵说。"付先生的。"江嘉陵说。"啊？"关景鹏正诧异呢。"喂，付先生。"江嘉陵还是接了电话。"不好意思，一是确实有工程；二是想想森尼韦尔不肯干，真出了事我不好交差啊。"付先生在电话那头说。"没事没事，刚才只是随便问。什么时候约场球踢啊？"江嘉陵说。"明天晚上，我们约了场球，和TN局方。你们来吧。等你们。"付先生说。"好，我们一定来。"江嘉陵说。"确实，真出事确实不好向国内的家人交差。"关景鹏说。"你都听见啦？"江嘉陵说。"猜也八九不离十。"关景鹏说。"怎么办？"江嘉陵说。"先吃饭，睡一觉再说。"关景鹏说。"现在工程问题不解决好，3月15号完不成的。"江嘉陵边吃边说。"别光说，得想招。"关景鹏说。"这事得想细了，具体我们要做啥，一定得想全了。"江嘉陵说。"我听您这意思，准备就咱俩搞定？"关景鹏问。"我可没这么说啊。不过呢，你既然这么提，不妨按你这个思路来设想一下。应该是NWT把该做的都做了，其实，森尼韦尔只要把模块往机柜里一插，基站就可以开通了。"江嘉陵边吃边说着。

"嗯，接着说。"关景鹏应着。"我们有模块。如果我们模块能插到森尼韦尔的机柜里，基站也就三通了。我们只是想插也插不进去而已。我们需要靠墙安装，这需要工程队来做。"江嘉陵说。"就是打几个膨胀螺钉，这活我来干。"关景鹏说。"那这问题就解决啦。"江嘉陵顺势说。"怎么着就解决啦？工程队呢？"关景鹏。"您不说您干吗，您干就是工程队干，您就是工程队啊。"江嘉陵调侃地说。"您别说，没电钻。要是有他们工程队的电钻，还真能干。"关景鹏说。"妥啦，电钻可以找付先生借呀，这不就妥妥的了吗？"江嘉陵说。"实在不行也只能这样了，我能你也能。要是付先生不肯借，自个儿买。"关景鹏如释重负地说。"当然这是下策，付先生不至于不借对吧。"江嘉陵说。"下策归下策，下策也是策，只是为公司省钱了。唉，命贱啊，我想到时卡鲁会派人帮我们的，一定的。这样，你一路，我一路，各带一两个局方维护部的人搞定。"关景鹏说。"虽然命贱，还是要请求卡鲁保障我们的安全。贱命也是命啊。"江嘉陵说。"一定，我一定要向卡鲁争取。"关景鹏说。"看，刘敏姐姐又出来了。"江嘉陵看着电视说。"看完刘敏姐姐再洗碗。"关景鹏丢下碗筷看电视了。"洗碗急啥嘛。"江嘉陵随口应着。"瞧这孩子京剧唱的，神了。"关景鹏说。"哇，这气势，全是光头，估计是武术学校的。你说这矛穿喉，没气功可能真不行哦。"关景鹏边看边说。

3.他乡遇故知

"江先生、关先生到啦，吃过饭了吗？"晚上在拉各斯大学足球场付先生打着招呼。"四点左右垫了一些。"江嘉陵回道。"打完球再聚一下。"付先生说。"好嘞。哎，今晚灯打开了。"关景鹏好奇地说。"要比赛嘛，花钱的。"付先生说。"开一下要多少？"江嘉陵问。"约合人民币400元。"付先生说。"不便宜。"江嘉陵说。"今天对手就是我们TN客户，以前打过一场，输三球。今儿有两位强力增援，但愿不要再输三球，力争平吧。"付先生说着活动起来。关景鹏想要说什么，被江嘉陵示意停住了。"什么都别提，就踢球。"江嘉陵低头悄悄地对关景鹏说。"这灯光真亮，跟白天似的，看得真真的。"关景鹏自语道。

"月月鸟。"只听有人在关景鹏身后喊着，同时拍着关景鹏的双肩。"月月鸟？"关景鹏惊讶地一回头愣了一下，大喊着："东基拉尤，是你？！东基拉尤。""月月鸟，月月鸟，你怎么在这儿？"对方球队的东基拉尤问。"怎么你们认识？这也太神奇了吧，你们俩居然认识。"付先生惊讶地说。"我俩是大学同学，校足球队的两个主力中后卫。熟得很啊，不过毕业以后我们再也没见过面。没想到居然在尼日利亚拉各斯大学的足球场队友再重逢啊，东基拉尤。"关景鹏抱着东基拉尤激动地说。"真是没想到啊，我也真是没想到在这儿碰到你月月鸟。"东基拉尤说。"什么什么什么，月月鸟？关景鹏，东基拉尤为啥叫你月月鸟啊？"江嘉陵急着问。"你问他啰。"东基拉尤指着关景鹏说。"他们一开始不知道嘛，队里的几个老外看着黑板上我的名字，由于鹏写得不是很紧凑，他们就一字一字地念成月月鸟。就这么着，在校队我的外号就叫月月鸟。"关景鹏解释道。"真逗，以后就叫你月月鸟啦。"江嘉陵说。

"唉，东基拉尤，你回国就到了TN是吧？"关景鹏问。"不是，跟TN的熟，他们请我帮他们踢球。"东基拉尤说。"外援啊，那你在……"关景鹏问。"我回国就在NWT。"东基拉尤说。"什么？什么？"一旁的江嘉陵惊讶地喊着。"是啊，我在NWT的运维部工作。"东基拉尤说。"好嘛，东基拉尤啊东基拉尤，命中注定咱俩又要合作。"关景鹏抱着东基拉尤说。

"什么意思？难道你是搞吉达工程的燎原公司的吗？"东基拉尤冲着关景鹏问。关景鹏一下子把东基拉尤背了起来连转了三圈说："你说的一点都没错，就是我搞吉达呀。""踢球踢球，还踢不踢球啦，以后有的是时间。"付先生高兴地说。

"东哥，你好啊。太及时啦，真的。你出现得太及时啦，弟弟我正要哥哥帮忙呢。"在NWT运维部东基拉尤的办公室里关景鹏说。"不说啦，吉达工程我负责，正准备问你们燎原要相关资料呢。十点有个会，关于吉达工程的，你先回去，把资料发给我，用美国公司的设备我不得志，用中国燎原的，我的腰板硬了。你要好好撑着我哦。"东基拉尤说。"看你说的，哥的事就是我的事，咱俩谁跟谁啊。"关景鹏开心地说完离开了。

"北国风光，千里冰封，万里雪飘。望长城内外，惟余莽莽；大河上下，顿失滔滔。山舞银蛇，原驰蜡象，欲与天公试比高。须晴日，看红装素裹，分外妖娆。江山如此多娇，引无数英雄竞折腰。惜秦皇汉武，略输文采；唐宗宋祖，稍逊风骚。一代天骄，成吉思汗，只识弯弓射大雕。俱往矣，数风流人物，还看今朝。"关景鹏开心地边朗诵着《沁园春·雪》边走进宿舍的门。"咳咳咳，有了东基拉尤，就把我给落下啦。一个人一大早一声不吭地去见东基拉尤。瞧，还朗诵上诗了，有这么开心吗？"江嘉陵说。

"东哥就是负责吉达工程的，咱哥俩又合作，能不开心吗？"关景鹏说。"哟哟哟，叫上哥啦。"江嘉陵说。"他比我低一级，但年龄比我大四五岁呢。在球队他很照顾我的，我们俩关系真的很好的。在队里我都是叫他东哥，不是现在才叫的。"关景鹏说。"那工程的事自然也就没问题喽。"江嘉陵说。"就一破电钻，东哥搞定，不用求付先生。"关景鹏说。"对了，赶紧把我们的室外微基站，尤其工程方面的资料发给东哥。"关景鹏又说。"我发给你，你转吧，我不知道邮箱。"江嘉陵说。"好，我转。肖云飞的发货计划发过来了吗？"关景鹏问。"估计要晚上，再等等吧，今天应该能发过来。"江嘉陵说。"今天是初五啦，初四就有人啦，有点儿慢哪。"关景鹏自语道。

"哎，手机响了。"关景鹏指着江嘉陵手机说。"付先生。"江嘉陵看着来电显示说。"接呀，看看说啥？"关景鹏说。"喂，付先生，您好啊，昨儿球踢得爽啊，有空再整一场。"江嘉陵说。"好好，多亏你俩，没输。"江嘉陵说。"有事吗，付先生？"江嘉陵又问。"吉达工程的事，我跟国内上级商量了一下，老大们还是希望能做。这不跟您打个电话商量下，您看？"付先生那头说。"好啊，这样，我们商量下，咱们再约具体时间谈怎么样？"江嘉陵说。"好吧。"付先生说完，挂断了电话。

"什么意思？"关景鹏问。"付先生他们又想做吉达的工程了。"江嘉陵说。"这会儿又不怕安全问题啦？"关景鹏说。"我们这都可以解决了，结果付先生又……你看咋办？"江嘉陵为难地说。"也不为难，毕竟我们说是能解决，但那不是标准的业界模式。搞工程按理还是要请工程队的。"关景鹏说。"按理是按理，只是觉得不爽。"江嘉陵说。"干大事的人，就别小家子气。付先生既然愿意，就和他谈，只要不贵过麦克给他们的价格就可以。"关景鹏大气地说。"毕竟他们专业，而且尼日利亚各运营商也认可。同时这样也显得燎原很专业。"关景鹏又说。"其实，他们一定是探听到消息啦。你想想，局方想做这件事，他们不考虑安全吗？据说，前期建设政府都派出去军队保护的，否则，怎么会什么都搞好了。"江嘉陵说。"这是好事，怎么觉得这要顺起来事事都顺呢，现在心情真的好极了。"关景鹏说。"别太乐观了，还是要多想想问题。"江嘉陵提醒道。"你能不能别急着提醒，刚好起来的心情就被你的提醒给扑灭了。真扫兴。"关景鹏一脸不满。"都怪我，都怪我，当我没说，当我没说。"江嘉陵说。"明明已经说了，怎么当你没说啊，那能当没说吗？"关景鹏不依不饶。"好好好好好，我去烧饭了。"江嘉陵赶紧躲着去做午饭了。"这还差不多。"关景鹏自语道。

"我还是留了一手，没跟东哥提工程的事。"关景鹏说。"就是您英明嘛，对吧？"江嘉陵说。"想想还有一个月的时间，只要有底就不急着提。更何况付先生对我们的帮助还是挺大的，早早定了就没机会了。"关景鹏说。"道儿很深呀。"江嘉陵说。"别忘了我们是把握大局的，完全陷入具体的事务中，公司的任务就难做好。想想尼日利亚就咱俩，到时候会有很多事的。"关景鹏说。"你是说除了NWT以外的市场？"江嘉陵说。"当然，还用说吗？"关景鹏说。"先别想那么多，把眼前的事搞好再说。"江嘉陵赶紧补充道。"饭一口一口地吃吧，心急吃不了热豆腐。"江嘉陵说。"就这么定了，明天就去找付先生把吉达的事敲定。"江嘉陵又说。"好啊，你去谈吧，我就不去了。"关景鹏说。

4.有实力就有前途

"付先生怎么突然又改主意了？"在维多利亚岛百乐门江嘉陵问。"咳，一时糊涂，一时糊涂。"付先生不好意思地说。"说实话那天您的态度，确实让我们感到很沮丧，我们都觉得燎原人的命贱啊。"江嘉陵说。

"别别别别别，江先生您可别这么说，这么说我就无地自容啦。"付先生说。"怎么就改变主意了呢？"江嘉陵又问。"那为什么NWT也改主意了呢？"付先生反问。"都一样，首先是麦加，后又是森尼韦尔告你们。这都说明了一点。"付先生没等江嘉陵回答又说。"哪一点？"江嘉陵问。"实力。"付先生说。"实力？"江嘉陵说。"对，实力。有实力就有前途。这样也就不难理解NWT改主意了，更不难理解我们也改主意了。"付先生说。

"唉，NWT我理解，你们……"江嘉陵欲言又止。"此消彼长，不能在一根绳上吊死。更何况在燎原最需要帮助的时候如果不帮，我想燎原会很记仇的。"付先生说。"好吧，谈点具体的吧。"江嘉陵说。"这是报价单，价格绝对优惠。"付先生递过报价单。江嘉陵看了报价单说："嗯，是够优惠的。这样，我得传回家里评审一下，家里评审OK了，我找您签具体的合同。""您知道，我们也不希望燎原引来另一支工程队。"付先生说。"付先生，我和关景鹏都认为您给了我们很大的帮助，我们俩也不希望再另找一家，望接下来的合作愉快。"江嘉陵说。

"都初六了，肖云飞的供货计划还没发过来。光在邮件里说快了快了，有这么难吗？"关景鹏不耐烦地说。"肯定是供应商物料没确定，要知道现在是过年期间。没准那些厂的人都在什么湖南、四川、贵州、江西、河南的老家过年，还没回深圳呢。"江嘉陵说。"主要是换成了室外微基站，临时变了，又不是主打的，是有点困难。"江嘉陵又说。"他们现在应该是下午了，午休也完了，再打个电话催一下。"江嘉陵说。"哎，昨天和付先生谈得还可以，那就赶紧让家里评审确定啊，做一事了一事。"关景鹏说。"我想等初八上班再说吧，还是发货更重要些。"江嘉陵说。"昨天跟肖云飞通过电话啦，跟你说的差不多，连你说的发货时间，都跟肖云飞说的差不多。"关景鹏说。"分三批啊？"江嘉陵问。"嗯，三批发。"关景鹏说。"肖云飞最擅长这样，你知道为什么？"江嘉陵说。"为什么？"关景鹏不解地问。"就是物料供应商边做边送，这边就成了边做边发。急的都这样，常态。"江嘉陵说。"关键是只有16个站啊，这么费劲，那量大了怎么办？"关景鹏说。"量大不会这么急了吧。"江嘉陵说。"没准，谁能保证呢？抢单的时候也许。"关景鹏说。"所以，真正的竞争，除了产品性能外，供应就成了关键了。"江嘉陵若有所思地说。"好事多磨啊。"关景鹏伸着懒腰说。

"公司在尼日利亚要有大动作了。"关景鹏看着便携说。"什么大动作？"江嘉陵问。"你看啊，也有你。"关景鹏说。"要搞办事处啦，那很快就不是咱俩啦。太好了，总算熬到头了。"江嘉陵说。"此话差矣，什么叫熬到头？"关景鹏说。"那你说。"江嘉陵说。"调回深圳才叫熬到头啊。"关景鹏说。"现在是搞实验局，年底项目见底。中标了，我的任务就算完成了，也该回国结婚，老婆孩子热炕头了。"关景鹏憧憬着。"我可没你那么急，一人吃饱全家不饿，快活似神仙。我还想多跑几个国家呢。"江嘉陵说。"下个月房子就要开始装修喽。唉，只能靠她啦。"关景鹏说。"女人哪，天生是装修的大师。即使你在家，也没说话的份儿。"江嘉陵说。'那不一定。"关景鹏说。"那是一定的，否则就一定是无休止的争吵。"江嘉陵说。"你怎么这么清楚？""我们家装修，老爸、老妈差点离婚。我姐家装修也是，我姐完全神经质，姐夫不能有半点不同的看法。"江嘉陵说。"怪不得你小子到现在也不找女朋友呢。"关景鹏说。"看看爸妈，我姐，我哥，就想一个人多待一会儿，清静。"江嘉陵说。"总部来人还早着呢，年后上班首先得讨论人选吧。人员确定再办签证，至少4月份才有可能来。所以，吉达工程是指望不上他们咯。"关景鹏说。

说着关景鹏电话响了。"喂，东哥，找我有事啊？"关景鹏问。"你赶紧搞个吉达工程的详细实施计划，9号过来我们好好评审一下，10号向卡鲁汇报。"东基拉尤说。"好吧,你不是要准备的吗?"关景鹏说。"明后两天家里有事,你就帮帮忙啦,月月鸟。"东基拉尤说完后挂了电话。"好吗,自己周末玩,拿我当秘书。"关景鹏说。"人家是有信仰的人,有空就去祈祷。不像咱们没信仰的,只能写工程计划啦。挺好,闲着也是闲着。明后天搞定,东哥还挺厚道,给了两天时间。"江嘉陵说。"厚道啥呀,明后两天他们休息,前几天就给了他资料,估计看都没看,就指望着我了。"关景鹏说。"别说,你那个东哥中文说得真好。"江嘉陵说。"是的,东哥有语言天赋,在球队我们讲的话他都能听懂。搞得我们都不敢乱说。"关景鹏说。

"写材料,不跟你瞎扯。"江嘉陵打开便携写材料了。"哎,这材料就您搞定啊,我放松放松,看电视。"说着关景鹏打开电视。"哼哼,小布什和布莱尔一唱一和,说萨达姆有化学武器。也不知是真是假。"关景鹏边看边说。"有又怎么样,没有又怎么样,难道小布什真敢打萨达姆?"江嘉陵说。"不好说,应该不会。"关景鹏。"打个塔利班为'9·11'报仇,再要打伊拉克,靠打仗能赚钱吗?"江嘉陵说。"唉,二战美国不就是靠打仗大发了一笔吗?"关景鹏说。"我们国内有评论认为,打塔利班之后,如果再打伊拉克,对中国而言是千载难逢的好机会,不懂他们怎么想的。"江嘉陵摇着头说。"国内这帮人都是在瞎扯,人家美国肯定盘算好了,美国人能让自己吃亏?"关景鹏说。"也是,美国人没那么傻,让你中国千载难逢,国内这帮人咋想的?"江嘉陵说。"打仗卖军火,美国的思路也挺简单的。"关景鹏说。"美国的军工整天就指望着打仗发战争财,唯恐天下不乱。"江嘉陵说。"还别说,这次强力推进吉达工程的是军方。"关景鹏说。"为啥是军方?"江嘉陵问。"不知道,军方是要平定吉达一带的不稳定因素,但军方为啥要催着建设移动通信呢?"关景鹏问。"这方面要找东哥好好了解了解,看看燎原能做些啥？"江嘉陵说。

"想想能做啥？"关景鹏自语道。"应该是业务层面的，发邮件回去，让肖云飞他们多想想。我们就利用汇报的机会，再通过东哥多了解内幕。"江嘉陵说。"你说这些反叛分子都是些啥人？他们的行为如何？吉达一带基站是没开通，但这帮人难道就整天待在吉达不出来吗？他们出来，如果到了拉各斯，会不会用手机呢？"关景鹏说。"在做哥德巴赫猜想啊？"江嘉陵风趣地说。"这不闲着吗，随便想想。别猜想不猜想的，你说这些人会不会有手机？"关景鹏说。"他们有没有手机我哪知道啊，也许有，也许没有。"关景鹏说。"他们要吃喝吧，那就会有人去买。这个人，要是来到拉各斯，他应该要有手机，你说对吧？"江嘉陵说。"那这个人回到吉达他们的住地，要是手机开着的话，有基站你可能追踪到他对吧？"关景鹏说。"那一放号，那么多人，你知道谁是谁啊？"江嘉陵说。"别别别，我想想。先不放号，就可以。"江嘉陵突然醒悟地补充道。"看，这不越想越能做许多事了吗？让肖云飞他们多想想，要是能在军方行动中提供有价值的信息，那……哼哼。"关景鹏得意地说。"是要好好做做这方面的文章，做好喽，那还用说嘛。"江嘉陵说。"多为客户着想，以客户为中心，服务好客户，让客户觉得我们有价值。是这个思路，对吧，不仅仅是卖个硬件那么简单。"关景鹏说。"我真是越来越有水平啦。"江嘉陵说。"那当然，只有好好学习，才能天天向上啊。咱们哪能跟森尼韦尔、爱克、枫叶他们比呢，人家都是世界顶尖的天才组成的团队。像咱们，只能努力努力再努力，刻苦刻苦再刻苦地向人家学呀，就这样还都赶不上呢。"关景鹏说。

5. 有机会就好，就怕没机会

　　深圳，基站版本例会。"第一天上午，先开个版本例会。告诉大家一个好消息，尼日利亚有突破。要求3月15号之前在拉各斯的吉达地区把15个站建起来，这不昨天刚把发货的详细计划发给一线了。"肖云飞说。"羊年不是挺好吗？谁说不如牛马年啦。"尹贤良打趣道。"人家也没说羊年不好。"赵长城说。"行啦行啦，别贫啦，羊年好，羊年好兆头行了吧。一线提要求了，希望借助基站，看看能帮尼日利亚军方在吉达地区的剿匪工作做点啥，能不能给军方提供一些有价值的信息。"肖云飞冲着尹贤良说。"看来又是送的吧？没有人愿意干，危险啊，可燎原倒像捡了个金元宝似的。"马庆生说。"哪来那么多废话，就按老版本发，别整什么花花肠子，保证按时发货是重中之重。知道吗？"肖云飞冲着马庆生说。"知道了，知道了，对吧，马庆生。"邓学佳在一旁打圆场。"降成本也得分时候，轻重缓急都不知道。这样，今儿都听好喽，这15+1个站用老版本的微基站发。但是，接下来要是中标了，必须发降成本的宏基站。"肖云飞说。"一会儿微基站，一会儿宏基站。"柴文娜在下面自语道。"不是的吧，这15+1是室内微基站，不是没办法吗，森尼韦尔的机柜把地方占了，咱的宏基站没地儿放，只能把室外微基站挂在室内机房的墙上睡觉。"肖云飞说。"行行，别解释了，越听越糊涂，什么室外挂室内墙的。"柴文娜说。"有机会就好，就怕没机会。"王厚林说。"肖云飞，你刚才说啥？什么军方、剿匪、信息的？"尹贤良问。"下来咱们专题讨论，啊，王厚林，一起啊。"肖云飞说。

　　"听说是神来之笔，大年三十有如神助，就这么搞定啦？"柴文娜边吃午饭边问尹贤良。"什么神来之笔，还有如神助。金庸的小说看多了吧。"尹贤良说。"大年三十是在工地上过的，对吧。"东方牡丹说。"对啊，来不及回了，只能大过年地往家赶啦。"赵长城说。"听说关景鹏在尼日利亚改名叫月月鸟啦？真逗。"东方牡丹说。"大学同学，校队队友，叫什么东什么来着，对，东基拉尤。关景鹏叫他东哥，尼日利亚留学生。"肖云飞说。"月月鸟，就是鹏嘛，有意思。"王厚林说。"他们是在足球场上碰见的，缘分啊。"肖云飞说。"你说会不会是这个东哥起的作用？"马庆生问。"东哥是NWT运维部的，做不了这个主。更何况是在定下来后，高兴地去踢球时偶遇的。"肖云飞说。"缘分啊，真是缘分。"麦哲渊说。"别说，再往下可能是跟东哥打交道了，有这层关系自然很有利啦。"肖云飞轻松地说。

下午，作战室。"关景鹏给了很多建议，核心就是如何借基站的空口信号提取更有价值的军方感兴趣的信息。"肖云飞看着大家说。"现在是实验局，三四季度才是最终招标时间。NWT明说要看我们的表现。"肖云飞说。"硬件肯定不能出大问题。所以，为保险起见，多发一个站的物料过去。一来可以用于培训，二来可以作为备份缓冲。"肖云飞接着说。"就拿基站当作高灵敏度接收机，只要手机是开着的，不管是哪家运营商的，基站上行都能接收到。"邓学佳说。"所谓电子侦察主要指接收机。"邓学佳补充道。"不错，当年越南战争，美军的侦察机上装的就是一台惠普的频谱仪。"赵长城说。"你怎么知道的？"麦哲渊问。"毕业实习，军工企业的师傅们说的，当时飞机被打下后，立马被送到上海进行分析。"赵长城又说。"我们的优势是数字中频，可以对上行信号进行波形分析。如果是运营商的，自不必说，啥都可以知道，军方通过手机号就可得到许多有用信息。当然了，不是实名制获取的信息也有限。"邓学佳说。"哎，您别说。森尼韦尔在NWT的机型我知道，不是数字中频的，这是它的弱点。"肖云飞高兴地说。"我们输出要精彩，尹贤良、王厚林你们要好好策划一下。要让尼日利亚军方真正掌握有价值的信息，要把地理位置标清楚。"赵长城说。

"还有，这些人在当地，没有手机信号，通常会用对讲机。我们可以把对讲机语言信息解出来。"邓学佳说。"能解吗？"尹贤良问。"能解，简单的调频，通常我们是收到二次谐波。不过，软件、逻辑都有工作。"王厚林说。"要搞，把场景设计好，搞版本，模拟实战进行测试，赵长城、麦哲渊。"肖云飞说。"好啊，搞，没问题。"赵长城说。"这是一个版本特性啊。"麦哲渊说。"这样，计划要详细，目标就是3月15号要能派上用场。"肖云飞说。"其实挺难的，时间有点紧啊。"王厚林说。"关键是目标不是很清晰，咱们大家一定都要参与方案的讨论，方向最重要。"尹贤良说。"具体地说，尹贤良，要把每个基站每天的信息传回来，第一时间进行分析。看哪些是有价值的信息，形成一份报告提交给尼日利亚的军方。日报，每天都要有，就像对待麦加一样的。在作战室搞。"肖云飞说。"搞一套对讲机来，对了，当时百色用的还在。王厚林，这次上下行带宽要不对称，上行要宽，覆盖对讲机的二次谐波。"邓学佳说。"双工器带宽行吗？"王厚林问。"问题不大，发射滤波器要抑制杂散比较陡。但接收不是很陡，插损大一些也能收到，可以的。"邓学佳说。"这叫充分发挥设备的潜能，满足客户的需求。"赵长城说。"这叫客户的潜在需求。"麦哲渊说。"就是拍客户的马屁。"马庆生说。"关键要拍准了。"尹贤良说。"能否准，就看我们的经验和想象力了。这方面曹瑞祥比较有经验，给他发邮件，让他帮我们想想。"肖云飞说。

"赵长城，顶替戴宝国的人定了吗？"肖云飞又问。"就夏润泽。"赵长城回道。"把他叫上一起参与啊。"肖云飞说。"马庆生给我盯着发货啊，剩下的全力搞这个。"肖云飞又说。"这应该算我的第一单生意吧。"尹贤良说。"好像这个是网规网优部的事，做完了以后恐怕要移交给他们。"王厚林说。"没错。"赵长城说。"你的应该是什么高考查分啦，彩铃啦之类的。"马庆生说。"弄了半天白干啦。"尹贤良说。"想太多了吧。"肖云飞说。"随便说说。"尹贤良回道。"邓学佳，听说廖默然很不错是吧？"肖云飞问。"是啊，线性功放这块全搞定，我都不用掺和了。"
邓学佳回道。"好啊，曹瑞祥走，来了个廖默然，搞功放的是吧？"肖云飞
又问。"要是搞多载波，搞功放，高效功放就有人啦。"邓学佳又说。"您
别说，当然现在大家都忙着尼日利亚的项目。一旦尼日利亚年底的项目中
标，接下来恐怕就要开发多载波喽。"肖云飞自语道。"市场一旦打开，成
本就很关键啦。搞多载波就是必然。"王厚林说。"有得忙呢。"马庆生
说。"哎呀，研发部还要考虑海外支持的人选，尼日利亚就要考虑啦，这第
一波肯定赶不上，但以后大规模建站，研发部也要准备啊。"肖云飞说。
"这第一波太急啦，只能靠关景鹏、江嘉陵他们自己啦。"马庆生说。"他
俩没问题。"赵长城说。"您别说，关景鹏他们整的故事一堆一堆的，什么
青岛高校黑人帅哥和山东美女的故事，什么月月鸟邂逅东基拉尤，什么先怕
死后又上赶着的江苏工程队，什么安娜、卡鲁的……"王厚林说。"好了，
讨论结束，各自忙去吧。"肖云飞最后说。

6. 医生的调侃

"怎么啦？一趟一趟的。"关景鹏被江嘉陵惊醒了问。"川西高
原①。"江嘉陵捂着肚子冲了出去。"什么川西高原？"关景鹏迷迷糊糊地
说。"你这还让不让人睡啦，几点啦？"关景鹏听见回来的江嘉陵又出去，
不耐烦地看了看钟。"三点半了，折腾大半宿，吃什么了拉肚子？"关景

---

① 谐音，指频频腹泻。

鹏自语道。过了很久江嘉陵才捂着肚子回来。关景鹏问："几趟了，感觉至少3趟了？""5趟。"江嘉陵有气无力地回道。"5趟！"关景鹏突然蹦了起来说，"5趟，拉了5趟，脱水啦，要赶紧去医院打吊针。""还不到五点。"江嘉陵说。"不行，赶紧给梁先生打电话，让他开车接你去医院打吊针。"说着关景鹏给梁先生打电话。"梁先生一会儿就来，快准备一下，先喝点热水补充补充，加点糖块。"说着关景鹏给江嘉陵弄来一杯糖水。"这时候麻烦梁先生了。"江嘉陵自语道。"这时候只能靠梁先生帮忙啦，要我们自己去哪儿都不知道。"关景鹏说。"去哪儿啊？"江嘉陵问。"去中石油的医务室，梁先生跟他们中石油的人熟。"关景鹏说。"太好了，中国的医院。"江嘉陵说。"梁先生来了，快，走。"关景鹏搀着江嘉陵快速下楼。

"到了，就这儿。"梁先生指着前面说。"张医生，拉肚子，一夜5次，估计快脱水了，麻烦您了。"梁先生冲着中石油医务室的张医生说。"好吧，先吊水吧。"张医生初步诊断后说。"凭经验，先吊水，不过还是要化验血，看看是不是疟原虫。"张医生说。"疟原虫啊，那怎么办？"江嘉陵害怕地问。"估计是，但要看化验的结果。根治比较难啊，目前没有有效的药。"张医生说。"那怎么办，张医生？"江嘉陵边吊着水，边用哀求的目光看着张医生。"先止住，以后要多注意，不好好注意的话，多次像现在这样，就只能回国慢慢治了。"张医生说。"有的人敏感，就像你这样，很严重。"梁先生冲着江嘉陵说。

"不瞒您说，我最近也老拉稀，只是没他这么严重。"关景鹏说。"大多数到这儿的人像你这样，他这样的1/4吧。"张医生说。"但愿吊水止住，否则真麻烦了。"关景鹏担心地说。"至少皮试没问题，否则更麻烦。"张医生说。"张医生，用什么方法尽量避免呢？"关景鹏非常忐忑地问。"严重了就像他这样。要说避免，就只能靠自己注意了。"张医生说。"咋注意啊，张医生？"关景鹏又问。"饮食一定要注意，辣子少吃，酒少喝，这两样都是伤肠胃的。"张医生说。"就是这两点没做到，还有呢？"关景鹏又问。"肚脐、膝盖、脚踝别受凉，这三个地方要注意保护，可有效预防拉肚子。当然，还要注意辣子和酒最好不沾。"张医生说。"通常睡觉都会把肚子盖上，而往往忽略了膝盖和脚踝。"张医生补充道。"那就学罗纳尔多，护脚踝的、护腰的、护膝盖约，全副武装。"关景鹏说。"您别说，像罗纳尔多那样，三个地方保温了，对防止拉肚子绝对有好处。"张医生说。"有的时候说不定还要用到纸尿布呢。"梁先生插话道。"婴儿用的那个？"江嘉陵说。"可不是吗，有的时候会不自觉地……"梁先生说。"看来都有经验啦。"张医生说。"也许我真的是需要，我不像他这么厉害，但……梁先生说得很到位啊，给卡鲁汇报评估就用得着。"关景鹏说。"唉，别忘了今天跟东哥的评审，看来我是云不了了。"江嘉陵说。"没睡好，算了我也不去了，但明天给卡鲁汇报一定要去的。我给东哥打个电话，让他自己先看看材料，提提意见，我再修改修改，明天给卡鲁汇报。吊完水咱都回去好好再睡一觉。"关景鹏说。

"你们是燎原公司的？"张医生问。"是啊！"关景鹏回答。"那个美国的森尼韦尔告的就是你们啊？"张医生又问。"没错，就是他们燎原公司。"梁先生插话道。"中国公司偷技术看来是偷出名气了。其实日本、韩国也是一样的。不过美国人实力强，偷一点也无所谓。他们知道你们小偷小摸的也成不了什么大气。"张医生说。"其实我们燎原公司并没有侵犯知识产权。"江嘉陵说。"不可能。你们要是没有偷人家的技术，美国人吃饱了撑的要去告你们啊。"张医生说。"那谁知道，还不是怕燎原了呗。"梁先生说。"谁怕谁啊，不可能。前一阵子我回国探亲，碰到一个朋友就在森尼韦尔。听他说，你们燎原不过三年就要完蛋，他们专门成立了打击燎原的办公室。怪不得，在国内被打得头破血流的，跑到尼日利亚来了。"张医生说。"看来张医生知道的还挺多的。"关景鹏说。"不过，这么著名的森尼韦尔告你们小小的燎原，倒是有点小题大做，不值得。这不等于给你们做广告了吗？"张医生又说。"张医生，您这就说对啦，森尼韦尔这么一告，NWT吉达地区的项目就让燎原做了。"梁先生说。

"吉达，就是那个刚发现石油的地方吧。那地方乱得很，估计是森尼韦尔不愿做吧？"张医生说。"是的，就是因为森尼韦尔不愿做，NWT才让我们试试。"关景鹏说。"看我说对了吧。"张医生望着梁先生兴奋地说。"而且我猜你们是送的，对不对？"张医生激动地冲着关景鹏说。"张医生，您买彩票一定能中奖。"关景鹏说。"哈哈，我又猜对了。不过这个能猜对，买彩票就是不对，现在被打击得不买彩票了。"张医生摇着头说。"我们也要到那边去的。"张医生又说。"啥时候啊？"梁先生问。"那要等着政府把那边搞太平了才去。"张医生说。"张医生，我们燎原真的没有侵犯森尼韦尔的知识产权。"江嘉陵又说。"真的没有啊？有没有你说了算，你说没有就没有。"张医生随意调侃着。"真的没有。"江嘉陵又说。"好好好，没有，没有。但是你拉肚子是真的。"张医生又调侃着说。"中国人嘛，抄抄、弄弄，东拼西凑，不大愿意真花心思，能偷就偷，能抄就抄，要快，没耐心的。"张医生接着说。"我们燎原真的都是自己做的。"关景鹏再次提高嗓门强调。"真的都是自己做的？那个芯片也是自己做的？"张医生说。"芯片大部分还没有，但也有自己设计的ASIC。"关景鹏说。"知道你们很厉害，好了吧。但愿三年后燎原还在地球上。"张医生说。"放心，三年后尼日利亚的通信用的应该主要是我们的产品。"关景鹏说。"好，有雄心，祝你们撞大运。"张医生说。"张医生还是不愿相信我们燎原啊。"关景鹏说。"可以理解。"江嘉陵说。"那就让时间去证明吧。"梁先生补充道。"对，时间，我等着。"张医生说。

"其实也别太在意，张医生说的也是普遍的观点。崇洋媚外，国人就是这个心态。"回到公寓关景鹏说。"张口闭口什么偷啊、什么摸啊的，太伤自尊了。不过你那句三年后尼日利亚的通信用的应该主要是我们的产品，这话多少压了张医生一下。"江嘉陵说。"我也就那么一说，三年后的事谁知道呢。"关景鹏说。"人家说你有雄心啊，没准真能撞上大运呢？虽然听起来不怎么爽，但也能感觉到张医生还是希望燎原能行的。"江嘉陵说。"你是怎么感觉到的？"关景鹏问。"我等着嘛。"江嘉陵说。"也对，至少没说从地球上消失。"关景鹏说。"看来咱们自我疗伤的能力在加强。"江嘉陵说。"跟谁过不去，也别跟自己过不去，对吧。没有自信，但我们用努力去弥补。这不，卡鲁让我们做吉达，自信心不就上来了那么一点点。再努力，再上一点点，好好努力多点点，天天向上一点点。"关景鹏自语道。"多努力，上一点就知足了。"江嘉陵说。

　　"我还是相信'世上无难事，只要肯登攀'这句话。"关景鹏说。"一分耕耘，一分收获。"江嘉陵说。"什么自我疗伤？我们在这受伤了吗？没有啊。11月下旬、12月、1月，1月底2月初我们就拿到吉达实验局项目了，我们伤着哪儿啦？'关景鹏自问自答。"噢，你拉稀倒是真的，伤着肠胃了。"关景鹏调侃着。"你可不是自我疗伤啊，是张医生给你吊水压下的，没提高啊。"关景鹏又说。"哪儿跟哪儿啊，烧饭去烧饭去，整点稀粥啊。"江嘉陵说。"皮蛋瘦肉粥行不？"关景鹏问。"不要，就白粥，什么都不要加啊。"江嘉陵说。"烤面包？"关景鹏问。"烤面包可以，拉了一晚上，好歹整点干的。"江嘉陵说。"肠胃凉了，烤面包对增加热量有好处。"关景鹏说。"对了，别再喝绿茶了，要喝红茶，暖胃。"关景鹏又说。

7. 军方想借助基站多做些事

"很好，我很满意。"听了东基拉尤和关景鹏的吉达工程的详细实施计划汇报后，卡鲁说。"请问卡鲁先生还有什么指示？"关景鹏客气地问。"吉达地区很乱，政府很头痛。"卡鲁说。"这些站在3月15号建起以后，先不会对公众开放。"卡鲁说。"为什么不放号？"东基拉尤问。"这是军方的需求，先自己用，不想让别人用。"卡鲁说。"对了关先生，军方想借助基站多做些事。"卡鲁先生说。"有什么具体的需求吗？"关景鹏问。"军方说当地的武装人员有对讲机，也有手机。在当地相互间用对讲机，到拉各斯了会用手机。"卡鲁说。"月月鸟你看有什么可以帮助军方的？"东基拉尤问。"没问题，我们的基站有这种功能。只要对讲机和手机开着，在我们的基站覆盖范围，就可以跟踪到。"关景鹏肯定地说。

"真的？"卡鲁问。"真的，没问题。"关景鹏坚定地回答。"那真是太好了，今天是10号，本周不行，下周吧。就定一周后的17号，把刚才说的准备一份材料。到时我把军方的人也请来，怎么样？"卡鲁说。"没问题，17号见。"关景鹏说。"有没有把握啊，月月鸟？"东基拉尤担心地问。"胸有成竹。"关景鹏说。"那就看你的了。"东基拉尤说。"你这个中国同学让我觉得很靠得住，但愿结果也是靠得住的。"卡鲁拍着东基拉尤的肩说。"听见啦，要靠得住哦。"东基拉尤冲着关景鹏说。"放心吧，燎原就是靠得住。"关景鹏答道，随后脸色一变，弯下了腰。"怎么啦？捂着肚子。"东基拉尤问关景鹏。"想方便一下，带我去厕所。"关景鹏捂着肚子面露难色地说。"赶紧赶紧，带他去厕所。"卡鲁示意东基拉尤。"尼日利亚哪儿都好，就是容易拉肚子。"关景鹏边捂着肚子走，边冲着东基拉尤说。"那是你水土不服，我就没事啦。"东基拉尤扶着关景鹏，边说边往厕所走。"东哥，您这话说得不够地道，外国友人还是要多照顾的。"关景鹏调侃着说。"对了，在这儿我可以喊你老外啦。"东基拉尤笑着说。

　　"好点没？"回到宿舍关景鹏问江嘉陵。"还好吧。"江嘉陵回道。"看来17号的汇报真要穿纸尿布了。"关景鹏说。"怎么啦？"江嘉陵问。"今天差点出洋相，好在汇报完了才肚子不行的。"关景鹏说。"啊，这样啊。"江嘉陵说。"紧赶慢赶的还是沾了一点，梁先生说得有道理啊。"关景鹏说。"为啥17号还要汇报？今天不是都汇报了吗？"江嘉陵说。"今天说是汇报工程，实际上卡鲁是要布置任务。""什么任务？"江嘉陵问。"就是用基站跟踪当地武装分子。"关景鹏回道。"想一块儿去了。"江嘉陵说。"可不是吗？"关景鹏说。"你怎么回的？"江嘉陵问。"没问题，一口答应。"关景鹏说。"这家里刚开始还没底呢，你就一口答应啊？"江嘉陵说。"不一口答应，那你说用几口答应啊？"关景鹏说。"有点抬杠吧。"江嘉陵说。"不是啊，只能毫不犹豫答应啊。更何况是我们事先想到的，而且家里成立了专项组在攻关。没有理由不坚决答应，没有理由犹犹豫豫。只是现在军方有明确需求，不再是给局方意外的惊喜罢了。"关景鹏激动地说。

　　"给卡鲁17号的汇报就是关于这个啊。"江嘉陵说。"是啊，赶紧让肖云飞准备材料，关键是要干货啊。"关景鹏说。"这事难在要真能管用。"江嘉陵说。"要是真管用那就真厉害啦。燎原和NWT的黏性就加强了。"关景鹏说。"应该能起作用的，相信肖云飞他们。"江嘉陵说。"15号元宵节，再热闹热闹。"关景鹏说。"我看算了，肚子不给力，还是看元宵晚会吧。"江嘉陵心有余悸地说。"好吧，午饭吃什么？"关景鹏问。"随便你，不辣就行，最好面条。"江嘉陵说。"面条好啊，西红柿鸡蛋面，我最擅长啦。"关景鹏说。"再整点山西陈醋，开开胃。"江嘉陵说。"没问题。看来山西陈醋名气还是大，这里能买到，镇江香醋比较难看到。"关景鹏说。"唉，我刚才发邮件写得太简单了。你再多想想提醒一下肖云飞，材料一定要有针对性。更重要的是可实现，这是个实用性需求，军方寄予厚望的，不能花拳绣腿啊。"关景鹏提醒着。"好，这就写给肖云飞。"江嘉陵说。

"肖云飞，你啥意思？"马庆生边吃午饭边说。"说啥呢？什么啥意思？"肖云飞回道。"秘书的邮件说肖云飞很诚实，希望大家诚实报销，向肖云飞学习。那意思是我们大家伙都不诚实，就你肖云飞诚实，对吧？"马庆生说。"什么什么，我都不知道咋回事。什么时候发的邮件，我怎么没看见？"肖云飞说。"刚发没多久，我是看见了。"柴文娜说。"我从科技园打车去五和，由于要带单板，当时的班车突然改成与公交车混用，所以为保护单板只好打车去五和。"马庆生说。"怎么啦又扯上什么肖云飞诚实的，啥意思？"东方牡丹说。

"这不出租车车费报销吗？就给了我一张80的车票。秘书说她们有测算应该在70块钱以内，又说人家肖云飞很诚实，车票是13块的，实际只用10块钱。肖云飞就在车票上自己写个10块钱来报销，结果这个秘书就发了这么个邮件。"马庆生解释道。"肖云飞，你真够诚实的啊，我们可都做不到。"王厚林说。"是嘛，谁记得那么清楚，都是按票面报销的。"马庆生又说。"这事呢，只能说明肖云飞是个诚实的孩子，马庆生你也别多心，不能说明大家都不诚实。"东方牡丹说。"那秘书的邮件写的，我能不多心吗？"马庆生说。"写都写了，别太计较。以后也不会有这种事了。"邓学佳说。"你说的。"马庆生说。"原来只是广州、上海，现在全国出租车都是打单啦。"邓学佳。"这样好，省得像马庆生这样。"赵长城说。

"你咋记得那么清呢？"麦哲渊问肖云飞。"我脑子没那么好，但这点我还是记得住的。"肖云飞回道。"他这话的意思跟秘书写的一样。"尹贤良说。"怎么讲？"廖默然问。"我脑子也没那么好，这不就说大家都能记得住吗？"尹贤良说。"所以，大家还是不够诚实嘛。"夏润泽插话道。

"好啦，别纠结了，不是说以后不会再有了吗？"柴文娜说。"总之，好孩子就只是肖云飞喽。"邓学佳说。"哎，尹贤良，看了关景鹏、江嘉陵发来的邮件了吗？"肖云飞问。"看啦，这下压力大了。"王厚林说。"关景鹏这小子真是人有多大胆、地有多大产啊，居然满口答应，一点余地都不留。"尹贤良说。

"17号关景鹏要向局方汇报，怎么写呀？"在作战室肖云飞问大家。"关景鹏向局方承诺对讲机、手机只要开机，就能定位出具体位置。其实，尤其是对讲机，应该难以实现。"邓学佳说。"这牛都吹出去了，光说搞不定没用啊。"王厚林说。"为什么对讲机不行？"尹贤良问。"不像手机，不知道对讲机的信息啊。"邓学佳说。"只能摸索，赵长城，通过实验积累数据，通过对数据的分析，总结出规律性的东西来，从而确定方位和距离。"肖云飞说。"我想想，正对着基站的一个扇区，只要知道对讲机的发射功率，以及接收到的功率，距离不就知道了吗？"邓学佳说。"那不正对怎么办？"尹贤良问。"偏左、偏右，相邻扇区也能收到信号，主扇区与左右扇区相结合，也能行。"邓学佳说。"那好，邓学佳，材料就你来写。赵长城，赶紧做试验验证邓学佳的思路。尹贤良，算法准备好。"肖云飞说。

"边写材料边验证吧。"赵长城说。"环境要在外场搭建，越真实越好。"此时夏润泽插话道。"说得太对了，别在实验室模拟了。今天全力把外场搞定。夏润泽，就你负责。"赵长城说。"另外，再查下对讲机的发射功率，多看几种，这样就可以给出个范围，如果是这种对讲机应该是什么，如果是那种应该是什么，多种可能性都可以提供给军方。总之，提供给军方的信息越多，军方决策的依据就更充分。"肖云飞说。"这个思路好，给出多种可能性。准确的位置信息太难了。"尹贤良说。"让一线把用的天线型号、哪家公司的发过来，信息越多越好啊。"邓学佳说。"你直接给关景鹏发邮件，省得二传手啦。"王厚林说。"这样吧，夏润泽赶紧去搭建外场环境。邓学佳、赵长城、麦哲渊讨论给出外场验证的具体方案，要详细可执行。尹贤良、王厚林搞算法，今天把软件出了。"肖云飞说。"别，你们都在这个屋子，随时可以相互沟通。邓学佳劈不成两半。"肖云飞看着尹贤良、王厚林要走赶紧说。"对，在一起更好，邓学佳说的我还没理解透呢。"尹贤良说。"其实没啥，就是个解析几何。"邓学佳说。

8. 界面显示很重要，要一目了然

"牡丹该准备上哪儿玩玩啦，憋这么久了。"马庆生边吃着午饭边说。"就是啊，牡丹。"尹贤良说。"玩啥玩啊，17号的汇报材料还没准备好呢。"肖云飞说。"元宵节，开心开心不行啊？"王厚林说。"好好好，元宵节还是和家人在一起过比较好，等你们忙过这个什么17号的任务，咱们再组织一次大型活动，好好庆祝在尼日利亚的突破。"东方牡丹冲着肖云飞说。"好啊，2月底搞一次。"柴文娜说。"别光想着玩，发货有啥问题？"肖云飞冲着马庆生说。"就16个基站，又是老版本，能有啥问题啊。"马庆生说。"说到版本，降成本的进展如何？"肖云飞又问。"降成本的、换FPGA的都会按期，没啥问题。"邓学佳回道。"廖默然，线性功放怎么样？"肖云飞又问。"正准备小批量试制。"廖默然说。"啊，这么快就要小批量试制啦？"肖云飞吃惊地说。"模拟的线性功放，量少单个调都能行的，关键在量产。我们是想通过在正式的生产线的量产试制，发现更多的问题，先解决，再试产。这样应该量产成熟度会高些。"廖默然说。

"好啊，听说老外都很服你？"肖云飞又问。"哪啊，相互学习，相互促进。"廖默然说。"很谦虚嘛。"柴文娜在一旁说。"谦虚就不好了。"尹贤良调侃地说。"我只是说人家廖默然很谦虚，你又在这瞎扯了。"柴文娜说。"人家廖默然素质高，不跟你们一般见识。"邓学佳说。"你什么意思？就说我素质低呗。"尹贤良说。"我可没说啊，是你自己说的。"邓学佳说。"此地无银三百两。"柴文娜说。"这个地方没有三百两银子，那有二百两也行啊。"王厚林说。"呵，娜姐脚下有二百两银子，赶紧拿铁锹挖呀。来，赶紧的。"马庆生夸张地在娜姐脚下做着挖的动作说。"牡丹赶紧打120叫急救车，把这两个疯子送精神病院去。"柴文娜说。"好，我去打120。"说着东方牡丹端着盘子走了。"哎，牡丹，别忘了出游的事啊。"赵长城在一旁说。"我脑子不好，劳您驾给记一下。"东方牡丹边走边回头说。"您记不住，那我也记不住啊。"赵长城说着端起盘子也走了。"这事我可不会忘的。"麦哲渊说着也走了。

　　"其实17号的汇报不在多，而在有吸引力。"肖云飞在作战室跟尹贤良、王厚林、邓学佳说。"你写那么多有意思吗？只要描述清楚对讲机开机状态下，我们如何捕捉到位置的多种可能性，以及界面的显示是怎样的。"肖云飞又说。"界面显示很重要，要一目了然。"邓学佳说。"是啊，一目了然。怎么实现这个一目了然？"肖云飞冲着尹贤良和王厚林说。"想想也是，这个材料没啥好写的，要以界面为龙头。"邓学佳说。"所以，又把你们叫着再统一一下思想。应该是听明白了对吧？尹贤良、王厚林。"肖云飞又说。"元宵节又过不成了呗，争取15号搞定。"王厚林说。"必须。"肖云飞说。"知道啦，必须。"尹贤良说。"他们都去外场了是吧？"肖云飞问。"是啊，有没有实效还是要看外场测试的结果。否则，他们做的就是花拳绣腿了。"邓学佳指着尹贤良、王厚林说。"怎么着也不能是花拳绣腿啊。"肖云飞急着说。"测试不理想可不就是花拳绣腿了吗？"邓学佳说。"不行，我得去外场看看。"肖云飞说着冲了出去。"你们搞吧，有问题打电话，我也去外场。"邓学佳说着也出去了。

"怎么样，测试的情况如何？"肖云飞在外场问赵长城。"正对着的应该是可以的，左右侧的正在测。"赵长城说。"要注意，差不多的位置，室内、室外差别还是挺大的。"邓学佳说。"对啊，这种场景也要考虑啊。"肖云飞说。"室外测完室内测，数据一比较差异就出来了。最后就是室外可能怎么样，室内可能怎么样。军方肯定清楚地形，所以，有了这些数据线索，军方是能做出判断的。"赵长城说。"这样，多搞些场景，基站接收到的数据匹配场景就行了。"肖云飞说。"简单了，软件就是查表。"邓学佳说。"哎呀，也不多想了，搞他上百个场景，做成表就行啦。"肖云飞说。"我给王厚林打电话，把查表的思路告诉他们，省得折腾。"邓学佳说。"工作量大，工作要细致，每个场景电平对应的位置信息别搞错了。否则，麻烦大了。"肖云飞冲着赵长城说。"别冲着我说，你、邓学佳都得参与测试，不然搞不定的。"赵长城说。"那好，咱们排个班吧。"邓学佳说。"怎么排？"赵长城望着肖云飞。"什么怎么排？排就是喽。"肖云飞不耐烦地说。"是按24小时排还是怎么着？"赵长城说。

"为啥要24小时？"邓学佳不解地问。"算了一下，场景太多，要想17号前完成，只能24小时排。"赵长城说。"这样啊。"邓学佳说。"怎么说？"赵长城望着肖云飞问。"能不能先把重点的测了？"肖云飞说。"谁来确定重点？"夏润泽问。"邓学佳你确定。"肖云飞说。"为啥要我啊，场景是我们大家讨论确定的。我哪儿知道哪个是重点？"邓学佳说。"行行行，就24小时。元宵节只能边测边吃元宵了。"肖云飞说。"反正是查表，简单，让尹贤良和王厚林也来吧。"赵长城说。"别啊，查表和算法相互融合，都要。"肖云飞说。"其实，通过这次大量数据的积累，算法也可以得到修正，更加完善。"邓学佳说。"世上本无路，人走多了就成了路。相信这么干也只有我们，森尼韦尔、奈奎斯特、香农们肯定不会这么干。"肖云飞说。

"谁会像我们这样的傻干啊。"赵长城说。"能力差只能靠努力啦，没办法。"邓学佳说。"我们这么做就是能力差吗？"夏润泽问。"这么傻干不是能力差是什么？"麦哲渊反问道。"关键是你也不知道能力强的人是怎么干的，凭什么就说自己差呢？"夏润泽又问。"自尊心很强嘛，好，有个性。"邓学佳说。"我们也就是说说。"肖云飞说。"我们是为了满足客户需求。"赵长城说。"换句话说，就是为了拿单，拼老命地讨好客户，客户说啥都答应。"肖云飞说。"在客户面前可别这么有自尊啊，否则会坏事的。"邓学佳冲着夏润泽说。"别扯远了，排班，赶紧排。"麦哲渊催促着。"喂，牡丹，这几天我们外场测试熬通宵，你是不是该关心一下呀？"肖云飞给东方牡丹打着电话。"好，知道啦，整点吃的、喝的给你们送去。"东方牡丹说。"那就谢谢啦，多整点巧克力，最好搞热水泡方便面。"肖云飞又说。"要求越来越高，还要热水。"东方牡丹在电话那头说。"凉水喝了会拉肚子，方便面也要热水泡不是？热汤热面的胃暖和，人就不太会受凉感冒。"肖云飞说。"知道啦。"东方牡丹说。

"应该说时间在哪儿，成就就在哪儿。邓学佳的这个报告分量很重啊，都是实打实的数据，大家看还有什么意见和建议。"在最后评审会上肖云飞说。"我们自己很难提出啥疑问。"王厚林说。"赵长城呢？"肖云飞问。"提不出啥意见，干傻了，脑子有点僵了。"赵长城说。"这样吧，现在是北京时间的上午，下午两点前发给关景鹏，让他再看看，应该是在我们的晚上汇报。"肖云飞说。"好吧，我自己再看看，没啥问题两点前发给关景鹏。"邓学佳最后说。"牡丹这次保障得很好啊，看，我们都没生病。以往总有一两个趴下的。"肖云飞自语道。"也是应该的，我们这么辛苦。"赵长城说。"别这么说，亏了她不在。"肖云飞说。"就是因为不在才这么说的。"赵长城说。"大家赶紧回去休息，明天再来吧。"肖云飞说。"太累了，明天不一定能来。"麦哲渊说。"明天不来就不来吧，你们自己把握，啊，赵长城。"肖云飞说。"知道。"赵长城回道。

9. 凭什么说自己能力差

"今儿中午清静，没人吃饭。"柴文娜说。"天天熬通宵，这不都回去睡觉去了。"东方牡丹说。"怎么说话呢，我们不是人啊？"尹贤良说。"我只是说人少。"柴文娜说。"这次肖云飞是亲自督阵，连情人节、元宵节都不让走，死盯在那儿。"东方牡丹说。"燎原领导都这副德行。"柴文娜说。"人家客户提的要求，真要解决剿匪问题的，重要不重要啊？"王厚林说。"那是重要，那是重要。"柴文娜说。"局方渴望得到燎原帮助，而燎原又没搞过。"尹贤良说。"没搞过？没搞过就敢答应啊，这么重要的事，万一搞砸了呢？"东方牡丹惊讶地问。"就是没把握嘛，都怕搞砸了。"王厚林说。"那万一砸了呢？"柴文娜问。"这个问题没人能回答你。我们只想着多发现问题，及时调整方案。没有好法子，就用最笨的方法，这不熬夜多测、多试、多修改，竭尽所能。"王厚林说。"好好好，不说这个了。这阵子也熬过了，牡丹该筹划游玩的事了。"柴文娜说。"没说的，肇庆鼎湖山。"尹贤良说。"你说的算啊？肇庆的鼎湖山早玩过了。"柴文娜说。"再说吧。"东方牡丹说。

"肖云飞他们发过来的材料，与你给卡鲁的承诺似乎有点……"江嘉陵说。"多种可能也是可以的嘛。室内、室外电平差异大，肖云飞他们还是经过深思熟虑的。"关景鹏边看边说。"这么说你对材料还是持正面态度的？"江嘉陵说。"当然。"关景鹏说。"这事你的态度最重要，思路是你提的，承诺是你做的。"江嘉陵说。"你仔细看看肖云飞他们前几天所做的事，虽然他们自嘲用最笨的方法进行大量的测试，积累上百个场景数据，用做表的方式，通过查表再结合算法，但这其实不是笨办法，而是最靠得住的，实实在在的，对尼日利亚军方必有参考价值。"关景鹏说。"那要有不在表里的场景呢？"江嘉陵说。"结合已有场景，运用算法进行推算。"关景鹏答。"军方不认可怎么办？"江嘉陵说。"首先，不可能全盘否定，对吧？"关景鹏盯着江嘉陵说。"不知道，按理应该不会。"江嘉陵回道。"没理由全盘否定啊，至少帮军方抓到了对讲机的信号。"关景鹏说。

"你这话在理，这是实打实的。"江嘉陵说，"而且在表格里的至少是靠谱的。当然了，给不了唯一，但给出了几种可能的场景。从警察破案的角度，那就是如获至宝啊。""其实，按理说我们基站和对讲机都不在一个频段上，我能帮你抓对讲机的信号就是为军方定制的系统，森尼韦尔肯定不可能这样做的，你说对吧？"找到了关键点的关景鹏兴奋地说。"这一点是硬的说服力，没得说。不过下午我们要把这点放在手里，不要急于抛出。"江嘉陵说。"要说，这一点就是充分体现燎原以客户为中心的思想，到时候要充分表达。"关景鹏说。"未必，也许军方对我们的材料满意呢？"江嘉陵说。"我觉得应该是会满意的，毕竟提的需求有人应了，放在森尼韦尔会应吗？"关景鹏说。"认可，但又会提很多新的要求，应该是这个样子的。"江嘉陵说。"嘴上是不会说的，只要提要求就是认可啦。"关景鹏说。"那倒也是。"江嘉陵说。"今儿你烧饭，整点好吃的，下午好精神抖擞地迎接挑刺。"关景鹏说。"做不了，没啥东西，只能下面了。"江嘉陵说。"你这是阶级敌人搞破坏呀。"关景鹏调侃着。

"安娜今天真漂亮！"关景鹏热情地打着招呼。"谢谢，你们来得早了点，现在才三点，还有一个小时呢。"安娜满脸堆笑。"没事我们坐着等一会儿。"江嘉陵说。"好吧，请坐。"安娜客气地说。"我去趟洗手间，全副武装起来。"关景鹏。"至于吗？"江嘉陵说。"非常至于，你去不去？不去我去了。"关景鹏说。"你买的那些我没带。"江嘉陵说。"后悔别赖我啊。"说着关景鹏走向洗手间。"哎，我去观摩观摩。"说着江嘉陵跟着走了。

"你还真搞啊，不嫌麻烦啊。"江嘉陵看着关景鹏拿出护腰、护膝、护踝说。"开玩笑，卡鲁的房间空调开得足，上次差点出洋相。这次腰、膝盖、脚腕一定要保护好不受凉。刚来之前喝了杯斯里兰卡红茶暖暖胃。"关景鹏边穿戴边说。"那你为啥不在宿舍穿好再来？"江嘉陵说。"废话，热啊。这一路多热，我傻乎乎地穿这些，有病啊。"关景鹏说。"您这脚腕怎么是封闭的，一般不都是开口的吗？"江嘉陵问。"凉从脚后跟起，我能感觉到，所以特地买了个封闭的。"关景鹏说。"你别逞能，估计你挺不过卡鲁的空调。"关景鹏又说。"不会吧！"江嘉陵不太在乎地说。"反正我是万事听人劝的，梁先生的话想想在理，经验啊。"关景鹏说。"最近我也挺注意的，辣酒不沾，多吃面，肚子稳定多了。"江嘉陵说。"怪不得中午吃面，这老吃面也受不了啊。"关景鹏说。

"哎，东哥来啦。材料看了没？"望着过来的东基拉尤，关景鹏说。"刚看了。"东基拉尤说。"怎么样？"江嘉陵插上来问。"嗯……不好说啊，关键看军方的。"东基拉尤说。"你材料没转给卡鲁吧？"关景鹏问东哥。"转了，当时就转了。"东基拉尤说。"那都看过了，就听意见吧。"江嘉陵说。"军方的人在里边，不仅仅是这个议题，还要谈其他的。"东基拉尤说。"可以进去啦。"安娜说。"好，谢安娜。"说着三个人走进了卡鲁的办公室。

10. 关键看实效

"关先生，其实你们进来之前我和巴勃罗上尉一直在看你们的材料。"听关景鹏介绍完后卡鲁说。"巴勃罗上尉，您有何指示？"江嘉陵客气地说。"从这个材料看，似乎你们有许多案例，是这样的吗？"巴勃罗上尉说。"这……"江嘉陵一时被问住了。"巴勃罗上尉，许多谈不上，仅仅是有些经验而已。"关景鹏很有技巧地回答着。"其实我想说你们实效如何？"巴勃罗上尉说。"应该是有效果的，只是我们也不能完全确定。所以，我们仅是提供多种可能供您参考。"关景鹏说。"能提供多种可能也是有帮助的，毕竟室内外有差异。"巴勃罗上尉说。"上尉先生真的很专业啊，对我们的材料研究得很仔细。"江嘉陵略带兴奋地说。"森尼韦尔说他们无法采集到对讲机的信号，燎原是如何做到的？"巴勃罗上尉问。"燎原这个系统就是专门为巴勃罗上尉定制的，为此还成立了专门的研发小组。"关景鹏说。"真的啊，那真的要感谢燎原了。"巴勃罗上尉受宠若惊地说。"还是要看实效。"卡鲁也开心地说。"对对对，关键看实效。"巴勃罗上尉补充道。

"显然，这事不是看材料写得如何，巴勃罗最关心的还是能否真的做到。"回到宿舍江嘉陵说。"还是要多做有针对性的模拟测试，给肖云飞发邮件。"关景鹏说。"其实这事我想明白了，我们的设备能搜索到对讲机的二次谐波，而且还能还原里边的讲话，就这一点就足够了，其他就是锦上添花。"江嘉陵说。"所以，肯定对军方有帮助的。"江嘉陵又说。"我在想，如何把送的设备给赚回来。"关景鹏说。"嗯，是该好好谋划谋划，应该有机会。"江嘉陵说。"当然啦，之所以会这样想，就是看到当时巴勃罗的表情。燎原专为他成立了研发小组，不要花钱吗？对吧。应该有所补偿的，合乎逻辑。反而我们不这样是不对的。"关景鹏说。"别想太多啦，能起到作用，应该就能把设备的成本给赚回来。当然，反之就别提了。"江嘉陵说。"没实效，提了也没用，就当练摊儿了。"关景鹏说。"所以，还是要看肖云飞他们啊。"江嘉陵说。"晚上别吃面条啦。"关景鹏话锋一转说。"你做。"江嘉陵正说着，突然捂着肚子冲出了门。"哼，吃苦头了吧，川西高原。"关景鹏说。"不听老人言，吃苦在眼前哪。"关景鹏自语着开始做饭了。

"你看看你，梁先生，这就是不听话啊。"看着正吊水的江嘉陵，关景鹏对梁先生说。"怎么啦？"梁先生不解地问。"我很听你的话的，全副武装，脚踝、膝盖、腰都护上了，待在卡鲁那只有23℃的办公室。"关景鹏说。"他还是凉快的打扮，从30℃一下进23℃的办公室，前几天又刚吊过水，那又吊水就很正常啦。"梁先生说。"还好回到宿舍才发作的。"关景鹏说。"这说明前几天保养得还不错，只是这下……接下来还真不好说了。"梁先生说。"那样也太麻烦了。"江嘉陵委屈地说。"麻烦是够麻烦的，那总得顾一下啊。"梁先生说。"我是不敢大意，我倒下可就真麻烦了。"关景鹏说。"你这意思是我就可以倒下？"江嘉陵不快地说。"是你已经倒下了。医生说了，再搞个三五次，只能回国了。"关景鹏摊开双手无奈地说。"真的要注意了，江先生。"梁先生说。"你我都倒下，家里人这段时间又续不上，项目不就泡汤了吗？"关景鹏激动地说。"别说得这么严重好吧，以后注意就是喽。"江嘉陵满不在乎地说。

"哎，付先生来啦。"关景鹏看着付先生走进宿舍说。"听说江先生病了，来看看。顺便了解一下设备到货的情况，好早做准备。"付先生说。"货这两天就发，月底应该能拿到手。还请付先生多操心啊。"关景鹏说。"空运差不多，清关我得盯着局方，这样效率可能更高一些。"付先生说。"哎呀，本想约着再踢场球，看江先生这样也就算了。江先生还是要自己多注意。"付先生又说。"他现在，还踢球？哼，我看是球踢他吧。听到了吧，自己多注意，还是要自己注意啊。"关景鹏说。"听说世界卫生组织请求中国帮助解决非洲疟疾问题，西医没辙。"付先生说。"啊，用中医啊，能行吗？"关景鹏说。"不知道，听说是这样的。"付先生说。"西医找不到现有的好的抗疟原虫的抗生素。"江嘉陵说。"你怎么知道？"关景鹏说。"吊水的时候张医生不是说过吗？"江嘉陵说。"继续找呗。"关景鹏说。"西方人是不是发现中医的什么奥秘啦？这么说中医还是有用的啰。"关景鹏又说。

"妈，真的太有意思了。"舒冉冉边吃着晚饭边说。"啥事这么有意思？"舒冉冉的父亲问。"景鹏说他昨天去局方汇报，全副武装保护肠胃不着凉，效果还挺好。但他的同事嫌麻烦没保持，结果第二次吊水。"舒冉冉说。"你这说的是啥全副武装？"冉冉妈问。"你们医生知道的，脚后跟、膝盖、腰、肚脐都跟肠胃相关，那边的人有经验，就建议景鹏他们待在开着空调的房间时要护着脚腕、膝和腰。"舒冉冉说。"这么个全副武装啊。"冉冉妈说。"就差婴儿用的纸尿布了。"舒冉冉又说。"什么，什么，纸尿布？"冉冉妈追问道。"是啊，婴儿用的纸尿布。昨天景鹏没用，但那边人说，有时也要用到纸尿布。上一次没经验，景鹏没全副武装，结果有点没憋住，沾到内裤一点点……"舒冉冉兴奋地说着。

"好啦好啦，在吃饭，说点别的好不好。"舒冉冉的父亲不开心地说。"啊，再过几天新房就可以拿到手了，所以，最近我很忙的。"舒冉冉开心地说。"你不忙怎么办？他又帮不上忙。"冉冉妈说。"他在也帮不上忙，女人天生主宰着装修，听不得半点别人的意见。"冉冉爸说。"哟呵，有所指嘛。"冉冉妈冲着冉冉爸说。"我这是泛泛地说，没有任何指向性。"冉冉爸说。"这个死老头子，整天阴阳怪气的。"冉冉妈说。"谁阴阳怪气啦，当初为装修，冉冉你是知道的，差点离婚。"冉冉爸说。"越说越来劲了，都想着离婚了。你说是不是外面有人啦，离婚。行，给'白骨精'腾地方。"冉冉妈生气地说。"行啦行啦行啦，吃饭，什么婚不婚的，发昏。"舒冉冉大吼着。

"我忙不仅仅是为了装修，无委要与国际多接轨，多参与国际电联的项目，还要出国考察。"冉冉说。"那你得把外语好好抓抓。"冉冉妈说。"就是啊，参与国际电联项目的第一关就是语言关。"舒冉冉说。"那你可要好好学英语，这种机会别错过。"冉冉爸说。"啥时候出国考察呀？"冉冉妈问。"先要培训吧，然后再选拔。应该是年底或明年初。"舒冉冉说。"唉，你说景鹏是一年对吧，到时也该回国了。最好结完婚，你出国考察。"冉冉爸说。"你要景鹏多注意，那个疟原虫不好搞。想要孩子，恐怕回来要三年后才行。"冉冉妈说。

11. 辛苦没有白费

"看来我们的解决方案初步得到军方的认可，大家的辛苦没白费啊。"肖云飞在作战室和大家说。"关键还是我们的探测设备能抓到对讲机的信号。"邓学佳说。"森尼韦尔就说搞不定。其实，也是能搞定的。"赵长城说。"这就是差别，这种差异化给燎原带来了机会。不容易啊，要牢牢把握。"肖云飞说。"看邮件，关景鹏的意思是想拿这个探测设备卖钱，能行吗？"尹贤良说。"不管行不行，咱先给探测设备取个名吧。"肖云飞说。"Detector。"夏润泽说。"嗯，就叫Detector。"赵长城说。"好吧，Detector1.0。"肖云飞说。"Detector要卖，尹贤良，你们要好好包装一下。"肖云飞说。"包装，找谁包装啊？"尹贤良问。"王厚林，你去找一下邵利伟，让他安排具体的人配合。"肖云飞说。"尹贤良，你自己去找吧，不用我再当二传手啦。"王厚林说。"对了，忘了，尹贤良，这事自己搞定，别什么都想着依赖别人。"肖云飞说。"谁依赖别人啦，是你叫王厚林的，又不是我。"尹贤良小声嘀咕着。"算让你小子逮着了，行啦，你搞定啊。"肖云飞说。"本来嘛。"尹贤良自语着说。

"哎，对了，邓学佳，线性功放3月上迪拜和香港开实验局，你们都小批量啦，开实验局应该没问题的，否则，你们的小批量试制就是假的。"肖云飞说。"怎么可能是假的嘛，那要过TCP5来得及吗？"邓学佳问。"这个实验局的目的就是想显示实力，没想到你们这么快。"肖云飞说。"您的意思要快，可以不过TCP5。"邓学佳说。"错，TCP5要尽快过，但货也要尽快发，3月中旬要到迪拜和香港，3月底要开通。"肖云飞说。"要知道，当麦克得知我们3月底线性功放的站开通了，不知是何感想？"肖云飞又说。"麦克有没有真的在做还不一定呢。"邓学佳说。"所以要快。"肖云飞说。"廖默然贡献可真大呀。"王厚林说。"不会亏待他的，放心，绝对让他打饱嗝。"肖云飞说。"肖云飞，我们是不是也能打一下饱嗝？"赵长城说。"再说，看Detector实效。"肖云飞说。"真像关景鹏说的能卖上价，打个饱嗝应该没问题。"王厚林说。"还是王厚林啥事都明白，毕竟是老人。"肖云飞说。"啥叫打饱嗝，不懂。"尹贤良说。

"听说你不知道什么是打饱嗝，是吧？"柴文娜边吃午饭边调侃着尹贤良。"你呢，把这碗饭全吃了，不够。最好再打一碗，两碗饭都吃下去。之后，你就知道什么叫打饱嗝了。"柴文娜起劲地说。"吃你的饭吧啊，没人说你是哑巴。"尹贤良说。"听说江嘉陵在那儿挺惨的，拉肚子吊了两次水了。"东方牡丹说。"关景鹏说为保肚子不拉稀，都全副武装了。"王厚林说。"啥叫全副武装？"赵长城问。"猜猜看嘛。"王厚林说。"来个有奖竞猜，怎么样？"东方牡丹说。"奖什么？"尹贤良问。"您想奖什么？"柴文娜问。"别卖关子了，邓学佳知道的，你说。"马庆生说。"全副武装就是护脚腕、护膝盖、护腰和护肚脐。"邓学佳说。"有时还有可能用到婴儿用的纸尿布呢。"王厚林说。"哎呀，够难为关景鹏、江嘉陵的。"柴文娜说。"噢，这几个地方跟肠胃有关，以前还不知道呢。"麦哲渊说。"长知识了。"赵长城说。

"哎，牡丹，活动的事筹划得怎么样啦？"肖云飞说。"去哪儿玩还没定呢。"东方牡丹回道。"哎呀很简单，这次补欠王厚林、麦哲渊的，让他俩定就行啦。"肖云飞说。"关键他俩意见也没统一。"赵长城说。"我看，咱们去大亚湾核电站看看，那边也有很多好玩的。"肖云飞说。"好啊，大亚湾就大亚湾啰。"麦哲渊说。"那不便宜大家了吗？"王厚林说。"什么便宜不便宜的，开心就好。"夏润泽说。"这么说还是领导定的，我说这种事就不能民主，众口难调的。"东方牡丹笑着说。"今儿是雨水，这个周末是小周末不行。只能是3月初，1号、2号了。"肖云飞说。"就1号、2号，但愿天气给力别下雨。"王厚林说。"雨水，雨水嘛，别倾盆大雨就行。"邓学佳说。"带上伞就行啦。深圳这地方，要习惯带伞。"赵长城说。"线性功放要发货，我可能去不了。"廖默然说。"到时再说吧，发货重要，玩还可以下次的。"邓学佳说。"你们线性功放组也别全不去，留下最关键的人保证交付，其余的可以去的。"肖云飞说。"那好，那几个老外可以去，我肯定不能去啦。"廖默然说。"优秀的员工就是这样，责任心强啊。"柴文娜在一旁称赞着说。

基站版本例会。"目前有两件重要的事，首先是Detector1.0要归档发布，另一件事就是线性功放要过TCP5和发货。"柴文娜说。"这里要说明，线性功放要过TCP5，但也要发货实验局。为了公司的战略，越快发越好。一线要求3月中旬到货迪拜和香港，3月底前必须开通。"肖云飞说。"照你这意思就是TCP5还没过就要发货，这是不可能的。"柴文娜说。"为什么不可能？"肖云飞说。"肖云飞你跟我装糊涂吗？真是的，这是公司的红线。"柴文娜说。"知道，这是公司的大策略，金总已经定了，有纪要。供应链只要看到这个纪要就会放行的。"肖云飞说。"只是，供应链只走流程，模块的质量全由研发部负责，出了任何问题产品线承担。"邓学佳说。"那一线要派人去啊。"赵长城说。"香港好办，迪拜，邓学佳，你得赶紧去办签证。"肖云飞说。"我没必要去吧，廖默然去吧。"邓学佳说。"那好，赶紧让廖默然办签证去迪拜。"肖云飞说。"其实就是为了宣传，不会大批量发的。成本太高了。"肖云飞又说。"这个戏值不值得这样动真格地演？"赵长城说。"这是燎原的特点，动真格，不玩虚的。"王厚林说。

"折腾人啊。"邓学佳说。"闲着也是闲着。"尹贤良说。"唉，你可别闲着了，这Detector可是玩真的，不能含糊啊。"肖云飞冲着尹贤良说。"就那么一说，还当真。"尹贤良说。"要当真啊，你写软件未必能体会我们连续熬通宵的感受啊。要是不管用，真不好交差啊。"肖云飞说。"指望它卖钱呢。"邓学佳说。"就这东西能卖钱，别逗了。"马庆生笑着说。"为什么就不能卖钱呢？"尹贤良问道。"真的要卖钱啊？"马庆生又问。"目前，我们有这个打算，关键看实用性如何。"肖云飞说。"局方肯定不答应的，设备是送的，搞了这么个东西就是为了讨好局方的，结果你还想入非非地要卖钱，不符合逻辑。"马庆生说。"也许你是对的，但我们这么想也没错。"王厚林说。"客观地说，如果在军方剿匪中真起到作用，变现还是有可能的，马庆生，对吧。"邓学佳说。"不想那么多啦，做都做了，听天由命吧。"柴文娜说。"不是听天由命，是定教日月换新天。"肖云飞最后说。

············

欲知后事如何，请看《昊2 突破非洲》。